DIÁRIOS do VAMPIRO

O RETORNO

Obras da autora publicadas pela Galera Record

Série Diários do Vampiro

O despertar
O confronto
A fúria
Reunião Sombria
O Retorno — Anoitecer
O Retorno — Almas sombrias
O Retorno — Meia-noite
Caçadores — Espectro
Caçadores — Canção da lua
Caçadores — Destino

Série Diários de Stefan

Origens
Sede de sangue
Desejo
Estripador
Asilo

Série Os Originais

Ascensão
A perda

Série Círculo Secreto

A iniciação
A prisioneira
O poder
A ruptura
A tentação

Série Mundo das sombras

Vampiro secreto
Filhas da escuridão
Submissão mortal

L.J. SMITH

DIÁRIOS do VAMPIRO

O RETORNO

Anoitecer

18ª EDIÇÃO

Tradução de
Ryta Vinagre

Galera
RIO DE JANEIRO
2025

CIP-BRASIL. CATALOGAÇÃO-NA-FONTE
SINDICATO NACIONAL DOS EDITORES DE LIVROS, RJ

Smith, L. J. (Lisa J.)
S649a Anoitecer / L. J. Smith; tradução Ryta Vinagre. – 18ª ed.
18ª ed. Rio de Janeiro: Galera Record, 2025.
-(Diários do vampiro — O retorno; I)

Tradução de: The return — Nightfall
ISBN 978-85-01-09067-6

1. Ficção americana. I. Vinagre, Ryta. II. Título. III. Série.

10-4041 CDD: 813
CDU: 821.111(73)-3

Composição de miolo: Abreu's System

Texto revisado pelo novo Acordo Ortográfico da Língua Portuguesa.

Direitos exclusivos de publicação em língua portuguesa
somente para o Brasil adquiridos pela
EDITORA RECORD LTDA.
Rua Argentina 171 – Rio de Janeiro, RJ – 20921-380 – Tel.: 2585-2000
que se reserva a propriedade literária desta tradução

Impresso no Brasil

ISBN 978-85-01-09067-6

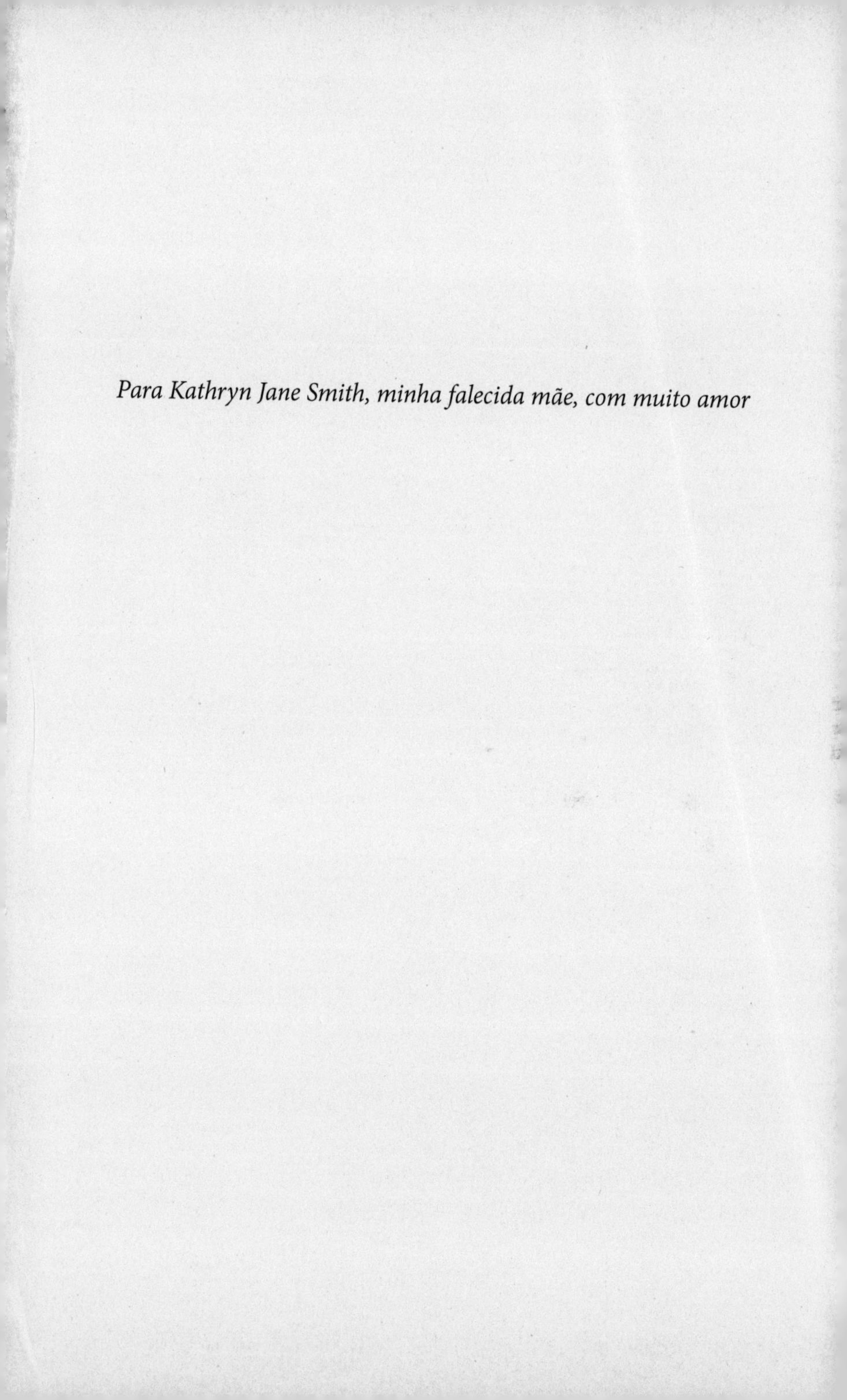

Para Kathryn Jane Smith, minha falecida mãe, com muito amor

Prólogo

— S*te-fan?*

Elena estava frustrada. Não conseguia fazer a ideia do pensamento sair como queria.

— Stefan — insistiu ele, apoiando-se num cotovelo e fitando-a com aqueles olhos que sempre a faziam se esquecer do que tentava dizer. Eles brilhavam, como brotos verdes à luz do sol. — Stefan — repetiu ele. — *Pode* dizer isso, minha linda amada?

Elena olhou para ele solenemente. Ele era tão lindo que lhe partia o coração, com suas feições pálidas e definidas e o cabelo preto caindo descuidadamente pela testa. Ela queria colocar em palavras todos os sentimentos que se acumulavam por trás de sua língua desajeitada e mente teimosa. Havia tanto que precisava perguntar a ele... E tanto para dizer. Mas os sons ainda não vinham. Embolavam em sua língua. Ela nem mesmo conseguia lhe transmitir nada telepaticamente — tudo lhe vinha em imagens fragmentadas.

Afinal, era apenas o sétimo dia de sua nova vida.

Stefan disse que quando ela despertou, quando voltou do Outro Lado, depois de sua morte como vampira, ela conseguiu andar, falar e fazer todo tipo de coisas que agora parecia ter esquecido. Ele não sabia por que Elena esqueceu — jamais conheceu alguém que tivesse voltado da morte, a não ser os próprios vampiros — coisa que Elena foi, mas sem dúvida não era mais.

Stefan também contou, animado, que a cada dia ela aprendia com a rapidez de fogo em palha. Novas imagens, novas ideias e pensamentos. Embora em algumas ocasiões fosse mais fácil se comunicar do que em outras, Stefan tinha certeza de que em breve ela voltaria a ser dona de si. Depois agiria como a adolescente que realmente era. Não seria mais uma jovem adulta com uma mente infantil, como os espíritos claramente queriam que ela fosse, crescendo, vendo o mundo com novos olhos, os olhos de uma criança.

Elena achava que os espíritos tinham sido um tanto injustos. E se nesse meio-tempo Stefan encontrasse alguém que soubesse andar e falar — e até escrever? Elena se preocupava com isso.

Foi por isso que, algumas noites antes, Stefan acordou e não a encontrou na cama. Ele a descobriu no banheiro, examinando atenta e ansiosamente um jornal, tentando encontrar sentido nos pequenos rabiscos que ela sabia que eram palavras que, no passado, era capaz de reconhecer. O jornal estava pontilhado de marcas de lágrimas. Os rabiscos não significavam nada para Elena.

— Mas por que, amor? Vai aprender a ler de novo. Por que a pressa?

Isso foi antes de ele ver os pedaços de lápis, quebrados pela força com que Elena os segurou, e os lenços de papel cuidadosamente amontoados. Ela os estivera usando para tentar imitar as palavras. Talvez, se conseguisse escrever como os outros, Stefan parasse de dormir em sua cadeira e se abraçasse a ela na cama grande. Não procuraria alguém mais velho ou mais inteligente. Ele *saberia* que ela era adulta.

Ela viu Stefan formar essa ideia em sua mente e percebeu as lágrimas se formando nos olhos dele. Stefan passara a pensar que jamais poderia chorar, independente do que acontecesse. Mas tinha dado as costas a Elena e respirava devagar e profundamente pelo que pareceu um longo tempo.

Depois ele a pegou, levou-a para a cama em seu quarto e olhou nos olhos dela.

— Elena, me diga o quer que eu faça. Mesmo que seja impossível, eu farei. Juro. Diga.

Todas as palavras que Elena queria pensar para ele ainda estavam presas dentro dela. Seus próprios olhos vertiam lágrimas, que Stefan enxugou delicadamente com dedos, como se pudesse estragar uma pintura inestimável ao tocá-la com muita rispidez.

Elena virou o rosto para cima e fechou os olhos, fazendo um biquinho com os lábios. Ela queria um beijo. Mas...

— Agora você é só uma criança em sua mente. — Stefan estava em agonia. — Como posso me aproveitar de você?

Na antiga vida, os dois tinham uma linguagem de sinais de que Elena ainda se lembrava. Ela dava tapinhas sob o queixo, onde era mais macio, uma, duas, três vezes.

Significava que, por dentro, ela se sentia mal. Como se estivesse cheia até a garganta. Significava que ela queria...

Stefan gemeu.

— Eu *não posso*...

Tap, tap, tap...

— Você ainda não voltou inteiramente a si...

Tap, tap, tap...

— Escute, meu amor...

TAP! TAP! TAP! Ela o fitou com olhos suplicantes. Se pudesse falar, teria dito: *Por favor, confie um pouco em mim. Não sou uma completa idiota. Por favor,* escute *o que não posso lhe falar.*

— Você sofre. Está realmente sofrendo. — Stefan interpretava, com algo parecido com uma resignação desnorteada. — E... se eu... se eu tirar um pouquinho...

E então, de repente, os dedos de Stefan estavam frios e seguros, movendo a cabeça de Elena, erguendo-a, virando-a para o ângulo *exato*, o que a convenceu mais do que qualquer outra coisa de que ela estava viva e não era mais um espírito.

E *então* ela teve certeza de que Stefan a amava e a mais ninguém, e ela podia dizer a ele algumas das coisas que queria. Mas tinha de dizer em pequenas exclamações — não de dor — com estrelas, cometas e raios de luz caindo em volta dela. E foi Stefan que não conseguiu pensar numa só palavra para Elena. Foi Stefan que ficou mudo.

Elena achou que era justo. Afinal, ele a abraçava esta noite, e ela era feliz.

1

Damon Salvatore estava recostado no ar, isto é, sustentado por um galho de... E quem sabia nomes de árvores? Quem ligava para isso? Era alta e lhe permitia espiar o quarto de Caroline Forbes no terceiro andar, além de lhe proporcionar um apoio confortável para as costas. Ele se recostou na forquilha da árvore, as mãos entrelaçadas na nuca, uma das pernas com uma bota elegante pendendo a 9 metros do chão. Estava tão à vontade quanto um gato, de olhos semicerrados, e observava.

Esperava pelo momento mágico das 4h44 da manhã, quando Caroline faria seu ritual bizarro. Ele já o vira duas vezes e ficou enfeitiçado.

E então ele sentiu uma picada de mosquito.

O que era ridículo, porque os mosquitos não picavam vampiros. Seu sangue não era nutritivo como o dos humanos. Mas sem dúvida parecia uma picadinha de mosquito na nuca.

Ele girou para ver o que havia atrás, sentindo a agradável noite de verão — e não viu nada.

Viu apenas as agulhas de alguma conífera. Não havia nada voando. Nada andava por ali.

Então, tudo bem. Deve ter sido a agulha de uma conífera. Mas doeu, não havia dúvidas. E a dor piorava com o tempo.

Uma abelha suicida? Damon tateou com cuidado a nuca. Nenhuma bolsa de veneno, nenhum ferrão. Só um pequeno inchaço mole e dolorido.

Um instante depois, sua atenção voltou à janela.

Damon não sabia bem o que ia acontecer, mas pôde sentir, subitamente, o Poder em volta de uma Caroline adormecida, como um fio de alta tensão. Há vários dias isso o atraía a este lugar, mas depois que chegava ele não conseguia situar a origem.

O relógio bateu 4h40 e soou o despertador. Caroline acordou e parecia matar insetos pelo quarto.

Garota de sorte, pensou Damon, com um apreço malicioso. Se eu fosse um bandido humano e não um vampiro, sua virtude — supondo que lhe reste alguma — estaria em perigo. Felizmente para você, tive de abrir mão desse tipo de coisa há quase meio milênio.

Damon abriu um sorriso para nada em particular, manteve-o por uma fração de segundo e o apagou, os olhos negros esfriando. Ele olhou novamente pela janela aberta.

Sim... Ele sempre sentiu que o idiota do irmão mais novo, Stefan, não gostava o bastante de Caroline Forbes. Não havia dúvida de que a menina valia ser observada: pernas e braços longos e dourados, um corpo bem-feito e cabelo acobreado que caía em ondas no rosto. E havia também sua mente. Naturalmente distorcida, vingativa, rancorosa. Uma delícia. Por exemplo, se ele não estivesse equivocado, ela estava trabalhando com bonequinhas de vodu na mesa bem ali.

Excelente.

Damon gostava de ver um trabalho artístico.

O poder estranho ainda estava ali, e ele ainda não conseguia situá-lo. Era por dentro — na *menina*? Claro que não.

Caroline pegava apressadamente o que pareciam algumas teias de aranha de seda verde. Ela tirou a camiseta e — quase rápido demais para os olhos de um vampiro — vestiu uma lingerie que a deixava parecida com uma princesa da selva. Olhava atentamente o próprio reflexo em um espelho vertical de corpo inteiro.

E agora, o que você *pode* estar esperando, garotinha?, perguntou-se Damon.

Bom — ele bem que podia continuar discreto. Houve um palpitar de sombras, uma pena cor de ébano caiu no chão, e só o que havia ali era um corvo excepcionalmente grande, empoleirado na árvore.

Damon observou com a atenção de um olho de ave brilhante enquanto Caroline avançava de repente como se tivesse recebido um choque, os lábios separados, o olhar fixo no que parecia o próprio reflexo.

Depois ela sorriu, cumprimentando-o.

Damon agora conseguia situar a origem do Poder. Estava dentro do espelho. Não na mesma *dimensão* do espelho, certamente, mas contido nele.

Caroline se comportava de um jeito... estranho. Atirou para trás o comprido cabelo cor de cobre, para que caísse numa desordem magnífica pelas costas; lambeu os lábios e sorriu como quem se dirige a um amante. Quando falou, Damon a ouviu com clareza.

— Obrigada. Mas está atrasado.

Ainda não havia ninguém no quarto além dela, e Damon não ouviu resposta alguma. Mas os lábios de Caroline no espelho não se mexiam em sincronia com os lábios da menina real.

Bravo!, pensou ele, sempre disposto a apreciar um novo truque nos humanos. Muito bom, seja lá quem você for!

Lendo as palavras nos lábios da menina do espelho, ele pegou algo como *desculpe*. E *linda*.

Damon tombou a cabeça de lado.

O reflexo de Caroline dizia: "... você não *precisaria*... depois de hoje".

A verdadeira Caroline respondeu com a voz rouca.

— Mas e se eu não conseguir enganá-los?

E o reflexo: "... consiga ajuda. Não se preocupe, relaxe..."

— Tudo bem. E ninguém vai ter, tipo assim, *um ferimento* fatal, vai? Quero dizer, não estamos falando da morte... de *humanos*.

O reflexo: "E por que estaríamos...?"

Damon sorriu por dentro. Quantas vezes ouviu diálogos como *este*? Sendo ele mesmo como uma aranha, Damon sabia: primeiro prende-se a mosca na teia; depois a tranquiliza; e antes que ela se dê conta, você pode ter tudo, até não *precisar* mais dela.

E então — com os olhos pretos cintilando — estava na hora de uma nova mosca.

Agora as mãos de Caroline se retorciam no colo.

— Desde que você... sabe o quê. O que você prometeu. Você foi mesmo sincero quando disse que me amava?

"... confie em mim. Vou cuidar de você... e também de seus inimigos. Eu já comecei..."

De repente Caroline se espreguiçou, e de um jeito que os meninos da Robert E. Lee High School pagariam para ver.

— É isso que eu quero ver — disse ela. — Estou *tão* enjoada de ouvir Elena isso, Stefan aquilo... E agora vai começar tudo de novo.

Caroline se interrompeu abruptamente, como se alguém tivesse desligado o telefone na cara dela e só agora ela tivesse percebido. Por um momento seus olhos se estreitaram e os lábios cerraram. Depois, lentamente, ela relaxou. Os olhos continuaram no espelho e uma das mãos se ergueu, pousando de leve na barriga. Ela a olhou e, devagar, suas feições começaram a abrandar, a derreter numa expressão de apreensão e angústia.

Mas Damon não tirou os olhos do espelho nem por um segundo. Espelho normal, espelho normal, espelho normal — *lá era!* No último instante, enquanto Caroline se virava, um clarão vermelho.

Chamas?

Mas o que *estaria* havendo?, pensou ele preguiçosamente, palpitando ao passar de um corvo preto e lustroso para um jovem lindo de morrer, recostado num galho alto da árvore. Certamente a criatura do espelho não era de Fell's Church. Mas parecia significar problemas para o irmão de Damon, e por um segundo um sorriso frágil e bonito tocou seus lábios.

Não havia nada que ele gostasse mais do que ver o hipócrita metido a santo *sou-melhor-do-que-você-porque-não-bebo-sangue-humano* do Stefan se meter em problemas.

Os adolescentes de Fell's Church — e alguns adultos — consideravam a história de Stefan Salvatore e sua bela namorada local Elena Gilbert um Romeu e Julieta dos tempos modernos. Ela dera a vida para salvá-lo quando os dois foram capturados por um maníaco, depois ele morreu de desilusão amorosa. Havia até cochichos de que Stefan não era lá *muito* humano... Mas outra coisa. Um amante demônio que Elena redimiu com sua morte.

Damon sabia da verdade. Era verdade que Stefan estava morto — tinha morrido há centenas de anos. E era verdade que ele era vampiro, mas chamá-lo de demônio era como considerar a Fada Sininho armada e perigosa.

Enquanto isso, Caroline não conseguia parar de falar para o quarto vazio.

— Espere aí — sussurrou ela, aproximando-se da pilhas de papéis e livros desorganizados que tomavam sua mesa.

Ela vasculhou a papelada até encontrar uma minicâmera de vídeo em que uma luz verde brilhava para ela como um único olho que não piscava. Delicadamente, ela conectou a câmera ao computador e começou a digitar uma senha.

A visão de Damon era muito melhor do que a humana e ele pôde ver com exatidão os dedos bronzeados de unhas compridas e cor de bronze: CFARRASA. Caroline Forbes arrasa, pensou ele. Que sofrível.

Caroline se virou e Damon viu lágrimas em seus olhos. Em seguida, inesperadamente, ela estava aos prantos.

Ela se sentou na cama, chorando e se balançando, de vez em quando golpeando o colchão com o punho cerrado. Mas na maior parte do tempo chorava sem parar.

Damon ficou sobressaltado. Mas depois que passou o susto ele murmurou:

— Caroline? Caroline, posso entrar?

— O quê? Quem? — Ela olhou freneticamente em volta.

— É Damon. Posso entrar? — perguntou ele, a voz pingando uma falsa simpatia, ao mesmo tempo usando o controle da mente em Caroline.

Todos os vampiros tinham poderes capazes de controlar os mortais. Era ótimo que o poder dependesse de muitas coisas: da dieta do vampiro (o sangue humano era muito mais potente), da força de vontade da vítima, da relação entre o vampiro e a vítima, das flutuações do dia e da noite — e de muitas outras coisas que nem Damon chegava a entender. Ele só sabia quando sentia despertar seu próprio Poder, e ele estava despertando agora.

E Caroline esperava.

— Posso entrar? — disse ele no tom mais musical e sedutor, ao mesmo tempo esmagando a força de vontade de Caroline sob a dele, muito mais poderosa.

— Sim — respondeu ela, enxugando rapidamente os olhos, aparentemente sem ver nada de incomum em Damon entrando por uma janela do terceiro andar. Eles se fitaram nos olhos. — Entre, Damon.

Ela pronunciara o convite necessário para um vampiro. Com um movimento elegante, ele pulou o peitoril. O interior do quarto tinha cheiro de perfumes — e não era nada sutil. Ele agora se sentia muito selvagem — era surpreendente como a febre de sangue aparecia de modo tão repentino e irresistível. Seus caninos se estenderam em quase metade de seu tamanho e as pontas eram afiadas com navalha.

Não havia tempo para conversar, para se demorar como Damon costumava fazer. Para um gourmet, é claro que metade do prazer estava na expectativa, mas agora era uma *necessidade*. Ele utilizou intensamente o Poder que tinha para controlar o cérebro humano e abriu um sorriso estonteante para Caroline.

Foi o que bastou.

Caroline avançava para ele, mas de repente parou. Os lábios, parcialmente abertos para fazer uma pergunta, continuaram separados; e as pupilas de repente se dilataram como se ela estivesse num quarto escuro, depois se contraíram e continuaram contraídas.

— Eu... Eu... — tentou falar. — Ooohhh...

Pronto. Ela era dele. E com tanta facilidade.

As presas de Damon latejavam com uma dor agradável, um desconforto terno, chamando-o a atacar com a velocidade do bote de uma cobra, afundar inteiramente os dentes numa artéria. Ele estava com fome — não, *morto de fome* — e todo seu corpo ardia do impulso de beber profusamente. Afinal, havia outras para escolher, se ele secasse este vaso.

Com cuidado, sem tirar os olhos dela, ele levantou a cabeça de Caroline para expor o pescoço, vendo a pulsação doce latejando em sua depressão. Isto encheu todos os sentidos de Damon: as batidas do coração, o cheiro do sangue exótico pouco abaixo da superfície, denso, maduro e doce. A cabeça de Damon girava. Ele nunca ficou tão excitado, tão ansioso...

Tão ansioso que o fez parar. Afinal, uma menina era tão boa quanto qualquer outra, não é? Que diferença havia desta vez? Qual era o *problema* dele?

E então ele entendeu.

Terei minha mente de volta, obrigado.

De repente a mente de Damon voltara a ser fria como gelo; a aura sensual em que estivera preso se dissipou. Ele largou o queixo de Caroline e ficou imóvel.

Ele quase tinha caído sob a influência da coisa que usava Caroline. Ela tentara seduzi-lo a quebrar a promessa feita a Elena.

E novamente viu um risco vermelho no espelho.

Era uma daquelas criaturas atraídas ao centro de poder que Fell's Church se tornara — ele sabia disso. Estivera usando-o, incitando-o, tentando conseguir que ele esvaziasse Caroline. Que tirasse todo o seu sangue, matasse uma humana, algo que ele não fazia desde que conheceu Elena.

Por quê?

Numa fúria gélida, ele se controlou e sondou com a mente em todas as direções, tentando descobrir o parasita. Ainda devia estar ali; o espelho era só um portal para que percorresse pequenas distâncias. E estivera controlando Damon — *ele, Damon Salvatore* —, então devia estar bem perto.

Ainda assim, ele não conseguiu encontrar nada. Isso o deixou ainda mais colérico do que antes. Passando os dedos distraidamente pela nuca, ele mandou uma mensagem sombria:

Vou avisá-lo uma vez, e só uma vez. Fique longe de MIM!

Ele enviou o pensamento como uma explosão de Poder que brilhou como um raio a seus próprios sentidos. Deve ter atingido alguma coisa próxima — vinda do teto, do ar, de um galho... Talvez até do quarto ao lado. Em *algum lugar*, uma criatura deve ter caído no chão e ele devia sentir.

Mas embora Damon pudesse sentir as nuvens se escurecendo no alto em resposta a seu estado de espírito e o vento roçando os galhos lá fora, não houve a queda de um corpo, nem uma tentativa de retaliação mortal.

Ele não sentia nada perto o bastante para ter entrado em seus pensamentos e nada a distância que pudesse ser tão forte. Damon às vezes se divertia fingindo ser fútil, mas por dentro tinha uma capacidade lógica e fria de analisar a si mesmo. Ele era forte. Sabia disso. Desde que se mantivesse bem nutrido e livre de sentimentos de fraqueza, poucas criaturas podiam se opor a ele — pelo menos neste plano.

Duas estavam bem aqui em Fell's Church, apartou uma vozinha um tanto insolente em sua mente, mas Damon afugentou-a, com desdém. Sem dúvida não poderia ser outro vampiro dos Antigos por perto, ou ele os sentiria. Vampiros comuns, sim, eles já apareciam aos bandos. Mas eram fracos demais para entrar na mente *dele*.

Damon tinha a mesma certeza de que não havia criatura a seu alcance que o pudesse desafiar. Ele teria sentido, assim como sentiu as linhas de força flamejantes de poder mágico e misterioso que formavam um ponto de conexão sob Fell's Church.

Ele olhou novamente para Caroline, ainda imóvel sob o transe em que a colocara. Ela sairia dele aos poucos e não estaria pior pela experiência — ao menos pelo que *ele* fez a ela.

Damon se virou e, com a elegância de uma pantera, pulou da janela para a árvore — e caiu facilmente de pé no chão, a 9 metros de distância.

2

Damon teve de esperar mais algumas horas por outra oportunidade de se alimentar — havia meninas demais em sono profundo — e ele estava furioso. A fome despertada nele pela criatura manipuladora era real, embora não tivesse conseguido fazer dele sua marionete. Ele precisava de sangue; e precisava de sangue já.

Só então pensaria nas implicações do estranho convidado-espelho de Caroline: o amante demônio verdadeiramente *demoníaco* que a entregara a Damon para ser morta enquanto fingia fazer um acordo com ela.

Às 9 da manhã, Damon andava de carro pela rua principal da cidade, passando por lojas de antiguidades, restaurantes, e uma loja de cartões.

Espere aí. Era isso. Uma nova loja de óculos de sol. Ele estacionou o carro e saiu do veículo com uma elegância que apenas séculos de movimentos despreocupados que não desperdiçavam nem um grama de energia poderiam lhe proporcionar. Mais uma vez, Damon abriu o sorriso instantâneo, em seguida o apagou, admirando-se no vidro escuro da vitrine. Sim, posso olhar o quanto quiser, eu sou lindo, pensou ele, distraído.

A porta tinha uma sineta que tiniu quando ele entrou. Em seu interior, havia uma menina gorducha e muito bonita, de cabelos castanhos presos às costas e olhos grandes e azuis.

Ela vira Damon e sorria timidamente.

— Oi. — E embora ele não tivesse perguntado, ela acrescentou, numa voz que tremia: — Meu nome é Page.

Damon a olhou demoradamente, terminando num sorriso, lento, luminoso e convidativo.

— Olá, Page — disse ele, estendendo seu Poder.

Page engoliu em seco.

— Posso ajudá-lo?

— Ah, claro — disse Damon, com os olhos fixos nos dela —, acho que sim.

Ele ficou sério.

— Sabia — disse ele — que você realmente se parece com uma dama de um castelo da Idade Média?

Page ficou branca, depois corou intensamente — e ficou ainda melhor assim.

— Eu... Eu sempre quis ter nascido naquela época. Mas como pode saber disso?

Damon se limitou a sorrir.

Elena fitava Stefan com olhos arregalados que eram do azul escuro do lápis-lazúli, com pontos esparsos de ouro. Ele acabara de dizer que ela teria Visitas! Em todos os sete dias de sua nova vida, desde que voltara do além, ela nunca — jamais — recebeu Visitas.

A primeira coisa a fazer, naquele momento, era descobrir de que Visita se tratava.

Quinze minutos depois de entrar na loja de óculos de sol, Damon andava pela calçada, assoviando com seu Ray-Ban novo.

Page tirava um cochilo no chão. Mais tarde seu chefe ameaçaria obrigá-la a pagar pelos óculos. Mas agora ela se sentia animada e delirantemente feliz, e tinha uma lembrança de êxtase que jamais esqueceria inteiramente.

Damon olhava as vitrines, embora não exatamente como faria um humano. Uma senhora gentil por trás do balcão da loja de cartões... Não. Um cara na loja de eletrônicos... Não.

Mas... Alguma coisa o atraiu de volta à loja de produtos eletrônicos. Era cada dispositivo inteligente que inventavam hoje em dia. Ele teve o forte impulso de adquirir uma minicâmera de vídeo. Damon estava acostumado a seguir seus impulsos e não era exigente com doadores numa emergência. Sangue era sangue, qualquer que fosse seu vaso de origem. Alguns minutos depois de lhe mostrarem como o brinquedinho funcionava, ele andava pela calçada com a câmera no bolso.

Estava gostando de caminhar, embora as presas doessem novamente. Que estranho, ele devia estar saciado — mas quase não bebeu nada na véspera. Devia ser por isso que ainda tinha fome; e também por causa do Poder que usou no maldito parasita no quarto de Caroline. Mas nesse meio-tempo, ele curtia como seus músculos funcionavam em sintonia, suavemente e sem esforço, como uma máquina bem lubrificada, fazendo de cada movimento um prazer.

Ele se espreguiçou uma vez, pelo puro prazer animal, depois parou para se examinar na vitrine de um antiquário. Um tanto mais descabelado, mas lindo como sempre. E ele tinha razão, o Ray-Ban ficava ótimo nele. Pelo que sabia, a loja de antiguidades pertencia a uma viúva que tinha uma sobrinha jovem e muito bonita.

Dentro da loja havia pouca iluminação.

— Sabia — perguntou ele à sobrinha da proprietária quando ela veio esperar por ele — que você me parece alguém que gostaria de conhecer vários países pelo mundo?

Algum tempo depois de explicar a Elena que as Visitas eram amigos, os *bons* amigos dela, Stefan quis que ela se vestisse. Elena não entendia o motivo. Fazia calor. Ela concordara em vestir uma camisola (pelo menos na maior parte da noite), mas o dia ainda estava muito quente e ela não tinha outra camisola.

Além disso, as roupas que ele lhe oferecia — uma calça jeans com a bainha enrolada e uma camisa polo que seria grande demais — eram... De algum modo eram erradas. Quando tocou a camisa, Elena captou imagens de centenas de mulheres em salinhas mínimas, todas usando máquinas de costura sob uma luz fraca e trabalhando freneticamente.

— De uma fábrica? — perguntou Stefan, sobressaltado, quando ela lhe mostrou a imagem em sua mente. — *Estas?* — Ele largou apressadamente as roupas no chão do armário.

— E essa aqui? — Stefan lhe passou uma blusa diferente.

Elena a analisou, séria, encostando-a no rosto. Não havia mulheres suando e costurando freneticamente.

— Tudo bem? — indagou Stefan, mas Elena ficou paralisada. Ela foi à janela e espiou.

— O que foi?

Desta vez, Elena lhe enviou uma única imagem que Stefan reconheceu de imediato.

Damon.

Stefan sentiu um aperto no peito. Por quase meio milênio, o irmão mais velho tornara a existência de Stefan o mais infeliz possível. Sempre que Stefan conseguia se afastar dele, Damon o localizava, procurando por... o quê? Vingança? Uma última satisfação? Eles se mataram no mesmo instante, na Itália renascentista. Suas espadas de esgrima penetraram o coração um do outro quase simultaneamente, em um duelo por uma vampira. De lá para cá, as coisas só pioraram.

Mas ele também salvou sua vida algumas vezes, pensou Stefan, de repente frustrado.

E vocês prometeram que cuidariam um do outro...

Stefan olhou incisivamente para Elena. *Ela* obrigou os dois a fazerem o mesmo juramento — quando estava morrendo. Elena o fitou com olhos límpidos, poças azul-escuras de inocência.

De qualquer forma, ele precisava lidar com Damon, que agora estacionava a Ferrari ao lado do Porsche de Stefan na frente do pensionato.

— Fique aqui e... Fique longe da janela. *Por favor* — pediu Stefan apressadamente a Elena. Ele disparou para fora do quarto, fechou a porta e quase correu escada abaixo.

Encontrou Damon ao lado da Ferrari, examinando o exterior dilapidado do pensionato — primeiro com os óculos de sol, depois sem eles. A expressão de Damon revelava que não fazia muita diferença como o prédio parecia.

Mas não era essa a principal preocupação de Stefan. Era a aura e a variedade de aromas que persistiam em Damon — que nenhum nariz humano seria capaz de detectar, e muito menos desvendar.

— O que você esteve *fazendo*? — perguntou Stefan, chocado demais para um cumprimento mecânico.

Damon lhe abriu aquele sorriso arrebatador.

— Vendo antiguidades — disse ele e suspirou. — Ah, e fiz umas comprinhas. — Ele passou os dedos num novo cinto de couro, tocou o bolso com a câmera de vídeo e tirou o Ray-Ban. — Dá para acreditar que esse arremedo sujo de cidade tem umas lojas decentes? Gosto de fazer compras.

— Você gosta de roubar, é o que quer dizer. E isso não explica metade dos cheiros que posso sentir em você. Está morrendo ou simplesmente enlouqueceu? — Às vezes, quando é envenenado ou sucumbe a uma das poucas maldições ou doenças misteriosas que afetam sua espécie, um vampiro se alimenta de maneira febril e incontrolável, do que — ou quem — estiver à mão.

— Estava apenas com fome — responde Damon com polidez, ainda observando o pensionato. — E, aliás, o que aconteceu com a civilidade básica? Tenho o trabalho de vir até aqui e recebo um "Olá, Damon" ou "É bom te ver, Damon"? Não. Ouço apenas: "O que esteve fazendo, Damon?" — Ele imitou Stefan de forma debochada. — O que será que o Signore Marino pensaria disso, maninho?

— O Signore Marino — disse Stefan entredentes, perguntando-se como Damon sempre conseguia irritá-lo, desta vez com uma referência a seu antigo preceptor de etiqueta e dança — virou pó há centenas de anos... Como nós devíamos virar também. O que não tem nada a ver com esta conversa, meu *irmão*.

Eu perguntei o que você esteve fazendo e você sabe muito bem o que quis dizer... Você deve ter sangrado metade das meninas da cidade.

— Meninas e mulheres — corrigiu Damon, erguendo jocosamente um dedo. — Afinal, precisamos ser politicamente corretos. E talvez você deva cuidar melhor da sua dieta. Se bebesse mais, começaria a criar corpo. Quem sabe?

— Se eu bebesse mais...? — Havia várias maneiras de completar essa frase, mas nenhuma delas era boa. — Que pena — disse ele ao baixo, magro e compacto Damon — que *você* jamais vai ficar um milímetro que seja mais alto, por mais que viva. E agora, por que não me diz o que está fazendo aqui, depois de deixar tanta confusão na cidade para eu arrumar... Se bem conheço você.

— Estou aqui porque quero minha jaqueta de couro de volta — disse Damon categoricamente.

— Por que não rouba outr...? — Stefan se interrompeu porque subitamente se viu voando para trás, preso contra as tábuas rangentes da parede do pensionato, com Damon bem na cara dele.

— Não roubei essas coisas, *garoto*. Eu paguei por elas... Em minha própria moeda. Sonhos, fantasias e prazer que estão além deste mundo. — Damon disse as últimas palavras com ênfase, sabendo que enfureceriam ainda mais Stefan.

Stefan *estava mesmo* furioso — e num dilema. Ele sabia que Damon tinha curiosidade por Elena e isso já era bem ruim. Mas agora também podia ver um estranho brilho nos olhos de Damon, como se as pupilas, por um momento, refletissem uma chama. E o que quer que Damon estivesse fazendo hoje, era anormal. Stefan não sabia o que estava havendo, mas sabia como Damon ia terminar isso.

— Mas um verdadeiro vampiro não deve pagar — dizia Damon, em seu tom mais debochado. — Afinal, somos tão cruéis que deveríamos virar pó. Não é assim, maninho? — Ele levantou a mão com o dedo que trazia o anel de lápis-lazúli que evitava que ele se pulverizasse ao sol da tarde dourada. Em seguida, enquanto

Stefan fazia um movimento, Damon usou a mesma mão para prender o pulso do irmão na parede.

Stefan se esquivou para a esquerda e se atirou para a direita, a fim de se soltar e, mas Damon foi tão rápido quanto uma serpente — não, mais rápido. Muito mais rápido do que o de costume. Rápido e forte, com toda a energia vital que tinha absorvido.

— Damon, você... — Stefan estava com tanta raiva que, por um instante, deixou de ser racional e tentou passar uma rasteira no irmão.

— Sim, sou eu, Damon — disse Damon com júbilo rancoroso. — E eu não pago, se não quiser; simplesmente tomo. Eu *tomo* o que quero e não dou nada em troca.

Stefan encarou aqueles olhos inteiramente pretos e cheios de ódio e novamente viu o lampejo fugaz de uma chama. Tentou refletir, mas Damon sempre era rápido no ataque, em partir para a ofensiva. Mas *não desse jeito*. Stefan o conhecia há tempo suficiente para saber que tinha alguma coisa fora do comum, algo estava errado. Damon parecia quase febril. Stefan enviou uma onda fraca de Poder ao irmão, como uma varredura por radar, tentando encontrar o que havia de diferente.

— Sim, vejo que você entendeu a ideia, mas nunca vai chegar a lugar nenhum assim — disse Damon com ironia e, de repente, as entranhas de Stefan e todo seu corpo estavam em chamas, em agonia, enquanto Damon o açoitava com um violento golpe de seu próprio Poder.

E agora, por pior que fosse a dor, Stefan precisava ser frio e racional; tinha de continuar *pensando*, e não reagindo. Fez um pequeno movimento, torcendo o pescoço para o lado, olhando a porta do pensionato. Se Elena ficasse lá dentro...

Mas era difícil pensar, com Damon ainda o açoitando. A respiração de Stefan era acelerada e trabalhosa.

— É isso mesmo — disse Damon. — Nós, vampiros, *tomamos*... Uma lição que você precisa aprender.

— Damon, nós devíamos cuidar um do outro... Nós prometemos...

— Sim, e eu vou cuidar de *você* agora.

E então Damon o mordeu, tirando sangue de Stefan.

Era ainda mais doloroso do que os golpes de Poder e Stefan se manteve cuidadosamente imóvel, recusando-se a lutar. Os dentes afiados como navalha não deviam ferir ao afundarem em sua carótida, mas Damon o segurava num ângulo — agora pelos cabelos — deliberadamente para que doessem.

E veio a dor de verdade. A agonia de ter o sangue retirado contra sua vontade, contra sua resistência. Era uma tortura que os humanos comparavam com ter a alma arrancada de seu corpo. Eles fariam qualquer coisa para evitar isso. Só o que Stefan sabia era que aquilo era uma das piores angústias *físicas* que ele teve de suportar, e por fim lágrimas se formaram em seus olhos e rolaram pelas têmporas, descendo pelo cabelo escuro e ondulado.

Para um vampiro, a pior humilhação era ter outro vampiro tratando-o como um humano, tratando-o como *carne*. O coração de Stefan martelava nos ouvidos, e ele se retorcia sob as duas adagas afiadas dos caninos de Damon, tentando suportar a mortificação de ser usado desta maneira. Pelo menos — graças a Deus — Elena lhe dera ouvidos e ficara no quarto.

Ele começava a se perguntar se Damon tinha enlouquecido mesmo e se pretendia matá-lo quando — finalmente — com um empurrão que lhe tirou o equilíbrio, Damon o soltou. Stefan cambaleou e caiu, rolou e olhou para cima, descobrindo Damon novamente sobre ele. Ele colocou os dedos na carne rasgada do pescoço.

— E agora — disse Damon com frieza — se levante e pegue minha jaqueta.

Stefan se levantou devagar, sabia que Damon devia estar saboreando aquilo: a humilhação de Stefan, suas roupas elegantes amassadas e cobertas de grama e da lama do descuidado jardim da Sra. Flowers. Ele se esforçou ao máximo para espanar tudo com uma das mãos, a outra ainda comprimindo o pescoço.

— Você está muito calado — observou Damon, parado ao lado da Ferrari, passando a língua nos lábios e nas gengivas, os olhos estreitos de prazer. — Não dará uma respostinha insolente? Nem uma palavra? Acho que esta é uma lição que eu devia lhe dar com mais frequência.

Stefan tinha dificuldades para mexer as pernas. Bom, isso acabou tão bem como seria de se esperar, pensou ele ao se virar para o pensionato. E então ele parou.

Elena estava reclinada para fora da janela do quarto, segurando a jaqueta de Damon. Sua expressão era muito séria, sugerindo que vira tudo.

Foi um choque para Stefan, mas ele desconfiava de que era um choque ainda maior para Damon.

Em seguida, Elena girou a jaqueta uma vez e a atirou para que caísse bem aos pés de Damon, enrolando-se neles.

Para assombro de Stefan, Damon ficou pálido e pegou a jaqueta como se não quisesse realmente tocar nela. Seus olhos estavam fixos em Elena o tempo todo. Ele entrou no carro.

— Adeus, Damon. Não posso dizer que foi um prazer...

Sem dizer nada, olhando o mundo como uma criança birrenta que foi castigada, Damon ligou a ignição.

— Me deixe em paz — disse ele sem expressão e em voz baixa.

E partiu numa nuvem de poeira e cascalho.

Os olhos de Elena não estavam serenos quando Stefan entrou no quarto e fechou a porta, eles brilhavam com uma luz que quase o fez parar na soleira.

Ele machucou *você.*

— Ele machuca todo mundo. Parece que não consegue evitar. Mas hoje havia algo estranho nele, só que não sei o que é. Agora, eu não me importo. Mas olhe para você, formando frases!

Ele é... Elena parou e, pela primeira vez desde que abriu os olhos na clareira onde fora ressuscitada, havia uma ruga em sua testa. Ela não conseguia formar uma imagem, não sabia as palavras certas. *Alguma coisa dentro dele. Crescendo dentro dele. Como... um fogo frio, uma luz escura,* disse ela por fim. *Mas oculta. Um fogo que arde de dentro para fora.*

Stefan tentou combinar isso com tudo o que tinha ouvido, mas não chegou a nada. Ainda se sentia humilhado por Elena ter visto o que aconteceu.

— Só o que *eu* sei que está dentro dele é o meu sangue, junto com o de metade das meninas da cidade.

Elena fechou os olhos e balançou a cabeça, devagar. Depois, como se decidisse não seguir mais por esse caminho, deu uns tapinhas na cama ao lado.

Vem, ordenou ela com confiança, levantando a cabeça. A luz em seus olhos parecia ter um brilho especial. *Deixe que eu... cure... a ferida.*

Como Stefan não se aproximou de imediato, ela estendeu os braços. Stefan sabia que não devia ir a eles, mas *estava mesmo* ferido — especialmente em seu orgulho.

Ele foi até Elena e se curvou para beijar seus cabelos.

3

Naquele mesmo dia, Caroline estava sentada com Matt Honeycutt, Meredith Sulez e Bonnie McCullough, todos ouvindo Stefan pelo celular de Bonnie.

— Será melhor no final da tarde — disse Stefan a Bonnie. — Ela dorme um pouco depois do almoço... E, de qualquer maneira, estará mais frio daqui a algumas horas. Eu disse a Elena que vocês viriam, e ela está animada para vê-los. Mas devem ser lembrar de duas coisas. Primeiro, só se passaram sete dias desde que Elena voltou e ela ainda não está lá muito... ela mesma. Acho que vai superar os... sintomas... daqui a alguns dias, mas por ora não se surpreendam com nada. E segundo, não *contem* nada sobre o que virem aqui. A ninguém.

— Stefan Salvatore! — Bonnie ficou escandalizada e ofendida. — Depois de tudo o que passamos juntos, você acha que íamos dar com a língua nos dentes?

— Não dar com a língua nos dentes — a voz de Stefan voltou pelo celular, suavemente. Mas Bonnie continuou.

— Enfrentamos vampiros maus juntos, e o fantasma da cidade, e lobisomens, os Antigos, criptas secretas e assassinatos em série e... e... *Damon*... E alguma vez contamos a alguém sobre todas essas coisas? — perguntou Bonnie.

— Desculpe — disse Stefan. — Eu só quis dizer que Elena não estaria segura se algum de vocês contasse a qualquer um que fosse. Chegaria aos jornais rapidinho: MENINA VOLTA À VIDA. E *depois*, o que íamos fazer?

— Eu entendo — disse Meredith, inclinando-se para que Stefan pudesse vê-la. — Não precisa se preocupar. Juramos não contar a *ninguém*. — Seus olhos escuros foram por um momento para Caroline e se desviaram de novo.

— Eu *preciso* insistir. — Stefan fazia uso de toda sua educação e cavalheirismo renascentistas, em particular considerando que três das quatro pessoas que o olhavam pelo telefone eram mulheres —, vocês têm algum jeito de garantir que o juramento será cumprido?

— Ah, acho que sim — disse Meredith de um modo agradável, desta vez olhando nos olhos de Caroline. Caroline corou, o rosto e o pescoço bronzeados ficaram escarlate. — Vamos resolver isso e à tarde nós iremos.

Bonnie, que segurava o telefone, disse:

— Alguém tem mais alguma coisa a dizer?

Matt ficou em silêncio durante toda a conversa. Agora balançava a cabeça, e o cabelo acompanhava. Depois, como se não conseguisse reprimir, ele soltou:

— Podemos falar com Elena? Só para dar um oi? Quero dizer... Já faz uma *semana* inteira. — Sua pele bronzeada ardia quase tão forte quanto a de Caroline, como a luz de um pôr do sol.

— Acho melhor vocês simplesmente virem aqui. Entenderão quando chegarem. — Stefan desligou.

Eles estavam na casa de Meredith, sentados em volta de uma antiga mesa de jardim no quintal.

— Bom, pelo menos podemos levar alguma comida para eles — sugeriu Bonnie, balançando-se na cadeira. — Só Deus sabe o que a Sra. Flowers faz para eles comerem... *Se* faz alguma coisa. — Ela acenou para os outros como se quisesse erguê-los por levitação.

Matt começou a obedecer. Mas Meredith continuou sentada e disse em voz baixa:

— Acabamos de fazer uma promessa a Stefan. Primeiro tem a questão do juramento, e as consequências.

— Sei que está pensando em mim — disse Caroline. — Por que não diz logo?

— Muito bem — disse Meredith. — Estou pensando mesmo em você. Por que de repente, você voltou a ficar tão interessada em Elena? Como podemos ter certeza de que não vai espalhar a novidade por toda Fell's Church?

— Por que eu faria isso?

— Para chamar atenção. Você adoraria ser o centro das atenções e dar cada detalhe da história.

— Ou por vingança — acrescentou Bonnie, de repente, sentando-se de novo. — Ou inveja. Ou tédio. Ou...

— Tudo bem — interrompeu Matt. — Acho que já temos motivos suficientes.

— Só mais uma coisa — disse Meredith, num tom baixo. — Por que você *se importa* tanto em vê-la, Caroline? Vocês duas não se viram por quase um ano, desde que Stefan veio para Fell's Church. Deixamos você participar do telefonema com Stefan, mas depois do que ele disse...

— Se precisa realmente de um motivo para eu me importar, depois de tudo o que aconteceu há uma semana, bom... Bom, imaginei que você entenderia sem que eu precisasse dizer nada! — Caroline fixou os olhos brilhantes e verdes de gata em Meredith.

Meredith retribuiu o olhar com sua melhor expressão vazia.

— Tudo bem! — disse Caroline. — Ela o matou por mim. Ou o levou para o Juízo Final, sei lá. Aquele vampiro, o Klaus. E depois de ser raptada e... e... e... usada, como um *brinquedo*, sempre que Klaus queria sangue ou — seu rosto se retorceu e sua respiração ficou lenta.

Bonnie sentiu-se solidária, mas também estava preocupada. Sua intuição ardia, alertando-a. E ela percebeu que, embora falasse de Klaus, o vampiro, Caroline guardava um estranho silêncio sobre o outro sequestrador, Tyler Smallwood, o lobisomem. Talvez porque Tyler tivesse sido namorado dela até que ele e Klaus a pegaram como refém.

— Desculpe — disse Meredith num tom baixo que *parecia mesmo* arrependido. — Então você quer agradecer a Elena.

— *Sim.* Quero agradecer a ela. — Caroline ofegava. — E quero ter certeza que ela está bem.

— Tá legal. Mas esse juramento não se esgotará tão cedo — continuou Meredith com calma. — Você pode mudar de ideia amanhã, na semana que vem, daqui a um mês... E ainda nem pensamos nas consequências.

— Olha, não podemos *ameaçar* Caroline — disse Matt. — Não fisicamente.

— Nem pedir que outras pessoas a ameacem — disse Bonnie com tristeza.

— Não, não podemos — disse Meredith. — Mas a curto prazo... Você vai se candidatar a uma fraternidade no próximo outono, não é, Caroline? Posso contar a suas possíveis companheiras que você quebrou seu juramento solene sobre alguém que não podia atingir você... Que eu tenho certeza de que não ia *querer* te ferir. Acho que depois disso elas não se importariam muito com você.

Caroline corou novamente.

— Você não faria isso. Não ia interferir em minha vida universitária...

Meredith a interrompeu com duas palavras.

— Me provoque.

Caroline pareceu murchar.

— Eu nunca disse que não faria o juramento e nunca disse que não ia cumpri-lo. Experimente provocar a *mim*, o que acha? Eu... aprendi umas coisinhas neste verão.

Espero que sim. As palavras, embora ninguém tenha dito em voz alta, pareciam pairar sobre todos eles. O passatempo de Caroline durante todo o ano anterior foi tentar encontrar maneiras de atingir Stefan e Elena.

Bonnie mudou de posição na cadeira. Havia alguma coisa — obscura — por trás do que Caroline dizia. Ela não sabia como sabia disso, se era o sexto sentido com que nasceu. Mas talvez tivesse alguma coisa a ver com a transformação por que Caroline passou, com o que ela aprendeu, disse Bonnie a si mesma.

Pense em quantas vezes ela perguntou a Bonnie sobre Elena na última semana. Ela estava mesmo bem? Caroline podia mandar flores? Elena ainda não podia receber visita? Quando ela *ficaria* boa? Caroline foi muito irritante, embora Bonnie não tivesse coragem de dizer isso a ela. Todos os outros estavam tão ansiosos quanto ela para ter notícias de Elena... depois de voltar do além.

Meredith, que sempre carregava caneta e papel, escrevia algumas palavras. Agora disse:

— Que tal isso? — E todos se inclinaram para olhar o bloco.

> *Juro não contar a <u>ninguém</u> sobre qualquer evento sobrenatural relacionado a Stefan ou Elena, a não ser que tenha permissão específica para tanto de Stefan ou de Elena. Também ajudarei na punição de qualquer um que quebrar esse juramento, da forma que for determinada pelo restante do grupo. Este juramento tem vigência eterna, tendo meu sangue como testemunha.*

Matt assentia.

— "Vigência eterna"... Perfeito — disse ele. — Parece que foi escrito por um advogado.

O que se seguiu não foi particularmente típico de um tribunal. Cada um em volta da mesa pegou a folha de papel, leu em voz alta e assinou solenemente. Depois cada um deles furou um dedo com um alfinete de segurança que Meredith tinha na bolsa e colocou uma gota de sangue ao lado da assinatura. Na vez de Bonnie, ela fechou os olhos ao se furar.

— Agora é um vínculo verdadeiro — disse ela fechando a cara, como quem entende do assunto. — Eu não tentaria quebrar este.

— Já perdi sangue suficiente para um bom tempo — disse Matt, espremendo o dedo e observando o sangue com melancolia.

Foi quando aconteceu. O contrato de Meredith estava no meio da mesa para que todos pudessem admirar quando, de um carvalho alto onde o quintal se encontrava com o bosque, um corvo se lançou para baixo. Pousou na mesa com um grito áspero, levando Bonnie a gritar também. O corvo virou o olhar para os quatro humanos, que empurravam apressadamente as cadeiras para sair de seu caminho. Depois tombou a cabeça para o outro lado. Era o maior corvo que qualquer um deles já vira, e o sol formava um arco-íris iridescente em sua plumagem.

O corvo parecia examinar o contrato, ler cada palavra. Em seguida, fez uma coisa com tanta rapidez que Bonnie disparou para Meredith, tropeçando na cadeira. Abriu as asas, inclinou-se para a frente e bicou violentamente o papel, parecendo mirar em dois pontos específicos.

E se foi, primeiro batendo as asas, em seguida disparando até que se transformasse em um pontinho preto sob o sol.

— Ele estragou todo o nosso trabalho — exclamou Bonnie, ainda segura atrás de Meredith.

— Acho que não — disse Matt, que estava mais perto da mesa. Quando eles ousaram se aproximar e olhar o papel, pareceu a Bonnie que alguém tinha atirado um manto de gelo em suas costas. Seu coração começou a martelar.

Embora parecesse impossível, todas as bicadas violentas eram vermelhas, como se o corvo tivesse vomitado sangue para colorir o papel. E as marcas vermelhas, surpreendentemente delicadas, formavam uma letra ornamentada:

D

E abaixo disso:

Elena é minha.

4

Com o contrato assinado e guardado em segurança na bolsa de Bonnie, eles partiram para o pensionato em que Stefan voltara a fixar residência. Procuraram pela Sra. Flowers mas não a encontraram, como sempre. Então subiram a escada estreita com o carpete gasto e o corrimão lascado, chamando pelos moradores.

— Stefan! Elena! Somos nós!

A porta no último andar se abriu e eles viram a cabeça de Stefan. Ele parecia... um tanto diferente.

— Mais feliz — cochichou Bonnie afirmativamente para Meredith.

— Será mesmo?

— *Mas é claro.* — Bonnie parecia chocada. — Ele conseguiu Elena de volta.

— Sim, conseguiu. Do jeito que era quando eles se conheceram, aposto. Você a viu no bosque. — A voz de Meredith era carregada de significado.

— Mas... Isso é... Ah, não! Ela é *humana* de novo!

Matt olhou para baixo e sibilou.

— Vocês duas podem parar com isso? Eles vão ouvir.

Bonnie estava confusa. É claro que Stefan podia ouvi-los, mas se era para se preocupar com o que Stefan podia ouvir, deviam se preocupar com o que *pensavam* também — Stefan sempre podia pegar algo do que você estava pensando, se não as palavras.

— Meninos... — sibilou Bonnie. — Quero dizer, eu sei que são totalmente necessários e tudo, mas às vezes eles *simplesmente não entendem.*

— Espere só até experimentar os homens — cochichou Meredith, e Bonnie pensou em Alaric Saltzman, o universitário que era mais ou menos noivo de Meredith.

— Posso dizer uma ou duas coisinhas sobre isso — acrescentou Caroline, examinando as unhas compridas e bem-cuidadas com um olhar de quem está cansada do mundo.

— Mas Bonnie ainda não precisa saber de nada, ela tem muito tempo para aprender — disse Meredith, firme, mas maternal. — Vamos entrar.

— Sentem-se, sentem-se — Stefan os estimulava à medida que o grupo entrava, o anfitrião perfeito. Mas ninguém conseguiu se sentar, todos os olhos fixos em Elena.

Ela estava em postura de lótus, na frente da única janela aberta do quarto, com o vento fresco enfunando a camisola. O cabelo era dourado de novo, e não o tom esbranquiçado e perigoso que se tornara quando Stefan sem querer a transformou em vampira. Estava exatamente como Bonnie se lembrava dela.

Só que flutuava a um metro do chão.

Stefan viu que todos estavam boquiabertos.

— É só uma coisa que ela faz — disse ele, quase num tom de desculpas. — Ela acordou um dia depois de nossa luta com Klaus e começou a flutuar. Acho que a gravidade ainda não tem efeito sobre ela.

Ele se virou para Elena.

— Olha quem veio ver você — disse ele, num tom sedutor.

Elena olhava. Os olhos azuis pontilhados de ouro eram curiosos e ela sorria, mas não havia reconhecimento enquanto passavam de uma visita para outra.

Bonnie mantinha os braços estendidos.

— Elena? — disse ela. — Sou *eu*, a Bonnie, lembra? Eu estava lá quando você voltou. Estou *muito* feliz de ver você.

Stefan tentou novamente.

— Elena, lembra? Esses são seus amigos, seus bons amigos. A morena alta e bonita é Meredith, essa baixinha que parece uma fada é Bonnie e o cara com jeitão americano é o Matt.

Algo tremeluziu no rosto de Elena e Stefan repetiu.

— Matt.

— E eu? Ou sou invisível? — disse Caroline da porta. Parecia estar de bom humor, mas Bonnie sabia que Caroline trincava os dentes só de ver Stefan e Elena juntos e a salvo.

— Tem razão. Desculpe-me — disse Stefan, e fez uma coisa que nenhum rapaz comum de 18 anos teria pensado em fazer sem parecer um idiota. Pegou a mão de Caroline e a beijou graciosamente e sem segundas intenções, como se fosse um conde de quase meio milênio atrás. O que, é claro, ele era mesmo, pensou Bonnie.

Caroline ficou um tanto convencida — Stefan ganhou algum tempo com o beija-mão. Agora ele dizia:

— E por fim, mas não menos importante, esta linda menina bronzeada é Caroline. — Depois, com muita delicadeza, numa voz que Bonnie só o ouvira usar algumas vezes desde que o conhecia, ele disse: — Não se lembra deles, amor? Eles quase morreram por você... E por mim. — Elena flutuava com facilidade, agora de pé, subindo e descendo como um nadador tentando se manter parado na água.

— Fizemos isso porque nos importamos — disse Bonnie, e voltou a estender os braços. — Mas nunca esperamos ter você de volta, Elena. — Seus olhos marejaram. — Você voltou para nós. Não nos *reconhece*?

Elena flutuou para baixo até ficar bem de frente para Bonnie.

Ainda não havia sinal de reconhecimento em seu rosto, mas havia outra coisa. Uma espécie de bênção e tranquilidade ilimitadas. Elena irradiava uma paz e um amor incondicional que fizeram Bonnie respirar fundo e fechar os olhos. Ela podia sentir, como a luz do sol que batia em seu rosto, como o ruído do mar que chegava aos ouvidos. Depois de um segundo, Bonnie percebeu que corria o risco de chorar só de sentir aquela *bondade* — uma palavra que quase nunca era usada ultimamente. Algumas coisas ainda podiam ser simples e intocavelmente *boas*.

Elena era boa.

Em seguida, com um toque gentil no ombro de Bonnie, Elena flutuou para Caroline. E estendeu os braços.

Caroline ficou confusa. Uma onda de rubor tomou seu pescoço. Bonnie viu, mas não entendeu. Todos tinham uma chance de captar as vibrações de Elena. E Caroline e Elena *foram* amigas íntimas — até a chegada de Stefan, em vez de rivalidade o que havia entre elas era amizade. Era *bondade* de Elena escolher abraçar Caroline primeiro.

Elena seguiu de braços erguidos na direção de Caroline e, enquanto Caroline começava a dizer, "Eu...", ela lhe tascou um beijo na boca. Não foi um selinho. Elena envolveu o pescoço de Caroline com os braços e a apertou. Por longos instantes Caroline ficou mortalmente parada, como se estivesse em choque. Depois recuou e lutou, primeiro sem muita força, depois tão violentamente que Elena foi arremessada para trás no ar, de olhos arregalados.

Stefan a pegou como um jogador de beisebol atrás de uma bola alta.

— Mas que *diabos*...? — Caroline esfregava a boca.

— Caroline! — A voz de Stefan estava cheia de um feroz senso de proteção. — Isso não quer dizer nada do que está pensando. Não tem nada a ver com sexo. Ela só está identificando você, estudando quem você é. Agora que voltou para nós, ela pode fazer isso.

— Cães das pradarias — disse Meredith na voz fria e ligeiramente distante que costumava usar para controlar a animosidade de um ambiente. — Os cães das pradarias se beijam quando se encontram. Fazem exatamente o que você disse, Stefan, isso os ajuda a identificar indivíduos específicos...

Mas Caroline estava muito além da capacidade de controle de Meredith. Esfregar a boca foi uma má ideia; borrou todo o batom vermelho e agora ela parecia algo saído de um filme como *Noiva do Drácula.*

— Ficou louca? O que acha que eu sou? Só porque uns vira-latas fazem isso, não tem problema nenhum? — Ela corara a um vermelho mosqueado, do pescoço à raiz do cabelo.

— Cães das pradarias, não vira-latas.

— Ah, quem liga pra... — Caroline se interrompeu, vasculhando freneticamente a bolsa até que Stefan lhe ofereceu uma caixa de lenços de papel. Ele já limpara as manchas vermelhas da boca de Elena. Caroline correu ao pequeno banheiro anexo ao quarto de Stefan no sótão e bateu a porta.

Bonnie e Meredith se olharam e soltaram a respiração simultaneamente, dobrando-se de rir. Bonnie fez uma imitação rápida da expressão de Caroline e do esfregar frenético, arremedando alguém que usa um punhado de lenços após outro. Meredith balançou a cabeça, reprovando, mas ela, Stefan e Matt tiveram um ataque de risos que se tem em situação em que rir não é permitido. Grande parte das risadas era simplesmente alívio da tensão — eles tinham visto Elena viva de novo, depois de seis longos meses sem ela —, mas não conseguiam parar de rir.

Ou pelo menos não conseguiram até que uma caixa de lenço voou do banheiro, quase batendo na cabeça de Bonnie — e todos perceberam que a porta que foi batida tinha ricocheteado de volta — e que havia um espelho no banheiro. Bonnie viu a expressão de Caroline no espelho e encontrou seu olhar carrancudo.

É, Caroline vira todo mundo rindo dela.

A porta se fechou novamente — desta vez, como se tivesse sido chutada. Bonnie baixou a cabeça e agarrou os cachos curtos e ruivos, querendo que o chão se abrisse e a tragasse.

— Vou me desculpar — disse ela depois de engolir em seco, tentando tratar a situação de maneira adulta. Depois levantou a cabeça e percebeu que todos estavam mais preocupados com Elena, que claramente ficou aborrecida com a rejeição.

Ainda bem que Caroline fez o juramento com sangue, pensou Bonnie. E ainda bem que você-sabe-quem também assinou. Se havia uma coisa que Damon conhecia, eram consequências.

Enquanto pensava nisso, ela se uniu ao grupo em volta de Elena. Stefan tentava segurar Elena, que tentava ir atrás de Caroline. Matt e Meredith tentavam ajudar Stefan, dizendo a Elena que estava tudo bem.

Quando Bonnie se juntou a eles, Elena desistiu de tentar chegar ao banheiro. Seu rosto estava aflito, os olhos azuis banhados em lágrimas. A serenidade de Elena fora rompida pela mágoa e pelo remorso — e, por baixo disso, havia uma apreensão surpreendentemente profunda. A intuição de Bonnie deixou-a em alerta.

Então ela pegou o cotovelo de Elena, a única parte da amiga que conseguia alcançar, e acrescentou sua voz ao coro:

— Você não sabia que ela ia ficar chateada. Você não a machucou.

Lágrimas cristalinas caíram pelo rosto de Elena, e Stefan as pegou com um lenço como se cada uma delas fosse inestimável.

— Ela acha que Caroline *está* magoada — disse Stefan — e está preocupada com ela... Por um motivo que eu não entendo.

Bonnie percebeu que Elena finalmente podia se comunicar — pelo elo mental.

— Também senti isso — disse ela. — A mágoa. Mas diga a ela... Quero dizer, Elena, eu *garanto* que vou pedir desculpas. Vou pedir de joelhos.

— Talvez todo mundo tenha que se ajoelhar — disse Meredith. — Mas enquanto isso, quero saber se este "anjo inconsciente" me reconhece.

Com uma expressão tranquila e sofisticada, ela tirou Elena dos braços de Stefan e a colocou nos dela, depois a beijou.

Infelizmente, Caroline saiu de mansinho do banheiro naquele exato momento. A parte inferior de seu rosto estava mais pálida do que o restante, tendo perdido toda a maquiagem: batom, bronzeador, blush, tudo. Ela ficou imóvel e encarou a cena.

— Não acredito — disse ela com aspereza. — Você *ainda* está fazendo isso! É noj...

— Caroline. — A voz de Stefan era um aviso.

— Eu vim aqui para ver a Elena. — Caroline, a linda, magra e bronzeada Caroline, torcia as mãos como se vivesse um conflito terrível. — A *velha* Elena. E o que vejo? Ela parece um bebê... Nem sabe falar. Parece um guru sorridente flutuando no ar. E agora parece que tem a perversão de...

— Não termine isso — disse Stefan em voz baixa, mas com firmeza. — Eu lhe disse, ela deve superar os primeiros sintomas daqui a alguns dias, a julgar pelo progresso que fez até agora — acrescentou ele.

E ele de alguma maneira *estava* diferente, pensou Bonnie. Não só mais feliz por ter Elena de volta. Ele estava... de algum modo, mais forte em seu cerne. Stefan sempre fora tranquilo por dentro; os poderes de Bonnie o sentiam como uma poça de água clara. Agora ela via a mesma água clara se erguendo num tsunami.

O que pode ter transformado tanto Stefan?

A resposta veio a ela de imediato, embora na forma de uma pergunta a si mesma. Elena ainda era em parte espírito — a intuição de Bonnie dizia isso. O que aconteceria se você bebesse o sangue de alguém nesse estado?

— Caroline, vamos deixar isso pra lá — disse ela. — Me desculpe, eu realmente peço desculpas por... Você sabe. Eu errei e peço desculpas.

— Ah, você pede *desculpas*. Ah, então assim fica tudo bem, né? — A voz de Caroline era puro ácido e ela deu as costas para Bonnie, encerrando o assunto. Bonnie ficou surpresa ao sentir as lágrimas arderem por trás dos olhos.

Elena e Meredith ainda se abraçavam, os rostos molhados de lágrimas. As duas meninas olhavam-se, e Elena estava radiante.

— Agora ela vai reconhecer você em qualquer lugar — disse Stefan a Meredith. — Não só seu rosto, mas... Bom, seu interior também, ou pelo menos a forma dele. Eu devia ter dito isso quando vocês chegaram, mas sou o único que ela "conhece" e não percebi...

— *Devia ter percebido!* — Caroline andava de um lado para outro feito um tigre.

— Você beijou uma garota, *e daí*? — Bonnie explodiu. — O que você acha vai acontecer? Acha que vai começar a criar barba?

Como se incitada pelo conflito no ambiente, Elena se soltou de repente. Disparava pelo quarto como se tivesse sido atirada de um canhão. O cabelo estalava de eletricidade quando ela parava ou se virava de súbito. Ela voou pelo quarto duas vezes e, quando parou diante de uma velha janela empoeirada, Bonnie pensou: *Ai, meu Deus! Temos que arrumar umas* roupas *para ela!* Bonnie olhou para Meredith e viu que a amiga pensara o mesmo. Sim, eles precisavam arrumar roupas para Elena — e mais especificamente roupas íntimas.

Enquanto Bonnie se aproximava de Elena, timidamente como se nunca tivesse sido beijada na vida, Caroline explodiu.

— Vocês não param de fazer isso! — Ela agora praticamente gritava, pensou Bonnie. — Qual é o *problema* de vocês? Não têm moral nenhuma?

Isto, infelizmente, incitou outra crise de risadinhas sufocadas de *não-ria-não-ria* em Bonnie e Meredith. Até Stefan se afastou bruscamente, voltando seu cavalheirismo para uma convidada que claramente travava uma batalha perdida.

Não só uma convidada, pensou Bonnie, mas uma garota de quem ele já devia estar *cheio*, uma vez que Caroline não teve pudor nenhum e contou a todo mundo quando colocou as mãos nele. Até onde os vampiros *podiam* ir, lembrou-se Bonnie, e ela sabia que não era até o fim. Algo na partilha de sangue substituía o... Bom, Aquilo. Mas ele não foi o único de quem Caroline se gabou. Caroline era deplorável.

Bonnie viu que Elena observava Caroline com uma expressão estranha. Não como se tivesse medo dela, mas como se estivesse profundamente preocupada *com* a menina.

— Você está bem? — sussurrou Bonnie para sua surpresa. Elena assentiu, depois se virou para Caroline e balançou a cabeça. Olhou Caroline de cima a baixo e sua expressão era de um médico confuso examinando uma paciente muito doente.

Depois flutuou para Caroline com a mão estendida.

Caroline se esquivou, como se tivesse nojo do toque de Elena. Nojo não, pensou Bonnie, mas *medo*.

— Como vou saber o que ela vai fazer? — rebateu Caroline, mas Bonnie sabia que não era esse o verdadeiro motivo para ela ter medo. O que está havendo aqui?, perguntou-se ela. Elena tinha medo *por* Caroline, e Caroline tinha medo *de* Elena. Será que pelo mesmo motivo?

Os sentidos paranormais de Bonnie lhe provocavam calafrios. Havia algo *errado* com Caroline, ela sentia; algo que ela nunca vira antes. E o ar... se adensava de alguma maneira, como se uma tempestade estivesse se formando.

Caroline virou-se abruptamente para manter o rosto afastado de Elena, postando-se atrás de uma cadeira.

— Mantenham essa aberração *longe* de mim, tá legal? Não quero que ela me toque de novo... — começou ela, quando Meredith alterou toda a situação com duas palavras em voz baixa.

— *Mas o que foi* que você me disse? — perguntou para Caroline, encarando-a.

5

Damon dirigia sem rumo quando viu a menina.

Ela estava sozinha, andando pela rua o vento soprava seu cabelo castanho-acobreado e os braços sobrecarregados de embrulhos.

Damon imediatamente fez sua cena de cavalheirismo. Deixou o carro deslizar até parar, esperou que a menina desse alguns passos e o alcançasse — *che gambe!* — e saltou do carro, apressando-se a abrir a porta do carona para ela.

Seu nome, como se descobriu, era Damaris.

Logo a Ferrari estava de volta à rua, seguindo tão rápido que o cabelo de Damaris voava como uma bandeira. Ela era uma jovem que realmente merecia o tipo de elogio hipnótico que ele distribuía gratuitamente o dia todo — o que era bom, pensou ele, lacônico, porque sua imaginação estava quase esgotada.

Mas elogiar essa linda criatura, com sua nuvem de cabelos castanho-acobreados e a pele macia e leitosa, não exigiria imaginação alguma. Ele não esperava ter problemas e pretendia ficar com a menina a noite toda.

Veni, vidi, vici, pensou Damon de longe, e abriu um sorriso malicioso. Depois se corrigiu — bom, talvez eu *ainda* não a tenha conquistado, mas aposto minha Ferrari nisso.

Eles pararam em um cruzamento do qual se tinha uma bela vista e quando Damaris deixou cair a bolsa e se curvou para pegá-la, ele viu sua nuca, onde aqueles finos fios de cabelo arruivados eram incrivelmente delicados na brancura de sua pele.

Ele beijou a nuca de Damaris imediata e impulsivamente, achando-a macia como a pele de um bebê — e quente contra seus lábios. Ele lhe deu completa liberdade de ação, interessado em ver se ela lhe daria um tapa, mas Damaris apenas endireitou o corpo e respirou, tremendo algumas vezes antes de deixar que Damon a pegasse nos braços e a beijasse. Como uma criatura trêmula, exaltada e insegura, seus olhos azul-escuros suplicavam e tentavam resistir ao mesmo tempo.

— Eu... não devia deixar você fazer isso. Não vou permitir novamente. Agora quero ir para casa.

Damon sorriu. Sua Ferrari estava salva.

A submissão definitiva da menina seria particularmente agradável, pensou ele enquanto dirigia. Se ela evoluísse tão bem como parecia estar fazendo, ele até podia ficar com ela por alguns dias, até podia Transformá-la.

Mas agora uma inquietação inexplicável que sentia em seu íntimo perturbava-o. Era Elena, é claro. Ficar tão perto dela no pensionato e não se atrever a insistir em ir ao encontro dela, devido ao que ele podia fazer. Ah, que inferno, o que eu já *devia* ter feito, pensou ele com uma veemência repentina. Stefan tinha razão — havia algo de errado com ele hoje.

Sentia um grau de frustração que nunca imaginou que fosse possível. O que ele *devia* ter feito era socar a cara do irmão na terra, torcer seu pescoço como se ele fosse uma galinha, depois subir a escada estreita e vagabunda para *tomar* Elena, quer ela quisesse ou não. Ele não fizera isso antes por causa de alguma bobagem absurda, preocupado que ela gritasse e se debatesse enquanto ele levantava aquele queixo incomparável e cravava suas presas inchadas e doloridas naquele pescoço branco como um lírio.

Havia um ruído no carro.

— ... não acha? — dizia Damaris.

Irritado e ocupado demais com sua fantasia para repassar o que sua mente podia ter ouvido da menina, ele mandou que Damaris calasse a boca e ela obedeceu. Damaris era linda, mas *una stomata* — uma imbecil. Agora estava sentada com seu cabelo castanho alaranjado açoitando ao vento, mas olhos eram vazios, as pupilas contraídas, absolutamente imóveis.

E tudo isso por nada. Damon soltou um silvo de exasperação. Não podia voltar a seu devaneio. Mesmo no silêncio, ele imaginava o grito de Elena impedindo-o.

Mas não haveria mais gritos depois que ele a transformasse em vampira, sugeria uma vozinha em sua mente. Damon tombou a cabeça de lado e se recostou, com três dedos no volante. Certa vez ele tentou fazer dela sua princesa das trevas — por que não fazer isso novamente? Ela pertenceria inteiramente a ele, e se ele tivesse de desistir do sangue mortal dela... Bom, Damon não estava exatamente obtendo nada disso neste momento, estava?, disse a voz insinuante. Elena, pálida e cintilante com uma aura de Poder de vampiro, o cabelo quase branco de tão louro, um vestido preto sobre a pele acetinada. Agora essa era uma imagem que faria o coração de qualquer vampiro bater mais acelerado.

Ele a queria mais do que nunca, agora que Elena tinha sido espírito. Até como vampira ela conservaria a maior parte de sua natureza e ele podia imaginar a luz de Elena para a escuridão dele, a brancura macia dela nos braços da jaqueta preta dele. Damon pararia aquela boca extraordinária com beijos, abrandando-a com eles...

No que ele estava *pensando*? Os vampiros não beijam por prazer — especialmente outros vampiros. O sangue e a caça eram tudo. Não tinha sentido beijar além do que era necessário para conquistar sua vítima, não levava a lugar nenhum. Só idiotas sentimentais como o irmão dele se incomodavam com essa tolice. Um casal de vampiros podia partilhar o sangue de uma vítima mortal, os dois atacando juntos, ambos controlando a mente da vítima — e unidos pelo elo mental. Era assim que tinham prazer.

Ainda assim, Damon se viu excitado com a ideia de beijar Elena, de forçar os beijos, de sentir o desespero dela para se livrar e de repente parar — com a pequena hesitação que vinha pouco antes da resposta, antes de se entregar completamente a ele.

Talvez eu esteja enlouquecendo, pensou Damon, intrigado. Pelo que se lembrava, ele nunca perdera o juízo antes e a ideia era meio atraente. Passaram-se séculos desde que ele sentiu esse tipo de excitação.

Melhor para você, Damaris, pensou ele. Eles chegaram ao ponto em que a Sycamore Street chegava a Old Wood e ficava sinuosa e perigosa. Sem a menor consideração, ele virou-se para Damaris a fim de despertá-la novamente, observando com aprovação que o os lábios da garota eram naturalmente da cor de uma cereja macia. Ele a beijou de leve, depois esperou para avaliar sua reação.

Prazer. Ele podia ver a mente dela abrandar e ela ficar rosada por causa dele.

Ele olhou a rua à frente e tentou novamente, desta vez prolongando o beijo. Damon ficou em êxtase com a resposta da menina, com as duas respostas. Era incrível. Devia ter alguma relação com a quantidade de sangue que ele tinha bebido, mais do que nunca em um dia, ou a combinação...

De repente, ele teve de desviar sua atenção de Damaris e se voltar para a rua. Um animal pequeno e avermelhado apareceu como que por mágica diante dele. Damon normalmente não desviava para atropelar coelhos, porcos-espinho e semelhantes, mas aquela criatura o irritara num momento crucial. Ele agarrou o volante com as duas mãos, os olhos negros e frios como gelo glacial nas profundezas de uma caverna, e arremeteu para a coisa avermelhada.

Não era assim *tão* pequena — houve um solavanco.

— Segure-se — murmurou ele a Damaris.

No último instante, a coisa vermelha se esquivou. Damon girou o volante para segui-la e se viu diante de uma vala. Só os reflexos sobre-humanos de um vampiro — e a resposta refinada de um veículo muito caro — evitaram que caíssem ali. Felizmente,

Damon tinha as duas coisas. Girando em um círculo fechado, os pneus protestavam, cantando e soltando fumaça.

E nada de solavanco.

Damon saltou do carro em um movimento leve e olhou em volta. Mas o que quer que fosse, havia desaparecido inteiramente, da misteriosa maneira com que surgiu.

Sconosciuto. Estranho.

Ele preferia não estar de frente para o sol, a forte luz da tarde prejudicava severamente sua acuidade visual. Mas teve o vislumbre de uma coisa que se aproximava e parecia deformada, pontuda numa extremidade e em leque na outra.

Ah, ora essa.

Ele voltou para o carro, onde Damaris estava histérica. Ele não estava com humor para consolar ninguém, então simplesmente a fez voltar a dormir. Ela arriou no banco, com as lágrimas que restaram secando desapercebidas no rosto.

Frustrado, Damon voltou ao carro. Mas agora sabia o que queria fazer naquele dia. Queria encontrar um bar — fosse vagabundo e sujo ou imaculado e caro — e queria achar outro vampiro. Com Fell's Church sendo um ponto de luz no mapa de linhas de força, isso não seria difícil naquela região. Os vampiros e outras criaturas das trevas eram atraídos a esses lugares como abelhas ao mel.

E Damon queria uma briga. Seria completamente injusta — pois ele era o vampiro mais forte que conhecia e, além de tudo, estava repleto de um coquetel de sangue das melhores donzelas de Fell's Church. Ele não se importava. Precisava descarregar sua frustração em alguma coisa e — ele abriu aquele sorriso inimitável e incandescente para o nada — algum lobisomem, vampiro ou demônio estava prestes a conhecer seu *quietus*. Talvez mais de um, se ele tivesse a sorte de encontrá-los. Depois disso — a deliciosa Damaris de sobremesa.

A vida era boa, afinal. E a vida dos mortos, pensou Damon com os olhos cintilando perigosamente atrás dos óculos, era ainda melhor. Ele não ia ficar sentado ruminando porque não podia ter Elena de imediato. Ia sair, curtir e se fortalecer — e depois, muito em breve, iria à casa do irmão patético e covarde para *tomá-la*.

Ele olhou pelo retrovisor do carro por um instante. Por um capricho da luz ou inversão da atmosfera, parecia ver olhos por trás de seus óculos escuros — olhos vermelhos, em brasa.

6

— Eu disse: saia daqui — repetiu Meredith para Caroline, ainda em voz baixa. — Você falou coisas que nunca deveriam ser ditas num lugar civilizado. Por acaso esta é a casa de Stefan... E sim, também cabe a ele expulsar você. Mas estou fazendo isso por ele, porque Stefan jamais pediria a uma garota... e uma ex-namorada, posso acrescentar... para dar o fora de seu quarto.

Matt soltou um pigarro. Tinha recuado a um canto e todos se esqueceram dele. Agora falou.

— Caroline, eu te conheço há tempo demais para ser formal e Meredith tem razão. Se quiser dizer o tipo de coisas que falou sobre Elena, faça isso *bem longe* dela. Mas, olha, tem uma coisa que eu sei. Não importa o que Elena tenha feito quando era... Quando esteve *aqui* antes — sua voz caiu um pouco por assombro, e Bonnie entendeu o que ele quis dizer: quando Elena esteve aqui na Terra antes —, ela *agora* é o mais próximo de um anjo que você vai conhecer. Neste momento ela é... ela é... Completamente... — hesitou ele, procurando pelas palavras certas.

— Pura — disse Meredith com tranquilidade, preenchendo a lacuna para ele.

— Isso — concordou Matt. — É, pura. Tudo que ela faz é puro. Não que suas palavras desagradáveis possam manchá-la, mas nós não gostamos de ouvir você tentando fazer isso.

Houve um "obrigado" baixo de Stefan.

— Eu já ia embora mesmo — disse Caroline, agora entre dentes. — E não *se atreva* a me passar um sermão sobre *pureza* aqui, com tudo isso acontecendo! Vai ver você só quer olhar as coisas rolando, duas meninas se beijando. Você deve...

— Chega — Stefan falou quase sem expressão, mas Caroline foi erguida do chão e levada porta afora, depositada ali por mãos invisíveis. Sua bolsa a seguiu.

E a porta se fechou em silêncio.

Pelos finos se eriçaram na nuca de Bonnie. Isto era o Poder, numa quantidade tal que seus sentidos paranormais ficaram abalados e temporariamente paralisados. Mover Caroline — e ela não era pequena —, isso é que era *Poder*.

Talvez Stefan tenha mudado tanto quanto Elena. Bonnie olhou para a amiga, cujo lago de serenidade ondulava por causa de Caroline.

Podia muito bem desviar a atenção dela e talvez fazer com que ela valesse o *agradecimento* de Stefan, pensou Bonnie.

Ela deu um tapinha no joelho de Elena e, quando essa se virou, Bonnie a beijou.

Elena interrompeu o beijo com muita rapidez, como se temesse provocar outro holocausto. Mas Bonnie viu de pronto o que Meredith havia dito sobre não ser sexual. Era mais... como ser examinada por alguém que usava ao máximo todos os sentidos. Quando se afastou de Bonnie, Elena estava radiante como ficou para Meredith, toda a aflição eliminada pela... Sim, pela *pureza* do beijo. E Bonnie sentia que parte da tranquilidade de Elena a havia banhado.

— ... devia saber muito bem que não era para trazer Caroline — dizia Matt a Stefan. — Desculpe por me intrometer. Mas eu *conheço* Caroline e ela podia ter continuado a esbravejar por mais meia hora, e nunca ir embora.

— Stefan cuidou disso — disse Meredith — Ou foi Elena também?

— Fui eu — disse Stefan. — Matt tinha razão: ela podia continuar falando para sempre, sem ir embora. E fico feliz que ninguém tenha criticado Elena como acabei de ouvir.

Por que eles falavam dessas coisas?, perguntou-se Bonnie. De todas as pessoas, Meredith e Stefan estavam pelo menos inclinados a conversar, mas aqui estavam eles, dizendo coisas que não eram necessárias. Então ela percebeu que era por causa de Matt, que se aproximava de Elena lentamente, mas com determinação.

Bonnie se levantou tão rapidamente e com tanta flexibilidade como se estivesse voando e conseguiu ultrapassar Matt sem olhar para ele. E então se uniu a Meredith e Stefan naquele papo leve — bom, mais ou menos leve — sobre o que tinha acabado de acontecer. Caroline ganhou um péssimo inimigo, todos concordaram, e nada parecia lhe mostrar que seus esquemas contra Elena sempre saíam pela culatra. Bonnie apostava que ela estava tramando outra coisa contra todos eles agora mesmo.

— Ela se sente sozinha o tempo todo — disse Stefan, como se tentasse se desculpar por Caroline. — Ela quer ser aceita, por qualquer um, em quaisquer termos... Mas ela se sente... à parte. Como se ninguém que realmente a conhecesse confiasse nela.

— Ela está na defensiva — concordou Meredith. — Mas era de se pensar que mostraria *alguma* gratidão. Afinal, nós a resgatamos e salvamos sua vida há mais de uma semana.

Havia mais do que isso, pensou Bonnie. Sua intuição tentava lhe dizer alguma coisa — algo sobre o que poderia ter acontecido *antes* de eles terem resgatado Caroline —, mas ela estava com tanta raiva por Elena que ignorou isso.

— Por que alguém ia confiar nela? — perguntou Bonnie a Stefan. Ela deu uma espiada para trás. Elena definitivamente ia conhecer Matt, e Matt dava a impressão de que estava desmaiando. — É claro que Caroline era bonita, mas só isso. Ela nunca teve nada de bom a dizer sobre ninguém. Faz os joguinhos dela o tempo todo... E... Eu *sei* que a gente antigamente agia assim também... Mas a intenção desses jogos é prejudicar os outros, sempre. É claro que ela pode convencer a maioria dos *homens* — Bonnie foi tomada por uma ansiedade repentina e começou a falar mais alto para tentar afugentar o sentimento —, mas para uma menina, ela é só um par de pernas compridas...

Bonnie parou porque Meredith e Stefan estavam congelados, com expressões idênticas de *Ah-de-novo-não.*

— E ela também tem uma audição muito boa — disse uma voz trêmula e ameaçadora de algum lugar atrás de Bonnie. O coração de Bonnie saltou dentro do peito.

Era nisso que dava ignorar as premonições.

— Caroline... — Meredith e Stefan tentavam controlar os danos, mas era tarde demais. Caroline andou com suas pernas compridas como se não quisesse que os pés tocassem o piso do quarto de Stefan, mas, estranhamente, carregava seus saltos altos nas mãos.

— Voltei para pegar meus óculos escuros — disse ela, com a voz ainda trêmula. — E ouvi o bastante para saber o que meus ditos "amigos" pensam de mim.

— Não ouviu, não — disse Meredith, tão eloquente e rápida que Bonnie ficou muda. — Você ouviu pessoas muito irritadas desabafando depois de você ter insultado todo mundo.

— Além disso — disse Bonnie, de repente capaz de falar novamente — Confesse, Caroline... Você *esperava* ouvir alguma coisa, por isso tirou os sapatos. Você estava bem atrás da porta, não é?

Stefan fechou os olhos.

— A culpa é toda minha, eu devia ter...

— Não devia, não — disse Meredith a ele, e acrescentou a Caroline: — E se puder afirmar que uma palavra do que dissemos não é verdade, ou foi exagero nosso... A não ser talvez pelo que Bonnie disse, e a Bonnie é... só a Bonnie. De qualquer forma, se puder apontar uma só palavra do que o restante de nós disse que não seja verdade, *eu* pedirei seu perdão.

Caroline não escutava. Ela tremia, tinha um tique facial e seu lindo rosto estava contorcido, vermelho de fúria.

— Ah, você *vai mesmo* pedir meu perdão — disse ela, girando para apontar o dedo de unha comprida para cada um deles. —

Todos vão. E se tentarem aquela... coisa de bruxaria de vampiro comigo de novo — disse ela a Stefan —, eu tenho amigos... amigos de verdade... que iam gostar de saber disso.

— Caroline, essa tarde mesmo você assinou um contrato...

— Ah, e quem liga pra isso?

Stefan se levantou. Agora estava escuro dentro do pequeno quarto com a janela empoeirada, e a sombra dele era lançada à frente pelo abajur da mesinha de cabeceira. Bonnie olhou para a sombra e cutucou Meredith, enquanto os pelos de seu braço e de sua nuca formigavam. A sombra de Stefan era surpreendentemente escura e incrivelmente comprida, enquanto a de Caroline era fraca, translúcida e curta — uma sombra de mentirinha perto da verdadeira, de Stefan.

A sensação de temporal tinha voltado. Bonnie agora tremia; esforçava-se para não sentir aquilo, mas era incapaz de impedir os abalos que surgiam como se ela tivesse sido atirada em água gelada. Era um frio que entrava em seus ossos e arrancava camada após camada de calor deles, como um gigante voraz, e agora ela começava a tremer *de verdade*...

Algo estava acontecendo com Caroline na escuridão — algo emanava dela — ou emanava *para* ela — ou talvez as duas coisas. De qualquer maneira, agora estava em volta dela, e em volta de Bonnie também, e a tensão era tanta que Bonnie se sentiu sufocada e seu coração batia forte. Ao lado dela, Meredith — a prática e equilibrada Meredith — se agitava, desassossegada.

— O quê...? — Meredith começou num sussurro.

De repente, como se tudo tivesse sido perfeitamente coreografado pelas coisas no escuro — a porta do quarto de Stefan bateu... O abajur, uma luminária elétrica comum, voou... A antiga persiana da janela arriou inesperadamente, e uma completa e súbita escuridão pairou sobre o quarto.

E Caroline gritava. Era um som medonho — rude, como se tivesse sido extraído da medula de Caroline e arrancado de sua garganta.

Bonnie também gritou. Não conseguiu evitar, embora seu grito parecesse fraco e sem fôlego, como um eco, e não o som gutural que Caroline havia soltado. Felizmente, pelo menos, Caroline não estava mais gritando. Bonnie conseguiu interromper o novo grito que se formava em sua garganta, embora a tremedeira estivesse pior do que nunca. Meredith a abraçava com força, mas, enquanto a escuridão e o silêncio continuavam e o tremor de Bonnie não parava, Meredith se levantou e a passou bruscamente para Matt, que parecia pasmo e perturbado, mas tentou, meio sem jeito, abraçá-la.

— Não fica tão escuro depois que seus olhos se acostumam — disse ele. Sua voz estava áspera, como se ele precisasse beber água. Mas foi a melhor coisa que podia ter falado, porque, de tudo no mundo que merecia ser temido, Bonnie tinha mais medo do escuro. Havia *coisas* nele, coisas que só ela via. Apesar da tremedeira terrível, ela conseguiu se manter de pé com a ajuda de Matt — então ofegou, e ouviu Matt fazer o mesmo.

Elena brilhava, mas não era só isso. O brilho se estendia para trás e de cada lado dela em um par de belas, definidas e inegáveis... asas.

— Ela t-tem asas — cochichou Bonnie, o gaguejar causado pelo tremor, e não por assombro ou medo. Agora era Matt que se agarrava a *ela*, como uma criança; ele obviamente não conseguiu responder.

As asas moviam-se com a respiração de Elena. Ela estava sentada no ar, imóvel agora, a mão estendida com os dedos abertos num gesto de negação.

Elena falou. Não era nenhuma língua que Bonnie tivesse ouvido; ela duvidava de que fosse alguma língua que algum povo usasse na Terra. As palavras eram incisivas, afiadas, como o estilhaçar de uma miríade de cacos de cristal que caíram de um lugar muito alto e muito distante.

A forma das palavras *quase* fazia sentido na mente de Bonnie à medida que suas próprias capacidades paranormais eram incitadas pelo tremendo Poder de Elena. Era um Poder que assomava na escuridão, afugentando-a... Fazia com que as coisas no escuro corressem, com garras raspando para todo lado. Palavras afiadas como gelo as seguiram o tempo todo, agora desdenhosas...

E Elena... Elena era tão dolorosamente linda como esteve quando vampira, e parecia quase igualmente pálida.

Mas Caroline também gritava. Usava palavras poderosas de Magia Negra, e para Bonnie era como se sombras de todo tipo de trevas e coisas horríveis saíssem de sua boca; lagartos, serpentes e aranhas de muitas pernas.

Era um duelo, um confronto de magia. Mas como Caroline aprendeu tanto de magia negra? Ela nem era de uma linhagem de bruxas, como Bonnie.

Fora do quarto de Stefan, cercando-o, havia um estranho som, que parecia um helicóptero. *Uipuipuipuipuip...*

Bonnie teve medo, mas precisava fazer alguma coisa. Era celta e paranormal por herança, não podia evitar; precisava ajudar Elena. Devagar, como se abrisse caminho à força por uma ventania, Bonnie cambaleou e pegou a mão de Elena, oferecendo-lhe seu poder.

Quando Elena apertou sua mão, Bonnie percebeu que Meredith estava do outro lado. A luz aumentou. Os lagartos rabiscados fugiram dela, gritando e se dilacerando para se afastar.

Só o que Bonnie percebeu depois foi que Elena havia arriado. As asas sumiram. Os rabiscos sombrios também se foram. Elena os expulsara, usando uma quantidade imensa de energia para dominá-los com o Poder Branco.

— Ela vai cair — sussurrou Bonnie, olhando para Stefan. — Ela usou tanta magia...

Neste momento, quando Stefan começou a se virar para Elena, várias coisas aconteceram muito rápido, como se o quarto estivesse sob os clarões de uma luz estroboscópica.

Houve um clarão. A persiana da janela rolou para cima, batendo furiosamente.

Outro clarão. O abajur voltou a se acender, revelando-se nas mãos de Stefan que, provavelmente, tentava consertá-lo.

Mais um clarão. A porta do quarto de Stefan se abriu lentamente, rangendo, como se compensasse por ter batido antes.

Um novo clarão e Caroline agora estava no chão, de quatro, humilhada, respirando com dificuldade. Elena tinha vencido...

E caiu.

Apenas reflexos inumanamente rápidos podiam tê-la apanhado, especialmente do outro lado do quarto. Mas Stefan atirou o abajur para Meredith e atravessou a distância com uma velocidade tamanha que os olhos de Bonnie não puderam acompanhar. Depois estava abraçando Elena, envolvendo-a de maneira protetora.

— Ah, que *inferno* — disse Caroline. Riscos pretos de maquiagem escorriam pelo seu rosto, deixando-a com uma expressão inumana. Ela olhou para Stefan com um ódio latente. Ele retribuiu com um olhar sério; não, *severo*.

— Não apele ao Inferno — disse ele num tom muito baixo. — Não aqui, nem agora. Porque o Inferno pode ouvir e voltar.

— Como se já não tivesse voltado — disse Caroline, e naquele momento ela estava deplorável, enfraquecida e patética. Como se tivesse iniciado algo que não sabia como parar.

— Caroline, o que está dizendo? — Stefan se ajoelhou. — Está dizendo que você já... fez algum pacto...?

— Ai — disse Bonnie, de repente e sem querer, rompendo o humor agourento no quarto de Stefan. Uma das unhas quebradas de Caroline deixara uma trilha de sangue no chão. Caroline tinha se ajoelhado nela também, fazendo uma bela sujeira. Bonnie sentiu um latejar solidário de dor pelos próprios dedos até que Caroline agitou a mão ensanguentada para Stefan. E a solidariedade de Bonnie se transformou em náusea.

— Quer lamber? — disse ela. Sua voz e seu rosto haviam mudado inteiramente e ela nem tentava esconder. — Ah, vamos lá, Stefan — continuou num tom de zombaria —, você *bebeu* sangue humano ultimamente, não foi? Humano ou... Sei lá o que ela é, o que ela se tornou. Agora vocês dois podem voar juntos, não é?

— Caroline — sussurrou Bonnie —, você não *viu*? As asas dela...

— Como um morcego... Ou outro vampiro. Stefan a fez...

— Eu também vi — disse Matt sem expressão, atrás de Bonnie. — Não eram asas de morcego.

— Será que ninguém aqui tem olhos? — disse Meredith de onde estava, perto do abajur. — Olhem aqui. — Ela se curvou. Quando se levantou de novo, segurava uma pena branca e longa, que brilhava sob a luz.

— Então talvez ela seja um *corvo* branco — disse Caroline. — Isso seria bem adequado. E nem acredito que todos vocês estão... estão... bajulando a garota como se fosse uma princesa. Sempre a queridinha de todo mundo, não é, Elena?

— Pare com isso — disse Stefan.

— De *todos*, é a palavra-chave — cuspiu Caroline.

— Pare.

— Pelo jeito como estava beijando as pessoas uma depois da outra. — Ela deu de ombros, teatralmente. — Todo mundo parece ter se esquecido, mas isso mais pareceu...

— Pare, Caroline.

— A *verdadeira* Elena. — A voz de Caroline assumiu uma falsa afetação, mas ela não conseguiu esconder o veneno, pensou Bonnie. — Porque todo mundo que te conhece sabe o que você *realmente* era antes de Stefan nos *abençoar* com sua presença *irresistível.* Você era...

— Caroline, pare agora mesmo...

— Uma vagabunda! É isso mesmo! Apenas a *vagabunda* barata de todo mundo!

7

Houve uma espécie de arfar universal. Stefan ficou lívido, os lábios comprimidos numa linha fina. Bonnie tinha a impressão de que sufocava em palavras, em explicações, em recriminações pelo comportamento de Caroline. Elena pode ter tido tantos namorados quanto estrelas no céu, mas no fim desistiu de todos — porque se apaixonou — mas é claro que Caroline não ia falar de nada disso.

— E agora, não tem nada para dizer? — Caroline provocava. — Não conseguem encontrar uma resposta engraçadinha? O morcego comeu sua língua? — Ela começou a rir, mas era um riso forçado e sem vida, mas depois as palavras jorraram de um jeito incontrolável, palavras que não deviam ser pronunciadas em público. Bonnie dizia a maioria delas de vez em quando, mas *aqui*, e *agora*, elas formaram uma torrente de poder maligno. As palavras de Caroline se elevaram numa espécie de crescendo. Algo ia acontecer — uma força que não podia ser contida...

Reverberações, pensou Bonnie enquanto as ondas sonoras começavam a se intensificar...

Vidro, disse-lhe sua intuição. *Livre-se do vidro.*

Stefan só teve tempo de girar para Meredith e gritar.

— *Livre-se do abajur.*

E Meredith, que não era rápida para compreender, mas era uma ótima lançadora de beisebol, pegou o abajur e atirou na... Não, através...

... uma explosão enquanto o abajur de porcelana se espatifava...

... da janela aberta.

Houve um estilhaçar semelhante no banheiro. O espelho explodira por trás da porta fechada.

E então Caroline deu um tapa no rosto de Elena.

Deixou uma mancha de sangue, que Elena tocou, insegura. Também deixou a marca da mão branca, que ficava vermelha progressivamente. A expressão de Elena era de tirar lágrimas de pedra.

E então Stefan fez o que Bonnie considerou a coisa mais assombrosa do mundo. Muito gentilmente, colocou Elena no chão, beijou seu rosto e se voltou para Caroline.

Pôs as duas mãos em seus ombros, sem sacudir, só mantendo-a imóvel, obrigando-a a olhar para ele.

— Caroline — disse ele —, pare. *Volte*. Por seus velhos amigos que gostam de você, volte. Por sua família que a ama, volte. Por sua alma imortal, *volte. Volte para nós!*

Caroline se limitou a olhar Stefan com beligerância.

Stefan se virou meio de lado, para Meredith, fazendo uma careta.

— Eu não fui feito para isso — disse ele com ironia. — Não é o forte de um vampiro.

Depois ele se virou para Elena, com a voz terna.

— Meu amor, pode ajudar? Pode ajudar sua velha amiga mais uma vez?

Elena já estava tentando chegar a Stefan. Tinha se içado muito trêmula, primeiro pela cadeira de balanço, depois apoiando-se em Bonnie, que tentava ajudá-la apesar da gravidade. Elena vacilava, como uma girafa recém-nascida de patins, e Bonnie — quase meia cabeça mais baixa — tinha dificuldade em lidar com ela.

Stefan fez um gesto de quem ia ajudar, mas Matt já estava ali, segurando Elena do outro lado.

Depois Stefan fez com que Caroline se virasse, segurando-a e sem deixar que fugisse, obrigando-a a olhar Elena de frente.

Elena, sustentada pela cintura para que as mãos ficassem livres, fez alguns gestos curiosos, parecendo traçar desenhos com uma velocidade cada vez maior diante do rosto de Caroline, ao mesmo tempo fechando e abrindo as mãos com os dedos em diferentes posições. Parecia saber exatamente o que fazia. Os olhos de Caroline seguiam os movimentos das mãos de Elena como se compelidos, mas estava claro, por seus resmungos, que ela odiava aquilo.

Magia, pensou Bonnie, fascinada. Magia Branca. Ela apelava aos anjos, com a mesma certeza de que Caroline apelara aos demônios. Mas seria Elena forte o bastante para tirar Caroline das trevas?

E por fim, como que para completar a cerimônia, Elena se inclinou para frente e deu um beijo casto nos lábios de Caroline.

O inferno subiu à terra. De algum modo, Caroline se livrou das mãos de Stefan e tentou arranhar o rosto de Elena com as unhas. Objetos do quarto voaram pelo ar, impelidos por uma força inumana. Matt tentou pegar o braço de Caroline, mas levou um murro no estômago que o fez se curvar; em seguida, ganhou um golpe na nuca.

Stefan soltou Caroline para pegar Elena e conseguiu fazer com que ela e Bonnie saíssem sem nenhum arranhão. Ele parecia pressupor que Meredith podia se cuidar — e tinha razão. Caroline girou para Meredith, mas ela estava preparada. Pegou Caroline pelo pulso e aumentou o impulso do giro. Caroline caiu na cama, desajeitada, e partiu para Meredith novamente, desta vez agarrando seus cabelos. Meredith se libertou, deixando um tufo de cabelos nos dedos de Caroline. Depois Meredith a pegou desprevenida, atingindo-a em cheio no queixo e fazendo-a desmaiar.

Bonnie comemorou com um grito e se recusou a sentir-se culpada por isso. Depois, pela primeira vez, enquanto Caroline jazia imóvel, Bonnie percebeu que as unhas da menina estavam todas ali de novo — longas, fortes, recurvadas e perfeitas, nenhuma delas lascada ou quebrada.

O Poder de Elena? Devia ser. O que mais teria feito isso? Com apenas alguns gestos e um beijo, Elena curou Caroline.

Meredith massageava a própria mão.

— Não sabia que doía *tanto* nocautear uma pessoa — disse ela. — Nunca mostram isso nos filmes. É assim para os homens?

Matt corou.

— Eu... Bem, eu nunca...

— É assim para todos, até para os vampiros — disse Stefan rapidamente. — Você está bem, Meredith? Quero dizer, Elena podia...

— Não, estou bem. E Bonnie e eu temos um trabalho a fazer. — Ela assentiu para Bonnie, que retribuiu o gesto, mas com desânimo. — Caroline é nossa responsabilidade e devíamos ter percebido por que ela *realmente* teve de voltar. *Ela não tem carro.* Aposto que usou o telefone da escada e tentou chamar alguém para pegá-la, mas não conseguiu, depois subiu a escada de novo. Então agora temos que levá-la para casa. Stefan, desculpe. Não foi uma visita muito boa.

Stefan parecia amargurado.

— Deve ter sido tão boa quanto Elena podia aguentar — disse ele. — Mais do que pensei que ela aguentaria, sinceramente.

— Bom, quem está com o carro sou eu, e Caroline é responsabilidade minha também — disse Matt. — Posso não ser mulher, mas sou humano.

— Quem sabe a gente consiga voltar amanhã, talvez? — disse Bonnie.

— Sim, acho que seria melhor assim — disse Stefan. — Quase me odeio por deixá-los ir embora — acrescentou, sombrio, observando uma Caroline inconsciente. — Tenho medo por ela. Muito medo.

Bonnie aproveitou a deixa.

— E por quê?

— Eu acho... Bom, pode ser cedo demais para dizer, mas ela quase parece estar possuída por alguma coisa... Mas não tenho ideia do quê. Acho que tenho de fazer uma boa pesquisa.

E lá estava novamente a sensação gelada tomando as costas de Bonnie. A sensação de proximidade de um oceano gélido de medo, pronto para desabar em cima dela e levá-la em uma rápida viagem ao fundo.

Stefan acrescentou:

— Mas sem dúvida ela se comportou de uma maneira estranha... Até para Caroline. Não sei o que *vocês* ouviram quando ela estava xingando, mas percebi outra voz por trás, incitando-a. — Ele se virou para Bonnie. — Você ouviu?

Bonnie tentava se recordar. Teria havido alguma coisa — só um sussurro — e uma batida antes de aparecer a voz de Caroline? Menos do que uma batida e só o mais fraco dos sussurros sibilantes?

— E o que aconteceu aqui pode ter piorado ainda mais. Ela apelou ao Inferno num momento em que este quarto estava saturado de Poder. Fell's Church está na encruzilhada de muitas linhas de força, e isso não é coincidência. Com tudo isso acontecendo... Bom, só espero que a gente tenha um bom parapsicólogo por aqui.

Bonnie sabia que todos pensavam em Alaric.

— Vou ver se consigo trazê-lo para cá — disse Meredith. — Mas provavelmente ele estará no Tibete ou no Timbuktu pesquisando. Vai demorar um pouco até eu conseguir mandar um recado para ele.

— Obrigado. — Stefan parecia aliviado.

— Como eu disse, ela é nossa responsabilidade — repetiu Meredith em voz baixa.

— Lamentamos por tê-la trazido — disse Bonnie em voz alta, esperando que algo dentro de Caroline pudesse ouvi-la.

Eles se despediram separadamente de Elena, sem ter certeza do que podia acontecer. Mas ela simplesmente sorriu para cada um deles e tocou suas mãos.

Por sorte ou por graça de algo muito além da compreensão de todos, Caroline despertou. Até parecia mais racional, embora meio confusa, quando o carro chegou em sua rua. Matt ajudou Caroline a sair do carro e a levou nos braços até a porta, enquanto a mãe dela atendia à campainha. Era uma mulher calada, tímida e de aparência cansada, que não pareceu surpresa por receber a filha naquele estado no final de uma tarde de verão.

Matt deixou as meninas na casa de Bonnie, onde passaram a noite numa especulação preocupada. Bonnie dormiu com o som dos palavrões de Caroline ecoando na cabeça.

Querido Diário,

Algo vai acontecer esta noite.

Não posso falar nem escrever, e não me lembro muito bem de como se digita num teclado, mas posso mandar pensamentos a Stefan e ele pode escrevê-los. Não temos nenhum segredo um para o outro.

Então agora este é meu diário. E...

Hoje de manhã eu acordei de novo. Acordei de novo! Ainda era verão lá fora e tudo estava verde. Os narcisos no jardim estão florescendo. E eu tive visitas. Não sei exatamente quem eram, mas três deles tinham cores fortes e claras. Eu os beijei para não me esquecer de nenhum novamente.

A quarta visita era diferente. Eu só consegui enxergar uma cor fragmentada, entremeada de preto. Tive de usar palavras fortes de Poder Branco para evitar que ela trouxesse coisas sombrias para o quarto de Stefan.

Estou ficando com sono. Quero ficar com Stefan e sentir seu abraço. Eu amo Stefan. Desistiria de tudo para ficar com ele. Ele me pergunta: até de voar? Até de voar, para ficar com ele e mantê-lo em segurança. Desistiria de tudo para mantê-lo em segurança. Até de minha vida.

Agora quero ir a ele.

Elena

(E Stefan lamenta por escrever no novo diário de Elena, mas ele precisa dizer algumas coisas, porque um dia, talvez, queira ler, para se lembrar. Escrevi os pensamentos dela em frases, mas eles não chegam dessa maneira. Saem como fragmentos de pensamento, eu acho. Os vampiros estão acostumados a traduzir os pensamentos comuns das pessoas em frase coerentes, mas os de Elena precisam de uma tradução mais demorada. Em geral, ela pensa em imagens nítidas, com uma ou duas palavras esparsas.

A "quarta visita" de quem ela falou é Caroline Forbes. Acho que Elena conhece Caroline desde que eram bebês. O que me espanta é que hoje Caroline a atacou de quase todas as maneiras imagináveis e, no entanto, quando procurei na mente de Elena, não encontrei nenhum sentimento de raiva ou de dor. É quase assustador vasculhar uma mente assim.

A pergunta que eu realmente gostaria de responder é: o que aconteceu com Caroline durante o curto período em que foi raptada por Klaus e Tyler? E será que ela fez o que fez hoje por vontade própria? Há algum resquício do ódio de Klaus pairando como um miasma, maculando o ar? Ou temos outro inimigo em Fell's Church?

E o mais importante, o que vamos fazer em relação a isso?

Stefan, que está sendo puxado do compu

8

s ponteiros do antigo relógio marcavam 3 da manhã quando Meredith acordou de repente de um sono espasmódico.

E então ela mordeu o lábio, reprimindo um grito. Um rosto estava tombado sobre ela, de cabeça para baixo. A última coisa de que ela se lembrava era de se deitar de costas num saco de dormir, falando com Bonnie sobre Alaric.

Agora Bonnie estava curvada sobre ela, de cabeça para baixo e os olhos fechados. Ajoelhava-se na cabeceira do travesseiro de Meredith e seu nariz quase tocava o da amiga. Acrescente-se a isso uma estranha palidez no rosto de Bonnie e um hálito quente e acelerado que fazia cócegas na testa de Meredith, e qualquer um — *qualquer um*, Meredith insistiu consigo mesma — teria o direito de soltar um grito.

Ela esperou que Bonnie falasse, olhando a melancolia daqueles olhos fechados e sinistros.

Mas em vez disso Bonnie se sentou, levantou-se, andou com perfeição até a mesa de Meredith, onde o celular de Meredith estava carregando, e o pegou. Ela deve ter ligado a gravação de vídeo porque abriu a boca e começou a gesticular e falar.

Foi apavorante. Aos poucos, os sons que saíam da boca de Bonnie foram identificados: ela falava de trás para frente. Os ruídos confusos, guturais ou agudos, tinham a cadência que os filmes de terror tanto popularizaram. Mas ser capaz de falar daquele jeito de propósito... Não era possível para uma pessoa normal, nem para uma mente humana normal. Meredith teve a sensação lúgubre de alguma coisa tentando se comunicar com elas, tentando alcançá-las através de dimensões inimagináveis.

Talvez a coisa viva de trás para frente, pensou Meredith, tentando se distrair enquanto os sons apavorantes continuavam. Talvez pense que nós também vivemos assim. Talvez a gente não... cruze...

Meredith achava que não podia mais suportar. Começava a imaginar que ouvia palavras, até frases nos sons invertidos, e nenhuma delas era agradável. Faça isso parar, por favor... Agora.

Um gemido e murmúrio...

A boca de Bonnie se fechou com um bater de dentes, e os sons pararam de imediato. E então, como um vídeo voltando em câmera lenta, ela andou de volta ao próprio saco de dormir, ajoelhou-se e se aninhou de costas, deitando-se com a cabeça no travesseiro — tudo isso sem abrir os olhos para ver aonde ia.

Foi uma das coisas mais assustadoras que Meredith vira e ouvira na vida, e ela já vira e ouvira uma boa quantidade de coisas assustadoras.

E Meredith com certeza não podia deixar aquela gravação para a manhã seguinte.

Ela se levantou, foi até a mesa na ponta dos pés e levou o celular para o outro quarto. Ali o conectou ao computador, onde podia reproduzir a mensagem de trás para frente.

Quando ouviu a mensagem invertida uma ou duas vezes, decidiu que Bonnie jamais deveria ouvi-la. Aquilo a deixaria completamente apavorada e os amigos de Elena não teriam mais contatos com a paranormal.

Eram sons animais, misturados a uma voz distorcida e de trás para frente... Que, de forma alguma, era a voz de Bonnie. Mas não era a voz de uma pessoa normal. Quase parecia pior no sentido correto do que de trás para frente — o que talvez significasse que o ser que pronunciara aquelas palavras normalmente falava invertido.

Meredith pôde distinguir vozes humanas entre os gemidos e risos distorcidos e ruídos animais saídos da savana. Embora eriçassem e formigassem os pelos de seu corpo, ela tentou transformar aquela tagarelice sem sentido em palavras. Reunindo-as, conseguiu o seguinte:

"O deeeeees... per... tar seeer... rááá... subsubsub... súbi... toooo *E* chhhhoooo... caaaaan... cheeeee. *VOCÊÊÊÊ*... ee-ee-eee-ee... euuuuu... deveeeeemmmmoss... eeestaaar... *LÁÁÁ*... paaar... ra... oo deeeespeeeer... taaar... delllla. Nnnnnnããão... *ESSSSSTAREEEEMO-MO-MO-MOS* lááááá paaaar... raaaa (havia um "eeeaaaaa" em seguida, ou era só parte de um grunhido?) de-eeeepppp... poooooisssss. Isssss... éééé... *PAAAAAAAR*... outtttt-tt... traaas.... mmmmmmããããã.. ãossssss.

Meredith, trabalhando com o bloco e o lápis, por fim conseguiu obter estas palavras:

O despertar será súbito e chocante.
Você e eu devemos estar lá para o Despertar dela. Não estaremos lá para (ela?) depois. Isto é para outras mãos.

Com precisão, Meredith deixou o lápis ao lado da mensagem decifrada no bloco.

Depois disso foi se deitar enroscada em seu saco de dormir, observando Bonnie imóvel como um gato num buraco de camundongo, até que, por fim, o abençoado cansaço a levou para a escuridão.

— Eu disse *isso*? — Bonnie ficou realmente aturdida na manhã seguinte, enquanto preparava suco de grapefruit e servia cereais, como uma anfitriã modelo, mesmo que fosse Meredith quem fazia ovos mexidos no fogão.

— Eu já te disse três vezes. As palavras não vão mudar, posso lhe garantir.

— Bom — disse Bonnie, de repente mudando de ideia —, está claro que o Despertar vai acontecer a Elena. Porque, primeiro, você e eu temos de estar lá, e segundo, é ela quem precisa *despertar*.

— Exatamente — disse Meredith.

— Ela precisa se lembrar de quem realmente era.

— Precisamente — disse Meredith.

— E temos de ajudá-la a se lembrar!

— *Não!* — disse Meredith, descarregando a raiva nos ovos com a espátula de plástico. — Não, Bonnie, não foi o que você disse e não acho que a gente *possa* fazer isso. Podemos ensinar pequenas coisas a ela, talvez, como Stefan tem feito. Como amarrar os sapatos, escovar o cabelo. Mas pelo que você disse, o Despertar será chocante e súbito... E você não disse nada sobre a gente fazer isso. Só disse que temos de estar lá com ela, porque depois disso, de algum modo *não* estaríamos lá.

Bonnie refletiu no silêncio sombrio.

— Não estaríamos lá? — disse ela por fim. — Tipo não estaríamos com Elena? Ou não estaríamos lá, como... Não estaríamos em lugar nenhum?

Meredith olhou o café da manhã que, de repente, perdera a vontade de comer.

— Não sei.

— Stefan disse que a gente podia voltar hoje — insistiu Bonnie.

— Stefan seria educado até depois de morto por uma estaca.

— Já sei — disse Bonnie subitamente. — Vamos ligar para o Matt. Podemos ir ver Caroline... Se ela *quiser* nos ver, quero dizer. Podemos ver se ela está diferente hoje. *Depois* esperamos até a tarde, e *em seguida* ligamos para Stefan e perguntamos se podemos ir lá para ver Elena.

Na casa de Caroline, sua mãe disse que ela estava doente e não sairia da cama. Os três — Matt, Meredith e Bonnie — foram para a casa de Meredith sem ela, mas Bonnie mordia o lábio sem parar, olhando de vez em quando para trás, para a rua de Caroline. A mãe de Caroline também parecia doente, com olheiras. E uma sensação de temporal, uma pressão no ambiente, quase achatava a casa de Caroline.

Na casa de Meredith, Matt mexia no carro, que constantemente precisava de consertos, enquanto Bonnie e Meredith procuraram por roupas que Elena pudesse usar no armário. Ficariam grandes, mas ainda eram melhores do que as de Bonnie, que ficariam pequenas demais.

Às 4 horas da tarde elas ligaram para Stefan. Sim, eles seriam bem-vindos. Elas desceram e pegaram Matt.

No pensionato, Elena não repetiu o ritual do beijo do dia anterior — para decepção evidente de Matt. Mas ficou deliciada com as roupas novas, embora não por qualquer motivo que a antiga Elena teria demonstrado. Flutuando a um metro do chão, ela as tocava no rosto e as cheirava intensa e rapidamente, depois olhava radiante para Meredith, embora, quando pegou uma camiseta, Bonnie não tivesse conseguido sentir cheiro de nada, a não ser do amaciante de roupas que elas usavam. Nem mesmo a colônia Beach de Meredith.

— Desculpe — disse Stefan, impotente, enquanto Elena entrava numa crise súbita de espirros, aninhando um top azul-claro nos braços como se fosse um gatinho. Mas a expressão dele era terna e Meredith, parecendo meio constrangida, tranquilizou-o de que era bom ser valorizada daquela forma.

— Ela pode dizer de onde vieram — explicou Stefan. — Ela não usaria nada que viesse de uma fábrica na qual os funcionários não têm condições adequadas de trabalho.

— Eu só compro em lugares que sei que não exploram os operários — disse Meredith simplesmente. — Bonnie e eu temos uma coisa para te dizer — acrescentou. Enquanto ela contava a profecia da madrugada, Bonnie levou Elena ao banheiro e a ajudou a vestir o short, que coube, e o top azul claro, que quase ficou bom, só meio comprido.

A cor destacava com perfeição o cabelo embaraçado, mas ainda glorioso de Elena. Entretanto, quando Bonnie tentou fazer com que ela se olhasse no espelho de mão que trouxera — os cacos do antigo espelho já haviam sido varridos —, Elena pareceu tão confusa quanto um filhotinho erguido para ver o próprio reflexo. Bonnie segurou o espelho diante de seu rosto e Elena o virava, frente e verso, como um bebê brincando de esconde-esconde. Bonnie teve de se contentar com uma boa escovada nos nós daquela massa dourada, coisa que Stefan claramente não sabia fazer. Quando o cabelo de Elena finalmente ficou sedoso e liso, Bonnie a levou com orgulho para mostrar aos outros.

E lamentou de pronto. Os três estavam numa conversa tão profunda que parecia lúgubre. Com relutância, Bonnie soltou Elena, que de imediato voou — literalmente — para o colo de Stefan, unindo-se ao grupo.

— É claro que entendemos — dizia Meredith. — Mesmo antes de Caroline pirar, que outra opção havia, na verdade? Mas...

— Como assim, "que outra opção havia"? — disse Bonnie, sentando-se na cama de Stefan, ao lado dele. — Do que vocês estão falando?

Houve uma longa pausa e Meredith se levantou para colocar o braço em volta de Bonnie.

— Estávamos falando sobre por que Stefan e Elena precisam sair de Fell's Church... Precisam ir para longe daqui.

No início Bonnie não reagiu — ela sabia que devia sentir alguma coisa, mas estava chocada demais para entender o que era. Quando as palavras lhe vieram, a única coisa que pôde se ouvir dizer estupidamente foi:

— Ir *embora?* E *por quê?*

— Você viu por que... Aqui, ontem — disse Meredith, os olhos escuros cheios de dor, a expressão, pela primeira vez, mostrando a angústia incontrolável que devia estar sentindo. Mas naquele momento nenhuma angústia significava alguma coisa para Bonnie, exceto a dela própria.

E essa angústia a tomara, como uma avalanche sepultando-a em neve quente e vermelha. Em gelo que queimava. De algum modo Bonnie conseguiu sair dela o suficiente para dizer:

— Caroline não faria nada. Ela assinou um juramento. Ela sabe que quebrá-lo... Especialmente quando... Quando você-sabe-quem também assinou...

Meredith deve ter contado a Stefan sobre o corvo, porque ele suspirou e balançou a cabeça, desviando gentilmente Elena, que tentava entender o que acontecia pela expressão em seu rosto. Ela percebeu claramente a infelicidade do grupo, mas com a mesma clareza via-se que não conseguia entender o que a causava.

— A última pessoa que quero perto de Caroline é o meu irmão. — Stefan tirou o cabelo preto dos olhos com irritação, como se fosse lembrado do quanto eles eram parecidos. — E não acho que a ameaça de Meredith sobre a irmandade vá funcionar. Caroline foi longe demais nas trevas.

Bonnie tremeu por dentro. Não gostava dos pensamentos que aquelas palavras evocavam: *nas trevas*.

— Mas... — começou Matt, e Bonnie percebeu que ele sentia o mesmo que ela; atordoados e enjoados, como se eles estivessem saindo de uma montanha-russa barata.

— Escutem — disse Stefan —, há outro motivo para não podermos ficar aqui.

— Que outro motivo? — perguntou Matt, demoradamente. Bonnie também estava perturbada demais para falar, percebia isso em algum lugar no fundo de seu inconsciente. Mas empurrava aqueles pensamentos para longe sempre que eles apareciam.

— Acho que Bonnie já compreende. — Stefan olhou para ela. Ela retribuiu com olhos toldados de lágrimas.

— Descobri que Fell's Church — explicou Stefan com gentileza e tristeza — está sobre um encontro de linhas de força. Lembram do que aconteceu na Guerra Civil? Não sei se isso aconteceu aqui por acaso. Existem linhas de Poder bruto no solo. Um de vocês sabe se os Smallwood têm alguma coisa a ver com a localização da cidade?

Ninguém sabia. Não havia nada no velho diário de Honoria Fell sobre qualquer decisão da família de lobisomens a respeito da fundação da cidade.

— Bom, se foi por acaso, acabou sendo um infortúnio. A cidade... Devo dizer, o cemitério da cidade... Foi construído diretamente sobre um lugar onde muitas linhas de força se cruzam. Antes mesmo da guerra, foi isso que fez de Fell's Church um farol para criaturas sobrenaturais, cruéis ou... não tão cruéis assim. — Ele parecia sem graça, e Bonnie percebeu que Stefan falava de si mesmo. — Eu fui atraído para cá. E outros vampiros também, como sabem. E a cada pessoa com Poder que veio para cá, o farol ficou mais forte, brilhou mais e ficou mais atraente para outras pessoas com o Poder. É um ciclo vicioso.

— Um dia, algum deles vai ver Elena — disse Meredith. — Lembrem-se, essas pessoas são como Stefan, Bonnie, mas não têm o mesmo senso moral dele. Quando a virem...

Bonnie quase caiu em prantos ao pensar nisso. Ela parecia ver um tumulto de plumas brancas, cada uma delas caindo em câmera lenta no chão.

— Mas... Ela não estava assim quando despertou — disse Matt devagar, insistente. — Ela falava. Era racional. Ela não *flutuava.*

— Falando ou não, andando ou flutuando, ela tem o *Poder* — disse Stefan. — O suficiente para deixar loucos os vampiros comuns. Loucos o bastante para feri-la a fim de consegui-lo. E ela não ia matar... Nem mesmo ferir. Pelo menos, não consigo imaginar Elena fazendo isso. O que espero — disse ele, e sua expressão escureceu — é que eu possa levá-la para um lugar onde ela ficará... segura.

— Mas você não pode levá-la — disse Bonnie, ouvindo o gemido na própria voz sem ser capaz de controlá-lo. — Meredith não contou o que eu disse? Ela vai despertar. E Meredith e eu precisamos estar com ela quando isso acontecer.

Porque não estaríamos com ela depois. De repente fazia sentido. E embora não fosse tão ruim quanto pensar que elas não estariam-em-lugar-nenhum, já era péssimo.

— Eu não estava pensando em levá-la antes que ela consiga falar corretamente — disse Stefan, e surpreendeu Bonnie com um abraço rápido em seus ombros. Parecia o abraço de Meredith, fraterno, porém mais forte e mais curto. — E você não sabe como fico feliz por ela vir a despertar. Ou por vocês estarem presentes para lhe dar apoio.

— Mas... — Mas os demônios ainda vão aparecer em Fell's Church?, pensou Bonnie. E você não estará aqui para nos proteger?

Ela levantou a cabeça e viu que Meredith sabia exatamente no que ela estava pensando.

— Eu diria — disse Meredith, com o tom mais cauteloso e controlado — que Stefan e Elena já passaram pelo suficiente por esta cidade.

Ora essa. Não havia como questionar *isso*. E também não havia como discutir com Stefan. Ao que parecia, ele já estava decidido.

Eles conversaram até depois do anoitecer, discutindo diferentes opções e possibilidades, ponderando sobre a previsão de Bonnie. Não chegaram a conclusão nenhuma, mas pelo menos esboçaram alguns planos possíveis. Bonnie insistiu que haveria alguns meios de se comunicarem com Stefan e estava prestes a exigir parte do sangue e do cabelo dele para o feitiço de invocação quando Stefan observou com gentileza que agora ele tinha celular.

Por fim era hora de ir embora. Os humanos estavam famintos e Bonnie imaginou que Stefan também estaria. Ele parecia incomumente pálido, sentado ali, com Elena no colo.

Quando se despediram no alto da escada, Bonnie teve de se lembrar de que Stefan prometera que Elena ficaria ali para receber o apoio dela e de Meredith. Ele jamais a levaria sem contar às duas.

Não era uma despedida *de verdade*.

Então por que se parecia tanto com uma?

9

Quando Matt, Meredith e Bonnie partiram, Stefan ficou com Elena, agora vestida decentemente por Bonnie com uma outra camisola, essa para a noite. A escuridão lá fora era reconfortante aos olhos doloridos de Stefan — doloridos não da luz do dia, mas de dar as más notícias aos amigos. Pior do que os olhos doloridos era a leve falta de fôlego de um vampiro que não se alimentara. Mas isso logo seria remediado, disse Stefan para si mesmo. Depois que Elena dormisse, ele escapuliria para o bosque e encontraria um cervo. Ninguém caçava à espreita como um vampiro; ninguém poderia competir com Stefan na caça. E mesmo que precisasse de vários cervos para acalmar o caçador que tinha dentro de si, nenhum deles teria danos permanentes.

Mas Elena tinha outros planos. Não estava com sono e ficar sozinha com Stefan nunca lhe entediava. Assim que o som do carro das visitas estava fora do alcance de seus ouvidos, ela fez o que sempre fazia naquele estado de espírito. Flutuou para ele e ergueu o rosto, de olhos fechados, os lábios um tanto franzidos, e esperou.

Stefan correu à única janela aberta, fechou a persiana para evitar corvos indesejados que pudessem espiar e voltou. Elena estava exatamente na mesma posição, corando de leve, os olhos ainda fechados. Às vezes Stefan achava que ela esperaria assim para sempre, se quisesse um beijo.

— Eu estou mesmo me aproveitando de você, meu amor — disse ele, e suspirou. Ele se inclinou e a beijou de um jeito gentil e respeitoso.

Elena fez um ruído de decepção que lembrava o *ronronar* de um gato, terminando num tom de reclamação quando ela bateu o nariz no queixo de Stefan.

— Minha linda, minha amada — disse Stefan, afagando seu cabelo. — Bonnie desfez todos os nós sem puxar? — Mas agora, impotente, inclinava-se para o calor de Elena. Uma dor distante em seu maxilar superior já começava.

Elena bateu o nariz de novo, exigente. Ele a beijou por um tempo um pouco maior. Logicamente, Stefan sabia que ela era adulta. Ela era mais velha e muito mais experiente do que fora nove meses antes, quando eles se perderam num beijo de adoração. Mas a culpa jamais se afastava dos pensamentos de Stefan, e ter o consentimento dela era uma preocupação constante dele.

Desta vez o *ronronar* foi de exasperação. Para Elena, já bastava. De repente, ela jogou o peso de seu corpo em Stefan, obrigando-o a segurar um feixe quente e substancial de feminilidade nos braços. Ao mesmo tempo, o *Por favor?* de Elena soava com a clareza de um dedo roçando na borda de uma taça de cristal.

Foi uma das primeiras palavras que ela aprendeu a pensar para Stefan quando acordou muda e sem peso. E, anjo ou não, ela sabia exatamente o que provocava nele — por dentro.

Por favor?

— Ah, meu amor — ele gemeu. — Meu amor mais lindo...

Por favor?

Ele a beijou.

Houve um longo silêncio, enquanto ele sentia o coração bater cada vez mais rápido. Elena, sua Elena, que dera a vida por ele, estava entregue em seus braços; quente, lânguida. Era só dele, eles pertenciam um ao outro e, naquele momento, Stefan quis que nada mudasse. Até a dor que crescia rapidamente em seu maxilar superior era algo a ser desfrutado. A dor se transformou em prazer quando a boca quente de Elena tocou a dele, seus lábios formando beijos delicados de borboleta, provocando-o.

Ele às vezes acreditava que ela parecia mais desperta quando semiadormecida daquele jeito. Era sempre ela que instigava, e Stefan seguia desamparado para onde quer que Elena quisesse que ele fosse. Na única vez em que ele se recusou, parando no meio do beijo, ela interrompeu a comunicação telepática com ele e flutuou para um canto, onde ficou sentada entre a poeira e as teias de aranha... Depois *chorou.* Nada do que ele fizesse a consolava, embora Stefan tenha se ajoelhado no piso duro de madeira, implorado e bajulando, e quase chorado — até que a tomou novamente nos braços.

Stefan prometera a si mesmo jamais cometer esse erro novamente. Mas ainda assim sua culpa o incomodava, embora ficasse cada vez mais distante — e mais confusa à medida que Elena aumentava a pressão em seus lábios. De repente o mundo girava, e ele teve de se apoiar até que os dois estivessem sentados na cama. Os pensamentos de Stefan se fragmentaram. Ele só conseguia pensar que Elena havia voltado para ele, que estava sentada em seu colo, tão animada, tão vibrante, até sentir uma suave explosão por dentro e não precisar mais ser forçado a nada.

Stefan sabia que ela desfrutava tanto quanto ele a dor e o prazer que a formigação em suas presas causava.

Não havia mais tempo nem motivo para pensar. Elena se dertetia em seus braços, o cabelo que ele afagavam com os dedos tinha uma suavidade fluida. Mentalmente, eles já se fundiam. A dor nos caninos finalmente resultou no inevitável, os dentes se alongando, afiando-se; o toque daqueles dentes no lábio inferior de Elena provocou um clarão de dor e prazer que quase o fez arfar.

E então Elena fez uma coisa que nunca havia feito. Delicadamente e com cuidado, segurou uma das presas de Stefan entre os lábios. Em seguida, com suavidade e terminação, manteve-a assim.

O mundo girou em volta de Stefan.

Foi apenas devido ao seu amor por Elena, e por suas mentes conectadas, que ele não mordeu o lábio dela. O impulso ancestral de um vampiro, algo que jamais podia ser amansado em seu sangue gritava e que ele fizesse aquilo.

Mas ele a amava, e eles eram um só — e, além de tudo, *ele não conseguia se mover nem um milímetro*. Estava estático de prazer. Suas presas nunca se estenderam tanto nem ficaram tão afiadas e, sem que ele fizesse nada, seu dente afiado cortara o lábio inferior e cheio de Elena. O sangue dela escorreu muito lentamente pela garganta de Stefan, seu sabor tinha mudado desde a volta de Elena do mundo dos espíritos. Antigamente, era maravilhoso, cheio de vitalidade juvenil e da essência de Elena.

Agora... Simplesmente tinha uma categoria própria. Indescritível. Ele jamais experimentou nada como o sangue de um espírito que voltou à Terra. Estava repleto de um Poder tão diferente do sangue humano quanto do de um animal.

Para um vampiro, o sangue escorrendo pela garganta era um prazer tão intenso quanto qualquer coisa que um humano pudesse imaginar.

O coração de Stefan martelava no peito.

Elena estava deliciada com a presa que havia capturado.

Ele podia *sentir* a satisfação dela enquanto a mínima dor do sacrifício se transformava em prazer, porque ela estava ligada a ele e porque era uma das mais raras de todas as raças humanas: uma raça que realmente sentia prazer em nutrir um vampiro, amava a sensação de alimentá-lo, e do fato de ele precisar dela. Ela pertencia à elite.

A excitação provocou tremores pela espinha de Stefan, e o sangue de Elena ainda fazia seu mundo girar.

Elena soltou a presa, mordendo seu próprio lábio. Deixou a cabeça tombar para trás, expondo o pescoço.

O gesto era irresistível, até para ele. Stefan conhecia o traçado das veias de Elena tão bem quando seu rosto. E no entanto...

Está tudo bem. Tudo bem... Elena entoou telepaticamente.

Stefan cravou as presas doloridas em uma pequena veia do pescoço dela. Seus caninos estavam tão afiados que quase não houve dor para Elena, já acostumada à sensação daquela picada. Então, enfim, para ele, para os dois, houve a nutrição, enquanto a doçura indescritível do novo sangue dela enchia a boca de Stefan e a efusão da entrega arrastava Elena para a incoerência.

Sempre havia o risco de tomar demais, ou de não doar a ela o suficiente de seu sangue para evitar que ela... Sinceramente, para evitar que ela morresse. Não que ele precisasse de mais do que uma pequena quantidade, mas sempre havia um risco na troca com vampiros. No fim, porém, os pensamentos sombrios foram afastados pela glória que dominava os dois.

Matt procurou pelas chaves enquanto ele, Bonnie e Meredith se espremiam no banco da frente de sua lata-velha. Era um constrangimento estacionar ao lado do Porsche de Stefan. O estofamento do banco traseiro do carro de Matt estava em farrapos que tendiam a grudar no traseiro de quem se sentava ali, e Bonnie coube tranquilamente no assento dobrável do meio, entre Matt e Meredith, que tinha um cinto de segurança remendado. Ele ficou de olho nela, uma vez que quando Bonnie estava animada, costumava não querer usar o cinto. A estrada de volta pelo antigo bosque tinha muitas curvas fechadas que eles deviam pegar com cuidado, mesmo sendo os únicos a percorrê-las.

Chega de mortes, pensou Matt ao sair do pensionato. Chega de ressurreições milagrosas também. Matt já vira o bastante do sobrenatural pelo resto da vida. Ele era como Bonnie; queria que as coisas voltassem ao normal para poder viver do jeito simples, antigo e comum.

Sem Elena, algo dentro dele sussurrava zombeteiramente. Vai desistir sem lutar?

Ei, não poderia derrotar Stefan em briga nenhuma, nem se ele tiver os braços amarrados às costas e um saco enfiado na cabeça. Pode esquecer. Acabou, embora ela tenha me beijado, Elena agora é uma amiga.

Mas Matt ainda podia sentir os lábios quentes de Elena em sua boca, os leves toques que ela ainda não sabia que não eram socialmente aceitáveis entre amigos. E ele podia sentir o calor e a magreza dançante do corpo dela.

Mas que droga, ela voltou perfeita — fisicamente, pelo menos, pensou ele.

A voz queixosa de Bonnie interrompeu seus pensamentos agradáveis.

— Justo quando pensei que tudo ia ficar bem — gemia ela, quase chorando. — Justo quando pensei que tudo ia dar certo. Que ia ser como *deve* ser.

— É difícil, eu sei — disse Meredith com muita gentileza. — Parece que a gente está sempre perdendo Elena. Mas não podemos ser egoístas.

— *Eu* posso — disse Bonnie categoricamente.

Eu também, sussurrou a voz interior de Matt. Pelo menos por dentro ninguém podia ver meu egoísmo, pensou. O bom e velho Matt — o Matt não se importa, como o Matt é gente boa. Bom, desta vez o bom e velho Matt se importa. Mas ela escolheu outro cara, o que eu posso fazer? Sequestrá-la? Trancá-la em algum lugar? Tentar tomá-la à força?

A ideia foi como uma ducha de água fria e Matt despertou, prestando mais atenção na direção do carro. De algum modo já havia passado automaticamente por várias curvas da estrada esburacada de mão única que atravessava o bosque.

— Era para irmos para a faculdade juntas — insistiu Bonnie. — E depois voltar para Fell's Church. Voltar para *casa*. Tínhamos tudo planejado... Praticamente desde o jardim de infância... E agora Elena é humana novamente e eu pensei que isso significava que tudo voltaria a ser como *deveria* ser. E isso *nunca* vai acontecer, *nunca*, não é? — Ela terminou num tom mais baixo e com um pequeno suspiro estrangulado. — Não é? — Não era bem uma pergunta.

Matt e Meredith se olharam, surpresos com a profundidade de sua compaixão e sem condições de reconfortar Bonnie, que agora tinha os braços cruzados, evitando o toque de Meredith.

É a Bonnie — só a Bonnie sendo teatral, pensou Matt, mas sua sinceridade inata se ergueu para zombar dele.

— Eu acho — disse ele devagar — que foi o que todos nós pensamos quando ela voltou pela primeira vez. — Quando ficamos dançando no bosque feito malucos, pensou ele. — Nós achamos que eles podiam viver tranquilamente em algum lugar perto de Fell's Church, e que as coisas iam voltar ao que eram. Antes de Stefan...

Meredith balançou a cabeça, olhando a distância pelo para-brisa.

— Não Stefan.

Matt percebeu o que ela queria dizer. Stefan tinha vindo a Fell's Church para sentir-se integrado à humanidade, e não para tirar uma menina humana da sociedade e levá-la para o desconhecido.

— Tem razão — disse Matt. — Eu só estava pensando em alguma coisa assim. Ela e Stefan poderiam ter dado um jeito de viver aqui tranquilamente. Ou pelo menos ficar perto da gente, sabe como é. Foi Damon. Ele veio para tomar Elena contra a vontade dela e isso mudou tudo.

— E agora Elena e Stefan vão embora. E quando forem, nunca mais irão voltar — Bonnie gemeu. — Por quê? Por que Damon começou tudo isso?

— Uma vez Stefan me disse que ele faz essas coisas por puro tédio. Desta vez deve ter sido por ódio a Stefan — disse Meredith. — Mas eu queria que pelo menos uma vez ele nos deixasse em paz.

— Que diferença isso faz? — Agora Bonnie estava *mesmo* chorando. — Então foi culpa de Damon. Não me importo. O que não entendo é por que as coisas precisam mudar!

— "Não se pode atravessar o mesmo rio duas vezes." Ou nem ao menos uma vez, se você for um vampiro forte o suficiente —

disse Meredith com ironia. Ninguém riu. Depois, com muita delicadeza: — Talvez você esteja perguntando à pessoa errada. Talvez seja Elena que possa te dizer por que as coisas precisam mudar, se ela se lembrar do que aconteceu com ela... no Outro Lugar.

— Eu não *queria* que *tivessem* de mudar...

— Mas mudaram — disse Meredith, ainda mais gentil e tristonha. — Não está vendo? Não é sobrenatural; é... a vida. Todo mundo tem de crescer...

— Eu sei! Matt tem uma bolsa na universidade por causa do futebol americano e você, depois da faculdade, vai se *casar*! E provavelmente terá filhos! — Bonnie conseguiu fazer com que isso parecesse uma atividade indecente. — Eu vou ficar presa aqui *para sempre*. E vocês dois estarão adultos e vão se esquecer de Elena e Stefan... e de mim — concluiu Bonnie numa voz muito fraquinha.

— Ei. — Matt sempre foi o muito protetor dos magoados e ignorados. Naquele momento, mesmo com Elena tão fresca em seus pensamentos, ele se perguntava se *um dia* ia se livrar da sensação daquele beijo, ele foi atraído a Bonnie, que parecia tão pequena e frágil. — Do que está falando? E voltarei logo depois da faculdade para morar aqui. Provavelmente vou morrer em Fell's Church. *Eu* pensarei em você, quer dizer, se quiser que eu pense.

Ele afagou o braço de Bonnie e ela não quis se afastar de seu toque como fez com Meredith. Ela se inclinou para ele e colocou a testa em seu ombro. Bonnie tremeu e, Matt, sem pensar, a abraçou de leve.

— Não estou com frio — disse Bonnie, embora não tentasse afastar o braço dele. — Esta noite está quente. Eu só... não gosto quando você diz coisas como "provavelmente vou morrer..." *Cuidado!*

— *Matt, cuidado!*

— *Caramba...!* — Matt pisou nos freios, xingando, as mãos lutando com o volante enquanto Bonnie se abaixava e Meredith se escorava. O substituto de Matt para o primeiro carro velho e batido que ele perdera era igualmente velho e não tinha air bags. Era uma miscelânea de carros de ferro-velho.

— *Segurem-se!* — gritou Matt quando o carro derrapou, os pneus cantaram e todos voaram enquanto a traseira desviava para uma vala e o para-choque dianteiro batia numa árvore.

Quando tudo parou de se mexer, Matt soltou a respiração, relaxando os dedos no volante. Quando se virou para as meninas, ficou paralisado. Atrapalhou-se tentando acender a luz interna e o que viu o deixou estático de novo.

Como sempre acontecia em momentos de profunda agonia, Bonnie tinha se virado para Meredith. Estava deitada com a cabeça no colo de Meredith, as mãos fechadas nos braços e na blusa da amiga. Meredith estava sentada, escorada, o mais recuada possível, os pés esticados para pressionar o piso com firmeza; seu corpo se curvando para trás no banco, a cabeça para trás, os braços envolviam Bonnie com força.

Entrando pela janela aberta — como uma lança verde, nodosa e felpuda, ou como o braço de um gigante selvagem de terra que tentava agarrá-los — estava o galho de uma árvore. Raspou pela base do pescoço arqueado de Meredith e os galhos menores estavam por cima do corpo pequeno de Bonnie. Se o cinto de segurança de Bonnie não a tivesse deixado se virar; se Bonnie não tivesse voado daquele jeito; se Meredith não a tivesse segurado...

Matt se pegou olhando fixamente para a ponta lascada mas muito afiada da lança que já fora um simples galho. Se o próprio cinto não o tivesse impedido de se inclinar daquele jeito...

Matt pôde ouvir a própria respiração pesada. O cheiro da conífera era dominador dentro do carro. Ele até podia sentir o cheiro dos lugares onde os galhos menores tinham se quebrado e vertiam seiva.

Muito devagar, Meredith estendeu a mão para quebrar um dos ramos que apontavam para seu pescoço como flechas, mas não conseguiu. Matt tentou ajudá-la mas, embora a madeira não fosse mais grossa do que seu dedo, era dura e nem se vergava.

Como se tivesse sido endurecida pelo fogo, pensou ele, perplexo. Mas isso era ridículo. É uma árvore viva; ele podia sentir as lascas.

— Ai.

— Posso me levantar agora, por favor? — perguntou Bonnie, a voz baixa e abafada, o rosto ainda grudado na perna de Meredith. — Por favor. Antes que isso me agarre. É o que ele quer.

Matt olhou para ela, sobressaltado, e raspou o queixo na ponta lascada do galho grande.

— Não vai agarrar você. — Mas o estômago dele se revirava enquanto tateava às cegas, procurando a fivela do cinto de segurança. Por que Bonnie teve a mesma ideia que ele: de que a coisa era um braço imenso, torto e felpudo? Ela nem mesmo podia vê-lo.

— Você sabe que quer — sussurrou Bonnie, e agora um tremor que parecia ter começado leve tomava todo seu corpo. Ela estendeu a mão para trás, tentando soltar o cinto.

— Matt, precisamos sair daqui — disse Meredith. Ela continuava recurvada para trás, numa posição que parecia dolorosa, e Matt pôde ouvir que respirava com mais dificuldade. — Precisamos deslizar até você. A coisa está se enrolando no meu pescoço.

— É impossível... — Mas ele também podia ver. As pontas recém-lascadas dos ramos tinham se movido um pouco, e nelas agora havia uma curva e as lascas pressionavam o pescoço de Meredith.

— Deve ser porque ninguém consegue ficar curvado para trás desse jeito para sempre — disse ele, sabendo que não fazia sentido. — Tem uma lanterna no porta-luvas...

— O porta-luvas está completamente bloqueado pelos galhos. Bonnie, pode soltar meu cinto de segurança?

— Vou tentar. — Bonnie deslizou para frente sem levantar a cabeça, tateando em busca da fivela.

Para Matt, parecia que os galhos aromáticos e felpudos da conífera estavam tragando-a, puxando-a para duas agulhas.

— Temos uma droga de árvore de Natal inteirinha aqui. — Ele virou o rosto, olhando para fora pelo vidro da janela. Com as mãos em concha para enxergar melhor no escuro, Matt colocou a testa no vidro surpreendentemente frio.

Sentiu um toque em sua nuca. Deu um salto, depois ficou paralisado. Não era frio nem quente, como a unha de uma menina.

— Mas que droga, Meredith...

— Matt...

Ele estava furioso consigo mesmo por ter se assustado. Mas o toque... arranhava.

— Meredith? — Ele afastou as mãos devagar, até ver o reflexo no vidro escuro. Meredith não estava tocando nele.

— Não... se mexa... para a esquerda, Matt. Tem um pedaço comprido e afiado ali. — A voz de Meredith, em geral fria e meio distante, costumava fazer Matt pensar naquelas fotos de calendário, com lagos azuis cercados por neve. Agora só parecia sufocada e tensa.

— Meredith! — disse Bonnie antes que Matt pudesse falar. Bonnie parecia estar embaixo de um colchão.

— Está tudo bem. Eu só tenho que... manter isso aqui longe — disse Meredith. — Não se preocupe. Não vou soltar você.

Matt sentiu um espinho mais afiado das lascas. Algo tocou delicadamente o lado direito de seu pescoço.

— Bonnie, pare com isso! Está trazendo a árvore *para dentro*! Está empurrando para Meredith e para mim!

— Matt, *cala a boca*!

Matt se calou. O coração estava aos saltos. A última coisa que pensou em fazer foi estender para trás. Mas isso era idiotice, pensou ele, porque se Bonnie realmente estava movendo a árvore, eu poderia pelo menos mantê-la imóvel para ela.

Então estendeu a mão para trás, hesitante, tentando ver o que fazia pelo reflexo na janela. Sua mão se fechou em um nó grosso de casca e lascas.

Ele pensou: não me lembro de ter visto um nó quando estava apontado para o meu pescoço...

— Peguei! — disse uma voz abafada, e ouviu-se o clique do cinto de segurança. Depois, muito mais trêmula, a voz disse: — Meredith? Tem umas agulhas espetando minhas costas.

— Tudo bem, Bonnie. Matt... — Meredith falava com esforço, mas com muita paciência, como quando conversaram com Elena. — Matt, precisa abrir sua porta agora.

— Não são só agulhas — disse Bonnie numa voz apavorada. — São galhos pequenos, feito arame farpado. Eu estou... presa...

— Matt! Você tem que abrir sua porta *agora*...

— *Não consigo.*

Silêncio.

— Matt?

Ele se escorava, empurrando com os pés, as mãos agora fechadas na casca escamosa. Empurrou para trás com toda a força que tinha.

— Matt! — Meredith quase gritou. — Está cortando meu pescoço!

— Não consigo abrir minha porta! Tem uma árvore do outro lado também!

— E como pode ter uma árvore aí? *Isso é uma estrada!*

— Como uma árvore *cresceu* aí?

Mais silêncio. Matt podia sentir as lascas do galho quebrado cravando fundo em sua nuca. Se não se mexesse logo, nunca mais se mexeria na vida.

10

Elena estava serena e feliz. Agora era a vez dela.

Stefan pegou na escrivaninha um afiado abridor de cartas de madeira para se cortar. Elena sempre odiava vê-lo fazendo aquilo, escolhendo o acessório que penetrasse com mais eficiência a pele de um vampiro. Ela fechou os olhos com força e só os abriu quando o sangue vermelho escorria de um pequeno corte no pescoço de Stefan.

— Não precisa beber muito... e nem deve — sussurrou Stefan, e ela sabia que ele estava dizendo aquilo enquanto *podia* dizer. — Estou segurando você com força demais ou estou te machucando?

Ele sempre era tão preocupado. Desta vez, *ela o* beijou.

E Elena pôde ver como o pensamento dele estava estranho — ele desejava beijá-la mais do que queria que ela tirasse seu sangue. Elena empurrou Stefan e ele caiu de costas; ela pairou acima dele, avançando para a área do corte, sabendo que Stefan pensaria ser provocação dela. Então se agarrou na ferida e, como um molusco sugou com força, *com muita força*, até que ele mentalmente dissesse *por favor*. Mas só ficou satisfeita quando o obrigou a pedir *por favor* também em voz alta.

No escuro do carro, Matt e Meredith tiveram a ideia ao mesmo tempo. Ela foi mais rápida, mas os dois falaram quase juntos.

— Que idiotice a minha! Matt, onde está a alavanca do banco?

— Bonnie, você precisa soltar o encosto do banco! Tem uma pequena alavanca, você consegue encontrar e puxar!

Agora a voz de Bonnie era sufocada e ela soluçava.

— Meus braços... Eles estão se enfiando nos... meus braços...

— Bonnie — disse Meredith com a voz embargada. — Sei que pode fazer isso. Matt... A alavanca está bem... embaixo... do banco ou...

— Está. Na beirada. Em um ângulo horário de uma... não, duas horas. — Matt não tinha mais fôlego. Depois que agarrou a árvore, descobriu que ela empurrava seu pescoço com mais força se ele soltasse a pressão por um instante que fosse.

Não havia alternativa, pensou ele. Matt respirou o mais profundamente que pôde, empurrou o galho para trás, ouvindo um grito de Meredith, e *girou* o corpo, sentindo as lascas irregulares como facas finas de madeira rasgarem seu pescoço, sua orelha e seu couro cabeludo. Agora ele estava livre da pressão na nuca, embora estivesse chocado ao constatar que havia muito mais da árvore dentro do carro do que ele vira da última vez. Seu colo estava cheio de galhos; as agulhas da conífera se acumulando por toda parte.

Não é de admirar que Meredith ficasse tão chateada, pensou ele aturdido, virando-se para ela. Ela estava quase sepultada em galhos, com uma das mãos lutando com algo no pescoço, mas conseguiu vê-lo.

— Matt... empurre... seu banco! Rápido! Bonnie, eu *sei* que você consegue.

Matt escavou entre os galhos, depois tateou em busca da alavanca que soltaria o encosto do banco. A alavanca não se mexeu. Galhos finos, duros e difíceis de romper estavam enrolados ali. Ele girou e bateu neles com violência.

O encosto do banco cedeu. Matt mergulhou sob o imenso braço-galho — se ainda merecia esse nome, uma vez que agora o carro estava cheio de galhos imensos e semelhantes. Depois, assim que ele estendeu o braço para ajudar Meredith, o banco em que ela se sentava também se dobrou para trás repentinamente.

Ela caiu com ele, para longe da conífera, ofegante, tentando respirar. Por um instante, Meredith ficou imóvel. Depois se arrastou pelo encosto, trazendo com ela uma figura envolta por agulhas. Quando falou, a voz era rouca e a fala arrastada.

— Matt... Graças a Deus... você tem... um carro que é... um quebra-cabeça. — Com um chute, ela colocou no lugar o encosto do branco da frente, e Matt fez o mesmo.

— Bonnie — disse Matt num torpor.

Bonnie não se mexia. Pequenos galhos ainda a envolviam, presos no tecido de sua blusa, entremeados em seu cabelo.

Meredith e Matt começaram a puxar. Onde se soltavam, os ramos deixavam marcas ou pequenas perfurações.

— É quase como se estivessem tentando crescer nela — disse Matt, enquanto um galho longo e fino era afastado, deixando picadas ensanguentadas.

— Bonnie? — disse Meredith. Era ela que desemaranhava os ramos do cabelo de Bonnie. — Bonnie? Anda, levanta. Olhe pra mim.

O tremor dominou Bonnie de novo, mas ela deixou que Meredith virasse seu rosto para cima.

— Acho que não posso fazer isso.

— Você salvou a minha vida.

— Eu tive tanto medo...

Bonnie começou a chorar baixinho no ombro de Meredith.

Matt olhou para Meredith assim que a luz interna vacilou e apagou. A última coisa que viu foram os olhos escuros dela, com uma expressão que de repente o fez se sentir ainda mais nauseado. Ele olhou pelas três janelas que agora do banco traseiro estavam no seu campo de visão.

Era difícil enxergar qualquer coisa. Mas o que ele procurava estava encostado no vidro: galhos. Sólidos contra cada centímetro das janelas.

E, sem precisar dizer nada, ele e Meredith procuraram a maçaneta da porta do banco traseiro. As portas estalaram, abriram-se numa fração de segundo; depois bateram com força com um *baque* definitivo.

Meredith e Matt se olharam. Meredith olhou novamente para baixo e começou a tirar outros galhos de Bonnie.

— Isso dói?

— Não. Um pouco...

— Você está tremendo.

— Está frio.

Agora fazia frio. Do lado de fora, pela janela antes aberta e agora totalmente tomada pela conífera, Matt podia ouvir o vento. Assoviava, como se atravessasse muitos galhos. Também havia o som, incrivelmente alto e agudo de madeira estalando acima deles. Parecia uma tempestade.

— Mas afinal, que *diabos* foi isso? — explodiu ele, chutando com raiva o banco da frente. — A coisa de que eu desviei na estrada?

A cabeça escura de Meredith se levantou devagar.

— Não sei; eu estava fechando a janela. Só vi de relance.

— Simplesmente apareceu no meio da estrada.

— Um lobo?

— Não estava lá e de repente *estava*.

— Os lobos não são daquela cor. Era vermelho — disse Bonnie sem emoção, levantando a cabeça do ombro de Meredith.

— Vermelho? — Meredith balançou a cabeça. — Era grande demais para ser uma raposa.

— Acho que *era* mesmo vermelho — disse Matt.

— Os lobos não são vermelhos... E os lobisomens? Será que Tyler Smallwood tem algum parente de pelo vermelho?

— Não era um lobo — disse Bonnie. — Era... ao contrário.

— Ao contrário?

— A cabeça estava do lado errado. Ou talvez tivesse cabeça nas duas pontas.

— Bonnie, agora está me assustando *de verdade* — disse Meredith.

Matt não iria dizer em voz alta, mas ela também o assustava. Porque o pouco que ele viu do animal parecia mostrar o mesmo corpo deformado que Bonnie descrevia.

— Talvez a gente tenha visto de um ângulo estranho — disse ele, enquanto Meredith dizia: “Pode ter sido o mesmo bicho assustado pelo...”

— Pelo quê?

Meredith olhou o teto do carro. Matt seguiu seu olhar. Muito lentamente, e com um ruído metálico, apareceu um amassado no teto. E de novo. Como se algo muito pesado estivesse se apoiando no veículo.

Matt xingou a si mesmo.

— Enquanto eu estava no banco da frente, porque simplesmente não pisei fundo...? — Ele olhou os galhos com raiva, tentando distinguir o acelerador, a ignição. — A chave ainda está aí?

— Matt, nós paramos no meio de uma vala. E além de tudo, se adiantasse alguma coisa, eu teria dito a você para acelerar.

— Esse galho ia te decapitar!

— Ia — disse Meredith simplesmente.

— Ele teria *matado* você!

— Se vocês dois conseguissem escapar, eu teria sugerido isso. Mas vocês pareciam presos pelas laterais; eu podia *ver* bem à frente. Elas já estavam ali, as árvores. Pra todo lado.

— Isso... não é... possível! — Matt socou o banco diante dele para destacar cada palavra.

— E *isto* é possível?

O teto envergou de novo.

— Vocês dois... parem de brigar! — disse Bonnie, e sua voz se interrompeu num soluço.

Houve a explosão de um tiro e o carro afundou de repente, tombando para trás e para a esquerda.

Bonnie se assustou.

— O que foi isso?

Silêncio.

— ... um pneu estourando — disse Matt por fim. Ele não confiava nas próprias palavras. Olhou para Meredith.

E Bonnie fez o mesmo.

— Meredith... Os galhos estão tomando o banco da frente. Mal consigo ver a luz da lua. Está ficando escuro.

— Eu sei.

— O que vamos fazer?

Matt podia ver a carga imensa de tensão e frustração no rosto de Meredith, como se tudo o poderia ter dito saísse entre dentes. Mas a voz dela era baixa.

— Não sei.

Stefan ainda tremia e Elena se enroscou como um gato na cama. Sorriu para ele, um sorriso inebriado de prazer e amor. Ele pensou em pegá-la pelos braços, puxá-la para baixo e começar tudo novamente.

Essa era a loucura que ela provocava nele. Porque Stefan sabia — e muito bem, por experiência própria — o perigo com que os dois flertavam. Se houvesse muito mais daquilo Elena seria a primeira vampira-espírito, como era a primeira espírito-vampira que ele conhecia.

Mas olhe para ela! Ele deslizou de sob o corpo dela como às vezes fazia e apenas observou, sentindo o coração martelar com aquela visão. O cabelo, verdadeiramente dourado, caía como seda pela cama e ali formava uma poça. O corpo, na luz do único abajur pequeno do quarto, parecia estar delineado em ouro. Ela parecia flutuar, mover-se e dormir numa névoa dourada. Era assustador. Para um vampiro, era como se tivesse levado um sol vivo para a cama.

Stefan se viu reprimindo um bocejo. Ela também provocava isso nele, como uma Dalila inadvertidamente tirando as forças de Sansão. Embora estivesse enérgico devido ao sangue dela, ele também estava deliciosamente sonolento. Passaria uma noite agradável nos braços de Elena — ou sob eles.

Não parava de escurecer no carro de Matt enquanto as árvores continuavam a obstruir a luz da lua. Por algum tempo, eles gritavam por ajuda. Não adiantou nada e, além de tudo, como observou Meredith, eles precisavam conservar oxigênio no carro. Então ficaram parados no banco de novo.

Por fim Meredith pegou no bolso do jeans um jogo de chaves com uma lanterninha no chaveiro. A luz era azul. Ela a apertou e todos se curvaram para frente. Como uma coisinha tão pequena podia significar tanto, pensou Matt.

Agora havia uma pressão nos bancos da frente.

— Bonnie? — disse Meredith. — Ninguém vai nos ouvir gritando aqui. Se alguém pudesse ouvir a gente, teria escutado o pneu e pensado que era um tiro.

Bonnie balançou a cabeça como se não quisesse ouvir. Ainda tirava agulhas de pinheiro da pele.

Ela tem razão. Estamos a quilômetros de qualquer um, pensou Matt.

— Tem alguma coisa muito ruim aqui — disse Bonnie. Ela falou aquilo em voz baixa, mas era como se cada palavra fosse forçada para fora uma por uma, como seixos atirados num lago.

Matt ficou mais desanimado ainda.

— Ruim... até que ponto?

— É tão ruim que é... Eu *nunca* senti nada assim. Nem quando Elena foi morta, nem de Klaus, nem de *nada*. Eu *nunca* senti *nada* tão ruim. É *tão* ruim e tão *forte*. Não sabia que alguma coisa podia ser tão forte. Está me *pressionando* e eu estou *com medo*...

Meredith a interrompeu.

— Bonnie, sei que nós duas podemos pensar num jeito de sair dessa...

— Não há *como* sair!

— ... sei que está com medo...

— E vamos chamar quem? Eu podia fazer isso... se houvesse a quem apelar. Posso ficar olhando sua lanterninha e fingir que é uma chama e...

— Entrar em transe? — Matt olhou incisivamente para Meredith. — Ela não devia mais fazer isso.

— Klaus está morto.

— Mas...

— Não tem ninguém para me ouvir! — Bonnie gritou e por fim caiu em prantos. — Elena e Stefan estão longe demais, e agora devem estar dormindo! E não tem mais ninguém!

Os três agora estavam sendo espremidos, enquanto os galhos pressionavam os bancos na direção deles. Matt e Meredith estavam perto o bastante para se olharem por cima da cabeça de Bonnie.

— É... — disse Matt, assustado. — Hummm... tem certeza?

— Não — disse Meredith. Ela parecia ao mesmo tempo amarga e esperançosa. — Você se lembra de hoje de manhã? Nem temos certeza nenhuma. Na realidade *eu* tenho certeza de que ele ainda está por aí em algum lugar.

Agora Matt teve enjoo, e Meredith e Bonnie pareciam doentes sob a luz azul que já era um tanto sinistra.

— E... pouco antes de isso acontecer, estávamos falando um monte de coisas...

— ... basicamente de tudo o que aconteceu para mudar Elena...

— ... que era tudo culpa dele.

— No bosque.

— Com uma janela aberta.

Bonnie soluçou.

Matt e Meredith, porém, trocaram olhares num acordo silencioso. Meredith disse, com muita delicadeza:

— Bonnie, sabe o que você disse que faria? Bom, você terá de fazer. Procure chegar a Stefan, ou acordar Elena, ou... ou pedir desculpas a... Damon. Provavelmente o último, eu acho, mas ele jamais pareceu querer que todos nós morrêssemos, e deve saber que não ia ajudar na história com Elena se matasse os amigos dela.

Matt resmungou, cético.

— Ele pode não querer que a gente morra, mas pode esperar até que alguns de nós estejam mortos para salvar os outros. Eu nunca confi...

— Você nunca desejou mal a ele — contra-atacou Meredith num tom mais alto.

Matt piscou para ela e se calou. Sentia-se um idiota.

— Então, aqui está, a lanterna está acesa — disse Meredith e, mesmo naquele momento de crise, sua voz era equilibrada, ritmada, hipnótica. A luzinha ridícula também era preciosa demais. Era o que eles tinham para evitar a escuridão absoluta.

Mas quando a escuridão ficar absoluta, pensou Matt, será porque toda luz, todo ar, tudo aqui terá acabado, expulso pela pressão das árvores. E essa pressão quebraria o esqueleto dos três.

— Bonnie? — A voz de Meredith era a voz de cada irmã mais velha que um dia teve de ir ao resgate da irmã mais nova. Com aquela gentileza, aquele controle. — Pode fingir que isto é uma vela acesa... uma vela acesa... uma vela acesa... E entrar em transe?

— Já estou em transe. — A voz de Bonnie era um tanto distante, e quase ecoava.

— Então peça ajuda — disse Meredith suavemente.

Bonnie sussurrava, sem parar, sem perceber o mundo que a cercava:

— Por favor, nos ajude. Damon, se puder me ouvir, por favor, aceite nossas desculpas e venha. Você nos deu um susto terrível e sei que merecemos, mas, por favor, nos ajude. Isso dói, Damon. Dói tanto que tenho vontade de gritar. Mas em vez disso estou usando toda a energia para invocar você. Por favor, por favor, nos ajude...

Por cinco, dez, quinze minutos ela continuou nisso, enquanto os galhos cresciam, encerrando-os em seu aroma doce e resinoso. Bonnie continuou por mais tempo do que Matt achava que ela poderia suportar.

E então a luz se apagou. Depois disso não houve som algum, apenas o sussurro dos pinheiros.

A técnica era digna de admiração.

Damon mais uma vez estava no ar, ainda mais alto do que quando entrou pela janela do terceiro andar de Caroline. Ainda não fazia ideia dos nomes das árvores, mas isso não o impedia. O galho parecia um camarote para o drama que se desenrolava embaixo. Ele começava a se entediar um pouco, uma vez que não acontecia nada de novo no chão. Tinha abandonado Damaris mais cedo quando *ela* ficou tediosa, falando de casamento e outros assuntos que ele queria evitar, como o marido dela. Um *tédio*. Ele foi embora sem verificar se ela se tornara vampira — ele tendia a pensar que sim, e não seria uma surpresa quando o maridinho chegasse em casa? Seus lábios tremeram e quase esboçaram um sorriso.

Abaixo dele, a peça quase chegara ao clímax.

E a técnica era mesmo admirável. Caçada em bando. Ele não fazia ideia de que tipo de criaturinhas horríveis estariam manipulando as árvores mas, como lobos ou leões, pareciam ter chegado ao estado de arte. Trabalhando juntos para capturar a presa que era rápida demais e blindada demais para que um deles conseguisse sozinho. Neste caso, um carro.

A arte da cooperação. Uma pena que os vampiros sejam solitários, pensou ele. Se pudéssemos cooperar, seríamos donos do mundo.

Ele piscou, com sono, e abriu um sorriso deslumbrante para o nada. É claro que se pudéssemos fazer isso — digamos, tomar uma cidade e repartir os habitantes — acabaríamos desunidos. Dentes, unhas e Poder seriam brandidos como a lâmina de uma espada, até que só restassem farrapos de carne e tripas trêmulas escorrendo sangue.

Mas era uma linda imagem, pensou ele, e deixou as pálpebras caírem para apreciá-la. Artística. Sangue em poças escarlate, fluidas o suficiente para escorrer por degraus de mármore branco de... digamos, o Kallimarmaron, em Atenas. Toda uma cidade silenciada, livre de humanos ruidosos, caóticos e hipócritas, restando apenas suas partes necessárias: algumas artérias para bombear em quantidade a seiva vermelha e doce. A versão vampira da terra do leite e do mel.

Ele abriu os olhos novamente, irritado. Agora as coisas estavam ficando barulhentas lá embaixo. Humanos gritando. Por quê? Que sentido tinha? O coelho sempre guincha nas mandíbulas de uma raposa, mas quando é que aparece outro coelho para salvá-lo?

Aí está, um novo provérbio, *e* uma prova de que os humanos são idiotas como coelhos, pensou ele, mas seu estado de espírito estava arruinado. Estava divagando, mas não era só o barulho embaixo que o perturbava. Leite e mel, isso foi... um erro. Pensar nisso foi uma mancada. A pele de Elena era como leite naquela noite, há uma semana, de uma brancura cálida, não era fria, nem sob a luz da lua. O cabelo brilhante na sombra era como mel derramado. Elena não ficaria feliz em ver o resultado da caçada em bando desta noite. Ia chorar lágrimas cristalinas, com cheiro de sal.

De repente Damon enrijeceu. Furtivamente, procurou pelo Poder, um círculo de radar.

Mas não localizou nada, apenas as árvores insensíveis a seus pés. O que quer que estivesse orquestrando aquilo, era invisível.

Muito bem, então. Vamos experimentar *isso*, pensou ele: concentrando-se em todo o sangue que bebera nos últimos dias, Damon soltou uma onda de puro Poder, como o Vesúvio entrando em erupção com uma explosão piroclástica mortal. Envolveu tudo a seu redor, uma bolha de Poder de 70 quilômetros por hora como gás superaquecido.

Porque a coisa havia voltado. Inacreditavelmente, o parasita tentava agir de novo, entrar em sua mente. Tinha de ser isso.

Tentando acalmá-lo, supôs Damon, roçando sua nuca com uma fúria distraída, enquanto seus companheiros de bando acabavam com a presa no carro. Sussurrando coisas em sua mente para mantê-lo imobilizado, pegando seus próprios pensamentos sombrios e ecoando-os com um tom mais escuro, em um ciclo que podia acabar com Damon voando dali para matar e matar sem parar, pelo puro prazer negro do ato.

Agora a mente de Damon estava fria e escurecida pela fúria. Ele se levantou, estendendo os braços e ombros doloridos, e investigou com cuidado, não com um simples círculo de radar, mas com uma explosão de Poder atrás de cada tentativa, sondando com a mente, procurando pelo parasita. Tinha de estar ali; as árvores ainda agiam. Mas ainda não conseguiu encontrar nada, embora tivesse usado o mais rápido e eficiente método de varredura que conhecia: mil tentativas aleatórias por segundo num padrão de busca errático. Ele devia encontrar um cadáver imediatamente. Em vez disso, não achou *nada*.

Isso o deixou com mais raiva ainda, mas havia certa excitação em sua fúria. Ele queria uma briga, uma oportunidade de matar e, daquela vez, o assassinato seria significativo. Ali estava um oponente que reunia todas as qualificações — e Damon não podia matar porque não conseguia encontrá-lo. Ele enviou um recado, brilhante tamanha a ferocidade, para todos os lados.

Já o alertei uma vez. Agora EU O DESAFIO. Revele-se — OU FIQUE LONGE DE MIM!

Ele invocou o Poder, invocou-o e, mais uma vez, pensando em todos os diferentes mortais que para ele contribuíram. Ele o segurou, nutriu, moldou-o a seu propósito e ergueu sua força com tudo o que sua mente conhecia sobre luta, habilidade e expertise da guerra. Ele segurou o Poder até sentir que tinha uma bomba nuclear nos braços, e o soltou de uma vez só, uma explosão que se espalhou para todo lado, partindo dele, quase à velocidade da luz.

Certamente ele sentiria os espasmos da morte de algo imensamente poderoso e perspicaz — algo que conseguira sobreviver a seus bombardeios anteriores, projetados só para criaturas sobrenaturais.

Damon expandiu os sentidos ao seu alcance máximo, esperando ouvir ou sentir algo se espatifar, entrar em combustão, algo cair às cegas, com o sangue se derramando perto dali, de um galho, do ar, de *algum lugar*. De *algum lugar* uma criatura devia ter tombado ou arranhado o chão com imensas garras de dinossauro — uma criatura semiparalisada e inteiramente domada, assada de dentro para fora. Mas embora pudesse sentir o vento se elevando em um uivo, e nuvens negras e imensas se reunindo no alto em resposta a seu estado de espírito, ele ainda não sentia nenhuma criatura das trevas perto o bastante para ter entrado em seus pensamentos.

Que força tinha essa coisa? De onde vinha?

Só por um instante, ocorreu-lhe uma ideia. Um círculo. Um círculo com um ponto no meio. E o círculo era a explosão que ele lançou a todo lado, o ponto era o único lugar que sua explosão não atingiu. *Dentro* dele...

Puf! De repente seus pensamentos se apagaram. Então ele começou, letárgico, levemente aturdido, a tentar reunir as imagens fragmentadas. Esteve pensando na explosão de Poder que enviou, não foi? E como esperava sentir algo cair e morrer.

Mas que inferno, não conseguia sentir no bosque nem mesmo animais comuns, maiores do que uma raposa. Embora sua onda de Poder tenha sido cuidadosamente composta para atingir apenas criaturas de sua espécie, criaturas das trevas, os animais comuns ficaram tão amedrontados que fugiram como loucos da região. Ele olhou para baixo. Hummm. Exceto as árvores em volta do carro; e elas não estavam atrás dele. Além disso, o que quer que fossem, eram só os peões de um assassino invisível. Não eram realmente sensitivos — não dentro das fronteiras que ele traçou com tanto cuidado.

Será que ele estava enganado? Metade de sua fúria foi dirigida a si mesmo, por ser tão descuidado, tão bem-alimentado e confiante que se permitira baixar a guarda.

Bem-alimentado... Ei, talvez eu esteja bêbado, pensou ele, e abriu um sorriso rápido para o nada, sem nem mesmo pensar naquilo. Bêbado, paranoico e impaciente. Irritado e chateado.

Damon relaxou, encostado na árvore. O vento agora uivava, girando, gelado, as nuvens negras rolando pelo céu, obstruindo qualquer luz da lua ou das estrelas. O clima de que ele gostava.

Ele ainda estava tenso, mas não conseguia encontrar nenhum motivo para isso. A única perturbação na aura do bosque era o gritinho mínimo de uma mente dentro do carro, como um passarinho preso numa armadilha, cantando apenas uma nota. Seria a baixinha, a ruiva de pescoço delicado, aquela que reclamava de a vida ter mudado tanto.

Damon jogou um pouco mais de seu peso na árvore. Seguiu o carro com a mente, mas sem nenhum interesse. Não era sua culpa que os tivesse flagrado falando dele, mas isso diminuía um pouco suas chances de resgate.

Ele piscou devagar.

Era estranho que eles tivessem sofrido um acidente tentando não atropelar uma criatura, mais ou menos na mesma área em que ele quase bateu a Ferrari ao tentar atropelá-la. Que pena que não viu a criatura deles, as árvores eram densas demais.

O passarinho ruivo chorava de novo.

Bom, quer uma mudança *agora* ou não, sua bruxinha? Decida-se. Precisa pedir com educação.

E então, é claro, *eu* decidirei que mudança você terá.

11

Bonnie não conseguia se lembrar de nenhuma oração mais sofisticada e assim, como uma criança cansada, entoava uma antiga:

— ... Rogo ao Senhor que acolha minha alma... — Ela usou toda a energia que tinha pedindo ajuda e não obteve resposta nenhuma, apenas um ruído. Agora estava com muito sono. A dor desaparecera e ela estava simplesmente entorpecida. A única coisa que a incomodava era o frio, mas era possível cuidar daquilo. Ela podia se cobrir com uma manta, uma manta grossa e felpuda, e ficaria aquecida. Ela sabia disso sem saber como sabia.

A única coisa que a afastava da manta era pensar na mãe, que ficaria triste se Bonnie desistisse de lutar. Era outra coisa que ela sabia sem saber como sabia. Se pudesse mandar um recado à mãe, explicando que lutara ao máximo, mas que apesar de tudo não a deixaram continuar. E que ela sabia que estava morrendo, mas que no fim não doía, então não havia motivo para a mãe chorar. E da próxima vez ela aprenderia com seus erros, ela prometia... Da próxima vez...

Damon pretendia que sua entrada fosse dramática, coordenada com um clarão de raio assim que suas botas batessem no carro. Ao mesmo tempo, enviou outro golpe maligno de Poder, desta vez dirigido às árvores, as marionetes controladas por um mestre invisível. Foi tão forte que ele sentiu a reação de choque de Stefan no pensionato, longe dali. E as árvores... misturaram-se com a escuridão do fundo, rasgaram o teto do carro como se o veículo fosse uma lata de sardinha gigante, refletiu ele, de pé no capô. Muito conveniente para ele.

Depois ele voltou a atenção para a Bonnie humana, aquela dos cachos ruivos, que agora devia por direito abraçar-se aos pés de Damon, arfando um "Obrigada!"

Mas ela não fazia isso. Continuava deitada como estivera no abraço das árvores. Irritado, Damon estendeu o braço para pegar a mão dela, quando ele mesmo foi tomado por um choque. Sentiu isso antes de tocá-la, sentiu o cheiro antes de sujar seus dedos. Cem pequenas picadas, cada uma delas vertendo sangue. As agulhas da conífera devem ter feito isso, tirando sangue dela ou — não, injetando alguma substância resinosa. Algum anestésico para mantê-la imóvel enquanto dava o passo seguinte, qualquer que fosse, em seu consumo da presa — algo muito desagradável, a julgar pelas maneiras da criatura até agora. Uma injeção de sucos digestivos era o que parecia mais provável.

Ou talvez simplesmente algo para mantê-la viva, como o líquido de arrefecimento do motor de um carro, pensou ele, percebendo com outro choque desagradável que ela estava fria. O pulso de Bonnie era como gelo. Ele olhou os outros dois humanos, a menina morena de olhos racionais e perturbadores, e o rapaz de cabelos claros que sempre tentava arrumar uma briga. Bem que podia se livrar desse também, certamente não conseguira ajudar as outras duas. Mas ele ia salvar esta. Porque era essa a vontade dele. Porque ela pedira sua ajuda de forma tão patética. Porque aquelas criaturas, aqueles *malach*, tentaram fazer com que ele visse a morte da menina, os olhos meio focalizados nela enquanto desviavam a mente dele do presente com um devaneio glorioso. *Malach* — era a palavra genérica que indicava uma criatura das trevas: uma irmã ou irmão da noite. Mas para Damon agora a palavra em si parecia algo cruel, um som a ser cuspido ou sibilado.

Damon não pretendia deixar que *eles* vencessem. Pegou Bonnie como se ela fosse uma penugem de dente-de-leão e a jogou no ombro, partindo em seguida. Era um desafio voar sem primeiro mudar de forma. Damon gostava de desafios.

Ele decidiu levá-la à fonte de água quente mais próxima, o pensionato. Não precisava perturbar Stefan. Havia meia dúzia de quartos naquela cabeça de porco que viviam sua suave decadência na boa lama da Virgínia. A não ser que Stefan fosse intrometido, ele não entraria no banheiro dos outros.

Por acaso Stefan não era só intrometido, mas *rápido*. Quase houve uma colisão: Damon e seu fardo fizeram uma curva e encontraram Stefan descendo de carro pela estrada escura com Elena, flutuando tanto quanto Damon, subindo e descendo na traseira do carro como um balão de festa de criança.

A primeira troca de palavras não foi brilhante nem espirituosa.

— Mas que diabos você está fazendo? — perguntou Stefan.

— Mas que diabos *você* está fazendo? — disse Damon, ou começou a dizer, quando percebeu a imensa diferença em Stefan — e o tremendo Poder que era Elena. Enquanto a maior parte de sua mente simplesmente girava com o choque, uma pequena parte dela imediatamente começou a analisar a situação, tentando entender como Stefan passou de um nada a um... Um...

Essa não. Ah, que seja, ele podia fingir que estava tudo bem.

— Senti uma briga — disse Stefan. — E quando foi que você virou Peter Pan?

— Devia ficar feliz por não estar na briga. E eu posso voar porque tenho o Poder, garoto.

Isto era pura bravata. De qualquer modo, era perfeitamente correto, desde quando eles nasceram, chamar um parente mais novo de *ragazzo*, ou "garoto".

Não era correto agora. E, enquanto isso, a parte de seu cérebro que simplesmente não calava a boca ainda analisava. Ele podia ver, sentir, fazer de tudo, menos *tocar* a aura de Stefan. E era... inimaginável. Se Damon não estivesse tão perto, não teria vivido aquilo em primeira mão, não teria acreditado que era possível uma pessoa ter tanto Poder.

Mas ele via a situação com a mesma frieza e análise lógica que lhe diziam que o próprio Poder — mesmo depois de se deixar inebriar pela variedade de sangue feminino que tomara nos últimos dias — não era nada perto do que Stefan tinha agora. E sua capacidade lógica e fria também lhe dizia que Stefan tinha saído da cama para isso, e que ele não teve tempo — ou racionalidade suficiente — para esconder sua aura.

— Ora, ora, veja só você — disse Damon com todo o sarcasmo que conseguiu reunir, que por acaso era muito. — Isto é um halo? Você foi canonizado enquanto eu não estava olhando? Estou me dirigindo a Santo Stefan agora?

A resposta telepática de Stefan não pode ser reproduzida aqui.

— Onde estão Meredith e Matt? — acrescentou ele com ferocidade.

— Ou — continuou Damon, exatamente como se Stefan não tivesse falado — devo lhe dar os parabéns por enfim aprender a arte da trapaça?

— E o que está fazendo com Bonnie? — exigiu saber, ignorando os comentários de Damon.

— Mas ainda não parece ter aprendido os polissílabos, então vou falar com a maior simplicidade que puder. Foi você que começou.

— Eu comecei — disse Stefan sem expressão, aparentemente vendo que Damon não ia responder a nenhuma pergunta antes que ele dissesse a verdade. — Felizmente, *você* parecia estar sempre louco ou bêbado demais para notar. Queria que você e o restante do mundo continuassem ignorando o que o sangue de Elena é capaz de fazer. Então você foi embora sem nem mesmo tentar olhar bem para ela, sem desconfiar de que eu podia ter esmagado você como uma mosca desde o início.

— Nunca pensei que você seria assim. — Damon revivia seu pequeno combate em detalhes muito nítidos. Era verdade: ele nunca suspeitou de que a atuação de Stefan fosse apenas isso — uma atuação — e que ele podia ter atirado Damon no chão quando bem entendesse e feito o que quisesse com ele.

— E aí está sua benfeitora. — Damon assentiu para onde Elena flutuava, segura por — sim, era verdade — segura por uma corda de varal na embreagem. — Só um pouco abaixo dos anjos, e coroada de glória e honra — observou ele, incapaz de deixar de olhar para ela. Elena era, de fato, tão brilhante que olhar para ela com o Poder canalizado para os olhos era como tentar olhar diretamente o sol. — Ela também parece ter esquecido como se esconder; está brilhando como uma estrela hipergigante Classe G.

— Ela não sabe mentir, Damon. — Estava claro que a raiva de Stefan não parava de crescer. — Agora me diga o que está acontecendo e o que fez com Bonnie.

O impulso de responder: *Nada. Por que? Acha que devia fazer alguma coisa?*, era quase irresistível — *quase*. Mas Damon enfrentava um Stefan diferente, que nunca havia visto. Este não é o irmão mais novo que você conhece, de quem adora tripudiar, dizia-lhe uma voz racional, e ele lhe deu ouvidos.

— Os outros dois huuuuu-manos — disse Damon, arrastando a palavra — estão em seu automóvel. E — de repente cheio de virtudes — eu ia levar Bonnie para a *sua* casa.

Stefan estava ao lado do carro, a uma distância perfeita para examinar o braço pendurado de Bonnie. As picadas se transformaram numa mancha de sangue quando ele as tocou e Stefan examinou os próprios dedos com horror, repetindo a avaliação em seguida. Logo Damon estaria babando, um comportamento nada digno e que ele preferia evitar.

Em vez disso, ele se concentrou em um fenômeno astronômico próximo.

A lua cheia, a meia altura, branca e pura como a neve. E Elena flutuando diante dela, com uma camisola antiquada de gola alta — e pouco mais do que isso. Se olhasse para ela sem o Poder necessário para discernir sua aura, podia examiná-la como uma menina, e a sensação era melhor do que um anjo imerso numa incandescência ofuscante.

Damon tombou a cabeça de lado para ter uma visão melhor da silhueta. Sim, era sem dúvida o adorno perfeito para Elena e ela sempre deveria ficar diante de luzes fortes. Se ele...

Pow.

Ele voou para trás e para a esquerda. Bateu numa árvore, tentando se certificar de que Bonnie não batera em nada — ela podia se machucar. Aturdido por um momento, ele flutuou — na verdade boiou — até o chão.

Stefan estava em cima dele.

— Você — disse Damon de um jeito um tanto indistinto em meio ao sangue na boca — foi um menino muito, mas muito mau.

— Ela me fez, literalmente. Achei que ela podia morrer se eu não tirasse um pouco de seu sangue... sua aura estava muito inchada. Agora me diga qual é o problema de Bonnie...

— Então você a sangrou apesar de sua incansável resistência heroica...

Pow.

Esta nova árvore cheirava a resina. Eu jamais quis fazer amizade com insetos de árvores, pensou Damon enquanto cuspia sangue. Mesmo como corvo ele só os usava quando necessário.

Stefan, de algum modo, pegou Bonnie no ar enquanto Damon voava em direção à árvore. Ele agora tinha essa velocidade. Era rápido, muito rápido. Elena era um *fenômeno.*

— Então agora tem uma vaga ideia de como é o sangue de Elena. — *E* Stefan podia ouvir os pensamentos de Damon. Normalmente, Damon estava sempre pronto para uma briga, mas agora ele quase podia ouvir o choro de Elena por seus amigos humanos, e algo dentro dele se sentiu cansado. Muito velho — com séculos de idade — e muito cansado.

Mas quanto a sua pergunta, ora, *sim.* Elena ainda subia e descia sem rumo, às vezes de braços abertos, ora enroscada como uma gatinha. Seu sangue era um combustível de foguete comparado à gasolina sem aditivos da maioria das meninas.

Só que Stefan queria brigar, e nem tentava esconder isso. Eu estava certo, pensou Damon. Para os vampiros, o impulso de entrar numa rixa é mais forte do que qualquer outro, até a necessidade de se alimentar, ou, no caso de Stefan, a preocupação com seus... qual era a palavra mesmo? Ah, sim. *Amigos.*

Agora Damon tentava escapar da briga, tentava enumerar seus ativos, que não eram muitos, porque Stefan ainda o mantinha preso no chão. Pensamento. Fala. Um gosto pela briga suja que Stefan não parecia compreender. Lógica. Uma capacidade instintiva de encontrar brechas na armadura do inimigo...

Hummmmm...

— Meredith e... — Droga! Qual era mesmo o *nome* do rapaz? — o acompanhante dela estão mortos, eu acho — disse ele com inocência. — Podemos ficar esbravejando aqui, se é o que quer, considerando que eu não pus um dedo em você... ou podemos tentar ressuscitá-los. O que será, pergunto eu? — Na verdade, ele se perguntava quanto controle Stefan tinha sobre si agora.

Como se uma câmera tivesse se afastado repentinamente de Damon, Stefan pareceu ficar menor. Tinha flutuado a alguns metros do chão; agora pousou e olhava para si aturdido, evidentemente sem saber que tinha voado.

Damon falou pausadamente enquanto Stefan estava mais vulnerável.

— Não fui eu que os machuquei — acrescentou ele. — Se olhar para Bonnie — felizmente ele sabia o nome *dela* — verá que nenhum vampiro pode ter feito isso. Eu acho — acrescentou ele inocentemente, para chocar — que os agressores foram as árvores, controladas por um malach.

— *Árvores?* — Stefan mal se demorou ao olhar o braço picado de Bonnie. — Precisamos levá-los para casa e colocá-los na água quente. Pegue Elena...

Ah, com muito prazer. Na verdade eu daria tudo, *tudo*...

— ... e este carro com Bonnie e leve-as para o pensionato. Acorde a Sra. Flowers. Faça o que puder por Bonnie. Eu seguirei e pegarei Meredith e Matt...

Era isso! Matt. Agora, se ele usasse uma técnica de memorização...

— Eles estão perto daqui, não é? Era de onde sua primeira bomba de Poder parecia ter vindo.

Uma bomba, é? Por que não ser sincero e chamar de estalinho?

E enquanto estava fresco em sua mente... M de Mortal, A de Aborrecido, T de Traste. E era o que se tinha. Uma pena que se aplicasse a todos eles e no entanto nem todos se chamassem MAT. Ah, porcaria — não devia ter outro T no final? Um Mortal, Aborrecido, Traste Trapalhão? Um Aborrecido Traste Terrível?

— Eu disse, está tudo bem?

Damon voltou à realidade.

— Não, não está tudo bem. O outro carro está quebrado. Não vai andar.

— Vou fazer com que flutue atrás de mim. — Stefan não estava se gabando, só declarando um fato.

— Nem mesmo está inteiro.

— Vou colar os pedaços. Vamos, Damon. Me desculpe por bater em você, eu tive uma ideia inteiramente errada sobre o que estava havendo. Mas Matt e Meredith podem mesmo estar morrendo, e até com todo o meu novo Poder, e o de Elena, talvez não consigamos salvá-los. Elevei a temperatura de Bonnie em alguns graus, mas não me atreveria a ficar aqui para elevá-la com a calma necessária. *Por favor*, Damon. — Ele colocou Bonnie no banco do carona.

Bom, este *parecia* o velho Stefan, mas vindo dessa usina de força, o novo Stefan, tinha conotações bem diferentes. Ainda assim, se Stefan queria *pensar* que ele era um camundongo, ele seria um camundongo. E fim de papo.

Antes, Damon se sentira como o Vesúvio explodindo. Agora, de repente, parecia estar *perto* do Vesúvio, e ele roncava.

Pelos deuses! Damon se sentia chamuscar só de ficar perto de Stefan.

Damon apelou a todos os seus consideráveis recursos, envolvendo-se mentalmente em gelo, e esperou que pelo menos um ar de frieza sustentasse sua resposta.

— Eu irei. Vejo você depois... Espero que os humanos ainda não estejam mortos.

Enquanto eles partiam, Stefan lhe mandou uma mensagem poderosa de reprovação — não o atacando com a mera dor, como fizera antes, quando atirou Damon na árvore, mas garantindo que a opinião que tinha do irmão estivesse impressa em cada palavra.

Damon mandou a Stefan a última mensagem enquanto prosseguia. *Não entendo*, pensou ele com inocência para um Stefan que desaparecia. *Qual é o problema em dizer que eu espero que os humanos ainda estejam vivos? Estive numa loja de presentes, sabia?* — ele não mencionou que não era pelos cartões da Hallmark, mas pela jovem caixa — *e eles têm coisas como "Espero que se recupere" e "Meus sentimentos", que deve significar que o cartão anterior não era suficientemente forte. Então qual é o problema de dizer "espero que não estejam mortos?"*

Stefan nem se deu ao trabalho de responder, mas Damon deu um sorriso rápido e reluzente, enquanto manobrava o Porsche e seguia para o pensionato.

Ele puxou a corda de varal que mantinha Elena acima dele. Ela flutuava; a camisola ordeando — acima da cabeça de Bonnie — ou melhor, de onde devia estar a cabeça de Bonnie. Ela sempre foi baixinha e essa doença congelante a havia encolhido a uma posição fetal. Elena praticamente podia sentar nela.

— Olá, princesa. Linda, como sempre. E não parece assim tão mal.

Nunca fui tão ruim puxando assunto, pensou ele com desânimo. Mas Damon não se sentia senhor de si. A transformação de Stefan o assustara — deve ser esse o problema, concluiu ele.

— Da... mon.

Damon se sobressaltou. A voz de Elena era lenta e hesitante... e completamente linda: melado pingando doçura, mel caindo direto do favo. Era de um tom mais grave, ele tinha certeza, do que antes da transformação, e adquirira um sotaque arrastado típico do Sul. A um vampiro, assemelhava-se ao doce gotejar de uma veia humana recém-aberta.

— Sim, meu anjo. Já te chamei de "anjo" antes? Se não, foi por pura distração.

E, ao dizer isso, ele percebeu que havia outro componente na voz de Elena que antes ele deixara passar: pureza. A pureza lancinante de um serafim. Isso devia fazer com que desistisse, mas só o lembrou de que Elena era alguém a se levar a sério, nunca deveria ser tratada com leviandade.

Eu a levaria a sério, com leviandade ou como você preferisse, pensou Damon, se não estivesse tão presa ao idiota do meu irmão.

Sóis violeta idênticos se viraram para ele: os olhos de Elena. Ela o ouviu.

Pela primeira vez na vida, Damon estava cercado de gente mais poderosa do que ele. E, para um vampiro, o Poder era tudo: bens materiais, posição na comunidade, uma parceira-troféu, conforto, sexo, dinheiro, guloseimas.

Era uma velha sensação. Não inteiramente desagradável com relação a Elena; ele gostava de mulheres fortes. Procurara por uma com empenho durante séculos.

Mas o olhar de Elena trazia efetivamente os pensamentos dele de volta ao problema que tinham. Damon estacionou enviesado na frente do pensionato, pegou uma Bonnie enrijecida e flutuou pela escada estreita e sinuosa até o quarto de Stefan. Era o único lugar que ele *sabia* que tinha uma banheira.

Mal havia espaço para três dentro do pequeno banheiro, e era Damon que carregava Bonnie. Ele abriu a torneira da antiga banheira de quatro pés com base no que seus sentidos extraordinariamente refinados diziam que eram cinco graus acima da temperatura gelada da menina. Tentou explicar a Elena o que estava fazendo, mas ela parecia ter perdido o interesse e flutuava pelo quarto de Stefan como uma Fada Sininho enjaulada. Esbarrava na janela fechada e disparava para a porta aberta, observando tudo.

Que dilema. Pedir a Elena para despir Bonnie e dar banho nela, correndo o risco de ver Bonnie na banheira com o lado errado para cima? Ou pedir a Elena para fazer o trabalho, mas observando as duas, sem tocar — a não ser em caso de desastre? Além disso, alguém precisava encontrar a Sra. Flowers e conseguir bebidas quentes. Ele deveria escrever um bilhete e mandar Elena entregar? Pode haver mais vítimas aqui a qualquer momento.

Então Damon viu o olhar de Elena e todas as preocupações insignificantes e convencionais pareceram evaporar. As palavras apareceram em seu cérebro sem se incomodar em passar por seus ouvidos.

Ajude-a. Por favor!

Ele se virou para o banheiro, deitou Bonnie no tapete grosso e a descascou como um camarão. Tirou o moletom, o top de verão que estava por baixo e o pequeno sutiã — tamanho P, percebeu ele com tristeza, descartando-o, tentando não olhar diretamente para Bonnie. Mas não pôde deixar de ver as marcas de perfuração que a árvore deixara em todo seu corpo.

Tirou o jeans, depois teve um pequeno contratempo porque teve de se sentar e colocar os pés da menina em seu colo para desamarrar os tênis de cano alto antes que os jeans passassem dos tornozelos, e depois tirou as meias.

E pronto. Bonnie estava nua, a não ser pelo próprio sangue e a calcinha de seda cor-de-rosa. Ele a pegou e a colocou na banheira, ensopando-se ao fazer isso. Os vampiros associavam o banho com o sangue da virgem, mas só os loucos tentavam isso.

Quando ele colocou Bonnie na banheira, a água ficou rosada. Ele manteve a torneira aberta porque a banheira era grande demais, depois se sentou para pensar no que deveria fazer. A árvore estivera bombeando alguma coisa para dentro dela por meio das agulhas. O que quer que fosse, não era bom. Então precisava sair. A solução mais sensata seria chupar aquilo, como se fosse uma mordida de cobra, mas ele hesitava em tentar isso antes de ter certeza de que Elena não ia esmagar seu crânio se o encontrasse chupando metodicamente a parte superior do corpo da amiga.

Ele teria de se contentar com a segunda melhor opção. A água ensanguentada não escondia inteiramente a forma diminuta de Bonnie, mas ajudou a toldar os detalhes. Damon apoiou a cabeça da menina na beira da banheira com uma das mãos, e com a outra começou a apertar e massagear o veneno para fora de um dos braços.

Ele sabia que estava fazendo a coisa certa quando sentiu um cheiro resinoso de pinho. Era tão denso e viscoso que ainda não se misturara ao sangue de Bonnie. Ele tirou uma pequena quantidade de veneno dessa maneira, mas será que bastaria?

Com cautela, observando a porta e aguçando os sentidos para que chegasse a seu espectro mais amplo, Damon levou a mão de Bonnie aos lábios como se estivesse prestes a beijá-la. Em vez disso, levou o pulso à boca e, reprimindo qualquer impulso que teve de morder, simplesmente chupou.

Cuspiu quase imediatamente. Sua boca se encheu de resina. Só a massagem não tinha sido o bastante. A sucção também não adiantaria, nem se conseguisse uns vinte vampiros e os grudasse ao pequeno corpo de Bonnie como sanguessugas.

Ele se sentou sobre os calcanhares e olhou para ela, aquela menina-mulher fatalmente envenenada que ele prometera salvar. E foi então que, Damon percebeu que estava molhado até a cintura. Olhou com irritação para os céus e tirou a jaqueta de couro.

O que podia fazer? Bonnie precisava de medicação, mas Damon não fazia ideia de qual remédio a ajudaria, também não havia uma bruxa conhecida a quem apelar. Será que a Sra. Flowers tinha intimidade com o conhecimento arcano? E ela compartilharia com ele, se tivesse? Ou era só uma velha maluca? Qual era o remédio genérico — para um humano? Ele poderia entregá-la a seu próprio povo e deixar que eles fizessem seus experimentos tacanhos — levando-a para um hospital —, mas eles teriam de lidar com uma menina que foi envenenada pelo Outro Lado, que esteve em lugares tão sombrios que eles jamais poderiam ver ou compreender.

Distraído, ele passava uma toalha pelos braços, pelas mãos e pela camiseta preta. Ao olhar a toalha concluiu que Bonnie merecia pelo menos um pouco de recato, em especial porque ele não conseguia pensar em nada que tivesse efeito sobre ela. Damon molhou a toalha e a abriu, colocando-a sob a água para cobrir Bonnie do pescoço aos pés. A toalha flutuou em alguns lugares, afundou em outros, mas funcionou.

Ele aumentou a temperatura da água de novo, mas não fez diferença. Bonnie enrijecia para a verdadeira morte, apesar de tão jovem. Seus colegas na antiga Itália tinham razão, pensou ele, uma mulher como aquela era uma *donzela*: não era mais uma menina, mas não era mulher ainda. Era especialmente apropriado, uma vez que qualquer vampiro podia dizer que ela era uma donzela nos dois sentidos.

E tudo teve de acontecer debaixo de seu nariz. O engodo, o ataque em bando, a maravilhosa técnica e sincronia — eles matavam esta donzela enquanto ele estava sentado, olhando. E ele aplaudiu.

Devagar, por dentro, Damon podia sentir algo crescendo. Foi incitado quando ele pensou na audácia dos malach, caçando seus humanos sob seu nariz. Não se perguntou quando o grupo no carro se tornou os humanos *deles* — ele supôs que era assim porque andavam tão perto ultimamente que pareciam estar a sua disposição para ele determinar se viveriam ou morreriam, ou se acabariam se tornando o que ele era. A coisa crescente o tomou quando ele pensou em como o malach manipulou seus pensamentos, atraindo-o a uma deliciosa contemplação da morte em termos gerais, enquanto a morte em termos muito específicos acontecia bem abaixo de seus pés. E agora estava chegando a níveis incendiários porque já haviam lhe mostrado demais por hoje. Era insuportável...

... e era Bonnie...

Bonnie, que nunca machucou uma... uma coisinha inofensiva por maldade. Bonnie, que era como uma gatinha, golpeando de leve o nada. Bonnie, com o cabelo que às vezes era chamado de arruivado, mas que parecia simplesmente estar em chamas. Bonnie, da pele transparente, com os estuários violeta delicados das veias por todo o pescoço e a face interna dos braços. Bonnie, que ultimamente passara a olhar para ele de lado, com seus olhos grandes, infantis e castanhos, sob cílios como estrelas...

Os maxilares e os caninos de Damon doíam e sua boca parecia pegar fogo por causa da resina venenosa. Mas tudo isso podia ser ignorado, porque ele estava consumido por outro pensamento.

Bonnie pedira a ajuda dele por quase meia hora antes de sucumbir às trevas.

Era o que precisava ser dito, examinado. Bonnie chamara por Stefan — que estava longe demais e bastante ocupado com seu anjo —, mas chamou por Damon também, implorou por sua ajuda.

E ele ignorou. Com três amigos de Elena a seus pés, ele ignorou suas agonias, ignorou a súplica frenética de Bonnie para não deixar que eles morressem.

Geralmente, esse tipo de coisa só o faria partir para outra cidade. Mas de algum modo ele ainda estava ali e ainda sentia o gosto amargo das consequências de seus atos.

Damon se recostou de olhos fechados, tentando abstrair o cheiro dominador de sangue e o aroma mofado de... alguma coisa.

Ele franziu a testa e olhou em volta. O pequeno banheiro estava limpo até os cantos. Nada de mofo, mas o cheiro não sumia.

Foi quando ele se lembrou.

12

Voltou a ele, tudo voltou: os corredores apertados, as janelas mínimas e o cheiro bolorento de livros velhos. Ele estivera na Bélgica há uns cinquenta anos e ficara surpreso ao descobrir que ainda existia um livro em língua inglesa sobre tal assunto. E lá estava ele, a capa gasta, um mofo sólido e polido, sem lhe restar os caracteres, como se nunca tivesse havido nenhum. Faltavam páginas, então ninguém saberia qual era o título ou o nome do autor, ou se essas informações foram impressas. Cada "receita" — receita, ou encantamento, ou feitiço — dentro do livro envolvia um conhecimento proibido.

Damon conseguia se lembrar facilmente do feitiço mais simples de todos: "O Sangue de Vampiro ou a Seiva da Salicórnia é propício como remédio geral para toda Enfermidade proveniente de Danos Cometidos por aqueles que Dançam nas Florestas ao Plenilúnio."

Aqueles malach certamente andaram danificando o bosque e era o mês do plenilúnio, o mês do "solstício de verão" na Língua Antiga. Damon não queria deixar Bonnie e certamente não queria que Elena visse o que ele ia fazer. Ainda sustentando a cabeça de Bonnie acima da água quente e rosada, ele abriu a camisa. Havia uma faca com cabo de madeira em uma bainha presa ao seu quadril. Ele a pegou e, num movimento rápido, cortou-se na base do pescoço.

Agora era muito sangue. O problema era como conseguir que ela bebesse. Embainhando a adaga, ele a tirou da água e tentou encostar os lábios dela no corte.

Não, isso era *estupidez*, pensou ele, com uma autodepreciação incomum. Ela ia ficar com frio novamente, e você não tem como obrigá-la a engolir. Ele deixou Bonnie resvalar na água e pensou. Depois pegou novamente a faca e fez outro corte: desta vez no pulso. Seguiu a veia ali até que o sangue não só gotejava, e sim jorrava. Depois colocou o pulso cortado na boca de Bonnie, agora virada para cima, ajeitando a cabeça dela com a outra mão. Os lábios de Bonnie estavam entreabertos e o sangue vermelho escuro fluía lindamente. De vez em quando, ela engolia. Ainda havia vida na menina.

Era como alimentar um filhote de passarinho, pensou Damon, imensamente satisfeito com sua memória, sua engenhosidade e — bom, consigo mesmo.

Ele abriu um sorriso luminoso para nada em particular.

Se ao menos aquilo funcionasse.

Damon mudou de posição devagar para ficar mais confortável e abriu outra vez a torneira de água quente, o tempo todo segurando Bonnie, alimentando-a, e cuidando de tudo — ele sabia — com elegância e sem um movimento inútil. Era divertido. Apelava a seu senso de ridículo. Aqui, agora, um vampiro não estava jantando um humano, mas tentava salvá-lo da morte certa, alimentando-o com o próprio sangue.

Era mais do que isso. Ele seguira todo tipo de tradição e costume humanos, tentando despir Bonnie sem comprometer seu recato de donzela. Aquilo fora excitante. É claro que ele vira seu corpo, não havia meios de evitar. Mas era muito mais emocionante quando ele *tentava* seguir as regras. Ele nunca agira dessa maneira antes.

Talvez fosse assim que Stefan tinha prazer. Não, Stefan tinha Elena, que um dia foi humana, vampira e espírito, e agora parecia ser um anjo de carne e osso, se uma coisa dessas existisse. Elena era suficientemente excitante por si mesma. E, no entanto, ele não pensava nela há *minutos*. A Elena lá fora podia só fazer parte da vista.

Era melhor chamá-la, talvez trazê-la aqui e explicar como isso estava funcionando para que não houvesse motivos para ela esmagar o crânio dele depois. Talvez fosse melhor.

Damon de repente percebeu que não conseguia sentir a aura de Elena no banheiro de Stefan. Mas, antes que pudesse investigar, ouviu um estrondo, *depois* passos pesados, em seguida outro estrondo, muito mais perto. E a porta do banheiro foi aberta com um chute pelo Mortal Aborrecido e Trapalhão...

Matt avançou de um jeito ameaçador, tropeçou e baixou a cabeça para soltar os pés. Seu rosto bronzeado foi banhado de um poente súbito. Ele erguia o sutiã cor-de-rosa e pequeno de Bonnie. Largou-o como se o tivesse mordido, pegou-o novamente e o girou, só para disparar até Stefan, que entrava. Damon olhava, divertindo-se.

— Como você os *mata*, Stefan? Só precisa de uma estaca? Pode segurá-lo enquanto... *sangue*! Ele a está alimentando com sangue! — Matt se interrompeu, dando a impressão de que podia atacar Damon sozinho. Uma má ideia, pensou Damon.

Matt o olhou nos olhos. Confrontando o monstro, pensou Damon, divertindo-se ainda mais.

— Solte... a... Bonnie — falou Matt devagar, provavelmente tentando parecer ameaçador, mas também parecia que ele achava que Damon era um débil mental.

Mortalmente Ultrajado Tá Tatibitate, refletiu Damon. Mas isso dava...

— Mutt — disse ele em voz alta, balançando de leve a cabeça. Talvez, porém, ajudasse a se lembrar no futuro.

— *Mutt*? Do que me chamou? Meu Deus, Stefan, por favor, me ajude a matá-lo! *Ele matou a Bonnie.* — As palavras vertiam de Matt em um único jato, de um fôlego só. Aflito, Damon viu seu último acrônimo se pulverizar em chamas.

Stefan estava surpreendentemente calmo. Pôs Matt atrás dele e disse:

— Vá se sentar com Elena e Meredith — disse ele de um jeito que não era uma sugestão e se virou para o irmão. — Você não se alimentou dela — e *isto* não era uma pergunta.

— Beber veneno? Não faz meu gênero, maninho.

Um canto da boca de Stefan se ergueu. Ele não respondeu, mas simplesmente fitou Damon com olhos que eram... *sábios*. Damon se retraiu.

— Eu falei a verdade!

— Vai fazer isso nas horas vagas?

Damon começou a soltar Bonnie, imaginando que largá-la na água suja de sangue seria o precursor adequado para sair da lama, mas...

Mas... ela era seu filhote de passarinho. Ela engoliu bastante sangue dele, e algumas gotas a mais começariam a Transformá-la seriamente. E se a quantidade de sangue que ele já lhe dera não tinha sido suficiente, simplesmente não era um remédio, antes de mais nada. Além disso, o santo milagreiro estava presente.

Ele fechou o corte em seu braço o suficiente para estancar o sangramento e começou a falar...

E a porta se abriu novamente num estrondo.

Desta vez era Meredith e estava com o sutiã de Bonnie. Stefan e Damon se encolheram. Meredith, pensou Damon, era uma pessoa muito assustadora. Pelo menos ela não teve pressa nenhuma ao olhar as roupas amarfanhadas no chão do banheiro, ao contrário de Mutt. Ela disse a Stefan:

— Como está Bonnie? — O que Mutt também não fez.

— Ela vai ficar bem — disse Stefan, e Damon se surpreendeu com a própria sensação de... alívio não, é claro, mas de um trabalho bem-feito. Além disso, agora ele podia evitar levar uma surra de Stefan.

Meredith respirou fundo e fechou os olhos assustados brevemente. Quando fez isso, seu rosto todo ficou incandescente. Talvez estivesse rezando. Já fazia séculos que Damon não rezava, e ele nunca teve nenhuma oração atendida.

Depois Meredith abriu os olhos, sacudiu-se e ficou assustadora novamente. Cutucou a pilha de roupas no chão e disse, lenta e vigorosamente:

— Se o item que combina com *isso* não estiver no corpo de Bonnie, teremos problemas.

Ela agitou o agora indecente sutiã como uma bandeira.

Stefan ficou confuso. Como ele não entendia a importância da questão da lingerie que faltava?, perguntou-se Damon. Como alguém podia ser um tolo tão... tão pouco observador? Elena não usava nada... nunca? Damon ficou imóvel, tomado demais pelas imagens em seu mundo particular para se mexer por um momento. Depois falou. Tinha uma resposta para o enigma de Meredith.

— Querem vir aqui verificar? — perguntou ele, virando a cabeça de maneira reservada para o lado.

— Sim, quero.

Ele continuou de costas para Meredith enquanto ela se aproximava da banheira enfiava a mão na água quente e rosada, mexendo um pouco na toalha. Ele a ouviu soltar a respiração, aliviada.

Quando Damon se virou, ela disse:

— Tem sangue em sua boca. — Os olhos escuros de Meredith estavam mais escuros do que nunca.

Damon ficou surpreso. Não tinha avançado e perfurado a ruiva por hábito e *esquecido*, não foi? Mas depois percebeu o motivo.

— Você tentou chupar o veneno, não tentou? — disse Stefan, atirando-lhe uma toalha branca no rosto. Damon enxugou o lado que Meredith olhava e apareceu uma mancha de sangue. Não admirava que sua boca estivesse ardendo como fogo. Aquele veneno era asqueroso, embora claramente não afetasse os vampiros como afetava os humanos.

— E tem sangue no seu pescoço — continuou Meredith.

— Uma experiência malsucedida — disse Damon, dando de ombros.

— Então você cortou o pulso. E cortou fundo.

— Talvez, para uma humana. A entrevista coletiva acabou?

Meredith recuou. Damon podia ler sua expressão e sorriu por dentro. Extra! Extra! A ASSUSTADORA MEREDITH CONTRARIADA. Ele conhecia o olhar dos que desistiam de uma briga.

Meredith se empertigou.

— Tem alguma coisa que eu possa trazer para que pare o sangramento na boca? Algo para beber, talvez?

Stefan só pareceu chocado. O problema de Stefan — bom, parte dos muitos problemas de Stefan — era que ele achava que se alimentar era pecaminoso. Para ele era pecado até falar no assunto.

Talvez fosse mais prazeroso desse jeito. As pessoas se deliciavam com qualquer coisa que achassem pecaminosas. Até os vampiros eram assim. Damon ficou irritado. Como se voltava no tempo, a uma época em que *tudo* era pecado? Porque infelizmente ele perdera a satisfação.

De costas, Meredith era menos assustadora. Damon se arriscou a responder à pergunta sobre o que podia beber.

— *Você*, querida... você é linda.

— Tem elogios demais — disse Meredith de um jeito misterioso e, antes que Damon pudesse entender que ela estava simplesmente observando a linguística, e não comentando sua vida pessoal, ela saiu. Com o sutiã na mão.

Agora Stefan e Damon estavam a sós. Stefan se aproximou um passo, sem olhar para a banheira. Você perde muita coisa, seu bobalhão, pensou Damon. Essa era a palavra que procurara antes. Bobalhão.

— Você fez muito por ela — disse Stefan, parecendo achar tão difícil olhar para Damon como para a banheira. Isso não lhe dava muitas opções. Ele escolheu uma parede.

— Você me disse que ia me bater se eu não fizesse. Apanhar nunca foi o meu forte. — Ele abriu um sorriso estonteante para Stefan e o manteve até que o irmão começou a se voltar para ele, depois virou o rosto de imediato.

— Você foi além do dever.

— Com você, maninho, nunca se sabe onde termina o dever. Diga, como é o infinito?

Stefan soltou um suspiro pesado.

— Pelo menos você não é o tipo de valentão que só aterroriza quando está em vantagem.

— Está me convidando a "resolver isso lá fora", como dizem?

— Não, estou elogiando você por salvar a vida de Bonnie.

— Não percebi que tinha alternativa. Como, aliás, conseguiu curar Meredith e... e... como conseguiu?

— Elena os beijou. Não percebeu que ela saiu? Eu os trouxe de volta para cá, ela desceu, respirou na boca dos dois e os curou. Pelo que vi, ela parece estar lentamente deixando de ser espírito para voltar a ser plenamente humana. Imagino que vá levar mais alguns dias, só de ver seu progresso desde que ela despertou.

— Pelo menos ela está falando. Não muito, mas não se pode pedir tudo. — Damon se lembrava da visão do Porsche, com a capota arriada e Elena subindo e descendo feito um balão. — Essa ruivinha não disse uma palavra — acrescentou Damon, se queixando, depois deu de ombros. — Grande diferença.

— *Por que*, Damon? Por que simplesmente não admite que gosta dela, pelo menos o suficiente para mantê-la viva... e sem abusar dela? Você sabia que ela não podia perder sangue...

— Foi uma experiência — explicou Damon com cuidado. E agora acabou. Bonnie acordaria ou dormiria, viveria ou morreria nas mãos de Stefan — e não nas dele. Ele estava molhado, sentia-se pouco à vontade, estava bem longe de sua refeição noturna a ponto de ficar faminto e zangado. Sua boca doía. — Agora segure você a cabeça dela — disse ele bruscamente. — Vou embora. Você, Elena e... Mutt podem terminar.

— O nome dele é Matt, Damon. Não é difícil de lembrar.

— É sim, se você não tiver nenhum interesse nele. Há muitas donzelas adoráveis nesta vizinhança para que ele seja alguma coisa além de uma última opção de lanchinho.

Stefan bateu com força na parede. Seu punho quebrou o reboco antigo.

— Mas que droga, Damon, os humanos não existem só para isso.

— É só o que peço deles.

— Você não *pede*. O problema é este.

— Foi um eufemismo. É só o que eu pretendo *tirar* deles, então. Certamente é só nisso que estou interessado. Não faça de conta que existe algo a mais. Não tem sentido tentar encontrar evidências para uma bela mentira.

O punho de Stefan voou. Era o punho esquerdo, e Damon estava sustentando a cabeça de Bonnie daquele lado, então não pôde se inclinar graciosamente como faria em circunstâncias normais. Ela estava inconsciente; podia engolir bastante água e acabar morrendo de imediato. Quem sabia sobre esses humanos, especialmente quando estavam envenenados?

Em vez disso, ele se concentrou em mandar todo seu escudo para o lado direito do queixo. Imaginou que podia levar um murro, mesmo do Stefan recém-aprimorado, sem soltar a menina — mesmo que o irmão quebrasse seu queixo.

O punho de Stefan parou a milímetros do rosto de Damon.

Houve uma pausa; os irmãos se olharam a uma distância de meio metro.

Stefan respirou fundo e se sentou.

— Agora vai admitir?

Damon estava genuinamente confuso.

— Admitir o quê?

— Que você se importa um pouco com eles. O suficiente para levar um soco em vez de deixar que Bonnie afundasse na água.

Damon olhou, depois começou a rir e descobriu que não conseguia parar.

Stefan o observava. Fechou os olhos e se virou um pouco, magoado.

Damon ainda estava rindo.

— E você p-p-pensou que eu g-g-gostava de uma pequena hu-hu-hu...

— Por que fez isso, então? — perguntou Stefan, cansado.

— V-v-v-eneta. Eu t-te d-d-disse. Só me d-d-deu-ua-ua-ua... — Damon desmoronou, demente da falta de sangue e de tantas emoções variadas.

A cabeça de Bonnie ficou submersa.

Os dois vampiros mergulharam para ajudá-la, batendo cabeças ao se chocarem no meio da banheira. Os dois caíram para trás brevemente, tontos.

Damon não estava mais rindo. Lutava como um tigre para tirar a menina da água. Stefan também e, com os reflexos recém-afiados, parecia estar prestes a vencer. Mas foi como Damon tinha pensado há cerca de uma hora — nenhum dos dois sequer pensou em cooperar para pegar a menina. Cada um tentava fazer aquilo sozinho e um impedia o outro.

— Saia do caminho, fedelho — rosnou Damon, quase sibilando de ameaça.

— Você não dá a mínima para ela. Saia *você* do caminho...

Houve algo que parecia um gêiser e Bonnie explodiu para cima da água sozinha. Ela cuspiu um pouco.

— O que está havendo? — gritou ela num tom capaz de derreter um coração de pedra.

O que de fato aconteceu. Olhando seu passarinho desgrenhado, que se agarrava à toalha por instinto, com o cabelo colado na cabeça e os grandes olhos castanhos piscando entre as mechas, algo cresceu em Damon. Stefan correu pela porta para contar a boa nova aos outros. Por um momento só os dois estava ali: Damon e Bonnie.

— O gosto é horrível — disse uma Bonnie aflita, cuspindo mais água.

— Eu sei — disse Damon, olhando-a. A novidade que ele sentia inundava em sua alma até que a pressão ficou quase insuportável. Quando Bonnie disse: "mas eu estou viva!" com uma guinada repentina de 180 graus no estado de espírito, o rosto em forma de coração corando de alegria, o orgulho feroz que Damon sentiu em resposta foi inebriante. Ele e só ele tinha trazido Bonnie de volta da beira da morte gelada. Seu corpo cheio de veneno foi curado por ele; foi o sangue dele que dissolveu e dispersou a toxina, o sangue *dele*...

E a coisa que crescia explodiu.

Para Damon, houve um estalo palpável, se não audível, enquanto a pedra que envolvia sua alma se abria e um pedaço grande se separava.

Com algo cantando dentro dele, Damon puxou Bonnie para si, sentindo a toalha molhada através da camisa de seda crua e o corpo leve de Bonnie próximo. Sem dúvida uma donzela, e não uma criança, pensou ele, tonto, independente do que alegasse aquela tira de nylon rosa. Ele se agarrou a ela como se precisasse de seu sangue — como se os dois estivessem em mares agitados por um furacão e soltá-la significasse perdê-la para sempre.

O pescoço de Damon doía furiosamente, mas a pedra continuava se quebrando; ia explodir completamente, libertando o *Damon* que guardava lá dentro — e ele estava inebriado demais de orgulho e alegria, sim, de alegria, para se importar. A pedra continuava estalando, os pedaços voando para todo lado...

Bonnie o empurrou.

A menina tinha uma força surpreendente para alguém com uma constituição física tão frágil. Ela se soltou completamente dos braços dele. Sua expressão mudara radicalmente de novo: agora seu rosto não mostra só medo e desespero — mas repulsa.

— Socorro! Alguém, por favor, *me ajude*! — Os olhos castanhos estavam arregalados, e o rosto empalideceu.

Stefan girou o corpo e só o que viu foi o que Meredith testemunhou, disparando do outro cômodo por baixo de seu braço, ou o que Matt viu, tentando olhar o banheiro mínimo e lotado: Bonnie agarrada ferozmente à toalha, tentando se cobrir, e Damon ajoelhado ao lado da banheira, o rosto sem expressão alguma.

— *Por favor*, me ajudem. Ele me ouviu chamar... eu podia *senti-lo* do outro lado... mas ele só olhou. Ficou parado e nos *olhou* morrer. Ele quer todos os humanos mortos, e nosso sangue escorrendo por uma escadaria qualquer. Por favor, *afastem esse sujeito* de mim!

Então era isso. A bruxinha era mais hábil do que ele imaginara. Não era incomum reconhecer que alguém recebia suas transmissões — existia uma resposta — mas identificar o indivíduo exigia talento. Além disso, ela obviamente ouviu os ecos de parte de seus pensamentos. Ela tinha talento, o seu passarinho... não, não era o passarinho dele, não quando olhava daquele jeito que parecia ódio.

Fez-se silêncio. Damon tinha a chance de negar a acusação, mas por que se dar a esse trabalho? Stefan seria capaz de estimar a verdade. Talvez Bonnie também.

A repulsa ia de um rosto a outro, como se fosse uma doença altamente contagiosa.

Agora Meredith disparava para frente, pegando outra toalha. Tinha uma espécie de bebida quente na outra mão — chocolate, pelo cheiro. Era quente o bastante para ser uma arma eficaz — não havia como se esquivar de nada daquilo, não para um vampiro cansado e faminto.

— Tome — disse ela a Bonnie. — Você está segura. Stefan está aqui. Eu estou aqui e Matt também. Pegue essa toalha, vamos colocá-la nos seus ombros.

Stefan ficou parado em silêncio, olhando tudo — não, olhando o irmão. Agora, com o rosto endurecendo de determinação, ele disse uma só palavra.

— Fora.

Expulso como um cão. Damon tateou, procurando a jaqueta, achou-a e desejou ter o mesmo sucesso ao procurar seu senso de humor. As expressões ao seu redor eram idênticas. Seus rostos podiam estar entalhados em pedra.

Mas nenhuma pedra era tão dura quanto a que voltava a se formar em torno da alma de Damon. Aquela pedra se remendava de uma forma extraordinariamente rápida — e uma nova camada surgiu, como acontece com uma pérola, mas não com tanta beleza.

Os rostos ainda eram os mesmos quando Damon tentou sair do pequeno cômodo que abrigava gente demais. Alguns falavam; Meredith com Bonnie, Mutt — não, Matt — soltava jarros de puro ódio... mas Damon não ouvia as palavras. Ele também sentia um cheiro marcante de sangue. Todos tinham pequenas feridas. Seus cheiros individuais — animais diferentes no *rebanho* — se fechavam sobre ele. Sua cabeça girava, ele precisava sair dali ou ia agarrar o vaso sanguíneo mais próximo e secá-lo. Agora estava mais do que tonto; estava quente, e... *sedento*.

Muito, muito sedento; ele trabalhou por um longo tempo sem se alimentar e agora estava cercado pelas presas. *Elas o* cercavam. Como ele podia deixar de pegar só uma delas? Uma faria tanta falta assim?

E então havia uma que ele ainda não vira e não queria ver. Testemunhar as lindas feições de Elena distorcidas na mesma máscara de repulsa que ele viu nos outros rostos seria... detestável, pensou ele, com sua velha objetividade finalmente lhe voltando.

Mas ele não podia evitar. Enquanto Damon saía do banheiro, Elena postou-se bem diante dele, flutuando como uma borboleta gigante. Os olhos de Damon foram atraídos exatamente ao que ele não queria ver: a expressão de Elena.

As feições dela não espelhavam as outras. Ela parecia preocupada, perturbada. Mas não havia vestígio da repulsa ou do ódio que transpareciam nos outros rostos.

Ela até falou, por meio daquela fala mental estranha que não era como a telepatia, mas que lhe permitia atingir dois níveis de comunicação ao mesmo tempo.

— Da-mon.

Fale dos malach. Por favor.

Damon ergueu uma sobrancelha para ela. Contar a um bando de humanos sobre *ele mesmo*? Estaria ela sendo ridícula de propósito?

Além disso, os malach não fizeram nada. Eles o distraíram por alguns minutos, e nada mais. Não tinha sentido culpar os malach quando só o que fizeram foi melhorar sua visão brevemente. Ele se perguntou se Elena tinha alguma ideia do conteúdo do pequeno devaneio noturno dele.

— Da-mon.

Eu posso ver. Tudo. Mas, ainda assim, por favor...

Ah, bom, talvez os espíritos se acostumem em ver a roupa suja de *todo mundo*. Elena não respondeu a este pensamento, então ele ficou no escuro.

No escuro. Era com isso que estava acostumado, era de onde ele viera. Todos tomariam rumos distintos, os humanos iriam para suas casas quentes e secas e ele procuraria uma árvore no bosque. Elena ficaria com Stefan, é claro.

É claro.

— Nas circunstâncias, eu não diria *au revoir* — disse Damon, abrindo seu sorriso deslumbrante para Elena, que o olhava de maneira solene. — Digamos apenas "adeus" e vamos deixar assim.

Não houve resposta dos humanos.

— Da-mon. — Elena agora chorava.

Por favor. Por favor.

Damon partiu para a escuridão.

Por favor...

Esfregando o pescoço, ele continuou andando.

13

Naquela mesma noite, muito mais tarde, Elena não conseguia dormir. Não queria ficar confinada no Quarto Alto, pensou ela. Em segredo, Stefan se preocupava que ela quisesse sair para procurar os malach que tinham atacado o carro. Mas ele não achava que ela agora fosse capaz de mentir e Elena continuava batendo na cortina, entoando para ele que precisava de ar. Do ar de fora.

— A gente devia lhe vestir algumas roupas.

Mas Elena estava perplexa — e era teimosa. *É Noite... Esta é minha camisola da noite*, disse ela. *Você não gosta da minha camisola do dia.* Depois ela bateu na janela de novo. Sua "camisola do dia" era a camisa azul dele que, com um cinto, parecia uma espécie de *chemise* curta, chegando ao meio das coxas.

Naquele momento o que ela queria combinava tão completamente com os desejos dele que Stefan se sentia... meio culpado com a perspectiva. Mas ele se permitiu ser convencido.

Eles flutuaram, de mãos dadas, Elena como um fantasma ou anjo com a camisola branca, e Stefan todo de preto, sentindo-se quase desaparecer onde as árvores obscureciam o luar. De algum modo deram no antigo bosque, onde esqueletos de árvores se misturavam aos galhos vivos. Stefan estendeu ao máximo os sentidos recém-aprimorados, mas só conseguiu encontrar os habitantes normais da floresta, devagar e hesitantemente voltando depois de ser afugentados pela carga de Poder de Damon. Ouriços, cervos, machos de raposa e uma pobre fêmea com dois filhotes, que não conseguira fugir por causa da ninhada. Aves e todos os animais que ajudavam a fazer do bosque o lugar maravilhoso que era.

Nada que parecesse um malach, nem qualquer coisa que pudesse ser prejudicial.

Ele começou a se perguntar se Damon simplesmente inventara a criatura que o influenciou. Ele era um mentiroso tremendamente convincente.

Ele disse a verdade, entoou Elena. *Mas a coisa ou é invisível ou se foi. Graças a você. A seu Poder.*

Ele a olhou e descobriu que ela o encarava com um misto de orgulho e outra emoção que foi identificada com facilidade — mas era assustadora de ver ao ar livre.

Ela ergueu o rosto polido, seus traços clássicos e puros sob a luz da lua.

As maçãs do rosto estavam coradas e os lábios levemente franzidos.

Oh... mas que diabos, pensou Stefan desvairadamente.

— Depois de tudo o que você passou — começou ele, e cometeu seu primeiro erro. Ele a pegou pelos braços. Ali, uma espécie de sinergia entre seu poder e o dela começava a levá-los para cima numa espiral lenta.

E ele podia sentir o calor de Elena. A maciez suave de seu corpo. Ela ainda esperava, de olhos fechados, pelo beijo.

Podemos começar tudo de novo, sugeriu ela, esperançosa.

E era verdadeiro. Ele queria retribuir o turbilhão de sensações que ela lhe dera no quarto. Ele queria abraçá-la com força. Queria beijá-la até que ela tremesse. Stefan queria que Elena derretesse e desfalecesse com ele.

Ele também podia fazer isso. Não só porque se aprendia uma ou duas coisinhas sobre as mulheres quando se era um vampiro, mas porque ele conhecia Elena. Eles eram um só coração, uma só alma.

Por favor?, entoou Elena.

Mas agora ela era tão nova, tão vulnerável sob a camisola branca e pura, a pele macia corando de expectativa. Aproveitar-se de alguém assim não podia ser o certo.

Elena abriu os olhos azul-violeta, prateados pelo luar, e olhou diretamente para ele.

Você quer... ela disse com sobriedade na boca, mas malícia nos olhos... *ver quantas vezes pode me obrigar a pedir por favor?*

Meu Deus, não. Mas isso parecia tão adulto que Stefan, impotente, pegou-a pelos braços. Beijou o alto de sua cabeça sedosa. Beijou-a, descendo a partir dali, evitando a pequena boca em botão que ainda fazia um biquinho numa súplica solitária. *Eu te amo. Eu te amo.* Ele descobriu que estava quase esmagando as costelas dela e tentou soltá-la, mas Elena o segurou com toda a força que pôde, prendendo o braços dele a ela.

Você quer — a toada era a mesma, inocente e ingênua — *ver quantas vezes posso obrigar* você *a dizer por favor?*

Stefan a olhou por um momento. Depois, com o coração apaixonado, caiu na pequena boca em botão e beijou-a sem fôlego, beijou-a até que ele mesmo ficou tonto e precisou soltá-la, só um ou dois centímetros.

Depois ele a olhou nos olhos. Uma pessoa pode se perder em olhos assim, pode cair para sempre em suas cintilantes profundezas violeta. Ele queria isso. Mais do que tudo, porém, queria outra coisa.

— Eu quero te beijar — sussurrou ele, bem no ouvido direito dela, mordiscando-o.

Sim. Ela foi clara nesse aspecto.

— Até que desmaie em meus braços.

Ele sentiu o tremor que percorria o corpo de Elena. Viu os olhos violeta se toldarem, fechando-se. Mas, para sua surpresa, Stefan recebeu um "Sim" imediato, de Elena em voz alta, embora meio sem fôlego.

E assim ele fez.

Quase desfalecendo, tomado de pequenos tremores e gemidos que tentava impedir com a própria boca, ele a beijou. E depois, porque estava na hora, e porque os tremores começavam a ser um tanto dolorosos para os dois, e a respiração de Elena saía tão acelerada e dificultosa quando ele a deixava respirar que Stefan teve medo de que ela realmente desmaiasse, ele, de maneira solene, usou a própria unha para abrir uma veia no pescoço para ela.

E Elena, que antigamente era só humana e ficaria apavorada com a ideia de beber o sangue de outra pessoa, grudou-se nele com um ruído abafado de alegria. E Stefan pôde sentir sua boca quente, fervendo em seu pescoço, e sentiu-a tremer fortemente, tendo a sensação inebriante de ter seu sangue drenado pela amada. Ele queria derramar todo seu ser diante de Elena, dar-lhe tudo o que era ou um dia seria. E ele sabia que era o que ela sentia também, deixando-o beber seu sangue. Este era o laço sagrado que eles partilhavam.

Isso o fez sentir que eles eram amantes desde os primórdios do universo, desde o primeiríssimo alvorecer da primeira estrela na escuridão. Era algo muito primitivo e profundamente arraigado nele. Quando Stefan sentiu o fluxo de sangue escorrer pela primeira vez na boca de Elena, teve de abafar um grito nos cabelos dela. E ele sussurrava para Elena, intensa e involuntariamente, que a amava e que eles jamais se separariam, e palavras absurdas e de carinho foram arrancadas dele em uma dezena de línguas diferentes. E depois não havia mais palavras, só sentimentos.

Assim eles lentamente subiram numa espiral à luz da lua, a camisola branca às vezes enrolando nas pernas cobertas de preto de Stefan, até que chegaram ao alto das árvores, vivos e imóveis, mas mortos.

Foi uma cerimônia muito solene e muito privada, só deles, e os dois estavam perdidos demais no júbilo para procurar por qualquer perigo. Mas Stefan já verificara e sabia que Elena fizera o mesmo. Não havia perigo algum, só havia os dois, flutuando, iluminados pela lua como uma bênção.

* * *

Uma das coisas mais úteis que Damon aprendera ultimamente — mais útil do que voar, embora isso tenha sido um tanto emocionante — era esconder inteiramente sua presença.

É claro que ele precisou baixar todas as barreiras. Elas se revelariam mesmo numa varredura descuidada. Mas isso não importava, porque se ninguém podia vê-lo, ninguém podia encontrá-lo. E portanto ele estava seguro, como devia ser.

Mas naquela noite, depois de sair do pensionato, ele foi para o antigo bosque a fim de encontrar uma árvore onde ficar.

Não que se importasse com o que o lixo humano achava dele, pensou Damon com maldade. Seria como se preocupar com o que uma criança acha dele só porque ele torceu seu pescoço. E, de todas as coisas com as quais ele *menos* se importava, a opinião do irmão era a número um.

Mas Elena estava lá. E mesmo que ela tenha entendido — tivesse se esforçado para que os outros entendessem — era humilhante demais ser expulso na frente dela.

E assim partiu, pensou Damon com amargura, para o único retiro que podia chamar de lar. Embora fosse meio ridículo, uma vez que ele podia passar a noite no melhor hotel de Fell's Church (o único hotel) ou com qualquer menina jovem e doce que convidasse um viajante cansado para beber... uma água. Uma onda de Poder colocaria os pais para dormir e ele teria abrigo, assim como um lanche quente disponível, até a manhã.

Mas ele estava de péssimo humor e só queria ficar sozinho. Tinha um pouco de medo de caçar. Não seria capaz de se controlar com um animal em pânico naquele estado. Só conseguia pensar em rasgar, dilacerar e tornar alguém muito, mas muito infeliz.

Os animais voltavam, porém, percebeu Damon, com o cuidado de usar os sentidos comuns e nada que traísse sua presença. A noite de terror acabara e eles tendiam a ter uma memória muito curta.

E então, quando ele se reclinava num galho, desejando que Mutt tivesse ao menos um ferimento doloroso e permanente, *eles* surgiram. Do nada, ao que parecia. Stefan e Elena, de mãos dadas, flutuando como um par de amantes alados e felizes de Shakespeare, como se o bosque fosse o lar *deles*.

No início Damon nem conseguiu acreditar.

Depois, quando estava prestes a jogar trovões e satirizar no casal, eles começaram sua cena de amor.

Bem diante dos olhos de Damon.

Até flutuando ao nível dele, como que para esfregar em sua cara. Eles começaram a se beijar e se acariciar e... mais.

Fizeram dele um voyeur relutante, e, embora Damon ficasse mais furioso e menos relutante com o passar do tempo, as carícias ficaram mais apaixonadas. Ele precisou trincar os dentes quando Stefan ofereceu seu sangue a Elena. Queria gritar que houve uma época em que aquela menina era dele, para ele tomar, quando ele podia tê-la secado e ela teria morrido feliz em seus braços, quando Elena obedeceria ao som de sua voz por instinto, e o gosto de seu sangue a faria chegar ao paraíso em seus braços.

Como Elena evidentemente estava nos braços de Stefan.

Isso foi o pior. Ele precisou cravar as unhas nas palmas das mãos quando Elena envolveu Stefan como uma serpente longa e graciosa e fixou a boca em seu pescoço, enquanto o rosto de Stefan apontava para o céu, seus olhos fechados.

Por todos os demônios do inferno, por que eles não podem acabar logo com isso?

E foi quando ele percebeu que não estava sozinho em sua árvore confortável e bem escolhida.

Havia mais alguém ali, sentado calmamente ao seu lado no galho grande. Deve ter aparecido enquanto ele estava envolvido na cena de amor e em sua própria fúria, mas ainda assim agiu com extrema competência. Ninguém se aproximara tão furtivamente dele em mais de dois séculos. Talvez três.

O choque o fez cair do galho — sem ativar sua capacidade de flutuar.

Um braço longo e magro se estendeu para pegá-lo, para içá-lo à segurança, e Damon se viu olhando um par de olhos dourados e risonhos.

Mas quem diabos *é você?*, pensou ele. Damon não se preocupou em ser captado pelos amantes ao luar. Nada além de um dragão ou uma bomba atômica chamaria a atenção do casal.

Sou o diabo Shinichi, respondeu o outro rapaz. Seu cabelo era o mais estranho que Damon já vira. Era liso e brilhante, todo preto, exceto por uma borda de vermelho escuro irregular nas pontas. As mechas que ele tirava com cuidado dos olhos terminavam em carmim e o mesmo se dava com os fios em volta da gola — que eram um tanto longos. Parecia que umas línguas de chamas dançantes e reluzentes lambiam as pontas e conferiam uma ênfase singular à resposta: *Sou o diabo Shinichi*. Se alguém podia passar por um demônio saído do Inferno, era esse rapaz.

Por outro lado, tinha os olhos dourados e puros de um anjo. *A maioria das pessoas me chama simplesmente de Shinichi*, acrescentou ele, solene, a Damon, deixando que os olhos enrugassem um pouco para mostrar que era uma piada. *Agora sabe meu nome. Quem é você?*

Damon se limitou a encará-lo em silêncio.

14

Elena acordou na manhã seguinte na cama estreita de Stefan. Reconheceu-a antes de estar totalmente desperta e desejou que Deus tivesse dado alguma desculpa razoável a tia Judith na noite passada. A noite passada — o conceito em si era extremamente nebuloso. O que ela andou sonhando para que este despertar parecesse tão extraordinário? Ela não conseguia se lembrar — meu Deus do céu, ela não conseguia se lembrar de nada!

E então ela se lembrou de tudo.

Sentando-se com um solavanco que a teria feito voar da cama se tentasse o mesmo na véspera, ela analisou suas recordações.

Luz do dia. Ela se lembrava da luz do dia, a luz envolvendo-a — e ela não estava com o anel. Elena olhou freneticamente as mãos. Nada de anel. Estava sentada em uma nesga de sol, que não a feria. Não era possível. Ela sabia, lembrava-se vivamente que o sol permearia cada célula de seu corpo, que a luz do dia a *mataria*. Ela aprendeu essa lição com um único toque de um raio de sol na mão. Jamais se esqueceria da dor abrasadora e escaldante: o toque lhe imprimira um comportamento para sempre. Ir a qualquer lugar sem o anel de lápis-lazúli, que por si só era lindo, mas ainda mais lindo sabendo que era seu salvador. Sem ele, ela podia, ela *teria*...

Oh. *Oh*.

Mas já *aconteceu*, não foi?

Ela morreu.

Não foi simplesmente Transformada como na ocasião em que se tornou vampira, mas morreu a morte verdadeira, da qual ninguém pode voltar. Segundo sua filosofia pessoal, ela devia ter se desintegrado ou ido direto para o inferno.

Em vez disso, ela não *foi* a lugar nenhum. Teve sonhos com pessoas paternais ou maternais dando-lhe conselhos — e ela queria muito ajudar as pessoas, pois de repente compreendia todos com muito mais facilidade. Um tirano na escola? Ela vira com tristeza o pai bêbado insultá-lo noite após noite. Aquela menina que nunca fazia o dever de casa? Esperavam que ela criasse três irmãs e irmãos mais novos enquanto a mãe ficava deitada na cama o dia inteiro. Só alimentar o bebê e limpar a casa tomavam todo o tempo que tinha. Sempre havia um motivo por trás de qualquer comportamento, e agora Elena podia ver.

Ela até se comunicou com pessoas em seus sonhos. E então um dos Antigos chegou a Fell's Church, e ela fez o que pôde para suportar a interferência dele nos sonhos e não fugir. Ele fazia com que os humanos pedissem a ajuda de Stefan — e Damon também fora invocado por acidente. Elena os ajudou no que pôde, até quando foi quase insuportável, porque os Antigos sabiam sobre o amor, como assustá-los e como fazer seus inimigos correrem para os lados certos. Mas eles o combateram — e venceram. E Elena, tentando curar os ferimentos morais de Stefan, de algum modo voltando a ser mortal: nua, deitada no chão do bosque, com a jaqueta de Damon sobre o corpo, enquanto o próprio Damon desaparecera sem esperar por um agradecimento.

E esse despertar foi de coisas básicas, relacionadas aos sentidos: tato, paladar, audição, visão — e ao coração, mas não tinham nada a ver com a mente. Stefan foi tão bom para ela.

— E agora, o que eu sou? — perguntou Elena em voz alta, encarando as mãos que virava sem parar, maravilhando-se com a carne sólida e mortal que obedecia às leis da gravidade. Ela *disse mesmo* que desistiria de voar por ele. Alguém levou sua palavra a sério.

— Você é linda — respondeu Stefan distraído, sem se mexer. Depois de repente ele se levantou. — *Você está falando!*

— Sei disso.

— E faz sentido!

— Obrigada pela gentileza.

— E em frases!

— Já notei.

— Continue, então, e diga alguma coisa longa... por favor — disse Stefan como se não acreditasse naquilo.

— Você anda passando muito tempo com meus amigos — disse Elena. — Essa frase tem o atrevimento de Bonnie, a cortesia de Matt e a insistência de Meredith no que acredita.

— Elena, é você!

Em vez de continuar o diálogo tolo com "Stefan, *sou* eu!", Elena parou para pensar. Depois, com cuidado, saiu da cama e deu um passo. Stefan virou o rosto apressadamente, entregando-lhe um roupão. *Stefan? Stefan?*

Silêncio.

Quando se virou depois de um intervalo decente, Stefan viu Elena ajoelhando-se no sol, segurando o roupão.

— Elena? — Ela sabia que, para ele, ela parecia um anjo muito novo, meditando.

— Stefan.

— Mas você está chorando.

— Sou humana novamente, Stefan. — Ela levantou a mão, deixando-a cair com a gravidade. — Sou humana de novo. Nem mais, nem menos. Acho que vou precisar de alguns dias para ficar totalmente estável.

Ela o olhou nos olhos. Eram os olhos verdes de sempre, tão *verdes*. Como esmeraldas iluminadas por trás. Como uma folha de verão erguida diante do sol.

Eu posso ler sua mente.

— Mas eu não posso ler a sua, Stefan. Só pego o sentido geral, e mesmo isso pode vir a ser... não podemos contar com nada ainda.

Elena, eu tenho tudo o que quero neste quarto. Ele deu um tapinha na cama. *Sente-se comigo e posso dizer "tudo o que quero está nesta cama".*

Em vez disso ela se levantou e se atirou nele, os braços envolvendo seu pescoço, as pernas emaranhadas nas dele.

— Ainda sou muito nova — sussurrou ela, abraçando-o com força. — E se você contar em dias, não tivemos muito tempo juntos desse jeito, mas...

— Ainda sou velho demais para você, mas poder olhá-la e ver *você* me olhando...

— Diga que me amará para sempre.

— Eu a amarei para sempre.

— Haja o que houver.

— Elena, Elena... Eu a amei como mortal, como vampira, como espírito puro, como criança espiritual... E agora a amo como humana novamente.

— Prometa que vamos ficar juntos.

— Vamos ficar juntos.

— Não. Stefan, isto sou *eu*. — Ela apontou para sua cabeça como que para destacar que por trás dos olhos azuis pontilhados de ouro havia um cérebro ativo a toda. — Eu *conheço* você. Mesmo que não possa ler sua mente, posso ler sua expressão. E todos os antigos temores... estão de volta, não estão?

Ele virou o rosto.

— Eu nunca a deixarei.

— Nem por um dia? Nem por uma hora?

Ele hesitou e olhou para ela. *Se for o que realmente quer, eu não a deixarei, nem por uma hora.* Agora ele estava projetando, ela sabia, para ela poder ouvi-lo.

— Eu o libero de todas as suas promessas.

— Mas Elena, eu falei a sério.

— Eu sei. Mas quando você for, não quero que seja dominado pela culpa por quebrá-las.

Mesmo sem telepatia, ela sabia o que ele pensava antes mesmo da ideia se formar por completo: *Faça a vontade dela. Afinal, ela acabou de despertar. Deve estar meio confusa.* E ela não estava interessada em ficar menos confusa, ou em deixá-lo menos confuso. Devia ser por isso que ela estava mordiscando gentilmente seu queixo. E beijando-o. Certamente, pensou Elena, um dos dois estava confuso...

O tempo pareceu se estender até parar em volta deles. E depois não havia confusão alguma. Elena sabia que Stefan sabia o que ela queria, e ele queria dar qualquer coisa que ela quisesse dele.

Bonnie olhou os números no telefone, preocupada. Era uma ligação de Stefan. Depois ela passou a mão apressadamente pelo cabelo, afofando os cachos, e atendeu à chamada de vídeo.

Mas em vez de Stefan, era Elena. Bonnie começou a rir, dizendo a ela para não mexer nas coisas de Stefan — e depois a encarou.

— *Elena?*

— É isso que vou receber o tempo todo? Ou só de minha irmã-bruxa?

— *Elena?*

— Desperta e novinha em folha — disse Stefan, entrando no quadro. — Ligamos assim que acordamos...

— *Ele*... mas é meio-dia! — exclamou Bonnie.

— Estivemos ocupados com umas coisinhas — interrompeu Elena num tom tranquilizador e, ah, como era bom ouvir Elena falar daquele jeito! Meio inocente e totalmente presunçosa. Bonnie tinha vontade de sacudi-la e implorar que contasse cada detalhe picante.

— *Elena* — disse Bonnie, arfando e usando a parede mais próxima para se apoiar, depois escorregando por ela, deixando que uma braçada de meias, blusas, pijamas e roupas íntimas caíssem no carpete, enquanto as lágrimas começavam a descer de seus olhos. — Elena, disseram que você tinha de sair de Fell's Church... Vai embora mesmo?

Elena empinou o nariz.

— Disseram *o quê*?

— Que você e Stefan teriam de ir embora, para seu próprio bem.

— *De jeito nenhum!*

— Minha linda amad... — começou Stefan, e parou abruptamente, abrindo e fechando a boca.

Bonnie olhava. Estava acontecendo na tela em sua frente, fora de vista, mas ela quase podia jurar que a linda amada de Stefan tinha lhe dado uma cotovelada na barriga.

— Marco Zero, duas horas? — perguntava Elena.

Bonnie voltou de súbito à realidade. Elena nunca dava tempo para reflexões.

— Estarei lá! — exclamou ela.

— Elena — sussurrou Meredith. E depois: — Elena! — Como um soluço meio sufocado. — Elena!

— Meredith. Ah, não me faça chorar, essa blusa é de seda pura!

— É seda pura porque é a minha blusa sári de seda pura, só por isso!

Elena de repente parecia inocente como um anjo.

— Sabe de uma coisa, Meredith, parece que fiquei mais alta ultimamente...

— Se o fim dessa frase é "então ela fica melhor *em mim*" — a voz de Meredith era ameaçadora —, estou te avisando, Elena Gilbert... — Ela se interrompeu e as duas começaram a rir, depois a chorar. — Pode ficar com ela! Ah, pode ficar com ela!

— Stefan? — Matt agitou o telefone; primeiro com cautela, depois batendo-o na parede da garagem. — Não entendo... — Ele parou, engolindo em seco. — E-le-na? — A palavra saiu devagar, com uma pausa entre cada sílaba.

— Sim, Matt. Voltei. Até aqui. — Ela apontou para a testa. — Vai se encontrar conosco?

Matt, apoiando-se no carro recém-comprado e quase arruinado, murmurava sem parar "Graças a Deus, graças a Deus".

— Matt? Não consigo te ver. Está tudo bem? — Um farfalhar. — Acho que ele desmaiou.

A voz de Stefan:

— Matt? Ela quer *mesmo* ver você.

— Tá, tá. — Matt levantou a cabeça, piscando para o telefone. — Elena, Elena...

— Desculpe, Matt. Não precisa ir...

Matt soltou uma risada curta.

— Tem *certeza* de que é você, Elena?

Elena abriu o sorriso que já arrasara milhares de corações.

— Nesse caso... Matt Honeycutt, insisto que vá se encontrar conosco no Marco Zero às duas horas. Assim está melhor?

— Acho que você quase conseguiu. As Maneiras Imperiais da Velha Elena. — Ele tossiu teatralmente, fungou e disse: — Desculpe... é um pequeno resfriado, ou talvez alergia.

— Não seja bobo, Matt. Você está chorando feito um bebê e eu também — disse Elena. — E Bonnie e Meredith também choraram, quando liguei para elas. Então *eu* estive chorando quase o dia todo... E nesse ritmo, vou ter de correr para preparar o piquenique e chegar a tempo. Meredith vai pegar você aí. Leve alguma coisa para comer ou beber. Te amo!

Elena baixou o telefone, respirando com dificuldade.

— Ora, *essa* foi difícil.

— Ele ainda ama você.

— Ele preferia que eu continuasse um bebê a vida toda?

— Talvez ele gostasse de como você costumava dizer "alô" e "tchau".

— Agora você está me provocando. — O queixo de Elena tremeu.

— Nunca nesse mundo — disse Stefan com doçura. Depois, de repente, pegou a mão dela. — Vamos... temos que fazer compras para um piquenique e precisamos de um carro também — disse ele, levantando-a.

Elena assustou os dois voando a tal velocidade que Stefan precisou pegá-la pela cintura para evitar que ela atingisse o teto.

— Pensei que você tivesse gravidade!

— Eu também! O que vou fazer?

— Tenha pensamentos pesados!

— E se não der certo?

— Vamos comprar uma âncora para você!

Às duas horas Stefan e Elena chegaram ao cemitério de Fell's Church em um Jaguar vermelho novinho em folha; ela estava de óculos escuros sob uma echarpe cobrindo o cabelo preso, um cachecol envolvia a parte inferior do rosto e tinha luvas pretas de renda dos tempos de juventude da Sra. Flowers cobrindo as mãos, Elena admitiu que não sabia por que estava usando. Ficou uma figura e tanto, comentou Meredith, com o sári violeta e jeans. Bonnie e Meredith já haviam aberto uma toalha para o piquenique, e as formigas provavam sanduíches, uvas e salada de macarrão light.

Elena contou a história de seu despertar naquela manhã, depois houve mais abraços, beijos e choros do que os homens podiam suportar.

— Quer dar uma olhada no bosque? Verificar se aquela coisa malach está por perto? — perguntou Matt a Stefan.

— É melhor que não esteja — disse Stefan. — Se essas árvores, tão longe de onde vocês tiveram o acidente, estiverem infestadas...

— Nada bom?

— Problema sério.

Eles estavam prestes a ir quando Elena os chamou de volta.

— Parem de querer parecer tão másculos e superiores — acrescentou ela. — Reprimir as emoções faz *mal* a vocês. *Expressá-las* mantêm vocês equilibrados.

— Olha, vocês são mais duronas do que eu pensava — disse Stefan. — Fazendo piqueniques em cemitérios?

— Costumávamos encontrar Elena aqui o tempo todo — disse Bonnie, apontando com um palito de aipo para uma lápide próxima.

— É o túmulo dos meus pais — explicou Elena. — Depois do acidente... Eu sempre me sentia mais próxima deles aqui do que em qualquer outro lugar. Vinha para cá quando as coisas ficavam ruins, ou quando precisava de resposta para alguma coisa.

— E conseguiu alguma? — perguntou Matt, pegando um picles caseiro em um vidro e passando o recipiente adiante.

— Mesmo agora eu não tenho certeza — disse Elena. Ela tirou os óculos escuros, o cachecol, a echarpe e as luvas —, mas sempre fez com que eu me sentisse melhor. Por quê? Tem alguma pergunta?

— Bom... Sim — disse Matt inesperadamente. Depois corou ao perceber subitamente que era o centro das atenções. Bonnie rolou para olhar para ele, com o palito de aipo nos lábios, Meredith se aproximou, Elena se sentou ereta. Stefan, que estava encostado numa elaborada lápide com a elegância inconsciente dos vampiros, sentou-se direito.

— O que é, Matt?

— Eu ia mesmo dizer que você não parece bem hoje — disse Bonnie com ansiedade.

— Muito *obrigado* — rebateu Matt.

Lágrimas se acumularam nos olhos castanhos de Bonnie.

— Eu não pretendia...

Mas não precisou terminar. Meredith e Elena se colocaram de maneira protetora em volta dela na falange sólida que chamavam de "irmandade velociraptor". Significava que qualquer um que mexesse com uma delas, mexia com todas.

— Sarcasmo em vez de cavalheirismo? Esse não é o Matt que eu conheço. — Meredith falou com uma sobrancelha erguida.

— Ela só estava tentando ser solidária — observou Elena em voz baixa. — E essa foi uma resposta cretina.

— Tudo bem, tudo bem! Desculpe... me desculpe *mesmo*, Bonnie. — Ele se virou para ela, parecendo envergonhado. — Foi uma coisa desagradável de se dizer e sei que você só estava sendo gentil. Eu só... não sei bem o que estou dizendo nem fazendo. Enfim, vocês querem ouvir a história — concluiu ele, parecendo na defensiva —, ou não?

Todos queriam.

— Tudo bem, lá vai. Fui à casa de Jim Bryce hoje de manhã... Vocês se lembram dele?

— Claro. Eu saí com ele, capitão do time de basquete. Um cara legal, meio novo, mas... — Meredith deu de ombros.

— O Jim é gente boa. — Matt engoliu em seco. — Bom, é só que... eu não queria fazer fofoca nem nada, mas...

— Fofoca! — ordenaram as três meninas em uníssono, como um coro grego.

Matt se encolheu.

— Tá legal! Bom... eu devia estar lá às dez horas, mas cheguei um pouco mais cedo, e... hum, a Caroline estava lá. Estava indo embora.

Matt recebeu três arfadas chocadas e curtas e um olhar incisivo de Stefan.

— Quer dizer que acha que ela passou a noite com ele?

— Stefan! — começou Bonnie. — Não é assim que se faz fofoca. Você nunca diz direto o que pensa...

— Não — disse Elena calmamente. — Deixe o Matt responder. Lembro o suficiente de antes de conseguir falar para ficar preocupada com Caroline.

— Mais do que preocupada — disse Stefan.

Meredith assentiu.

— Não é fofoca, é informação necessária — disse ela.

— Então, tudo bem. — Matt engoliu em seco. — Bom, é, foi o que eu pensei. Ele disse que Caroline apareceu cedo para ver a irmã mais nova dele, mas Tamra só tem 15 anos. E ele ficou vermelho feito um tomate quando disse isso.

Houve uma troca de olhares sóbrios entre eles.

— Caroline sempre foi... bom, meio devassa... — começou Bonnie.

— Mas nunca soube que tivesse dado alguma atenção a Jim — completou Meredith.

Eles olharam para Elena, procurando por uma resposta. Elena balançou a cabeça lentamente.

— Não consigo ver nenhuma razão neste mundo para que ela visitasse a Tamra. E além de tudo — ela olhou rapidamente para Matt —, você está escondendo alguma coisa da gente. O que mais aconteceu?

— Aconteceu *mais* alguma coisa? Caroline mostrou a lingerie? — Bonnie riu até ver o rosto vermelho de Matt. — Ei... O que é isso, Matt. Somos *nós*. Pode nos contar tudo.

Matt respirou fundo e fechou os olhos.

— Tá, então... ela estava saindo, e acho... acho que Caroline... deu em cima de mim.

— Ela fez *o quê*?

— Ela *jamais*...

— Como, Matt? — perguntou Elena.

— Bom... o Jim achou que ela tinha ido embora e foi para a garagem pegar a bola de basquete, então me virei e de repente Caroline tinha voltado. E ela disse... bom, não importa o que ela disse. Mas era sobre ela gostar mais de futebol americano do que de basquete e se eu queria bater uma bolinha.

— E o que você disse? — sussurrou Bonnie, fascinada.

— Eu não disse nada. Só olhei para ela.

— E o Jim voltou? — sugeriu Meredith.

— Não! Depois Caroline foi embora... ela me olhou de um jeito, sabe como é, que deixava tudo muito claro... e depois a *Tami* entrou. — O rosto sincero de Matt agora ardia. — E depois... não sei como contar isso. Talvez Caroline tenha falado alguma coisa de mim para que ela agisse daquele jeito, porque ela... ela...

— Matt. — Stefan mal tinha falado até aquele momento; agora se inclinou para frente e disse em voz baixa: — Não estamos perguntando porque queremos fofocar. Estamos tentando descobrir se há um problema sério em Fell's Church. Então... por favor... conte o que aconteceu.

15

att assentiu, mas corava até a raiz dos cabelos.

— A Tami... se apertou contra mim.

Houve uma longa pausa.

Meredith perguntou tranquilamente:

— Matt, quer dizer que ela te abraçou? Um abraço apertado? Ou que ela... — Meredith parou, porque Matt já negava com a cabeça intensamente.

— Não foi um abraço apertado inocente. Estávamos sozinhos, na porta, e ela só... Bom, nem acredito nisso. Ela só tem 15 anos, mas agia como uma adulta. Quero dizer... não que alguma adulta já tenha feito *aquilo* comigo.

Parecendo constrangido mas aliviado por tirar aquele peso do peito, o olhar de Matt foi de um rosto a outro.

— E o que vocês acham? Foi só coincidência que Caroline estivesse lá? Ou ela... falou alguma coisa com Tamra?

— Não é coincidência — disse Elena, categórica. — Seria coincidência *demais*: Caroline indo até você e depois a Tamra agindo desse jeito. Eu sei... Conhecia Tami Bryce. Ela é uma menina legal... Ou era, antigamente.

— Ainda é — disse Meredith. — Eu te disse, saí com o Jim algumas vezes. Ela é uma garota muito legal e não é nada madura para a idade. Não acho que ela normalmente faria alguma coisa inadequada, a não ser... — Ela parou, olhando a distância, depois deu de ombros sem terminar a frase.

Agora Bonnie estava séria.

— Isso não pode continuar — disse ela. — E se ela fizer algo assim com um cara que não seja legal e tímido como o Matt? *Ela* vai ser atacada!

— Esse é o problema — disse Matt, ruborizando de novo. — Quero dizer, é muito difícil... Se ela fosse outra garota... alguém que eu já tivesse saído... Não que eu saia com outras garotas... — acrescentou ele apressadamente, olhando para Elena.

— Mas *devia* — disse Elena com firmeza. — Matt, não quero sua fidelidade eterna... Não há nada que eu queira mais do que ver você namorando uma menina bacana. — Como que por acidente, o olhar de Elena vagou para Bonnie, que agora tentava mastigar o aipo em silêncio e com educação.

— Stefan, você é o único que pode nos dizer o que fazer — disse Elena, virando-se para ele.

Stefan estava de cenho franzido.

— Não sei. Com apenas duas meninas, é muito difícil chegar a alguma conclusão.

— Então vamos esperar e ver o que Caroline... ou Tami... vão fazer? — perguntou Meredith.

— Não só esperar — disse Stefan. — Temos de descobrir mais sobre isso. Vocês podem ficar de olho em Caroline e Tamra Bryce, e eu posso investigar melhor o assunto.

— Mas que merda! — disse Elena, socando o chão. — Eu quase posso... — Ela parou de repente e olhou para os amigos. Bonnie tinha largado o aipo, arfando, e Matt engasgou com a Coca-Cola, tendo um ataque de tosse. Até Meredith e Stefan a encaravam. — Que foi? — disse ela sem expressão.

Meredith foi a primeira a se recuperar.

— É só que ontem você estava... Bom, os jovens anjos não xingam.

— Só porque morri algumas vezes tenho que falar "droga" pelo resto da vida? — Elena balançou a cabeça. — *Não*. Sou eu e vou continuar a ser... o que quer que eu seja.

— Que bom — disse Stefan, inclinando-se para beijar o alto da cabeça de Elena. Matt virou o rosto e Elena fez um carinho quase indiferente em Stefan, mas pensava, *eu te amo para sempre*, sabendo que ele captaria mesmo que ela não pudesse ouvir o que ele pensava em resposta. Na verdade ela percebeu que *podia* captar uma resposta geral, uma cor rosada e quente que parecia pairar em volta dele.

Era isso que Bonnie via e chamava de aura? Elena percebeu que na maior parte do dia ela o vira com uma espécie de sombra clara, fria e esverdeada ao redor dele — se as sombras podem ser claras. E o verde agora voltava à medida que o rosa esmaecia.

De imediato ela olhou os demais participantes do piquenique. Bonnie também era cercada por uma cor rosada, num tom bem claro. Meredith tinha um violeta escuro e profundo em volta dela e Matt, um azul claro e intenso.

Isso a fez lembrar-se de que até ontem — *só ontem?* — ela vira muitas coisas que ninguém mais podia ver. Inclusive algo que a matou de susto.

O que *foi* mesmo? Ela recebia imagens em *flashes* — pequenos detalhes que não faziam muito sentido. Podiam ser pequenos como unhas ou grandes como um braço. Uma textura de casca de árvore, pelo menos no corpo. Antenas de inseto, mas eram muitas, e moviam-se como chicotes, mais rápido do que qualquer inseto se movia. Elena teve o arrepio que lhe era característico sempre que pensava em insetos. Então era um inseto. Mas um inseto com um corpo diferente de qualquer inseto que ela conhecia. Nesse aspecto, mais parecia uma sanguessuga, ou uma lula. Tinha uma boca inteiramente circular, coberta de dentes afiados, e inúmeros tentáculos que pareciam trepadeiras grossas que açoitavam nas costas.

Podia se prender a uma pessoa, pensou ela. Mas Elena teve a terrível sensação de que podia fazer mais do que isso.

Podia ficar transparente e se meter dentro de uma pessoa, que ninguém sentiria nada além de uma picada.

E *depois*, o que aconteceria?

Elena se virou para Bonnie.

— Acha que se eu te mostrar como é uma coisa, você a reconheceria? Não com os olhos, mas com seus sentidos paranormais?

— Depende do que é a "coisa" — respondeu Bonnie, cautelosa.

Elena olhou para Stefan, que assentiu de leve.

— Então feche os olhos — disse ela.

Bonnie obedeceu, e Elena pôs a ponta dos dedos nas têmporas da amiga, roçando os polegares gentilmente em suas pálpebras. Tentar ativar seus Poderes Brancos — algo que até ontem era tão fácil, era como bater duas pedras para obter fogo e esperar que uma delas fosse sílex. Por fim Elena sentiu uma pequena faísca, e Bonnie deu um solavanco para trás.

Os olhos de Bonnie se abriram de repente.

— *O que foi isso?* — ela arfou. Respirava com dificuldade.

— Foi o que eu vi... ontem.

— *Onde?*

Elena respondeu lentamente:

— Dentro de Damon.

— Mas o que isso quer dizer? Ele o controla? Ou... ou... — Bonnie parou, e seus olhos se arregalaram.

Elena terminou a frase por ela.

— É controlado por ele? Não sei. Mas tem uma coisa que eu sei, ou melhor, tenho quase certeza: quando ignorou sua Invocação, ele estava sob influência do malach.

— A questão é a seguinte, *se não é Damon*, quem estava controlando a coisa? — disse Stefan, levantando-se agitado. — Eu captei, e o tipo de criatura que Elena mostrou... não é algo com mente própria. Precisa de um cérebro exterior para controlá-la.

— Como outro vampiro? — perguntou Meredith em voz baixa.

Stefan deu de ombros.

— Os vampiros em geral só os ignoram, porque podem conseguir o que querem sem essas criaturas. Teria de ser uma mente muito forte para conseguir que um malach como esse possua um vampiro. Forte... e maligna.

— Estes — disse Damon com uma precisão gramatical mordaz, de onde estava sentado no galho alto de um carvalho — são eles. Meu irmão mais novo e seus... associados.

— Maravilhoso — murmurou Shinichi. Lânguido, ele tinha se apoiado de maneira ainda mais graciosa no carvalho do que Damon. Tornara-se uma competição muda. Os olhos dourados de Shinichi faiscaram uma ou duas vezes — Damon percebera — ao ver Elena e à menção de Tami.

— Nem tente me dizer que não está envolvido com essas meninas encrenqueiras — acrescentou Damon secamente. — Caroline, Tamra e daí em diante, é essa a ideia, não é?

Shinichi balançou a cabeça. Seus olhos estavam em Elena, e ele começou a cantar uma música suavemente.

"Com o rosto de rosas em flor
E cabelos de trigo dourado..."

— Eu não tentaria nada com *essas* meninas. — Damon sorriu sem humor. Seus olhos se estreitaram. — É claro que elas parecem tão fortes quanto um lenço de papel molhado... mas são mais duronas do que pensa, e são mais duronas do que todos quando uma delas está em perigo.

— Eu já lhe disse, não sou eu que faço isso — disse Shinichi. Ele pareceu inquieto pela primeira vez desde que Damon o vira. Depois falou: — Mas posso conhecer o gerador.

— Então diga — sugeriu Damon, ainda de olhos semicerrados.

— Bem... já falei de minha gêmea mais nova? O nome dela é Misao. — Ele sorriu triunfante. — Significa donzela.

Damon sentiu uma agitação automática: fome. Ignorou. Estava relaxado demais para pensar em caçar e não sabia se esse *kitsune* — espírito-raposa, que Shinichi alegava ser — podia ser caçado.

— Não, você *não* falou nela — disse Damon, coçando distraidamente a nuca. Aquela picada de mosquito sumira, mas deixara uma coceira furiosa. — Deve ter lhe escapado de alguma maneira.

— Bem, ela está por aqui em algum lugar. Ela veio quando eu vim, quando vimos a labareda de Poder que trouxe... Elena de volta.

Damon tinha certeza de que a hesitação antes de mencionar o nome de Elena era fingimento. Ele tombou a cabeça num ângulo que sugeria *não pense que pode me enganar* e esperou.

— Misao gosta de uns joguinhos — disse Shinichi com simplicidade.

— Ah, sim? Como gamão, xadrez, cartas, esse tipo de coisa?

Shinichi tossiu teatralmente, mas Damon pegou um lampejo de vermelho em seus olhos. Caramba, ele *era mesmo* superprotetor com relação a ela, não era? Damon abriu um de seus sorrisos mais incandescentes para Shinichi.

— Eu a amo — disse o jovem de cabelo preto lambido pelo fogo, e desta vez havia um alerta franco em sua voz.

— Claro que ama — disse Damon num tom tranquilizador. — Estou vendo isso.

— Mas, bom, os jogos dela em geral têm o efeito de destruir uma cidade. No fim. Não toda de uma vez.

Damon deu de ombros.

— Essa aldeiazinha não vai fazer falta nenhuma. É claro que primeiro vou tirar minhas meninas vivas daqui. — Agora era a voz dele que trazia um alerta franco.

— Como quiser. — Shinichi estava de volta à postura normal e submissa. — Somos aliados e vamos manter nosso acordo. De qualquer modo, seria uma pena desperdiçar... tudo isso. — Seu olhar vagou para Elena de novo.

— A propósito, nem mesmo discutimos o pequeno fiasco com seus malach... ou os dela, se insiste nisso. Tenho certeza de que eu pulverizei pelo menos três deles, mas se eu vir outro, nossa relação está encerrada. Sou um péssimo inimigo, Shinichi. Não vai querer descobrir o quanto.

Shinichi pareceu adequadamente impressionado ao assentir. Mas, no instante seguinte, já olhava para Elena novamente, e cantava.

"...cabelos de trigo dourado
Caindo pelos ombros de leite;
Minha linda rosa, meu amor..."

— E quero conhecer sua Misao. Para a proteção dela.

— E eu sei que ela quer conhecer você. No momento, ela está envolvida no jogo, mas vou tentar tirá-la dele. — Shinichi relaxou suntuosamente.

Damon olhou para ele por um segundo. Depois, distraído, espreguiçou-se também.

Shinichi o observava. Ele sorriu.

Damon tentou avaliar aquele sorriso. Tinha percebido que, quando Shinichi sorria, duas chamas pequenas de carmim cresciam em seus olhos.

Mas ele estava cansado demais para pensar nisso. Simplesmente relaxado demais e, de repente, sentiu muito sono...

— Então vamos ter de procurar essa coisa malach em meninas como Tami? — perguntou Bonnie.

— Exatamente, como Tami — disse Elena.

— E você acha — disse Meredith, olhando Elena atentamente — que Tami de algum jeito pegou isso de Caroline.

— Sim. Eu sei... A questão é: de onde Caroline pegou? E é isso que eu *não* sei. Mas também não sabemos o que aconteceu quando ela foi raptada por Klaus e Tyler Smallwood. Não sabemos nada do que ela fez na última semana... a não ser que está claro que ela jamais parou de nos odiar.

Matt colocou a cabeça entre as mãos.

— E o que vamos *fazer*? Sinto que a responsabilidade é minha, de alguma maneira.

— Não... Se há alguém responsável, é o Jimmy. Se ele... Sabe como é, deixou Caroline passar a noite lá... Depois deixou que ela falasse sobre isso com a irmã de 15 anos... Bom, isso não o torna *culpado*, mas ele sem dúvida podia ter sido um pouco mais sutil — disse Stefan.

— E é aí que *você* está enganado — disse-lhe Meredith. — Matt, Bonnie, Elena e eu conhecemos Caroline há *séculos* e *sabemos do que ela é capaz*. Se alguém se qualifica como guardiã da irmã de alguém... somos nós. E acho que faltamos seriamente com o dever. Voto em darmos uma passada na casa dela.

— Eu também — disse Bonnie com tristeza —, mas não estou louca para fazer isso. Além de tudo, e se ela *não* tiver uma dessas coisas malach nela?

— É aí que entra a investigação — disse Elena. — Precisamos descobrir quem está por trás de tudo isso. Alguém forte o suficiente para influenciar Damon.

— Que maravilha — disse Meredith, com amargura. — E dado o poder das linhas de força, só temos uma pessoa em Fell's Church para escolher.

Cinquenta metros a oeste e 10 metros acima, Damon se esforçava para ficar acordado.

Shinichi estendeu a mão para tirar um fio de cabelo da cor da noite, e as chamas lamberam sua testa. Sob as pálpebras baixas, ele observava Damon atentamente.

Damon pretendia observá-lo com igual atenção, mas estava sonolento demais. Devagar, imitou o movimento de Shinichi, tirando alguns fios do cabelo preto e sedoso da testa. Suas pálpebras caíram contra sua vontade, só um pouco mais do que antes. Shinichi ainda sorria para ele.

— Então temos um acordo — murmurou ele. — Ficamos com a cidade, Misao e eu, e você não nos atrapalha. Teremos os direitos ao poder das linhas de força, você leva suas meninas em segurança... E tem sua vingança.

— Contra meu irmão hipócrita e esse... Esse Mutt!

— Matt. — Shinichi tinha ouvidos aguçados.

— Tanto faz. Eu só não quero que Elena se machuque, é só. Ou a bruxinha ruiva.

— Ah, sim, a doce Bonnie. Eu não me importaria de ter uma ou duas iguais. Uma para o Samhain e outra para o Solstício.

Damon bufou, sonolento.

— Não existem duas dela; pouco me importa onde procure. Não quero que ela se machuque também.

— E a morena bonita e alta... Meredith?

Damon despertou.

— *Onde?*

— Não se preocupe; ela não está vindo te pegar — disse Shinichi num tom tranquilizador. — O que você gostaria que fosse *feito* com ela?

— Ah. — Damon se recostou, aliviado, relaxando os ombros. — Ela que siga seu caminho... Desde que seja bem longe do meu.

Shinichi pareceu relaxar deliberadamente no galho.

— Seu irmão não será problema. Então será apenas aquele outro cara ali embaixo — murmurou ele. Shinichi tinha um sussurro muito insinuante.

— Sim. Mas meu irmão... — Agora Damon estava quase dormindo, na mesma posição que Shinichi assumira.

— Eu lhe disse, ele terá sua parte.

— Humm. Quer dizer, que bom.

— Então temos um acordo?

— Humm-humm.

— Sim?

— Sim.

— Temos um acordo.

Desta vez, Damon não respondeu. Estava sonhando. Sonhava que os olhos dourados e angelicais de Shinichi se abriam de repente para olhar para ele.

"Damon." Ele ouviu seu nome, mas no sonho era difícil demais abrir os olhos. De qualquer maneira, podia enxergar sem abri-los.

No sonho, Shinichi se inclinava sobre ele, pairando acima de seu rosto, para que suas auras se misturassem e eles compartilhassem o mesmo hálito, se Damon estivesse respirando. Shinichi ficou naquela posição por um bom tempo, como se estivesse testando a aura de Damon, mas Damon sabia que, para um observador, ele parecia estar fora de todos os canais e frequências. Ainda assim, em seu sonho Shinichi pairava sobre ele, como se tentasse memorizar o crescente de cílios pretos no rosto pálido de Damon ou a curva sutil de sua boca.

Por fim, o Shinichi do sonho pôs a mão na cabeça de Damon e afagou o ponto onde coçava a picada de mosquito.

"Ah, crescendo para virar um garotão, não é?", disse ele a algo que Damon não podia ver; a algo *dentro* dele. "Você quase assumiu todo o controle contra a força de vontade dele, não foi?"

Shinichi se sentou por um momento, como se olhasse uma flor de cerejeira cair, e depois fechou os olhos.

"Eu acho", sussurrou ele, "que é o que vamos tentar logo. Em breve. Muito em breve. Mas primeiro temos de conquistar a confiança dele; precisamos nos livrar de seu rival. Mantenha-o sem foco, irritado, fútil, desequilibrado. Mantenha-o pensando em Stefan, em seu ódio pelo irmão, aquele que tomou seu anjo, enquanto *eu* cuido do que precisa ser feito aqui."

Depois ele falou diretamente com Damon.

"Aliados, por certo!" Ele riu. "Não enquanto eu puder colocar o dedo em sua alma. Aqui. Está sentindo? O que posso obrigar você a fazer..."

E novamente ele pareceu se voltar a uma criatura qualquer que já estava dentro de Damon.

"Mas agora... um presentinho para ajudar você a crescer mais rápido e ficar muito mais forte."

No sonho, Shinichi fez um gesto e se recostou, estimulando os malach antes invisíveis a subir nas árvores. Eles se esgueiraram para cima e deslizaram pela nuca de Damon. E depois, horrivelmente, deslizaram para dentro dele, um por um, por um corte que ele nem sabia que tinha. A sensação daqueles corpos macios, moles como gelatina, era quase insuportável... Deslizando para dentro dele...

Shinichi cantou com suavidade.

"Oh, vinde a mim, vós, lindas donzelas
Apressai-vos a meu seio
Vinde ao sol ou ao luar
Com as rosas ainda em botão..."

No sonho, Damon estava furioso. Não por causa do absurdo dos malach dentro dele. Aquilo era ridículo. Estava com raiva porque sabia que o Shinichi do sonho olhava Elena, enquanto ela guardava as sobras do piquenique. Ele observava cada movimento que ela fazia com uma atenção obsessiva.

"Elas florescem onde pisais
... o vermelho sangue de rosas selvagens."

"Uma menina extraordinária, a sua Elena", acrescentou o Shinichi do sonho. "Se ela viver, acho que será minha por uma noite ou mais." Ele afagou os fios de cabelo que ainda estavam na testa de Damon. "Uma aura extraordinária, não acha? Cuidarei para que sua morte seja linda."

Mas Damon estava em um daqueles sonhos em que não é possível se mexer nem falar, então não respondeu.

Enquanto isso, em seu sonho, os animais de estimação de Shinichi continuavam a subir nas árvores e entrar, como gelatina, em Damon. Um, dois, três, uma dúzia, duas dúzias deles. *Mais.*

E Damon não conseguia acordar, embora sentisse que mais malach vinham do antigo bosque. Eles não eram nem mortos nem vivos, nem homens nem donzelas, eram meras cápsulas de

Poder que permitiam a Shinichi controlar a mente de Damon a distância. Interminavelmente, eles vinham.

Shinichi continuava olhando a corrente, a centelha brilhante de órgãos internos faiscando dentro de Damon. Depois de um tempo, cantou novamente.

"Os dias são preciosos, não os perdeis
As flores desaparecerão e assim vós...
Vinde a mim, vós, donzelas
Enquanto ainda sois jovens e puras."

Damon sonhou que ouviu a palavra "esqueça" como se sussurrada por cem vozes. E por mais que tentasse se lembrar do que devia esquecer, tudo se dissolveu e desapareceu.

Ele acordou sozinho na árvore, com uma dor que tomava todo o corpo.

16

Stefan ficou surpreso ao encontrar a Sra. Flowers esperando por eles quando voltaram do piquenique. E, o que também era incomum, tinha algo a dizer que não envolvia sua jardinagem.

— Tem um recado para você lá em cima — disse ela, apontando a escada estreita com a cabeça. — De um rapaz moreno... meio parecido com você. Não deixou uma palavra comigo. Só perguntou onde poderia deixar o recado.

— Rapaz moreno? Damon? — perguntou Elena.

Stefan balançou a cabeça.

— Por que ele ia querer me deixar um recado?

Ele deixou Elena com a Sra. Flowers e correu pela escada em zigue-zague. No alto, encontrou uma folha de papel enfiada por baixo da porta.

Era um cartão de agradecimento, sem envelope. Stefan, que conhecia o irmão, duvidou de que tivesse sido comprado — com dinheiro, pelo menos. Dentro dele, em esferográfica preta de ponta grossa, estavam as palavras:

NÃO PRECISO DISSO.
ACHEI QUE SÃO STEFAN PRECISARIA.
ENCONTRE-ME À NOITE NA ÁRVORE
EM QUE OS HUMANOS BATERAM O CARRO.
NÃO PASSE DAS 4 DA MANHÃ.
VOU LHE DAR UM FURO.
D.

Era só isso... Exceto por um endereço na internet.

Stefan estava prestes a atirar o bilhete no cesto de lixo quando a curiosidade o venceu. Ele ligou o computador, digitou o endereço do site anotado e olhou. Por um tempo, nada aconteceu. Depois apareceram letras cinza muito escuras numa tela preta. Para um humano, teria parecido uma tela completamente preta. Aos vampiros, com sua acuidade visual mais desenvolvida, o cinza no preto era fraco, mas nítido.

Cansado desse lápis-lazúli?
Quer tirar férias no Havaí?
Enjoado da velha culinária líquida?
Venha visitar o Shi no Shi.

Stefan ia fechar a página, mas algo o impediu. Ficou sentado e olhou o anúncio pequeno e disfarçado abaixo do poema até que ouviu Elena à porta. Rapidamente desligou o computador e foi ajudá-la com a cesta de piquenique. Não disse nada sobre o bilhete, nem o que vira na tela do computador. Mas à medida que a noite avançava, ele pensava cada vez mais no assunto.

— Ah! Stefan, vai quebrar minhas costelas! Estou ficando sem fôlego de tão forte que você está me apertando!

— Desculpe. Só preciso abraçar você.

— Bom, e eu também preciso te abraçar.

— Obrigado, meu anjo.

Tudo estava em silêncio no quarto de teto alto. Uma janela estava aberta, deixando passar o luar. No céu, até a lua parecia se arrastar furtivamente e seus raios de luz se estendiam no piso de madeira.

Damon sorria. Tivera um dia longo e tranquilo e agora pretendia ter uma noite interessante.

Entrar pela janela não foi tão fácil como ele esperava. Quando chegou como um corvo imenso, preto e acetinado, esperava se equilibrar no peitoril e mudar para a forma humana para abrir a janela. Mas a janela tinha uma armadilha — estava ligada por Poder a um dos que dormiam no interior do quarto. Damon tentou decifrar aquele enigma, limpando intensamente a plumagem, temeroso de impor qualquer tensão naquele elo fino, quando algo chegou por trás dele num bater de asas.

Não parecia nenhum corvo respeitável, daqueles encontrados em livros de qualquer ornitólogo. As penas eram acetinadas, mas suas asas tinham as pontas escarlates e os olhos eram dourados e brilhantes.

Shinichi?, perguntou Damon.

E quem mais seria?, veio a resposta enquanto um olho dourado se fixava nele. *Vi que estava com um problema. Mas posso te ajudar. Vou aprofundar o sono deles para que você possa cortar o elo.*

Não!, disse Damon por reflexo. *Se você tocar em um deles, Stefan vai...*

A resposta veio num tom tranquilizador. *Stefan é só um menino, lembra? Confie em mim. Você confia em mim, não é?*

E funcionou exatamente como a ave de cor demoníaca dissera. Os adormecidos dentro do quarto dormiram mais profundamente, depois caíram num sono ainda mais profundo.

Um instante depois a janela se abriu, Damon se transformou e entrou. O irmão e... e *ela*... Aquela que ele sempre *precisava* olhar... *Ela* estava dormindo, o cabelo dourado esparramado pelo travesseiro e pelo corpo do irmão.

Damon desviou os olhos. Havia um computador de porte médio e um tanto obsoleto na mesa no canto. Ele foi até lá e, sem a mais leve hesitação, o ligou. Os dois na cama nem se mexeram.

Arquivos... Aqui. *Diário*. Que nome original. Damon o abriu e examinou seu conteúdo.

Querido Diário,

Acordei pela manhã e — maravilha das maravilhas — eu sou eu de novo. Eu ando, falo, bebo, molho a cama (bom, ainda não molhei, mas sei que posso, se tentar).

Eu voltei.

Foi uma jornada do inferno.

Eu morri, meu querido Diário. Morri de verdade. E depois morri como vampira. E não espere que eu descreva o que aconteceu em nenhuma das duas vezes — acredite, você precisava estar lá.

O importante é que eu parti, mas agora estou de volta — e, ah, querido e paciente amigo que guarda meus segredos desde o jardim de infância... Estou tão feliz por ter voltado.

O lado negativo da história é que não posso mais morar com tia Judith e Margaret. Elas pensam que estou "descansando em paz" com os anjos. O lado positivo é que posso morar com Stefan.

Esta é a compensação por tudo pelo que passei — não sei como compensar aqueles que foram aos portões do Inferno por mim. Ah, estou cansada e — posso muito bem dizer isso — ansiosa por uma noite com meu amado.

Estou muito feliz. Tivemos um bom dia, alegre e agradável, vendo o rosto de cada um de meus amigos enquanto me viam viva! (E não louca, que pelo que sei foi como andei agindo nos últimos dias. Sinceramente, é de se pensar que os Grandes Espíritos do Céu podiam ter me largado com meus miolos em ordem. Ah, tanto faz.)

Com amor,

Elena

Os olhos de Damon percorreram essas frases com impaciência. Procuravam por algo bem diferente. Ah. Sim. Era mais parecido com isso:

Minha amada Elena,

Eu sabia que você olharia aqui mais cedo ou mais tarde. Espero que nunca tenha de ver tudo. Se estiver lendo isso, Damon é um traidor, ou algo deu terrivelmente errado.

Um traidor? Isso era meio forte, pensou Damon, magoado, mas também ardendo de desejo de concluir sua tarefa.

Vou ao bosque falar com ele esta noite — se eu não voltar, você vai saber por onde começar a fazer perguntas.

A verdade é que eu não entendo exatamente a situação. Mais cedo, Damon me mandou um cartão com um endereço na internet. Coloquei o cartão embaixo de seu travesseiro, amor.

Ah, porcaria, pensou Damon. Ia ser difícil pegar o cartão sem acordá-la. Mas ele precisava fazer isso.

Elena, siga o link na internet. Você terá de ajustar os controles de brilho, porque foi criado só para os olhos de um vampiro. O que o link parece estar dizendo é que existe um lugar chamado Shi no Shi *— em tradução literal seria a Morte da Morte, onde é possível remover essa maldição que vem me perseguindo por quase meio milênio. Eles usam uma combinação de magia e ciência para que vampiros voltem a ser simples homens e mulheres, meninos e meninas.*

Se eles realmente puderem fazer isso, Elena, podemos ficar juntos pelo tempo de vida das pessoas comuns. É só o que peço da vida.

Eu quero isso. Quero ter a chance de ficar a seu lado como um humano comum, que come e respira.

Mas não se preocupe. Só vou conversar com Damon sobre isso. Não precisa me mandar ficar. Eu nunca deixaria você com tudo o que está acontecendo em Fell's Church agora. É perigoso demais para você, em especial com seu novo sangue e sua nova aura.

Percebi que estou confiando em Damon mais do que deveria. Mas de uma coisa eu tenho certeza: ele jamais machucaria você. Ele a ama. Como poderia deixar de amar?

Ainda assim, tenho que me encontrar com ele, nas condições dele, a sós, em um determinado local no bosque. Depois veremos o que vai ser.

Como eu disse antes, se estiver lendo esta carta, significa que algo deu drasticamente errado. Defenda-se, meu amor. Não tenha medo. Confie em si mesma. E confie nos seus amigos. Todos eles podem ajudá-la.

Eu confio no instinto protetor de Matt, na capacidade de julgamento de Meredith e na intuição de Bonnie. Diga a eles para se lembrarem disso.

Espero que nunca precise ler esta carta.

Com todo meu amor, meu coração, minha alma,

Stefan

P.S.: Só por precaução, há 20 mil dólares em notas de cem debaixo da segunda tábua a partir da parede, do outro lado da cama. Agora a cadeira de balanço está em cima dela. Você verá a fenda com facilidade se deslocar a cadeira.

Com cuidado, Damon deletou as palavras do arquivo. Depois, com um sorriso torto, ele digitou, com cautela e em silêncio, novas palavras com um significado bem diferente e, em seguida, as releu. Abriu um sorriso reluzente dessa vez. Sempre teve a fantasia de ser escritor; não tinha educação formal, é claro, mas sentia que tinha um dom instintivo para aquilo.

E este era o Passo Um concluído, pensou Damon, salvando o arquivo com suas palavras no lugar das de Stefan.

Depois, sem fazer barulho, andou até Elena, adormecida com o corpo em concha atrás de Stefan na cama estreita.

Agora o Passo Dois.

Devagar, muito lentamente, Damon deslizou os dedos sob o travesseiro em que pousava a cabeça de Elena. Pôde sentir o cabelo dela derramado no travesseiro ao luar, e a dor que isso despertou era maior em seu peito do que nos caninos. Aproximando aos poucos os dedos sob o travesseiro, ele procurou por alguma coisa lisa.

Elena murmurou dormindo e, de repente, se virou. Damon quase pulou para trás nas sombras, mas os olhos dela continuavam fechados, os cílios num crescente denso e escuro no rosto.

Ela agora estava de frente para ele, mas estranhamente Damon não se viu acompanhando as veias azuladas em sua pele clara e macia. Viu-se olhando cheio de desejo seus lábios meio separados. Era... quase impossível resistir a eles. Mesmo no sono, eles eram da cor de pétalas de rosa, um tanto úmidos, e separados daquele jeito...

Eu podia fazer isso muito de leve. Ela jamais saberia. Eu podia, sei que podia. Esta noite me sinto invencível.

Enquanto Damon se curvava para ela, seus dedos tocaram o cartão.

Pareceu arrancá-lo de um mundo de sonhos. No que ele estava pensando? Arriscando tudo, todo seu plano, por um *beijo*? Haveria muito tempo para os beijos — e outras coisas muito mais importantes — depois.

Ele puxou o cartão de debaixo do travesseiro e o colocou no bolso.

Depois se transformou num corvo e desapareceu pelo peitoril da janela.

Stefan há muito aperfeiçoara a arte de dormir pouco, e conseguir acordar quando queria. Fizera isso agora, olhando o relógio no consolo da lareira para confirmar que eram exatamente 4 da manhã.

Ele não queria acordar Elena.

Vestiu-se sem fazer barulho, saiu pela janela e seguiu a mesma rota do irmão — só que como falcão. Em algum lugar, ele tinha certeza de que Damon estava sendo ludibriado por alguém que usava os malach para torná-lo sua marionete. E Stefan, ainda energizado pelo sangue de Elena, sentia que tinha o dever de impedi-los.

O bilhete que Damon deixara o levava até a árvore em que os humanos haviam batido. Damon também iria queria rever continuamente essa árvore até localizar quem controlava as marionetes malach.

Ele desceu, pairou, e quase provocou um ataque cardíaco num camundongo ao baixar nele de repente antes de disparar de novo para o céu.

E então, no ar, ao ver evidências de uma batida de carro numa árvore, Stefan passou do glorioso falcão a um jovem de cabelos pretos, pele clara e olhos intensamente verdes.

Ele flutuou em direção ao chão, leve como um floco de neve, e olhou para todos os lados, usando seus sentidos sensíveis para testar a área. Não sentia armadilha nenhuma; nenhuma animosidade, só os sinais inconfundíveis da luta violenta das árvores. Ele permaneceu humano para subir na árvore que trazia a marca psíquica do irmão.

Não ficou com frio ao subir no carvalho em que Damon estivera recostado quando o acidente aconteceu aos pés dele. Stefan tinha muito sangue de Elena correndo em suas veias para sentir o frio. Mas estava ciente de que aquela área do bosque era particularmente fria; que algo a mantinha assim. Por quê? Ele já reclamara os rios e florestas que passavam por Fell's Church, então por que algo ou alguém se alojaria aqui sem dizer a ele? O que quer que fosse, um dia teria de se apresentar diante dele, se quisesse ficar em Fell's Church. Por que esperar?, perguntou-se ele, enquanto se agachava no galho.

Ele sentiu que Damon se aproximava muito antes do que seus sentidos teriam percebido nos dias que antecederam a transformação de Elena, e tentou não se retrair. Em vez disso, virou-se de costas para o tronco da árvore e olhou para o outro lado. Podia sentir Damon veloz na direção dele, cada vez mais rápido, cada vez mais forte — e então Damon devia estar ali, parado diante dele, mas não estava.

Stefan franziu o cenho.

— Sempre vale a pena olhar para cima, maninho — aconselhou uma voz encantadora acima dele e, em seguida, Damon, que estivera grudado na árvore feito um lagarto, girou o corpo e pousou no galho de Stefan.

Stefan não disse nada, apenas examinou o irmão mais velho. Por fim, falou.

— Você está de bom humor.

— Tive um ótimo dia — disse Damon. — Quer que lhe dê os nomes? Houve a menina da loja de cartões... Elizabeth, e minha querida amiga Damaris, cujo marido trabalha em Bronston, e a jovem e pequena Teresa que é voluntária na biblioteca e...

Stefan suspirou.

— Às vezes acho que você pode se lembrar do nome de cada menina que sangrou em sua vida, mas esquece o meu nome constantemente — disse ele.

— Que absurdo... maninho. Agora que Elena sem dúvida deve ter lhe explicado o que aconteceu quando tentei resgatar sua bruxinha... Bonnie... Acho que me deve desculpas.

— E como *você* me mandou um bilhete que eu só posso entender como uma provocação, acho que deve uma explicação *a mim*.

— Primeiro as desculpas — rebateu Damon. Em seguida, num tom resignado: — Sei que você acha bem ruim ter prometido a Elena, quando ela estava morrendo, que cuidaria de mim... para sempre. Mas você nunca parece perceber que eu prometi a mesma coisa, e não sou exatamente do tipo de cuidar de ninguém. Agora que ela não está mais morta, talvez a gente deva esquecer isso.

Stefan suspirou de novo.

— Tudo bem, tudo bem. Eu peço desculpas. Errei. Não devia ter expulsado você. Isso basta?

— Não sei se está sendo sincero. Tente mais uma vez, com sentime...

— Damon, o que, em nome de Deus, era aquele site?

— Ah. Achei muito inteligente: fizeram em cores tão próximas que só os vampiros, bruxas ou semelhantes podem ler, enquanto os humanos só veem uma tela preta.

— Mas como descobriu aquilo?

— Já vou lhe contar. Mas pensei nisso, maninho. Você e Elena, numa perfeita lua de mel, só mais dois humanos num mundo de humanos. Quanto mais cedo você for, mais cedo poderá cantar: "Eu-eu-eu, o Morto Morreu!"

— Ainda quero saber como você *por acaso* descobriu aquele site.

— Tudo bem. Confesso: enfim eu me rendi à era da tecnologia. Tenho meu próprio site. E um jovem muito prestativo entrou em contato comigo para saber se eu falei a sério as coisas que disse ali ou se eu era apenas um idealista frustrado. Imaginei que a descrição combinava com você.

— Você... Um site? Não acredito...

Damon o ignorou.

— Passei o recado adiante porque eu já ouvi falar do lugar, o *Shi no Shi*.

— A *Morte da Morte*, pelo que sei.

— Assim foi traduzido para mim. — Damon abriu um sorriso de mil quilowatts para Stefan, demorando-se nele, até que por fim Stefan virou o rosto, sentindo como se estivesse exposto ao sol sem seu anel.

— A propósito — continuou Damon, todo loquaz —, convidei o cara para vir aqui explicar isso a você.

— Você fez o *quê?*

— Ele deve chegar exatamente às 4h44. Não me culpe pelo horário; é algo especial para ele.

E depois, com um leve ruído e certamente nenhum Poder que Stefan pudesse discernir, algo pousou na árvore acima deles e baixou a seu galho, transformando-se ao fazer isso.

Era um jovem de cabelos pretos com pontas em fogo e olhos dourados e serenos. Enquanto Stefan girava o corpo, ele ergueu as mãos num gesto de desamparo e rendição.

— Mas quem diabos é você?

— Sou o diabo Shinichi — disse o jovem com tranquilidade. — Mas, como eu disse a seu irmão, a maioria das pessoas só me chama de Shinichi. É claro que fica a seu critério.

— E você sabe tudo sobre o Shi no Shi.

— Ninguém sabe tudo sobre isso. É um lugar... e uma organização. Sou meio suspeito para falar nisso porque... — Shinichi pareceu tímido — ... bom, acho que gosto de ajudar as pessoas.

— E agora você quer me ajudar.

— Se você quiser mesmo se tornar humano... Eu sei de um jeito.

— Devo deixar os dois conversarem sobre isso? — disse Damon. — Três é demais, especialmente neste galho.

Stefan olhou incisivamente para ele.

— Se tem a mais remota ideia de passar pelo pensionato...

— Com Damaris esperando por mim? Francamente, maninho. — E se transformou num corvo antes que Stefan pudesse lhe pedir para jurar.

* * *

Elena se virou na cama, procurando instintivamente um corpo quente a seu lado. Mas o que os dedos encontraram foi um espaço vazio e frio no formato de Stefan. Seus olhos se abriram.

— Stefan?

O amado. Eles estavam em uma sintonia tão profunda que era como se fossem uma pessoa só — ele sempre sabia quando ela estava prestes a acordar. Deve ter descido para trazer o café da manhã para ela — a Sra. Flowers sempre tinha tudo fumegando para Stefan quando ele descia (mais uma prova de que ela era uma bruxa da variedade branca) — e Stefan subia com a bandeja.

— Elena — disse ela, testando a nova-velha voz só para se ouvir falar. — Elena Gilbert, menina, você já teve cafés da manhã na cama demais. — Ela afagou a barriga. Sim, sem dúvida precisava de exercícios. — Então, muito bem — disse, ainda em voz alta. — Comece aquecendo e respirando. Depois um alongamento leve. — Tudo isso, pensou ela, podia ser deixado de lado quando Stefan aparecesse.

Mas Stefan não apareceu, mesmo quando ela se deitou exausta depois de uma hora de exercícios.

E ele também não subiu a escada, trazendo uma xícara de chá.

Onde ele estava?

Elena olhou pela janela e teve um vislumbre da Sra. Flowers lá embaixo.

O coração de Elena começou a bater forte durante seu exercício aeróbico e não reduziu seu ritmo corretamente. Embora fosse impossível começar uma conversa com a Sra. Flowers no estado em que se encontrava, ela gritou para baixo:

— Sra. Flowers?

E, maravilha das maravilhas, a senhora parou de colocar o lençol no varal e olhou para cima.

— Sim, Elena, meu bem?

— Onde está Stefan?

O lençol enfunou em volta da Sra. Flowers e a fez desaparecer. Quando se endireitou, ela se fora.

Mas Elena estava de olho no cesto de roupa lavada. Ainda estava ali.

— Não vá embora! — gritou Elena e vestiu apressadamente o jeans e o top azul novo. Depois, descendo a escada aos saltos, irrompeu no quintal.

— Sra. Flowers!

— Sim, Elena, meu bem?

Elena podia vê-la entre metros e mais metros de tecido branco enfunado.

— A senhora viu Stefan?

— Esta manhã não, meu bem.

— *Nem* uma vez?

— Acordo quando amanhece, como um relógio. O carro dele não estava ali e ainda não voltou.

Agora o coração de Elena martelava para valer. Ela sempre teve medo de algo assim. Ela respirou fundo uma vez e correu escada acima sem parar.

Bilhete, bilhete...

Ele nunca a deixava sem um bilhete. E não havia bilhete no travesseiro dele. Então ela pensou no travesseiro *dela*.

Suas mãos vasculharam freneticamente por baixo, depois sob o travesseiro dele. No início ela não virou o travesseiro, porque queria tanto que houvesse um bilhete ali — e porque tinha muito medo do que podia dizer.

Por fim, quando estava claro que não havia nada embaixo dos travesseiros além do lençol, ela os virou e olhou a brancura vazia por um bom tempo. Depois afastou a cama da parede, para o caso de o bilhete ter caído ali atrás.

De certo modo ela sentia que se continuasse procurando, ia encontrar. No fim havia sacudido toda a roupa de cama e terminou olhando os lençóis brancos de novo, investigando, de vez em quando passando as mãos por eles.

E isso devia ser bom, porque significava que Stefan não tinha *ido* a lugar nenhum — só que ela havia deixado a porta do armário aberta e podia ver, até sem querer, um monte de cabides vazios.

Ele levou todas as roupas.

E o fundo do armário estava vazio.

Ele levou cada par de sapatos.

Ele nem tinha muitos. Mas tudo de que precisava para fazer uma viagem tinha sumido — e ele também desaparecera.

Por quê? Para onde? Como ele *pôde*?

Mesmo que ele tenha partido para procurar um novo lugar para morar, como *pôde*? Ele teria a maior briga de sua vida quando voltasse...

... se voltasse.

Gelada até os ossos, ciente de que as lágrimas escorriam involuntariamente e quase despercebidas pelo rosto, ela estava prestes a ligar para Meredith e Bonnie quando se lembrou de uma coisa.

Seu diário.

17

Nos primeiros dias depois da volta de Elena do além, Stefan sempre a colocava na cama cedo, certificava-se de que ela estava aquecida e deixava que ela trabalhasse em seu computador com ele, escrevendo uma espécie de diário com suas reflexões sobre o que tinha acontecido naquele dia, sempre acrescentando as próprias impressões.

Agora, desesperada, ela abriu o arquivo e rolou desesperadamente o texto até o fim.

Minha amada Elena,

Sei que vai olhar aqui mais cedo ou mais tarde. Espero que seja o quanto antes.

Amada, creio que agora você é capaz de cuidar de si mesma; nunca vi uma menina mais forte ou mais independente.

E isso quer dizer que chegou a hora. A hora de eu partir. Não posso mais ficar sem transformá-la em vampira de novo — algo que nós dois sabemos que não pode acontecer.

Por favor, perdoe-me. Por favor, esqueça-me. Ah, meu amor, não quero ir, mas preciso.

Se precisar de ajuda, fiz com que Damon desse sua palavra de que a protegeria. Ele jamais lhe faria mal, e qualquer criatura maligna que esteja em Fell's Church não ousaria tocar em você com ele por perto.

Minha amada, meu anjo, eu sempre a amarei...
Stefan

P.S.: Para ajudá-la a continuar com sua vida real, paguei à Sra. Flowers pelo quarto por um ano. Além disso, deixei para você 20 mil dólares em notas de cem debaixo da segunda tábua a partir da parede, do outro lado da cama. Use para construir um novo futuro, com quem você preferir.

Novamente, se precisar de alguma coisa, Damon irá ajudá-la. Entre em contacto com ele, se precisar de conselhos. Ah, minha linda amada, como posso partir? Mesmo que seja para o seu bem?

Elena terminou a carta.

E se limitou a ficar sentada ali.

Depois de tanto procurar, ela encontrou a resposta.

E agora não sabia o que fazer, a não ser gritar.

Se precisar de ajuda, procure Damon... Confie no julgamento de Damon... Não seria uma propaganda mais óbvia de Damon nem se o próprio Damon tivesse escrito.

E Stefan foi embora. E as roupas dele sumiram. E suas botas desapareceram.

Ele a deixou.

Ter uma nova vida...

E foi assim que Bonnie e Meredith a encontraram, alarmadas por ninguém ter atendido a seus telefonemas por uma hora. Foi a primeira vez em que elas não conseguiram falar com Stefan desde que ele apareceu, a pedido delas, para matar um monstro. Mas aquele monstro agora estava morto, e Elena...

Elena estava sentada na frente do armário de Stefan.

— Ele levou até os sapatos — disse ela sem emoção, brandamente. — Ele levou tudo. Mas pagou pelo quarto por um ano. E ontem de manhã me comprou um Jaguar.

— Elena...

— Não estão entendendo?! — Elena exclamou. — *Este* é o meu Despertar. Bonnie previu que seria agudo e súbito e que eu precisaria de vocês duas. E Matt?

— Ele não foi citado nominalmente — disse Bonnie com tristeza.

— Mas acho que vamos precisar da ajuda dele — disse Meredith, fechando a cara.

— Quando Stefan e eu nos conhecemos... Antes de *eu* me tornar vampira... Eu sempre soube — sussurrou Elena — que um dia ele tentaria me deixar sozinha. — De repente ela socou o chão com força suficiente para se machucar. — Eu sabia, mas achei que estaria presente para convencê-lo do contrário! Ele é tão nobre... tão cheio de sacrifícios pessoais! E agora... Ele *foi embora.*

— Você não se importa — disse Meredith em voz baixa, olhando-a — se continua humana ou se vira vampira.

— Tem razão... Eu *não* ligo! Não ligo para nada, desde que possa ficar com ele. Quando eu ainda era meio espírito, sabia que nada podia me Transformar. Agora sou humana e tão suscetível à Transformação quanto qualquer outro humano... Mas isso não importa.

— Talvez seja este o Despertar — disse Meredith, ainda em voz baixa.

— Ah, talvez o fato de ele não trazer seu café da manhã seja o despertar! — disse Bonnie, exasperada. Estivera concentrada numa chama por mais de 15 minutos, tentando entrar em contato com Stefan. — Ou ele não quis... Ou não pôde — disse ela, sem ver a cabeça de Meredith se virar violentamente depois que as palavras foram pronunciadas.

— Como assim, "não pôde"? — perguntou Elena, saltando do chão onde estivera recurvada.

— Eu não sei! Elena, você está me machucando!

— Ele está em perigo? Pense, Bonnie! Ele será ferido por minha causa?

Bonnie olhou para Meredith, que telegrafava um "não" com cada centímetro de seu corpo elegante. Depois olhou para Elena, que exigia a verdade. Bonnie fechou os olhos.

— Não tenho certeza — disse ela.

Ela abriu os olhos devagar, esperando que a amiga explodisse. Mas Elena não fez nada do gênero. Simplesmente fechou os olhos devagar, enrijecendo os lábios.

— Há muito tempo jurei que o teria, mesmo que isso matasse a nós dois — disse ela, baixinho. — Se ele acha que pode se afastar de mim desse jeito, para meu próprio bem ou por qualquer outro motivo... Está enganado. Vou procurar Damon primeiro, uma vez que Stefan parece querer tanto isso. E depois vou atrás dele. Alguém me dirá por onde começar. Ele me deixou 20 mil dólares. Vou usar para segui-lo. E se o carro quebrar, vou a pé; e quando não puder mais andar, vou me arrastar. Mas *vou* encontrá-lo.

— Sozinha, não — disse Meredith, com seu jeito suave e tranquilizador. — Estamos com você, Elena.

— E depois, se ele fez isso por livre e espontânea vontade, vai tomar o maior tabefe da *vida* dele.

— O que você quiser, Elena — disse Meredith, ainda num tom tranquilizador. — Primeiro vamos encontrá-lo.

— Um por todos e todos por um! — exclamou Bonnie. — Vamos trazê-lo de volta e vamos fazer com que ele se arrependa... Ou não — acrescentou rapidamente quando Meredith mais uma vez balançou a cabeça. — Elena, não! Não chore — acrescentou ela, um segundo antes da amiga cair em prantos.

— Então Damon foi o único que disse que cuidaria de Elena e ele deve ter sido o último a ver Stefan esta manhã — disse Matt quando o apanharam em casa e lhe explicaram o que aconteceu.

— Sim — disse Elena tranquila, mas afirmativa. — Mas Matt, você está errado se acha que Damon faria alguma coisa para afastar Stefan de mim. Damon não é o que vocês todos pensam. Ele realmente tentou salvar a vida de Bonnie naquela noite. E ele ficou realmente magoado quando todos vocês o odiaram.

— Acho que isso prova o que se chama "motivo" — observou Meredith.

— Não. É prova de caráter... Prova de que Damon *tem* sentimentos e que ele se importa com os seres humanos — contra-atacou Elena. — E ele jamais machucaria Stefan, porque... bom, por minha causa. Ele sabe como eu me sentiria.

— Ora, então por que não me responde? — disse Bonnie num tom queixoso.

— Talvez porque da última vez em que ele nos viu juntos, nós o encaramos com ódio — disse Meredith, que sempre era justa.

— Diga a ele que imploro seu perdão — disse Elena. — Diga que quero conversar com ele.

— Eu me sinto um satélite de comunicações — queixou-se Bonnie, mas ainda assim pondo todo seu coração e sua força a cada Invocação. Por fim, ficou completamente aflita e exausta.

E até Elena teve de admitir que aquilo não era bom.

— Talvez ele recupere o juízo e comece a chamar por *você* — disse Bonnie. — Talvez amanhã.

— Vamos ficar com você a noite toda — disse Meredith. — Bonnie, liguei para a sua irmã e disse a ela que você vai ficar comigo. Agora vou ligar para o meu pai e dizer que vou ficar na sua casa. Matt, você não foi convidado...

— Obrigado — disse Matt secamente. — Vou para casa a pé também?

— Não, pode ir com o meu carro — disse Elena. — Mas por favor, traga-o de volta amanhã cedo. Não quero ninguém fazendo perguntas sobre ele.

Naquela noite, as três meninas se prepararam para ficar à vontade, como nos tempos da escola, nos lençóis e cobertores sobressalentes da Sra. Flowers (não admirava que ela tenha lavado tantos lençóis hoje — ela devia saber de alguma maneira, pensou Elena), com a mobília empurrada para as paredes e três sacos de dormir improvisados no chão. As cabeças estavam unidas e os corpos irradiando para fora, como os raios de uma roda.

Elena pensou: Então isto é o Despertar.

É a percepção de que, afinal, posso ficar sozinha de novo. E, ah, que bom ter Meredith e Bonnie comigo. Significa mais do que posso dizer a elas.

Ela foi automaticamente ao computador, para escrever um pouco no diário. Mas depois de algumas palavras viu-se chorando de novo e no fundo ficou feliz quando Meredith a pegou pelos ombros e mais ou menos a obrigou a tomar um copo de leite quente com baunilha, canela e noz-moscada, quando Bonnie a ajudou a entrar na pilha de cobertores e segurou sua mão até que ela dormisse.

Matt ficou até tarde, e o sol já se punha quando seguiu de carro para casa. Era uma corrida contra o escuro, pensou ele de repente, recusando-se a se deixar distrair pelo cheiro de carro novo do Jaguar caro. Em algum lugar no fundo de sua mente, ele refletia. Não queria dizer nada às meninas, mas havia algo que o incomodou no bilhete de despedida de Stefan. O caso era que ele precisava se certificar de que aquilo não era só uma manifestação de seu orgulho ferido.

Por que Stefan nem falou *neles*? Os amigos de Elena do passado, os amigos do aqui e agora. Era de se pensar que ele pelo menos teria mencionado as meninas, mesmo que tenha se esquecido de Matt na dor de deixar Elena para sempre.

O que mais? Sem dúvida havia mais alguma coisa, mas Matt não conseguia identificar. Só o que obtinha era vago, imagens nebulosas da escola no ano passado e — sim, da Srta. Hilden, a professora de inglês.

Mesmo enquanto devaneava, Matt estava atento à direção. Não havia como evitar inteiramente o bosque na longa estrada de mão única, o caminho do pensionato a Fell's Church. Mas ele olhava para a frente, alerta.

Viu a árvore caída enquanto entrava na curva e pisou nos freios a tempo de parar cantando pneu, com o carro num ângulo de quase 90 graus com a estrada.

Depois ele precisou pensar.

Sua primeira reação instintiva foi: ligue para Stefan. Ele podia levantar a árvore do chão. Mas lembrou-se de tudo com rapidez suficiente para que esse pensamento fosse substituído por uma pergunta. Ligar para as meninas?

Matt não conseguia se decidir. Não era só uma questão de dignidade masculina — era a realidade sólida da árvore adulta diante dele. Mesmo que todos trabalhassem juntos, não conseguiriam mover aquela coisa. Era grande demais, pesada demais.

E tinha caído do antigo bosque de modo a ficar atravessada na estrada, como se quisesse separar o pensionato do resto da cidade.

Com cautela, Matt abaixou o vidro da janela do motorista e espiou o antigo bosque para ver as raízes das árvores, ou, admitiu ele a si mesmo, algum movimento. Não havia nada.

Ele não conseguia ver as raízes, mas aquela árvore parecia saudável demais para ter caído numa tarde ensolarada de verão. Sem vento, nem chuva, nem raios, nem castores. Sem lenhadores, pensou ele com raiva.

Bom, pelo menos a vala do lado direito era rasa e a copa da árvore não a alcançava. Talvez fosse possível...

Movimento.

Não no bosque, mas na árvore bem na frente dele. Algo se agitava nos galhos superiores, algo mais do que o vento.

Ele não conseguiu acreditar quando viu. Parte do problema era esse. A outra parte era que ele dirigia o carro de Elena, e não sua lata-velha. Matt começou a tatear freneticamente, procurando por um jeito de fechar a janela, de olhos grudados na *coisa* que se desprendia da árvore, mas ele estava tateando em todos os lugares errados.

E para piorar, o bicho era rápido. Rápido demais para ser real.

Quando caiu em si, Matt lutava para tirá-lo da janela.

Matt não sabia o que Elena mostrou a Bonnie no piquenique. Mas se isso não fosse um malach, então que diabos era? Matt viveu perto de bosques a vida toda e nunca viu um inseto nem remotamente parecido com aquele.

Parecia um inseto. A pele parecia casca de árvore, mas era só camuflagem. Enquanto batia no vidro entreaberto da janela — enquanto ele o empurrava com as duas mãos — Matt pôde ouvir e sentir seu exterior quitinoso. Tinha o tamanho do seu braço e parecia voar batendo os tentáculos em círculo — o que devia ser impossível, mas lá estava ele, preso pela metade na janela.

Mais parecia uma sanguessuga ou uma lula do que qualquer inseto. Seus tentáculos compridos feito cobras quase pareciam trepadeiras, mas eram mais grossos do que um dedo e tinham grandes ventosas — e, dentro das ventosas, havia algo afiado. Dentes. Uma das trepadeiras envolveu seu pescoço e ele podia sentir a sucção e a dor, tudo ao mesmo tempo.

A trepadeira se enroscou em seu pescoço três ou quatro vezes, apertando-o. Ele teve de usar a mão para alcançá-la e tirá-la dali. Isso significava que só havia uma das mãos livre para bater na coisa sem cabeça — que de repente mostrou ter uma boca, mas não olhos. Como todo o resto do bicho, a boca tinha simetria radial: era redonda, com os dentes dispostos em círculo. Mas bem no fundo do círculo, Matt viu, para seu pavor enquanto o bicho puxava seu braço para dentro de si, que havia uma pinça grande o bastante para cortar um dedo.

Meu Deus... Não. Ele fechou a mão em punho, tentando desesperadamente bater nela por dentro.

A onda de adrenalina que ele teve depois de ver *aquilo* lhe permitiu arrancar a trepadeira em volta do pescoço, soltando enfim as ventosas. Mas agora seu braço tinha sido tragado para além do cotovelo. Matt se obrigou a golpear o corpo do inseto, batendo nele como se fosse um tubarão, outra coisa que o bicho o lembrava.

Ele precisava soltar o braço. Viu-se mexendo às cegas no fundo da boca redonda e aberta, arrancando em seguida um naco de exoesqueleto que caiu em seu colo. Enquanto isso os tentáculos ainda vergastavam, batendo no carro, procurando um jeito de entrar. A certa altura ia perceber que só precisava dobrar aquelas coisas que se debatiam e espremer o corpo pela abertura.

Algo afiado raspou nos nós de seus dedos. A pinça! Seu braço estava quase inteiramente engolfado. Mesmo enquanto Matt se concentrava em como se soltar, parte dele se perguntava: cadê o estômago? Esse bicho *não podia* existir.

Tinha de soltar o braço *agora*. Ia perder a mão, certo como se a colocasse num triturador de lixo ligado.

Já soltara o cinto de segurança. Agora, com um empurrão violento, lançou o corpo para a direita, em direção ao banco do carona. Podia sentir os dentes raspando em seu braço enquanto o arrastava por eles. Podia ver os cortes longos e sangrentos que ficaram no braço. Mas isso não importava. Só o que importava era *tirar* o braço dali.

Naquele momento, a outra mão achou o botão que controlava a janela. Ele o pressionou para cima, puxando o pulso e a mão para fora da boca do inseto assim que a janela se fechou nele.

Matt esperava um estalo da carapaça e o esguicho de um sangue preto, talvez devorando o chão do carro novo de Elena, como aquela coisa que perfurava a nave em *Alien*.

Em vez disso, o inseto se vaporizou. Simplesmente ficou transparente e se transformou em partículas mínimas de luz que desapareceram na frente dos olhos de Matt.

Matt ficou com longos arranhões no braço, ferimentos inchados no pescoço e os dedos arranhados, mas não perdeu tempo contando seus ferimentos. Precisava sair dali; os galhos se agitavam de novo e ele não queria esperar para saber se era o vento.

Só havia uma saída. A vala.

Ele engrenou o carro e pisou fundo. Foi para a vala, na esperança de que não fosse funda demais, esperando que a árvore não furasse de algum jeito os pneus.

Houve um mergulho que fez seus dentes baterem, prendendo a língua entre eles. Depois o esmagar de folhas e galhos sob o carro, e por um momento todo o movimento cessou, mas Matt continuou pisando com a maior força possível no acelerador até que, de repente, estava livre, sendo lançado, com o carro adernando na vala. Ele conseguiu recuperar o controle e voltou à estrada bem a tempo de dar uma guinada para a esquerda, onde havia uma curva repentina e a vala terminava.

Matt ofegava. Entrou nas curvas a quase 80 por hora, com metade da atenção no bosque — até que, de repente, graças a Deus, uma luz vermelha e solitária apontou para ele como um farol no nevoeiro.

O cruzamento com a Mallory. Ele foi obrigar a parar, queimando a borracha do pneu. Uma guinada para a direita e estava se afastando do bosque. Teve de rodar por uma dezena de bairros para chegar em casa, mas por fim ficou longe de qualquer agrupamento maior de árvores.

Foi uma volta e tanto, e Matt começava a sentir a dor do braço ferido, agora que o perigo tinha passado. Quando estava parando o Jaguar na frente de sua casa, também se sentia tonto. Estacionou sob o poste e deixou que o carro avançasse lentamente para o escuro. Não queria que ninguém o visse tão abalado.

Será que devia ligar para as meninas *agora*? Avisá-las para não sair à noite, que o bosque era perigoso? Mas elas já sabiam disso. Meredith jamais deixaria que Elena fosse ao antigo bosque, não agora que Elena era humana. E Bonnie faria um estardalhaço se alguém sugerisse sair no escuro — afinal, Elena mostrou a ela que aquelas *coisas* estavam lá fora, não foi?

Malach. Uma palavra fria para uma criatura genuinamente horrenda.

O que eles realmente precisavam era que uma autoridade fosse lá e tirasse as árvores do caminho. Mas não esta noite. Não era provável que mais alguém usasse aquela estrada solitária esta noite, e mandar pessoas para lá — bom, era como entregá-las de bandeja ao malach. Matt ligaria para a polícia de manhã cedo. Eles mandariam as pessoas certas para remover a coisa.

Estava escuro e era mais tarde do que ele imaginava. Ele devia ligar para as meninas, afinal. Só queria que sua cabeça clareasse. Os arranhões agora coçavam e ardiam. Ele tinha dificuldades para pensar. Talvez, se respirasse por uns segundos...

Matt encostou a testa no volante. E a escuridão se fechou sobre ele.

18

Matt acordou, aturdido, vendo-se ainda ao volante do carro de Elena. Entrou trôpego em casa, quase se esquecendo de trancar o carro, e se atrapalhou com a chave para abrir a porta dos fundos. A casa estava às escuras; os pais dormiam. Ele foi para seu quarto e desabou na cama sem tirar os sapatos.

Quando acordou novamente, assustou-se ao descobrir que eram 9 da manhã e seu celular tocava no bolso da calça jeans.

— Mer'dith?

— Achamos que você viria cedo.

— Eu vou, mas primeiro tenho que descobrir *como* — Matt falou, ou melhor, rosnou. A cabeça parecia ter duas vezes o tamanho normal, e o braço estava pelo menos quatro vezes maior. Mesmo assim, algo no fundo de sua mente calculava como chegar ao pensionato sem pegar a estrada do antigo bosque. Por fim, alguns neurônios se ativaram e lhe mostraram a solução.

— Matt? Ainda está aí?

— Não sei bem. Ontem à noite... Meu Deus, eu nem me *lembro* de grande parte de ontem à noite. Mas vindo para casa... Olha, vou contar quando chegar aí. Primeiro tenho que ligar para a polícia.

— *Polícia*?

— É... Olha... Me dê uma hora, está bem? Vou chegar em uma hora.

Quando finalmente chegou ao pensionato, era mais perto das 11 horas do que das 10. Mas um banho tinha clareado sua mente, mesmo que não tivesse feito grande coisa pelo braço que latejava. Quando ele apareceu, foi cercado por uma onda de preocupação maternal.

— Matt, *o que houve*?

Ele contou tudo de que conseguia se lembrar. Quando Elena, com os lábios rígidos, desfez a atadura que ele tinha passado no braço, todas estremeceram. Os grandes arranhões estavam claramente infectados.

— Então esses malach são venenosos.

— Sim — disse Elena, tensa. — Venenosos para o corpo e para a mente.

— E você acha que um destes pode *entrar* nas pessoas? — perguntou Meredith. Ela rabiscava numa página de caderno, tentando desenhar algo que parecesse o que Matt tinha descrito.

— Sim.

Por um instante os olhos de Elena e Meredith se encontraram — depois as duas baixaram a cabeça. Por fim Meredith disse:

— E como vamos saber se há um dentro... de alguém... ou não?

— Talvez Bonnie saiba — disse Elena com tranquilidade. — Até eu posso saber, mas não vou usar o Poder Branco para isso. Vamos ver a Sra. Flowers lá embaixo.

Ela disse isso de um jeito especial que Matt aprendeu a reconhecer há muito tempo, e significava que não adiantava discutir. Ela estava decidida.

E a verdade era que Matt não gostava muito de discutir. Ele odiava reclamar — participava de partidas de futebol americano com a clavícula quebrada, um joelho contundido, um tornozelo torcido — mas isso era diferente. Seu braço parecia estar a ponto de explodir.

A Sra. Flowers estava na cozinha, mas na mesa da sala havia quatro copos de chá gelado.

— Já falo com vocês — disse ela através da meia-porta de vaivém que separava a cozinha do cômodo onde elas estavam. — Bebam o chá, em especial o jovem que está machucado. Vai ajudá-lo a relaxar.

— Chá de ervas — sussurrou Bonnie aos outros, como se fosse algum segredo.

O chá não era de todo ruim, embora Matt preferisse uma Coca. Mas, quando pensou na bebida como remédio, e com as meninas olhando-o como aves de rapina, ele conseguiu engolir metade do chá antes de a senhora aparecer.

Ela usava um chapéu de jardinagem — ou pelo menos um chapéu com flores artificiais que davam a impressão de ser usado para jardinagem. Mas em uma bandeja de biscoitos tinha vários instrumentos, todos reluzentes, como se tivessem sido fervidos.

— Sim, meu bem, eu sou — disse ela a Bonnie, que tinha se colocado protetoramente diante de Matt. — Fui enfermeira, como sua irmã. Naquela época, as mulheres não eram encorajadas a estudar medicina. Mas durante toda minha vida eu fui uma bruxa. Parece meio solitário, não é?

— Não seria tão solitário — disse Meredith, parecendo confusa — se a senhora morasse mais perto da cidade.

— Ah, mas então eu teria gente olhando para minha casa o tempo todo, e crianças disputariam para saber quem ia correr e tocar nela, ou atirar uma pedra pela minha janela, e os adultos me olhando de lado sempre que eu saísse para fazer compras. E como eu cuidaria do meu jardim em paz?

Foi o discurso mais longo que qualquer um deles já ouviu da Sra. Flowers. Ficaram todos tão surpresos que Elena só conseguiu falar depois de alguns segundos.

— Não entendo como a senhora pode cuidar do jardim em paz *aqui*. Com todos os cervos, os coelhos e outros animais.

— Bem, a maior parte é *para* os animais, compreendeu? — A Sra. Flowers sorriu beatificamente e seu rosto pareceu se iluminar de dentro para fora. — Eles gostam do jardim. Mas não gostam das ervas que cultivo para tratar arranhões, cortes, torções e coisas assim. E talvez eles saibam que sou uma bruxa, uma vez que sempre deixam um pedacinho do jardim para mim e talvez uma ou duas visitas.

— Por que está me contando tudo isso agora? — perguntou Elena. — Por que, se houve vezes em que procurei pela senhora, ou por Stefan, quando eu pensava... Bom, não importa o que eu pensava. Mas eu não tinha certeza se a senhora era nossa amiga.

— A verdade é que fiquei solitária e antissocial com a velhice. Mas agora você perdeu seu jovem, não perdeu? Gostaria de ter acordado mais cedo esta manhã. Talvez pudesse ter falado com ele. Ele deixou dinheiro para um ano de aluguel na mesa da cozinha. Eu sempre gostei dele, esta é a verdade.

Os lábios de Elena tremiam. Matt levantou apressada e heroicamente o braço ferido.

— Pode ajudar com isso aqui? — perguntou ele, tirando a atadura novamente.

— Ah, ora, ora. E que criatura fez isso com você? — disse a Sra. Flowers, examinando os arranhões enquanto as três meninas estremeciam.

— Achamos que foi um malach — disse Elena em voz baixa. — Sabe alguma coisa sobre isso?

— Sim, já ouvi falar, mas não sei nada sobre eles. Há quanto tempo você está assim? — perguntou ela a Matt. — Parecem mais marcas de dentes do que de garras.

— E são — disse Matt com severidade, e descreveu o malach da melhor maneira que pôde. Foi em parte para se distrair, porque a Sra. Flowers tinha pegado um dos instrumentos reluzentes na bandeja e começava a fazer coisas em seu braço vermelho e inchado.

— Mantenha o mais imóvel que puder com esta toalha — disse ela. — Estes já criaram casca, mas precisam ser abertos, drenados e higienizados corretamente. Vai doer. Será que uma das jovens não segura sua mão para manter o braço parado?

Elena se levantou, mas Bonnie chegou na frente, quase saltando por cima de Meredith para pegar a mão de Matt com suas duas mãos.

A drenagem e a limpeza foram dolorosas, mas Matt conseguiu suportar sem soltar um ai, mesmo assim Bonnie fez uma espécie de careta de náusea quando o sangue e o pus escorreram do braço dele. No início doeu ser lancetado, mas a liberação da pressão era agradável e, quando as feridas estavam drenadas e limpas, depois envolvidas com uma compressa de ervas medicinais, pareciam agradavelmente frias e prontas para se curarem adequadamente.

Foi enquanto ele tentava agradecer à velha que percebeu que Bonnie o fitava. Olhava particularmente para seu pescoço. De repente, ela riu.

— Que foi? Qual é a graça?

— O inseto — disse ela. — Te deu um chupão. A não ser que você tenha feito outra coisa ontem à noite que não nos contou.

Matt podia se sentir corar ao puxar a gola mais para cima.

— Eu já te contei sobre isso, foi o malach. Tinha uma espécie de tentáculo com ventosas no meu pescoço. Estava tentando me estrangular!

— Agora eu me lembro — disse Bonnie humildemente. — Desculpe.

A Sra. Flowers ainda tinha um unguento de ervas para a marca deixada pela ventosa do tentáculo — e outro para os dedos arranhados de Matt. Depois da aplicação, Matt se sentia tão bem que conseguiu olhar timidamente para Bonnie, que o fitava com seus grandes olhos castanhos.

— Eu sei, parece um chupão — disse ele. — Vi hoje de manhã no espelho. E tem outro mais abaixo, mas pelo menos minha gola cobre esse. — Ele bufou e colocou a mão por dentro da camisa para passar mais unguento. As meninas riram — era um alívio da tensão que todos sentiam.

* * *

Meredith começara a subir a escada estreita para o que todos ainda consideravam o quarto de Stefan, e Matt automaticamente a seguiu. Ele só percebeu que Elena e Bonnie ficaram para trás quando estava no meio da escada, e Meredith sinalizou para que prosseguissem.

— Elas estão conversando — disse Meredith, em seu tom de voz baixo e sensato.

— Sobre *mim*? — Matt engoliu em seco. — Sobre a coisa que Elena viu dentro de Damon, não é? O malach invisível. E se eu tenho ou não um deles... dentro de mim... agora.

Meredith, que não pegava leve, simplesmente assentiu. Mas encostou a mão de leve no ombro de Matt enquanto eles entravam no quarto escuro de teto alto.

Logo em seguida, Elena e Bonnie apareceram e Matt sabia que a pior hipótese tinha sido descartada só de ver suas expressões. Elena percebeu que ele notou e de imediato foi abraçá-lo. Bonnie a seguiu, mais timidamente.

— Sente-se bem? — disse Elena, e Matt assentiu.

— Estou bem — disse ele. Foi como lutar com crocodilos, pensou ele. Não havia nada melhor do que abraçar meninas de feições tão delicadas e pele macia.

— Bom, o consenso é de que você não tem nada de estranho aí dentro. Agora que não está sentindo dor, sua aura está clara e forte.

— Graças a Deus — disse Matt, e o alívio foi sincero.

Foi nesse momento que seu celular tocou. Ele franziu o cenho, confuso ao ver o número no visor, mas atendeu.

— Matthew Honeycutt?

— Sim.

— Aguarde um instante, por favor.

Veio uma nova voz.

— Sr. Honeycutt?

— Er, sim, mas...

— Aqui é Rich Mossberg, da delegacia de Fell's Church. O senhor ligou esta manhã para dar queixa de uma árvore caída na estrada do antigo bosque?

— Sim, eu...

— Sr. Honeycutt, não gostamos de trotes como este. Na realidade, eles nos aborrecem muito. Consomem um tempo valioso de nossos policiais e, além disso, é crime fazer uma falsa queixa à polícia. Se eu quisesse, Sr. Honeycutt, acusaria o senhor deste crime e o faria responder por ele perante um juiz. Não entendo o que o senhor viu de engraçado nisso.

— Eu não estava... Não vi *nada* de engraçado nisso! Olha, ontem à noite... — A voz de Matt falhou. O que ele ia dizer? *Ontem à noite eu fui atacado por uma árvore e um inseto monstruoso?* Uma vozinha dentro dele acrescentou que os policiais de Fell's Church pareciam passar a maior parte de seu valioso tempo no Dunkin' Donuts da praça da cidade, mas as palavras seguintes que ouviu fizeram Matt se calar.

— *Na realidade*, Sr. Honeycutt, sob a autoridade do Código Estadual da Virgínia, Seção 18.2-461, fazer uma falsa queixa à polícia é passível de punição como contravenção Classe 1. O senhor pode passar um ano na cadeia ou pagar uma multa de 25 mil dólares. Acha *isso* engraçado, Sr. Honeycutt?

— Escute, eu...

— Aliás, o senhor *teria* 25 mil dólares, Sr. Honeycutt?

— Não, eu-eu... — Matt esperou ser interrompido, depois percebeu que não seria. Estava com a cabeça longe, entrando numa região desconhecida. O que dizer? *O malach levou a árvore embora* — ou *talvez tenha se mexido sozinha*? Ridículo. Por fim, numa voz rouca, ele conseguiu dizer: — Desculpe se não encontraram a árvore. Talvez... tenha se mexido de alguma maneira.

— Talvez tenha se mexido de alguma maneira — repetiu o xerife, sem alterar o tom de voz. — Na verdade talvez tenha andado sozinha, como todas aquelas placas de sinalização que saem sozinhas dos cruzamentos. Isso não lhe parece familiar, Sr. Honeycutt?

— Não! — Matt se sentiu corar profundamente. — Eu nunca mexi em nenhuma placa de rua. — Agora as meninas estavam amontoadas em volta dele, como se de algum modo pudessem ajudar. Bonnie gesticulava vigorosamente e sua expressão indignada deixava claro que ela queria dispensar pessoalmente o xerife.

— De fato, Sr. Honeycutt — interrompeu o xerife Mossberg —, primeiro ligamos para sua casa, uma vez que foi o telefone que usou para registrar a queixa, e sua mãe disse que não o viu a noite toda.

Matt ignorou a vozinha que queria rebater: *E isso é um crime?*

— Isso porque eu fiquei preso...

— Por uma árvore com autopropulsão, Sr. Honeycutt? Na realidade já recebemos outra ligação da sua rua ontem à noite. Um integrante da vigilância do bairro queixou-se de um carro suspeito quase em frente à sua casa. Segundo sua mãe nos contou, seu carro recentemente teve perda total, não é verdade, Sr. Honeycutt?

Matt podia ver aonde eles queriam chegar e não gostou.

— Sim — ele se ouviu dizer, enquanto a mente trabalhava desesperadamente, procurando por uma explicação plausível. — Tentei evitar atropelar uma raposa. E...

— E no entanto houve uma queixa de um Jaguar novinho em folha parado em frente a sua casa, um tanto distante do poste para que... ninguém o visse. Um carro tão novo que ainda nem foi emplacado. Este era, na realidade, o *seu* carro, Sr. Honeycutt?

— O Sr. Honeycutt é meu pai! — disse Matt desesperadamente. — Meu nome é Matt. E o carro era emprestado...

— E o nome de quem emprestou é...?

* * *

Matt olhou para Elena. Ela gesticulava para ele esperar, obviamente tentando pensar em alguma resposta. Dizer *Elena Gilbert* seria suicídio. Todos os policiais sabiam que ela estava morta. Agora Elena apontava o quarto e murmurava alguma coisa para ele.

Matt fechou os olhos e disse as palavras.

— Stefan Salvatore. Mas ele deu o carro à namorada dele? — Ele sabia que terminara a frase de modo a parecer uma interrogação, mas mal conseguia acreditar nas instruções de Elena.

Agora o xerife começava a demonstrar cansaço e exasperação.

— Está perguntando *a mim*, Sr. Honeycutt? Então estava dirigindo o carro novo da namorada de seu amigo. E o nome dela é...?

Houve um breve momento em que as meninas pareceram discordar e Matt ficou perdido. Mas depois Bonnie levantou os braços e Meredith avançou, apontando para si mesma.

— Meredith Sulez — respondeu Matt com a voz fraca. Ele ouviu a hesitação na própria voz e repetiu, rouco, porém com mais convicção: — Meredith Sulez.

Agora Elena cochichava rapidamente no ouvido de Meredith.

— E onde foi comprado o carro? Sr. Honeycutt?

— Sim — disse Matt. — Só um minutinho... — Ele pôs o telefone na mão estendida de Meredith.

— Aqui é Meredith Sulez — disse ela tranquilamente, seu tom de voz era tão relaxado e educado quanto uma seleção de música clássica.

— Senhora Sulez, estava ouvindo a conversa até agora?

— *Senhorita* Sulez, por favor, sargento. Ouvi.

— A senhorita realmente emprestou o carro ao Sr. Honeycutt?

— Sim.

— E onde está o sr... — houve um farfalhar de papéis — Stefan Salvatore, o dono original do carro?

Não perguntou a ela onde compraram, pensou Matt. Ele devia saber.

— Meu namorado está viajando — disse Meredith, ainda no mesmo tom refinado e inabalável. — Não sei quando vai voltar. Quando chegar, devo pedir a ele que ligue para o senhor?

— Isso seria sensato — disse o xerife Mossberg secamente. — Hoje em dia poucos carros são comprados com dinheiro vivo, especialmente um Jaguar zero quilômetro. Também gostaria do número da sua carteira de habilitação. Mas, principalmente, gostaria muito de falar com o Sr. Salvatore quando ele retornar.

— O que pode ser muito em breve — disse Meredith, meio devagar, mas seguindo as instruções de Elena. Depois recitou o número da sua carteira de motorista, que sabia de cor.

— Obrigado — acrescentou rapidamente o xerife Mossberg. — Por enquanto é tud...

— Posso lhe dizer uma coisa? Matt Honeycutt nunca, jamais retiraria placas de sinalização. Ele é um motorista muito consciencioso e um líder na turma da escola. O senhor pode confirmar isso com qualquer um dos professores da Robert E. Lee High School ou até com a diretora, se ela não estiver de férias. Qualquer um deles lhe dirá a mesma coisa.

O xerife não pareceu ficar impressionado.

— Pode dizer ao Sr. Honeycutt que vou ficar de olho nele. Na realidade, seria bom se ele desse uma passada na delegacia hoje ou amanhã — disse o xerife, depois a linha ficou muda.

Matt explodiu.

— Namorada de Stefan? Você, Meredith? E se o vendedor do carro disser que a menina era loura? Como a gente vai se safar dessa?

— Não vamos — disse Elena simplesmente de trás de Meredith. — Damon vai. Só precisamos encontrá-lo. Sei que ele pode cuidar do xerife Mossberg com um pouco de controle da mente... se o preço for justo. E não se preocupe comigo — acrescentou ela com gentileza. — Você está de cara amarrada, mas tudo vai ficar bem.

— Acredita nisso?

— Tenho certeza. — Elena o abraçou de novo e lhe deu um beijo no rosto.

— Mas eu tenho que passar na delegacia hoje ou manhã.

— Mas não sozinho! — disse Bonnie, e seus olhos cintilavam de indignação. — E quando Damon for com você, o xerife Mooseburger vai acabar sendo seu melhor amigo.

— Tudo bem — disse Meredith. — E o que vamos fazer hoje?

— A questão — Elena voltou, batendo o indicador no lábio superior — é que temos problemas demais ao mesmo tempo e não quero ninguém... e eu quero dizer ninguém mesmo... saindo sozinho. Está claro que existem malach no bosque e que eles estão tentando fazer coisas nada amistosas conosco. Como nos matar, por exemplo.

Matt ficou aliviado por elas terem acreditado. A conversa com o xerife Mossberg o abalou mais do que ele gostaria de deixar transparecer.

— Então vamos montar forças-tarefa — disse Meredith — e vamos dividir o trabalho entre elas. Temos de planejar para enfrentar quais problemas?

Elena enumerou os problemas com os dedos.

— Um é Caroline. Acho realmente que alguém devia tentar vê-la, no mínimo para descobrir se ela tem uma daquelas *coisas* dentro dela. Outro problema é Tami... E vocês sabem de mais alguém? Se Caroline for... contagiosa, de alguma maneira, pode ter espalhado para outra menina... ou menino.

— Tudo bem — disse Meredith — E o que mais?

— Alguém precisa entrar em contato com Damon e tentar descobrir se ele sabe do paradeiro de Stefan, e também tentar convencê-lo a ir à delegacia conosco para dar um jeito no xerife Mossberg.

— Bom, é melhor você ficar nessa última equipe, uma vez que é a única com quem Damon estaria disposto a falar — disse Meredith. — E Bonnie também, assim ela pode fic...

— Não. Invocação hoje não — pediu Bonnie. — Desculpe, Elena, mas não posso, não sem um dia de descanso. E depois, se Damon quiser falar com você, você só precisa... não *entrar* no bosque, mas *chegar perto* dele... e chamar você mesma. Ele sabe de tudo o que está acontecendo. Ele vai saber que você está lá.

— Então eu devo ir com Elena — raciocinou Matt. — Uma vez que o xerife é problema meu. E gostaria de ir ao lugar onde vi a árvore...

Houve um protesto simultâneo das três meninas.

— Eu disse que *gostaria* de ir — falou Matt. — Não que pretendia fazer isso. Sabemos que o lugar é perigoso demais.

— Muito bem — disse Elena. — Então Bonnie e Meredith visitarão Caroline, e você e eu vamos procurar Damon, está bem? Eu preferia procurar Stefan, mas ainda não temos informações suficientes.

— Sim, mas antes de vocês irem, deem uma passada na casa de Jim Bryce. Matt tem uma desculpa para passar lá quando quiser... Ele conhece Jim. E você pode verificar o progresso de Tami também — sugeriu Meredith.

— Parece que temos planos A, B e C — disse Elena, e depois, espontaneamente, todos riram.

Era um dia claro, com um sol quente brilhando no céu.

Ao sol, apesar da pequena irritação com a ligação do xerife Mossberg, todos se sentiam fortes e capazes.

Nenhum deles tinha a menor ideia de que estavam prestes a entrar no pior pesadelo de suas vidas.

Bonnie recuou enquanto Meredith batia na porta da frente da casa dos Forbes.

Depois de um tempo sem resposta e com o silêncio dentro da casa, Meredith bateu novamente.

Desta vez Bonnie pôde ouvir cochichos, a Sra. Forbes sibilando alguma coisa e o riso distante de Caroline.

Por fim, quando Meredith estava prestes a tocar a campainha — a maior descortesia entre vizinhos em Fell's Church — a porta se abriu. Habilidosa, Bonnie colocou um pé para dentro, evitando que a porta se fechasse de novo.

— Oi, Sra. Forbes. Nós só... — Meredith parou. — Só queríamos ver se Caroline estava melhor — concluiu ela numa voz que parecia sufocada. A Sra. Forbes dava a impressão de que tinha visto um fantasma — e passou a noite toda fugindo dele.

— Não, ela não melhorou. Não está melhor. Ainda está... doente. — A voz da mulher era fraca e distante e seus olhos percorreram o chão pouco além do ombro direito de Bonnie. Bonnie sentiu os pelos finos do braço e da nuca se eriçarem.

— Tudo bem, Sra. Forbes. — Até Meredith parecia falsa e descrente.

Depois alguém disse subitamente: "*A senhora* está bem?", e Bonnie percebeu que era a própria voz.

— Caroline... não está bem. Ela... não vai ver ninguém — sussurrou a mulher.

Um iceberg pareceu descer pela espinha de Bonnie. Ela queria se virar e fugir daquela casa e de sua aura de malignidade. Mas naquele momento a Sra. Forbes arriou. Meredith mal conseguiu evitar sua queda.

— Ela desmaiou — disse Meredith, lacônica.

Bonnie queria dizer: *Bom, coloque-a no tapete do lado de dentro e fuja!* Mas elas não podiam fazer isso.

— Vamos ter de levá-la para dentro — disse Meredith categoricamente. — Bonnie, tudo bem para você fazer isso?

— Não — disse Bonnie com a mesma certeza —, mas que alternativa temos?

A Sra. Forbes, embora fosse pequena, era pesada. Bonnie segurou-a pelos pés e seguiu Meredith, um passo relutante depois de outro, para dentro da casa.

— Vamos colocá-la na cama — disse Meredith. Sua voz tremia. Havia algo terrivelmente perturbador na casa, como se ondas de pressão se abatessem sobre elas.

E então Bonnie viu. Só um vislumbre enquanto elas entravam na sala. Estava no final do corredor e podia ter sido um jogo de luz e sombra, mas parecia alguém, era capaz de jurar. Alguém fugindo às pressas como um lagarto — mas não no chão. No teto.

19

Matt bateu na porta da casa dos Bryce com Elena ao seu lado. Elena se disfarçara enfiando todo o cabelo para dentro de um boné dos Virginia Cavaliers e colocando um par de óculos de sol que pegou numa das gavetas de Stefan. Também vestia uma camisa marrom e azul-marinho Pendleton, grande, doada por Matt, e calça jeans enorme de Meredith. Tinha certeza de que ninguém que conhecesse a antiga Elena Gilbert a reconheceria vestida daquele jeito.

A porta se abriu muito lentamente, revelando não o Sr. ou a Sra. Bryce, nem Jim, mas Tamra. Ela vestia — bom, quase nada. Usava uma tanga, mas parecia feita à mão, como se ela tivesse cortado um biquíni comum com uma tesoura — e a peça começava a se desfazer. Por cima tinha dois enfeites redondos de cartolina com lantejoulas coladas e algumas tranças de ouropel colorido. Na cabeça usava uma coroa de papel, de onde claramente tinha retirado o ouropel. Ela também tentou colar tranças na calcinha do biquíni. O resultado parecia o que era: a tentativa de uma criança de fazer uma roupa para uma showgirl ou stripper de Las Vegas.

Matt de imediato virou o rosto, mas Tami se atirou nele e grudou em suas costas.

— Matt Honeylícia — ela arrulhou. — Você voltou. Eu sabia que voltaria. Mas por que trouxe essa puta velha e feia? Como a gente vai poder...

Elena avançou um passo, porque Matt tinha se voltado de mãos erguidas. Elena tinha certeza de que Matt nunca bateu numa mulher na vida, e muito menos numa criança, mas ele também era sensível demais a um ou dois assuntos. Como Elena.

Elena conseguiu se colocar entre Matt e a surpreendentemente forte Tamra. Teve de esconder um sorriso quando olhou os trajes de Tami. Afinal, só alguns dias atrás ela não entendia o tabu da nudez humana. Agora compreendia, mas não parecia tão importante como era antigamente. As pessoas nasciam com sua própria pele perfeita. Não havia um motivo verdadeiro, em sua mente, para usar peles falsas por cima de tudo, a não ser pelo frio ou por ficar pouco à vontade sem elas. Mas a sociedade dizia que ficar nu era ser pervertido. Tami tentava ser pervertida, de um jeito infantil.

— Tire as mãos de mim, sua puta velha — rosnou Tamra enquanto Elena a puxava para longe de Matt, depois acrescentou vários palavrões.

— Tami, onde estão seus pais? E seu irmão? — disse Elena. Ela ignorou as palavras obscenas; afinal, não passavam de ruídos, mas viu que Matt empalidecera.

— Vai pedir desculpas a Elena agora! Peça desculpas por falar desse jeito! — exigiu ele.

— Elena é um cadáver fedorento cheio de vermes nos globos oculares — cantarolou Tamra com malícia. — Mas minha amiga disse que ela era uma puta quando estava viva. — Uma nova série de palavrões que fez Matt arfar. — Uma verdadeira puta barata. *Você sabe disso*. Nada é mais barato do que uma coisa que chega de graça.

— Matt, não preste atenção nisso — disse Elena baixinho, e repetiu: — Onde estão seus pais, onde está Jim?

A resposta foi salpicada por outros palavrões, mas contava a história — verdadeira ou não — de que o Sr. e a Sra. Bryce viajaram de férias por alguns dias e que Jim estava com a namorada, Isobel.

— Tudo bem. Então, acho que vou ter que ajudar você a vestir umas roupas decentes — disse Elena. — Primeiro, acho que vai precisar de um banho para tirar esses enfeites de Natal...

— Pode ten-ta-ar! Pode ten-ta-ar! — A resposta ficou em algum ponto entre o relincho de um cavalo e a fala humana. — Eu colei com Super Bonder! — acrescentou Tami, e começou a rir num tom agudo e histérico.

— Ai, meu Deus... Tamra, sabia que se não houver um solvente para isso, você pode precisar de uma cirurgia?

A resposta de Tami foi asquerosa. Também houve um repentino cheiro asqueroso. Não, não era um cheiro, pensou Elena: um fedor sufocante, de dar nó nas tripas.

— Epa! — Tami soltou a risada aguda e sem vida de novo. — Perdoe *moi.* Pelo menos é gás *natural.*

Matt deu um pigarro.

— Elena... Não acho que a gente deva ficar aqui. Com o pessoal dela fora e tudo...

— Eles têm medo de mim — ria Tamra. — *Vocês* não têm? — perguntou de repente numa voz que baixava várias oitavas.

Elena olhou nos olhos de Tamra.

— Não, não tenho. Só lamento por uma menina que estava no lugar errado na hora errada. Mas acho que Matt tem razão. Precisamos ir.

Todas as maneiras de Tami pareceram mudar.

— Me desculpe... Eu não percebi que tinha visitas desse ca*li*bre. Não vá, por favor, Matt. — Depois acrescentou em um cochicho confidente para Elena: — Ele é bom?

— Como é?

Tami assentiu para Matt, que de imediato deu as costas para ela. Ele parecia sentir um fascínio terrível e repulsivo pela aparência ridícula de Tami.

— Ele. Ele é bom de cama?

— Matt, olha só isso. — Elena ergueu um tubinho de cola. — Acho que ela usou mesmo Super Bonder para colar as coisas na pele. Temos de ligar para o juizado de menores ou qualquer autoridade, porque agora ninguém vai levá-la ao hospital. Mesmo que os pais dela soubessem desse comportamento, não deviam deixá-la sozinha.

— Só espero que *eles* estejam bem. A família dela — disse Matt, sério, ao sair pela porta, com Tami seguindo-os até o carro e gritando detalhes pavorosos de como eles "iam se divertir", "os três".

Inquieta, Elena olhou para ele do banco do carona — sem identidade ou carteira de habilitação, é claro, ela sabia que não devia dirigir.

— Talvez seja melhor levá-la primeiro à delegacia. Meu Deus, coitada dessa família!

Matt não falou nada por um bom tempo. Seu queixo estava rígido e a boca retorcida.

— Acho que de certo modo sou responsável. Quer dizer, eu sabia que havia alguma coisa errada com ela... Devia ter falado com os pais dela naquela hora.

— Agora está parecendo o Stefan. Você não é responsável por qualquer um que encontre por aí.

Matt a olhou de lado com gratidão e Elena continuou.

— Aliás, vou pedir a Bonnie e Meredith para fazerem uma coisa que vai provar que tenho razão. Vou pedir para ver como está Isobel Saitou, a namorada de Jim. *Você* nunca teve nenhum contato com ela, mas Tami pode ter tido.

— Quer dizer que acha que ela também pegou a coisa?

— É o que espero que Bonnie e Meredith descubram.

Bonnie ficou estática, quase soltando os pés da Sra. Forbes.

— Eu não vou entrar nesse quarto.

— Tem que entrar. Não vou conseguir levá-la sozinha — disse Meredith. Depois acrescentou, tentando bajular Bonnie: — Olha, Bonnie, se entrar comigo, vou te contar um segredo.

Bonnie mordeu o lábio. Depois fechou os olhos e deixou que Meredith a guiasse, passo a passo, mais para dentro daquela casa do terror. Ela sabia onde ficava a suíte master — afinal, brincava ali desde que era criança. Descendo o corredor até o fim, depois entrando à esquerda.

Ela ficou surpresa quando Meredith parou repentinamente depois de dar alguns passos.

— Bonnie.

— Que foi? O que é?

— Não quero te assustar, mas...

Mas isto de imediato apavorou Bonnie. Seus olhos se abriram de repente.

— O que é? *O que é?* — Antes que Meredith pudesse responder, ela olhou por sobre o ombro com medo e viu.

Caroline estava atrás dela. Mas não estava de pé. Engatinhava — não, ela disparava a passos curtos, como fez no chão do quarto de Stefan. Como um lagarto. O cabelo cor de bronze, despenteado, caía no rosto. Os cotovelos e joelhos se projetavam em ângulos impossíveis.

Bonnie gritou, mas a pressão da casa pareceu empurrar o grito de volta a sua garganta. O único efeito que teve foi fazer Caroline olhar para ela com um movimento reptiliano e rápido da cabeça.

— Ai, meu Deus... Caroline, o que houve com o seu rosto?

Caroline tinha um olho preto. Ou melhor, um olho vermelho-arroxeado que estava tão inchado que Bonnie sabia que ficaria preto em breve. No queixo havia outro hematoma roxo que inchava.

Caroline não respondeu, a não ser que se contasse o silvo que soltou ao avançar.

— Meredith, corre! Ela está bem atrás de mim!

Meredith acelerou o passo, parecendo assustada — o que foi mais apavorante para Bonnie, porque quase nada abalava a amiga. Mas elas avançaram, com a Sra. Forbes quicando entre as duas. Caroline disparou bem debaixo da mãe, passando pela porta do quarto dos pais.

— Meredith, eu não vou entrar ness... — Mas elas já estavam cambaleando pela porta. Bonnie olhou rapidamente cada canto. Não via Caroline em lugar nenhum.

— Talvez ela esteja no armário — disse Meredith. — Agora, eu entro primeiro e coloco a cabeça dela numa ponta da cama. A gente pode ajeitar depois. — Ela contornou a cama, quase arrastando Bonnie, e largou o tronco da Sra. Forbes para que a cabeça pousasse sobre os travesseiros. — Agora vamos empurrá-la e colocar as pernas dela do outro lado.

— Não posso fazer isso. Não posso! Caroline está *debaixo* da cama, sabia?

— Ela não pode estar debaixo da cama. O espaço só tem uns 15 centímetros — disse Meredith com firmeza.

— Ela está ali! Eu *sei* disso. E você prometeu que ia me contar um segredo — disse zangada.

— Tá legal! — Meredith olhou para Bonnie com cumplicidade através do cabelo preto desgrenhado. — Mandei um telegrama para Alaric ontem. Ele está num lugar tão isolado que a única maneira de falar com ele é por telegrama, e pode levar dias para minha mensagem chegar. Achei que precisaríamos dos conselhos dele. Eu me sinto mal, pedindo a ele para se meter em projetos que não são para o doutorado dele, mas...

— E quem liga para o doutorado dele? Deus te *abençoe*! — exclamou Bonnie, agradecida. — Você agiu bem!

— Então entra e coloca os pés da Sra. Forbes na ponta da cama. Pode fazer isso, se você se inclinar.

A cama era uma king size. A Sra. Forbes estava atravessada ali, como uma boneca atirada no chão. Mas Bonnie parou aos pés da cama.

— Caroline vai me pegar.

— Não, ela não vai. Vamos, Bonnie. É só pegar as pernas da Sra. Forbes e dar um empurrão...

— Se eu chegar muito perto dessa cama, ela vai *me pegar*!

— E por que faria isso?

— Porque ela sabe que isso me assustaria! E agora que eu disse isso, ela *definitivamente* vai me pegar.

— Se ela te pegar, eu dou um chute na cara dela.

— Sua perna não é tão comprida. Ia bater nesse negócio de metal da cama...

— Ah, pelo amor de Deus, Bonnie! Me ajude *aquiiiiii*! — A última palavra foi um grito a plenos pulmões.

— Meredith... — começou Bonnie, e ela também gritou.

— *O que é isso?*

— *Ela está me segurando!*

— *Não pode ser!* Ela está agarrando *a mim*! Ninguém tem braços tão compridos!

— Nem tão fortes! Bonnie! *Não consigo fazer Caroline soltar!*

— *Nem eu!*

E então qualquer palavra foi tragada pelos gritos.

Depois de deixar Tami com a polícia, levar Elena de carro pelo bosque conhecido como Fell's Stare Park foi... bom, um passeio no parque. De vez em quando eles paravam. Elena dava alguns passos para dentro do bosque e parava, Invocando — sem saber muito bem como se fazia aquilo. Depois ela voltou ao Jaguar, aparentando desânimo.

— Não sei bem se Bonnie seria melhor nisso — disse ela a Matt. — Temos de nos preparar para a noite.

Matt tremeu involuntariamente.

— Duas noites já são o suficiente.

— Sabe de uma coisa, você nunca me contou a história daquela noite. Ou pelo menos não quando eu podia entender palavras, palavras faladas.

— Bom, eu estava de carro, como hoje, só que quase do outro lado do antigo bosque... Perto da área do carvalho que foi partido pelo raio...

— Sei.

— Quando bem no meio da estrada apareceu uma coisa.

— Uma raposa?

— Bom, sob a luz dos faróis ela era vermelha, mas não era parecida com nenhuma raposa que eu tenha visto. E eu passo de carro por essa estrada desde que aprendi a dirigir.

— Um lobo?

— Parecia um lobisomem, entendeu? Mas, não... Eu já vi lobos à luz da lua e eles são maiores. Ficava entre as duas coisas.

— Em outras palavras — disse Elena, semicerrando os olhos cor de lápis-lazúli —, uma criatura sob medida.

— Talvez. Sei que era diferente do malach que mordeu meu braço.

Elena assentiu. O malach podia assumir formas bem diferentes, pelo que ela sabia. Mas de certo modo eram irmãos: todos usavam o Poder, e para viver só precisavam de uma dieta de Poder. E podiam ser manipulados por um Poder mais forte do que eles tinham.

E eram inimigos mortais dos humanos.

— Então, só o que realmente sabemos é que não sabemos de nada.

— É verdade. Este era o lugar onde o vimos. De repente apareceu o meio da... *Ei!*

— Pega a direita! Bem *aqui!*

— *Igualzinho! Era igual a esse!*

O Jaguar parou cantando pneu, virou à direita, não numa vala, mas numa estradinha que ninguém teria visto a não ser que olhasse diretamente para ela.

Quando o carro parou, os dois olharam a estrada, ofegantes. Nenhum deles precisou perguntar ao outro se viu uma criatura vermelha atravessar a estrada correndo. Uma criatura maior do que uma raposa, mas menor do que um lobo.

Eles olharam a estrada estreita.

— A pergunta de 1 milhão de dólares: devemos seguir por aqui? — disse Matt.

— Não tem placa proibindo... E não deve ter casa nenhuma desse lado do bosque. Do outro lado da estrada, descendo um pouco, fica a casa dos Dunstan.

— Então vamos?

— Vamos. Mas devagar. É mais tarde do que eu pensei.

É claro que Meredith foi a primeira a se acalmar.

— Tudo *bem*, Bonnie — disse ela. — Pare! Agora! Não vai adiantar nada aqui!

Bonnie não achou que *pudesse* parar. Mas Meredith tinha aquela expressão especial nos olhos escuros; aquele olhar que significava que ela falava a sério. O olhar que ela teve antes de derrubar Caroline no chão do quarto de Stefan.

Bonnie fez um esforço imenso e descobriu que de algum modo era capaz de reprimir o grito seguinte. Calada, olhou para Meredith, sentindo o próprio corpo tremer.

— Ótimo. Muito bom, Bonnie. Agora. — Meredith engoliu em seco. — Não vai adiantar nada puxar também. Então vou tentar... tirar os dedos. Se alguma coisa acontecer comigo; se eu for... puxada para debaixo da cama ou coisa assim, você *foge*, Bonnie. E se não puder fugir, chame Elena e Matt. Você deve chamá-los até ter uma resposta.

Então Bonnie conseguiu algo heroico. Recusou-se a imaginar Meredith sendo puxada para debaixo da cama. Não ia se permitir imaginar como ficaria Meredith lutando, desesperada, ou como ela própria se sentiria, totalmente só, depois disso. As duas deixaram as bolsas com os celulares na entrada para carregar a Sra. Forbes, então Meredith não estava dizendo para chamar os amigos telefonando para eles. Ela quis dizer Invocá-los.

Uma explosão radical e súbita de indignação dominou Bonnie. Por que as mulheres andam com bolsas? Até a eficiente e confiável Meredith fazia isso com frequência. É claro que em geral as bolsas de Meredith eram de grife, realçavam suas roupas e eram cheias de coisas úteis, como bloquinhos e lanternas-chaveiro, mas ainda assim... Um homem teria o celular no bolso.

A partir de agora, vou usar uma pochete, pensou Bonnie, sentindo como se estivesse erguendo uma bandeira da rebeldia para as mulheres de todo o mundo, e por um momento também sentiu o pânico diminuir.

Depois viu Meredith se abaixando, uma figura recurvada na luz fraca, e ao mesmo tempo sentiu o aperto no próprio tornozelo ficar mais forte. Contra a própria vontade, ela olhou para baixo e viu o contorno dos dedos bronzeados de Caroline e as unhas compridas e cor de bronze contra o creme do tapete.

O pânico a tomou de novo, a todo o vapor. Ela soltou um ruído sufocado, um grito estrangulado, e para seu próprio espanto espontaneamente entrou em transe e começou a Invocar.

O fato de que estava Invocando não a surpreendeu, mas o que estava dizendo sim.

Damon! Damon! Estamos presas na casa de Caroline e ela enlouqueceu! Socorro!

Saiu dela como um poço subterrâneo que de repente foi aberto, liberando um gêiser.

Damon, ela pegou meu tornozelo... E não vai soltar! Se ela puxar Meredith para baixo, não sei o que vou fazer! Me ajude!

Vagamente, porque o transe era bom e profundo, ela ouviu Meredith falar.

— Arrá! Parecem dedos, mas na verdade é uma gavinha. Deve ser um daqueles tentáculos de que Matt nos falou. Estou... tentando... romper um dos ganchos...

De repente houve um farfalhar embaixo da cama. E, de vários lugares, estranhos movimentos fizeram o colchão quicar, mesmo com a coitada da Sra. Forbes nele.

Deve haver dezenas desses insetos ali embaixo.

Damon, são aquelas coisas! Um monte delas. Ah, meu Deus, acho que vou desmaiar. E se eu desmaiar... E se Caroline me puxar para baixo... Ah, por favor, venha me ajudar!

— Droga! — dizia Meredith. — Não sei como Matt conseguiu fazer isso. É apertado demais e... E acho que tem mais de um tentáculo aqui.

Acabou, enviou Bonnie numa conclusão muda, sentindo-se começar a cair de joelhos. *Vamos morrer*.

— Mas é evidente que sim... Este é o problema dos humanos. Mas não *ainda* — disse uma voz atrás dela e um braço forte a envolveu, pegando-a com facilidade pela cintura. — Caroline, a diversão acabou. Estou falando sério. *Solte*!

— Damon? — Bonnie ofegou. — Damon? Você veio!

— Todos aqueles gemidos me deram nos nervos. Isso não quer dizer...

Mas Bonnie não ouvia. Nem mesmo pensava. Ainda estava meio em transe e não era responsável (ela concluiu depois) pelos próprios atos. Não era *ela mesma*. Foi outra pessoa que entrou em êxtase quando o aperto em seu tornozelo se afrouxou, e era outra pessoa quando girou o corpo no abraço de Damon e atirou os braços em seu pescoço, beijando-o na boca.

Foi outra pessoa também que deixou Damon sobressaltado, com os braços ainda a envolvendo, e que percebeu que ele não tentou fugir do beijo. Essa pessoa também notou, quando por fim recuou, que a pele de Damon, pálida na luz fraca, parecia ter quase corado.

Naquele momento Meredith endireitou o corpo devagar, dolorosamente, do outro lado da cama, que ainda sacudia para cima e para baixo. Ela não viu nada do beijo e olhou para Damon como se não acreditasse que ele realmente estivesse ali.

Ela estava em desvantagem, e Bonnie sabia que ela sabia. Era uma daquelas situações em que qualquer um teria ficado aturdido demais para falar, ou mesmo gaguejar.

Mas Meredith só respirou fundo e falou em voz baixa.

— Damon. Obrigada. Você acha... Seria incômodo demais fazer o malach me soltar também?

Agora Damon parecia ter voltado a seu antigo jeito. Abriu um sorriso luminoso para algo que ninguém podia ver e disse incisivamente:

— E vocês aí embaixo... Obedeçam! — Ele estalou os dedos.

A cama parou de se mexer na mesma hora.

Meredith recuou um passo e fechou os olhos por um momento, aliviada.

— Obrigada de novo — disse ela, com a dignidade de uma princesa, mas com fervor. — E agora, acha que pode fazer alguma coisa por Caro...

— Neste momento — interrompeu Damon mais asperamente do que o de costume —, eu preciso correr. — Ele olhou o Rolex no pulso. — Já passa das 4h44 e estou atrasado para um compromisso. Venha aqui e segure esse fardo tonto. Ela não está pronta para ficar de pé sozinha.

Meredith apressou-se a trocar de lugar com ele. A essa altura, Bonnie descobriu que suas pernas não bambeavam mais.

— Mas espere um minuto — disse Meredith rapidamente. — Elena *precisa* falar com você... *Desesperadamente*...

Mas Damon se fora, como se dominasse a arte de simplesmente sumir, sem sequer esperar pelo agradecimento de Bonnie. Meredith ficou aturdida, como se tivesse certeza de que a menção do nome de Elena o deteria, mas Bonnie tinha outra coisa em mente.

— Meredith — sussurrou Bonnie, colocando dois dedos na boca, admirada. — Eu o beijei!

— O quê? *Quando*?

— Antes de você se levantar. Eu... nem sei como isso aconteceu, mas eu fiz!

Ela esperava alguma explosão de Meredith. Em vez disso, a amiga olhou para ela pensativamente e murmurou:

— Talvez afinal não fosse de todo ruim. O que não entendo é por que ele apareceu aqui, antes de mais nada.

— Ah, fui eu também. Eu o Invoquei. Também não sei como isso aconteceu...

— Bom, não tem sentido tentar entender aqui. — Meredith se virou para a cama. — Caroline, vai sair daí? Vai se levantar e ter uma conversa normal?

Um silvo ameaçador e reptiliano saiu de debaixo da cama, junto com o bater de tentáculos e outro ruído que Bonnie nunca ouvira na vida, mas que a apavorou instintivamente, como o bater de uma pinça gigantesca.

— Essa resposta basta para mim — disse ela, pegando Meredith e arrastando-a para fora do quarto.

Meredith não precisava ser arrastada. Mas, pela primeira vez naquele dia, ouviu a voz debochada de Caroline, num agudo infantil.

"Com quem será
Com quem será
Com quem será que a Bonnie vai casar?
Vai depender
Vai depender
Vai depender se o Damon vai querer."

Meredith parou no corredor.

— Caroline, você sabe que isso não vai ajudar em nada. Saia daí...

A cama entrou num frenesi, sacudindo-se e se erguendo. Bonnie se virou e correu, e sabia que Meredith estava bem atrás. Ainda assim elas não conseguiram deixar de ouvir as palavras cantaroladas:

— Vocês não são *minhas* amigas; são amigas *da puta*. Esperem só! *Esperem só*!

Bonnie e Meredith pegaram suas bolsas e saíram da casa.

— Que horas são? — perguntou Bonnie, quando estavam seguras no carro de Meredith.

— Quase cinco.

— Pareceu muito mais tempo!

— Eu sei, mas ainda temos algumas horas de luz do dia. E por falar nisso, recebi uma mensagem de texto de Elena.

— Sobre Tami?

— Já vou contar. Mas primeiro... — Foi uma das poucas vezes em que Bonnie viu Meredith ficar sem graça. Por fim ela soltou: — Como é que foi?

— Como foi o quê?

— Beijar Damon, sua tonta!

20

—  oooh. — Bonnie se derreteu no cinto de segurança. — Foi tipo... Capou! Zap! Zum! Tipo... fogos de artifício.

— Você está com um sorrisinho malicioso.

— Não estou com um sorrisinho malicioso — disse Bonnie com dignidade. — Estou sorrindo de lembranças ternas. Além disso...

— Além disso, se você não o tivesse invocado, ainda estaríamos presas naquele quarto do pânico. Obrigada, Bonnie. Você nos salvou. — De repente Meredith era inteiramente séria e sincera.

— Talvez Elena tenha razão quando diz que ele não odeia todos os humanos — disse Bonnie lentamente. — Mas sabe, acabo de perceber uma coisa. Não consigo ver a aura dele. Só o que vejo é preto: um preto rígido e liso. Como uma concha em volta dele.

— Talvez ele se proteja assim. Ele faz uma concha para que ninguém veja seu interior.

— Pode ser — disse Bonnie, mas havia um tom preocupado em sua voz. — E a mensagem de Elena?

— Diz que Tami Bryce sem dúvida está agindo de um jeito estranho e que ela e Matt vão dar uma olhada no bosque.

— Talvez ele vá se encontrar com eles... O Damon, quero dizer. Às 4h44, segundo ele disse. Que pena que não podemos ligar para ela.

— É mesmo — disse Meredith de cara fechada. Todo mundo em Fell's Church sabia que não havia sinal no antigo bosque ou na área do cemitério. — Mas vamos tentar assim mesmo.

Bonnie tentou e, conforme esperava, recebeu uma mensagem de celular fora de área. Ela balançou a cabeça.

— Isso não é bom. Eles já devem estar no bosque.

— Bom, ela quer que a gente dê uma olhada em Isobel Saitou... A namorada do Jim. — Meredith fez o retorno com o carro. — Isso me lembra uma coisa, Bonnie: você chegou a ver a aura de *Caroline*? Acha que tem uma daquelas coisas... dentro dela?

— Acho que sim. Eu vi a aura dela e, cruz-credo, nunca mais quero ver de novo. Antigamente ela era de um verde-acobreado meio escuro, mas agora ela é marrom-lama com raios pretos em zigue-zague. Não sei se isso significa que uma daquelas coisas está dentro dela, mas é claro que ela não se importa de abrigá-las! — Bonnie estremeceu.

— Tudo bem — disse Meredith num tom tranquilizador. — Sei o que eu diria se tivesse que adivinhar... E se você ficar com náusea, vou parar.

Bonnie engoliu em seco.

— Eu estou bem. Mas vamos mesmo à casa de Isobel Saitou?

— Claro. A propósito, já estamos quase chegando. Vamos dar uma escovada no cabelo, respirar fundo e acabar logo com isso. Você a conhece bem?

— Bom, ela é inteligente. Não tivemos muitas matérias juntas, mas nós duas saímos do atletismo na mesma época... Ela tem palpitações ou coisa assim, e eu tinha aquela asma horrorosa...

— Com qualquer esforço, não era? Menos de dançar, isso você podia fazer a noite toda — disse Meredith com secura. — Eu não a conheço bem. Como ela é?

— É legal. Parece um pouco com você, só que é asiática. Mais baixa do que você... da altura de Elena, só que mais magra. Meio bonita. Meio tímida... Do tipo calado, sabe como é. É complicado conhecer a menina. E ela é... gentil.

— Tímida, calada e gentil me parece bom.

— Para mim também — disse Bonnie, apertando as mãos suadas entre os joelhos. O que seria ainda melhor, pensou ela, era Isobel não estar em casa.

Mas havia vários carros estacionados na frente da casa dos Saitou. Hesitantes, Bonnie e Meredith bateram na porta, atentas ao que tinha acontecido da última vez em que fizeram isso.

Foi Jim Bryce quem atendeu, um rapaz alto e magro que ainda não tinha tomado corpo e era meio curvado. O que Bonnie achou incrível foi a mudança em seu rosto quando ele reconheceu Meredith.

Quando atendeu, ele parecia péssimo; o rosto pálido por baixo de um leve bronzeado, o corpo um tanto amarfanhado. Quando viu Meredith, parte da cor retornou ao seu rosto e ele pareceu... Bom, se esticar como uma folha de papel. Parecia mais alto.

Meredith não disse nada. Só avançou e o abraçou. Ele se agarrou a ela como se tivesse medo de que ela fugisse e enterrou o rosto em seus cabelos escuros.

— Meredith.

— Apenas respire, Jim. Respire.

— Você não sabe como foi. Meus pais viajaram porque meu bisavô está muito doente... Acho que está morrendo. E aí a Tami... A Tami...

— Me conte devagar. E continue respirando.

— Ela atirou facas, Meredith. Facas de cozinha. Me acertou na perna, aqui. — Jim puxou os jeans e mostrou um pequeno buraco no tecido acima da parte inferior de uma das coxas.

— Tomou antitetânica recentemente? — Meredith estava no modo de eficiência máxima.

— Não, mas não foi um corte grande. Foi mas um furo.

— Estes são exatamente os mais perigosos. Você precisa ligar para a Dra. Alpert agora. — A velha Dra. Alpert era uma tradição em Fell's Church: uma médica que atendia em domicílio em um país em que carregar uma maleta preta e um estetoscópio era um comportamento inaudito.

— *Não posso.* Não posso deixar... — Jim apontou o interior da casa com a cabeça, como se não conseguisse pronunciar um nome.

Bonnie puxou a manga de Meredith.

— Estou com um pressentimento muito ruim sobre isso — sibilou ela.

Meredith se virou para Jim.

— Quer dizer Isobel? Onde estão os pais *dela*?

— Isa-chan, quero dizer, Isobel, eu a chamo de Isa-chan, sabe como é...

— Está tudo bem — disse Meredith. — Só fale o que vier em usa mente. Continue.

— Bom, Isa-chan só tem a avó, e a vovó Saitou não desce muito ao térreo. Eu fiz o almoço para ela há um tempinho, e ela achou que eu era... o pai de Isobel. Ela fica... confusa.

Meredith olhou para Bonnie e disse:

— E Isobel? Ela também está confusa?

Jim fechou os olhos, parecendo inteiramente infeliz.

— Queria que vocês entrassem e, bom, falassem com ela.

O pressentimento ruim de Bonnie só piorou. Ela não podia suportar outro susto como o que teve na casa de Caroline — e certamente não tinha forças para fazer outra Invocação, mesmo que Damon não estivesse com pressa para chegar a algum lugar.

Mas Meredith sabia de tudo isso, e lançava para Bonnie um daqueles olhares que não podiam ser contestados. O olhar também prometia que Meredith protegeria Bonnie, independentemente do que acontecesse.

— Ela está machucando alguém? Isobel? — Bonnie se ouviu perguntar enquanto eles atravessavam a cozinha e iam para um quarto no final do corredor.

Ela mal conseguiu ouvir o sussurro de Jim.

— Está.

E enquanto Bonnie gemia por dentro, ele acrescentou:

— A si mesma.

O quarto de Isobel era exatamente o que se esperaria de uma menina calada e estudiosa. Pelo menos um lado dele era. O outro lado parecia ter sido atingido por uma onda que pegou tudo e devolveu ao acaso. Isobel estava sentada no meio da bagunça, como uma aranha na teia.

Mas não foi isso que revirou as entranhas de Bonnie. Foi o que Isobel fazia. Espalhara a seu lado o que parecia o kit da Sra. Flowers para limpar feridas, mas não estava curando nada.

Estava colocando piercings.

Já havia um no lábio, no nariz, numa sobrancelha e, nas orelhas, muitos deles. O sangue pingava de todos esses lugares, gotejando e caindo nos lençóis da cama desfeita. Bonnie viu tudo isso enquanto Isobel olhava para eles com uma carranca, só que a carranca só estava ali pela metade. No lado com piercing, a sobrancelha não se mexeu nada.

Sua aura era laranja raiada de preto.

Bonnie entendeu, de repente, que ia vomitar. Tinha tanta certeza que superou todo constrangimento, voando até um cesto de lixo que ela nem se lembrava de ter visto. Graças a Deus havia um saco plástico, pensou ela, e ficou completamente ocupada por alguns minutos.

Seus ouvidos registraram uma voz, mesmo enquanto ela pensava que estava feliz por não ter comido nada no almoço.

— Meu Deus, *você enlouqueceu*? Isobel, o que fez consigo mesma? Não sabe o tipo de infecção que pode pegar... As veias que pode atingir... Os músculos que pode paralisar...? Acho que você já atingiu um músculo de sua sobrancelha... *E você não devia estar mais sangrando, a não ser que tenha atingido uma veia ou artéria.*

Bonnie teve uma ânsia de vômito no cesto de lixo e cuspiu.

E nessa hora ouviu uma pancada.

Ela levantou a cabeça, de certo modo sabendo o que veria. Mas ainda assim foi um choque. Meredith estava recurvada depois do que parecia ter sido um soco na barriga.

Bonnie nem teve tempo de raciocinar, mas já estava ao lado de Meredith.

— Ah, meu Deus, ela *esfaqueou* você? Um ferimento a faca... se for muito fundo no abdome...

Meredith claramente não conseguia respirar. De algum lugar um conselho de sua irmã Mary, a enfermeira, flutuou na mente de Bonnie.

Socou com os dois punhos as costas de Meredith e de repente a amiga tomou uma golfada imensa de ar.

— Obrigada — dizia ela com a voz fraca, mas Bonnie já estava arrastando-a dali, para longe de uma Isobel que ria, para longe do conjunto dos pregos mais compridos do mundo, do álcool isopropílico e de outras coisas que estavam na bandeja de café da manhã ao lado dela.

Bonnie chegou à porta e quase se chocou com Jim, que trazia uma toalha de rosto molhada. Para ela, supôs Bonnie. Ou talvez para Isobel. Só o que interessava a Bonnie era fazer Meredith puxar a camiseta para cima para ter certeza absoluta de que não havia nenhum buraco ali.

— Eu tirei... da mão dela... antes que ela me atacasse — disse Meredith, ainda respirando com dificuldade enquanto Bonnie examinava ansiosamente a área acima do jeans de cós baixo. — Só vou ficar com um hematoma.

— Ela atacou você também? — perguntou Jim, desanimado. Só que ele não falou isso em voz alta. Ele sussurrou.

Coitado, pensou Bonnie, enfim satisfeita por Meredith não estar perfurada. Apesar de Caroline, sua irmã Tami e sua namorada, você não tem a mais remota ideia do que está acontecendo. Como pode?

E se nós contássemos, você ia pensar que éramos mais duas malucas.

— Jimmy, você *tem* de ligar para a Dra. Alpert agora, depois acho que vão ter de ir para o hospital em Ridgemont. Isobel já causou danos permanentes a si mesma... Deus sabe o quanto. *Todos* aqueles piercings certamente vão ficar infeccionados. Quando ela começou com isso?

— Hummm, bom... Ela começou a agir de forma esquisita depois que Caroline veio vê-la.

— Caroline! — soltou Bonnie, perplexa. — Ela rastejava?

Jim a olhou.

— Hein?

— Deixa a Bonnie pra lá; ela estava brincando — disse Meredith com tranquilidade. — Jimmy, não precisa nos contar sobre Caroline, se não quiser. A gente... Bom, a gente sabe que ela ficou na sua casa.

— Mas será que *todo mundo* sabe? — perguntou Jim, infeliz.

— Não. Apenas o Matt, e ele só nos contou para alguém ir lá dar uma olhada na sua irmã mais nova.

Jim aparentou culpa e surpresa ao mesmo tempo. As palavras saíam dele como se estivessem presas ali e agora a rolha se soltava.

— Eu não sei mais o que está havendo. Só posso contar a vocês o que aconteceu. Foi alguns dias atrás... No final da tarde — disse Jim. — Caroline apareceu, e... quer dizer, eu nunca senti nada por ela. É claro que ela é bonita e tudo, e meus pais estavam fora, mas eu nunca pensei que eu era o tipo de cara...

— Deixa isso pra lá. Só nos conte sobre Caroline e Isobel.

— Bom, Caroline apareceu com uma roupa que era... bem, o top era praticamente transparente. E ela... perguntou se eu queria dançar e que era, tipo assim, uma dança lenta e ela... Ela, tipo assim, me *seduziu*. É a verdade. E na manhã seguinte ela foi embora... Na hora em que Matt chegou. Isso foi antes de ontem. E depois percebi que Tami agia como... uma louca. Nada que eu pudesse fazer a impediria. E depois recebi um telefonema de Isa-chan e... Eu nunca a ouvi tão histérica. Caroline deve ter vindo direto da minha casa para cá. Isa-chan disse que ia se matar, e então eu vim correndo. Tinha de ficar longe de Tami mesmo, porque ficar em casa só parecia piorar tudo.

Bonnie olhou para Meredith e sabia que as duas pensavam a mesma coisa: *E em algum momento nessa história, Caroline e Tami também deram em cima de Matt.*

— Caroline deve ter contado tudo a ela. — Jim engoliu em seco. — Isa-chan e eu não fizemos... Estávamos esperando, sabe?

Mas só o que Isa-chan me dizia era que eu ia me arrepender. "Você vai se arrepender; espere para ver", dizia isso sem parar. E, meu Deus, eu *me arrependo* de verdade.

— Bom, agora pode parar de se arrepender e ligar para a médica. *Agora*, Jimmy. — Meredith lhe deu um tapa no traseiro. — E depois precisa ligar para seus pais. Não me olhe com essa cara de cachorrinho abandonado. Você tem mais de 18 anos; não sei o que eles podem fazer com você por deixar Tami sozinha esse tempo todo.

— Mas...

— Não tem "mas". É *sério*, Jimmy.

Em seguida ela fez o que Bonnie sabia que faria, mas foi apavorante. Ela se aproximou de Isobel outra vez. A cabeça da garota estava baixa; ela furava o umbigo com uma das mãos. Na outra, segurava um prego comprido e brilhante.

Antes que Meredith pudesse falar, Isobel disse:

— Então você também está nessa. Ouvi como você o chamou de "Jimmy". Vocês todas estão tentando tirar o Jim de mim. Vocês, suas piranhas, querem me magoar. *Yurusenai! Zettai yurusenai!*

— Isobel! Não! Não vê que está ferindo *a si mesma*?

— Estou me ferindo para me livrar da dor. É você quem está fazendo isso, sabia? Está me picando por dentro com agulhas.

Bonnie ficou assustada, mas não só porque Isobel de repente deu uma estocada com o prego; ela sentiu o calor tomar o rosto. Seu coração começou a martelar ainda mais rápido do que já batia.

Tentando ficar de olho em Meredith, ela pegou o celular no bolso de trás, onde o tinha guardado depois de ir à casa de Caroline.

Ainda com metade da atenção em Meredith, ela entrou na internet e rapidamente digitou três palavras na ferramenta de busca. Depois, enquanto escolhia alguns resultados, percebeu que jamais poderia absorver aquelas informações em uma semana, muito menos em alguns minutos. Mas pelo menos tinha por onde começar.

Naquele momento Meredith se afastava de Isobel. Colocou a boca perto do ouvido de Bonnie e cochichou:

— Acho que só a estamos contrariando. Deu uma boa olhada na aura dela?

Bonnie assentiu.

— Então imagino que a gente deva sair do quarto.

Bonnie assentiu de novo.

— Está tentando falar com Matt e Elena? — Meredith olhava o celular.

Bonnie balançou a cabeça e virou o aparelho para que Meredith visse as três palavras que pesquisou. Meredith olhou, depois ergueu os olhos escuros para os de Bonnie numa espécie de reconhecimento horrorizado.

Bruxas de Salem.

21

— Na verdade faz um sentido horrível — disse Meredith. Eles estavam na sala da casa de Isobel, esperando pela Dra. Alpert. Meredith sentava-se a uma linda mesa de madeira escura ornamentada em ouro, trabalhando num computador que deixaram ligado. — As meninas de Salem acusaram as pessoas de machucá-las... Bruxas, é claro. Disseram que estavam beliscando e "perfurando-as com alfinetes".

— Como Isobel nos culpou — disse Bonnie, assentindo.

— E elas tinham convulsões e se contorciam em "posições impossíveis".

— Caroline parecia estar tendo convulsões no quarto de Stefan — disse Bonnie. — E se rastejar como um lagarto não for se contorcer em uma posição impossível... Peraí, vou tentar. — Ela se abaixou no chão dos Saitou e tentou projetar os cotovelos e os joelhos para fora, como Caroline havia feito. Não conseguiu. — Está vendo?

— Ah, meu Deus! — Era Jim à porta da cozinha, segurando e quase deixando cair uma bandeja de comida. O cheiro de missoshir era forte no ar e Bonnie não sabia se isso a deixava com fome ou se ela estava enjoada demais até para sentir fome novamente.

— Está tudo bem — disse Bonnie apressadamente, levantando-se. — Eu só estava... experimentando uma coisa.

Meredith também se levantou.

— Isso é para Isobel?

— Não, é para Obaasan... Quer dizer, a avó de Isa-chan... A vovó Saitou...

— Eu te disse para chamar todo mundo como lhe viesse à mente. Obaasan está ótimo, assim como Isa-chan — disse Meredith com brandura e firmeza a ele.

Jim relaxou um pouquinho.

— Tentei fazer Isa-chan comer, mas ela atira as bandejas na parede. Diz que não consegue comer; que alguém a está sufocando.

Meredith olhou sugestivamente para Bonnie e depois se voltou para Jim.

— Por que não me deixar levar? Você já passou por muita coisa. Onde ela está?

— Lá em cima, na segunda porta à esquerda. Se... se ela disser alguma coisa esquisita, ignore.

— Tudo bem. Fique aqui com a Bonnie.

— *Ah*, não — disse Bonnie apressadamente. — Bonnie vai com você. — Ela não sabia se era para a própria proteção ou a de Meredith, mas ia ficar grudada na amiga feito uma cola.

No segundo andar, Meredith acendeu a luz do corredor, cuidadosamente, com o cotovelo. Depois elas acharam a segunda porta à esquerda, onde havia uma velha que parecia uma boneca. Estava exatamente no meio do quarto, deitada bem no meio de um futon. Sentou-se e sorriu quando elas entraram. O sorriso transformou um rosto enrugado em outro de uma criança feliz.

— Megumi-chan, Beniko-chan, vocês vieram me ver! — exclamou ela, fazendo uma reverência de onde estava sentada.

— Sim — disse Meredith com cautela. Ela baixou a bandeja ao lado da idosa. — Viemos vê-la... Sra. Saitou.

— Não me venham com joguinhos! É Inari-chan! Ou está chateada comigo?

— Todos esses *chans*. Pensei que "chan" fosse um nome chinês. Isobel não é japonesa? — cochichou Bonnie atrás de Meredith.

Se havia uma coisa que a velhinha que parecia boneca não tinha era surdez. Ela deu uma gargalhada, erguendo as duas mãos para cobrir a boca como uma menininha.

— Ah, não brinque comigo antes de eu comer. *Itadakimasu!* — Ela pegou a tigela de missoshir e começou a tomar.

— Acho que *chan* é algo que se coloca no final do nome de alguém quando se é um amigo, como Jimmy dizia *Isa-chan* — disse Meredith em voz alta. — E *Eta-daki-mass-u* é algo que se diz quando se começa a comer. E é *só isso* que eu sei.

Parte da mente de Bonnie notou que as "amigas" da vovó Saitou por acaso tinham nomes que começavam com *M* e *B*. Outra parte calculava onde este quarto se localizava em relação aos outros cômodos abaixo, em particular o de Isobel.

Ficava bem acima.

A idosa minúscula tinha parado de comer e a olhava atentamente.

— Não, não, vocês não são Beniko-chan e Megumi-chan. Eu sei. Mas elas às vezes vêm me visitar, e também a minha querida Nabuhiro. Também fazem outras coisas desagradáveis, mas eu criei uma donzela do santuário... Sei como cuidar *delas*. — Um breve olhar de satisfação e sabedoria passou pelo rosto idoso e inocente. — Esta casa está possuída, sabiam? — Ela acrescentou: — *Kore ni wa kitsune ga karande isou da ne.*

— Desculpe, Sra. Saitou... O que disse? — perguntou Meredith.

— Eu disse que tem um kitsune envolvido nisso de alguma maneira.

— Um kit-su-ni? — repetiu Meredith, de um jeito inquisitivo.

— Uma raposa, menina boba — disse a velha animada. — Eles podem se transformar no que quiserem, não sabia? Até em humanos. Ora, um deles pode se transformar em *você* e sua melhor amiga nem ia perceber a diferença.

— Então... Uma espécie de homem-raposa? — perguntou Meredith, mas a vovó Saitou agora se balançava para a frente e para trás com os olhos fixos na parede atrás de Bonnie.

— Antigamente fazíamos uma brincadeira de roda — disse ela. — Todos ficávamos num círculo e um ia para o meio, vendado. E cantávamos uma música. *Ushiro no shounen daare?* Quem está atrás de você? Ensinei a meus filhos, mas compus uma pequena música em nossa língua para acompanhar.

E ela cantou, na voz da muito idosa ou muito nova, o tempo todo com os olhos inocentes fixos em Bonnie.

"Raposa e tartaruga
Uma corrida foram apostar.

Quem está muito atrás de você?

E quem chegar
Em segundo lugar

Quem está quase atrás de você?

Terá uma bela refeição
Para o inverno passar.

Quem está logo atrás de você?

Uma sopa de tartaruga
Ótima para o jantar!

Quem está bem atrás de você?"

Bonnie sentiu um hálito quente na nuca. Arfando, ela girou o corpo — e gritou. E *gritou.*

Isobel estava ali, pingando sangue nos tapetes que cobriam o chão. De algum modo conseguira passar por Jim e entrar de mansinho no quarto do segundo andar sem que ninguém a visse ou ouvisse. Agora estava parada ali como uma deusa distorcida por piercings, ou a incorporação horrenda de cada pesadelo dos profissionais que lidam com piercings. Vestia apenas uma calcinha de biquíni muito pequena. De resto estava nua, a não ser pelo sangue e os diferentes tipos de argolas, tachas e agulhas que tinha colocado nas perfurações. Tinha posto um piercing em cada área que Bonnie ouvira dizer que *podia* ter um, e em outras que Bonnie nem sonhava. E cada perfuração estava deformada e sangrava.

Sua respiração era quente, fétida e nauseante — tinha cheiro de ovos podres.

Isobel mostrou a língua rosada. Não tinha piercing, mas era pior. Com algum instrumento, ela cortou o músculo longo em dois para que ficasse bifurcado como de uma serpente.

A coisa bifurcada e rosa lambeu a testa de Bonnie.

Bonnie desmaiou.

Matt dirigia lentamente pela estradinha quase invisível. Não havia placa para identificá-la, segundo ele percebeu. Eles subiram uma pequena ladeira e desceram numa clareira pequena e íngreme.

— "Fique longe dos círculos das fadas" — disse Elena baixinho, como se estivesse citando. — "E de antigos carvalhos..."

— Do que está falando?

— Pare o carro. — Quando Matt parou, Elena se postou no meio da clareira. — Não acha que tem um astral mágico aqui? Fadas?

— Não sei. Para onde foi a coisa vermelha?

— Está aqui em algum lugar. Eu vi!

— Eu também... E viu que era maior do que uma raposa?

— Sim, mas não tão grande como um lobo.

Matt soltou um suspiro de alívio.

— Bonnie não ia acreditar em mim. E você viu como se movia rápido...

— Rápido demais para ser algo natural.

— Está dizendo que na realidade não vimos nada? — disse Matt quase com ferocidade.

— Estou dizendo que vimos alguma coisa *sobre*natural. Como o inseto que te atacou. Como as árvores, aliás. Algo que não segue as leis deste mundo.

Mas por mais que procurassem, não encontraram o animal. Os arbustos e as moitas entre as árvores subiam do chão num círculo denso. Mas não havia evidências de um buraco, toca ou fenda no matagal espesso.

E o sol baixava no céu. A clareira era linda, mas não havia nada ali que os interessasse.

Matt tinha se virado para dizer isso a Elena quando viu que ela se empertigava rapidamente, alarmada.

— Que foi...

Ele seguiu o olhar de Elena e parou.

Uma Ferrari amarela bloqueava a saída para a estrada.

Eles não passaram por nenhuma Ferrari amarela no caminho. Só havia espaço para um carro na estradinha de mão única.

E, no entanto, a Ferrari estava ali.

Galhos se quebraram atrás de Matt, e ele se virou.

— Damon!

— Quem estavam esperando? — Os Ray-Ban sensuais escondiam completamente os olhos de Damon.

— Não estávamos esperando *ninguém* — disse Matt com agressividade. — Simplesmente paramos aqui. — Da última vez em que ele vira Damon, quando ele foi expulso como um cão do quarto de Stefan, Matt morreu de vontade de dar um soco naquela boca, e Elena sabia disso. Ela podia sentir que era o que ele queria de novo agora.

Mas Damon não era a mesma pessoa quando saiu do quarto de Stefan. Elena podia ver a raiva emanando dele como ondas quentes.

— Ah, *sei*. Esta é... sua área *privativa* para... explorações *particulares* — traduziu Damon, e havia um toque de cumplicidade em sua voz que desagradou a Elena.

— Não! — Matt rosnou. Elena percebeu que teria de controlá-lo. Era perigoso contrariar Damon naquele estado de espírito. — Como pode dizer isso? — continuou Matt. — Elena pertence a Stefan.

— Bom... Nós pertencemos um ao outro — contemporizou Elena.

— É claro que sim — disse Damon. — Um só corpo, um só coração, uma só alma. — Por um momento apareceu algo ali; por trás dos Ray-Ban, pensou Elena, uma expressão assassina.

Mas de imediato o tom de Damon mudou para um murmúrio inexpressivo:

— Mas então, por que *vocês dois* estão aqui? — Sua cabeça, virando-se para seguir os movimentos de Matt, mexia-se como um predador seguindo a presa. Havia algo mais inquietante do que o normal em sua atitude.

— Vimos uma coisa vermelha — disse Matt antes que Elena pudesse impedi-lo. — Algo parecido com o que vi quando sofri o acidente.

Agora arrepios percorreram os braços de Elena. Ela preferia que Matt não tivesse dito isso. Naquela clareira sombria e silenciosa no bosque de coníferas, de repente ela teve muito medo.

Estendendo seus novos sentidos ao máximo — até poder senti-los cercando-a como uma teia —, ela também sentiu a inadequação ali, e a sentiu sair do alcance de sua mente. Ao mesmo tempo sentiu que as aves se calaram por toda aquela distância.

O mais perturbador foi se virar justo nessa hora, justo quando os pássaros pararam de cantar, encontrando Damon se virando no mesmo instante para olhá-la. Os óculos de sol a impediam de saber o que ele estava pensando. O restante de seu rosto era uma máscara.

Stefan, pensou ela desamparada e saudosa.

Como ele pôde tê-la deixado — *com isto*? Sem avisar, sem deixar nenhuma pista do seu destino, sem ter como entrar em contato com ele novamente... Pode ter feito sentido para ele, com seu desejo desesperado de não transformá-la em algo que ele odiava em si mesmo. Mas deixá-la com Damon neste humor, e com todos os poderes anteriores perdidos...

É sua própria culpa, pensou ela, interrompendo o fluxo de autopiedade. Foi você que insistiu no amor entre irmãos. Foi você que o convenceu de que Damon era digno de confiança. Agora aguente as consequências.

— Damon — disse ela —, eu estive procurando *por você*. Queria perguntar... sobre Stefan. Deve saber que ele me deixou.

— Claro. Acredito no ditado: é para o seu próprio bem. Ele determinou que eu fosse seu guarda-costas.

— Então você o viu há duas noites?

— Claro.

E — é claro — você não tentou impedi-lo. As coisas não poderiam ficar melhores para você, pensou Elena. Ela jamais desejou mais ardentemente ter as habilidades que tinha como espírito, nem mesmo quando percebeu que Stefan realmente foi embora e estava além de seu alcance inteiramente humano.

— Bom, eu não permito que ele me abandone — disse ela, categórica —, nem para meu próprio bem, nem por qualquer outro motivo. Vou atrás dele... Mas primeiro preciso saber aonde ele pode ter ido.

— E está perguntando *a mim*?

— Sim. Por favor. Damon, preciso encontrá-lo. Preciso dele. Eu... — Ela começava a sufocar e teve de ser severa consigo mesma.

Mas percebeu que Matt sussurrava muito suavemente para ela.

— Elena, pare. Acho que só o estamos irritando. Olhe para cima.

Elena sentiu. O círculo de árvores parecia estar se inclinando em volta deles, mais escuro do que antes, ameaçador. Elena inclinou o queixo de leve, olhando para o alto. Bem acima deles, nuvens cinzentas se reuniam, acumulavam-se, cirros sobre cúmulos, transformando-se num prenúncio de tempestade — centrada exatamente onde eles estavam.

No chão, formavam-se pequenos redemoinhos, que erguiam punhados de agulhas de pinheiro e folhas frescas e verdes dos brotos de verão. Ela jamais vira nada assim, e a coisa encheu a clareira com uma fragrância doce, mas sensual, de óleos exóticos e noites sombrias de inverno.

Olhando para Damon, então, enquanto os redemoinhos se elevavam e o cheiro doce a envolvia, resinoso e aromático, fechando-se até que ela entendeu que estava grudando em suas roupas e sendo impresso em sua carne, Elena sabia que tinha passado dos limites.

Ela não podia proteger Matt.

No bilhete em meu diário, Stefan me disse para confiar em Damon. Stefan o conhece melhor do que eu, pensou ela desesperadamente. Mas nós dois sabemos o que Damon quer, no fim das contas. O que ele sempre quis. Eu. Meu sangue...

— Damon — começou ela com brandura... E se interrompeu. Sem olhar para ela, ele estendeu a mão com a palma virada para Elena.

Espere.

— Tem uma coisa que preciso fazer — murmurou ele. Damon se curvou, cada movimento tão inconsciente e economicamente elegante como de uma pantera, e pegou um pequeno galho quebrado do que parecia um pinheiro comum da Virgínia. Ele o agitou de leve, avaliando-o, sopesando-o como que para sentir seu peso e equilíbrio. Parecia mais um leque do que um galho.

Elena agora olhava para Matt, tentando dizer a ele com o olhar todas as coisas que sentia, e principalmente pedir desculpas: por ter metido Matt nisso; por nunca ter cuidado dele; por tê-lo prendido a um grupo de amigos tão intimamente ligados ao sobrenatural.

Agora eu sei um pouquinho do que Bonnie deve ter sentido neste último ano, pensou Elena, sendo capaz de ver e prever coisas sem ter a mais remota capacidade de impedi-las.

Matt, virando de repente a cabeça, já se afastava furtivamente para as árvores.

Não, Matt. *Não, não!*

Ele não entendeu. Nem ela, mas Elena sentia que as árvores só guardavam distância graças à presença de Damon. Se ela e Matt se arriscassem no bosque; se eles saíssem da clareira ou até ficassem nela por muito tempo... Matt podia ver o medo na expressão de Elena e seu próprio rosto refletia uma compreensão amarga. Eles estavam numa armadilha.

A não ser...

— Tarde demais — disse Damon incisivamente. — Eu lhe disse, há algo que preciso fazer.

Ele aparentemente tinha achado o bastão que procurava. Agora o ergueu, sacudiu-o de leve e o baixou num único movimento; talhando cada um dos lados ao fazer isso.

E Matt entrou numa convulsão de agonia.

Era o tipo de dor que ele nunca sonhou que teria: uma dor que parecia vir de *dentro*, de toda parte, de cada órgão do seu corpo, cada músculo, cada nervo, cada osso liberando um tipo diferente de dor. Seus músculos doíam e se contraíam como se estivessem sendo estirados a sua flexão máxima, mas eram forçados a flexionar ainda mais. Por dentro, os órgãos estavam em brasa. Facas cortavam sua barriga. A dor que sentiu nos ossos parecia com o que sentiu quando, aos 9 anos, quebrou o braço num acidente de carro com o pai. E os nervos — se houvesse um comutador nos nervos que pudesse ser ajustado de "prazer" a "dor" — tinham sido regulados em "angústia". O toque das roupas em sua pele era insuportável. Até as correntes de ar eram uma agonia. Ele suportou 15 segundos e desmaiou.

— Matt! — Elena, por sua vez, ficou paralisada, os músculos travados, incapaz de se mexer pelo que pareceu uma eternidade. De repente libertada, ela correu para Matt, puxou-o para o colo, olhando em seu rosto.

Depois levantou a cabeça.

— Damon, *por quê*? — De repente ela percebeu que Matt ainda se contorcia de dor, embora estivesse inconsciente. Ela precisou reprimir os gritos e se limitar a falar, severa: — Por que está *fazendo* isso? Damon! *Pare.*

Ela encarou o jovem todo de preto: jeans, cinto, botas, jaqueta de couro, cabelos e aqueles malditos Ray-Bans.

— Eu lhe disse — falou Damon despreocupadamente. — É algo que preciso fazer. Preciso olhar. Uma morte dolorosa.

— *Morte!* — Ela encarou Damon, incrédula. E começou a invocar todo o seu Poder, algo tão fácil e instintivo só alguns dias antes, quando ela era muda e não se submetia à gravidade, e agora tão difícil e alheio. Com determinação, Elena disse: — Se não o libertar... *agora*... vou atacar você com tudo o que conquistei.

Ele riu. Ela nunca viu Damon realmente rir, não daquele jeito.

— E espera que eu sequer perceba seu Poder minúsculo?

— Não *tão* minúsculo. — Elena o avaliou, carrancuda. Não era mais do que o Poder intrínseco de qualquer ser humano, o poder que os vampiros retiram dos humanos quando bebem seu sangue, mas desde que se tornou espírito, ela sabia usá-lo. Sabia atacar com ele. — Acho que vai sentir, Damon. Solte Matt... AGORA!

— Por que as pessoas sempre acham que o volume supera a lógica, quando isso não é verdade? — murmurou Damon.

Elena decidiu atacar.

Ou pelo menos se preparou para tanto. Respirou fundo, o necessário para manter seu eu interior imóvel e se imaginou segurando uma bola de fogo branco, e depois...

Matt estava de pé. Dava a impressão de que tinha sido *arrastado* para aquela posição e estava pendurado como uma marionete, e seus olhos lacrimejavam involuntariamente, mas era melhor do que vê-lo se contorcendo no chão.

— Está me devendo essa — disse Damon a Elena, despreocupadamente. — Vou cobrar depois.

Para Matt ele disse, no tom de um tio afetuoso, com um daqueles sorrisos instantâneos que jamais se podia entender:

— Sorte minha você ser um espécime durão, não é?

— Damon. — Elena viu Damon em seu humor *vamos-brincar-com-criaturas-mais-fracas* e era o que ela menos gostava dele. Mas hoje havia algo estranho; algo que ela não entendia. — Vamos nos concentrar no que interessa — disse ela, enquanto os pelos dos braços e da nuca se eriçavam de novo. — O que você *realmente* quer?

Mas ele não deu a resposta que ela esperava.

— Fui nomeado seu guardião oficial. Estou oficialmente cuidando de você. E, antes de mais nada, não acho que você deva ficar sem minha proteção e companhia enquanto meu irmão mais novo está fora.

— Posso cuidar de mim mesma — disse Elena, gesticulando para que eles se concentrassem na verdadeira questão.

— Você é uma menina muito bonita. Seres perigosos e — o sorriso relâmpago — repugnantes podem estar atrás de você. Insisto que tenha um guarda-costas.

— Damon, neste momento o que mais preciso é ser protegida *de* você. Sabe disso. De que se trata tudo isso?

A clareira estava... pulsando. Quase como se fosse algo orgânico, que respirava. Elena teve a sensação de que sob seus pés — sob as velhas botas de caminhada de Meredith — o chão se mexia de leve, como um animal grande e adormecido, e as árvores pareciam um batimento cardíaco.

Para quê? O bosque? Havia mais madeira morta do que viva ali. E ela podia jurar que conhecia Damon o suficiente para saber que ele não gostava de árvores e bosques.

Era em ocasiões como esta que Elena desejava ainda ter asas. Asas e o conhecimento — os gestos, as Palavras do Poder Branco, o fogo branco dentro dela que lhe permitiria saber a verdade sem tentar deduzir, ou simplesmente soprar os problemas de volta a Stonehenge.

Parecia que tudo que lhe restara era ser a suprema tentação para os vampiros, além de sua inteligência.

A inteligência tinha funcionado até agora. Se ela não deixasse Damon perceber que estava com medo, talvez pudesse ganhar um indulto para eles.

— Damon, agradeço por se preocupar comigo. Agora se importaria de me deixar com Matt para que eu possa conferir se ele ainda está respirando?

Por trás dos Ray-Ban, ela pensou poder discernir um único lampejo de vermelho.

— De certo modo achei que você podia dizer isso — disse Damon. — E é claro que é direito seu ter algum consolo depois de ser abandonada de uma forma tão traiçoeira. Ressuscitação boca a boca, por exemplo.

Elena queria xingar. Mas com cuidado, respondeu:

— Damon, se Stefan nomeou você meu guarda-costas, então ele não me "abandonou de forma traiçoeira", não foi? Não pode ser as duas coisas...

— Só me conceda uma coisa, está bem? — pediu Damon na voz de quem em seguida diria *Tenha cuidado* ou *Não faça nada que eu não faria*.

Fez-se silêncio. Os redemoinhos tinham parado de girar. O cheiro do pinheiro aquecido pelo sol e resina de pinho naquele lugar sombrio a deixava lânguida e tonta. O chão também estava quente e as agulhas do pinheiro se alinhavam, como se o animal adormecido tivesse as agulhas como pelagem. Elena viu partículas de poeira girando e cintilando como opalas sob o sol dourado. Ela sabia que agora não estava em sua melhor forma; não estava preparada. Por fim, quando teve certeza de que sua voz seria estável, ela perguntou:

— O que você quer?

— Um beijo.

22

Bonnie sentia-se perturbada e confusa. Estava escuro.

— Muito bem — dizia uma voz ao mesmo tempo brusca e tranquilizadora. — São duas possíveis concussões, um ferimento por perfuração que precisa de antitetânica... e... bem, receio ter de sedar a menina, Jim. E vou precisar de ajuda, mas você não pode se mexer. Fique deitado de costas e mantenha os olhos fechados.

Bonnie abriu os olhos. Tinha a vaga lembrança de cair de frente em sua cama. Mas não estava em casa; ainda estava na casa dos Saitou, deitada num sofá.

Como sempre, quando confusa ou com medo, ela procurou por Meredith. A amiga voltava da cozinha com uma bolsa de gelo improvisada, que colocou na testa já molhada de Bonnie.

— Eu só desmaiei — explicou Bonnie, enquanto tentava ela mesma entender. — Foi só isso.

— Sei que você desmaiou. Você bateu a cabeça com força no chão — respondeu Meredith, e pela primeira vez seu rosto podia ser interpretado com perfeição: a preocupação, a solidariedade e o alívio eram evidentes. Ela de fato tinha lágrimas nos olhos. — Ah, Bonnie, não consegui te pegar a tempo. Isobel estava no caminho e aqueles tatames não amortecem muito a queda... E você ficou inconsciente por quase meia hora! Você me *assustou*.

— Desculpe. — Bonnie atrapalhou-se tentando colocar a mão para fora do cobertor, que parecia embrulhá-la, e apertou a mão de Meredith. Significava *A irmandade velociraptor ainda está em ação.* Também significava *Obrigada por se preocupar comigo.*

Jim estava esparramado em outro sofá, segurando uma bolsa de gelo na nuca. Seu rosto tinha um tom branco-esverdeado. Ele tentou se levantar, mas a Dra. Alpert — era a voz dela que era ao mesmo tempo ríspida e gentil — empurrou-o de volta ao sofá.

— Não precisa fazer mais nenhum esforço — disse ela. — Mas preciso que alguém me ajude. Meredith, pode me ajudar com Isobel? Parece que ela vai dar trabalho.

— Ela me bateu na nuca com um abajur — Jim as alertou. — Não se atrevam a dar as costas para ela.

— Teremos cuidado — disse a Dra. Alpert.

— E vocês dois fiquem *aqui* — acrescentou Meredith com firmeza.

Bonnie olhava Meredith nos olhos. Ela queria se levantar e ajudá-las com Isobel. Mas Meredith lançou aquele olhar especial de determinação que significava que era melhor não discutir.

Assim que elas saíram, Bonnie tentou se levantar. Mas de imediato começou a ver o nada cinza e pulsante que indicava que ia desmaiar novamente.

Ela voltou a se deitar, com os dentes trincados.

Por um bom tempo, ouviu estrondos e gritos vindos do quarto de Isobel. Bonnie ouvia a voz da Dra. Alpert se elevando, e depois a de Isobel, e então uma terceira voz — não era a de Meredith, que jamais gritava, se pudesse evitar. Parecia a voz de Isobel, só que mais grave e distorcida.

E finalmente houve silêncio. Meredith e a Dra. Alpert voltaram trazendo uma Isobel desfalecida entre elas. O nariz de Meredith sangrava, e o cabelo curto e grisalho da Dra. Alpert estava eriçado nas pontas, mas elas de algum modo conseguiram vestir uma camiseta no corpo maltratado de Isobel e a médica conseguira pegar também sua maleta preta.

— Os feridos, fiquem onde estão. Voltaremos para lhes dar uma mão — disse a médica com firmeza e precisão.

Em seguida a Dra. Alpert e Meredith fizeram outra viagem para pegar a avó de Isobel.

— Não gosto da cor que ela tem — disse a Dra. Alpert brevemente. — Nem desse tique nervoso. Podemos muito bem examinar todo mundo.

Um minuto depois elas voltaram para ajudar Jim e Bonnie a entrar no utilitário da Dra. Alpert. O céu tinha nublado e o sol era uma bola vermelha não muito distante no horizonte.

— Quer que lhe dê um analgésico? — perguntou a médica, vendo Bonnie olhar a maleta preta. Isobel estava na traseira do utilitário, onde os bancos tinham sido abaixados.

Meredith e Jim estavam nos dois bancos à frente de Isobel, com a vovó Saitou entre eles, e Bonnie — por insistência de Meredith — estava na frente com a médica.

— Hummm, não, está tudo bem — disse Bonnie. Na verdade, ela se perguntava se o hospital realmente podia curar a infecção de Isobel melhor do que as compressas da Sra. Flowers.

Mas embora sua cabeça latejasse e doesse e um calombo do tamanho de um ovo estivesse crescendo em sua testa, Bonnie não queria toldar seu raciocínio. Alguma coisa a incomodava, um sonho ou algo que teve enquanto Meredith disse que ela esteve inconsciente.

Mas o que *era*?

— Muito bem, então. Todos com o cinto de segurança? Lá vamos nós. — O carro arrancou da frente da casa dos Saitou. — Jim, você disse que Isobel tem uma irmã de 3 anos dormindo no segundo andar, então liguei para minha neta Jayneela e pedi para ela ficar aqui. Pelo menos haverá alguém em casa.

Bonnie se contorceu para olhar para Meredith. As duas falaram a um só tempo.

— Ah, não! Ela não pode entrar! *Principalmente* no quarto de Isobel! Olha, por favor, a senhora tem de... — Bonnie tagarelava.

— Eu não sei se é uma boa ideia, Dra. Alpert — disse Meredith, com menos urgência, porém com mais coerência. — A não ser que ela fique longe do quarto e talvez venha com mais alguém... Um menino seria bom.

— Um menino? — A Dra. Alpert estava confusa, mas a combinação da aflição de Bonnie e a sinceridade de Meredith pareceram convencê-la. — Bom, Tyrone, meu neto, estava vendo TV quando eu saí. Vou tentar falar com ele.

— Caramba! — disse Bonnie involuntariamente. — Você está falando do Tyrone que vai ser atacante do time de futebol americano no ano que vem, não é? Soube que o chamam de Tyrexterminador.

— Digamos que ele pode proteger Jayneela — disse a Dra. Alpert depois de dar o telefonema. — Mas somos nós que estamos com a menina, humm, *superexcitada* no carro. Pelo modo como combateu o sedativo, eu diria que ela mesma é uma "exterminadora".

Do celular de Meredith soou um toque musical. Na tela, surgiu o nome da Sra. T. Flowers. Num instante Meredith apertou o botão *talk*.

— Sra. Flowers? — disse ela. O zumbido do utilitário impedia que qualquer coisa dita pela Sra. Flowers fosse ouvida por Bonnie e os demais. Então Bonnie voltou a se concentrar em duas coisas: o que ela sabia sobre as "vítimas" das "bruxas" de Salem, e o que foi aquele pensamento esquivo que teve enquanto estava inconsciente.

Tudo isso prontamente lhe escapou quando Meredith baixou o celular.

— O que foi? O quê? *O quê*? — Bonnie não enxergava bem o rosto de Meredith no anoitecer, mas parecia pálida e, quando falou, sua voz *soava* fraca também.

— A Sra. Flowers trabalhava no jardim e estava prestes a entrar quando percebeu que havia algo nos arbustos de begônias. Disse que parecia que alguém tinha tentado se meter entre o arbusto e uma parede, e parecia haver um pedaço de tecido ali.

Para Bonnie, foi como se o ar tivesse sido arrancado do corpo.

— *E o que era?*

— Era uma bolsa de viagem, cheia de sapatos e roupas. Botas, camisas, calças. Tudo de Stefan.

Bonnie deu um grito que fez a Dra. Alpert dar uma guinada abrupta no volante e recuperar a direção, com o carro rabeando.

— Ai, me Deus; ai, meu Deus... *Ele não foi!*

— Ah, acho que ele foi sim, mas não por vontade própria — disse Meredith com severidade.

— *Damon* — arfou Bonnie, arriando no banco, as lágrimas se acumulavam até transbordar dos olhos. — Eu não pude deixar de acreditar...

— A cabeça está pior? — perguntou a Dra. Alpert, ignorando educadamente a conversa que não a incluía.

— Não... Bom, sim, está — admitiu Bonnie.

— Abra a maleta e dê uma olhada. Tenho algumas amostras de remédios... Muito bem, você achou. Alguém está vendo uma garrafa de água aí atrás?

Jim a entregou com indiferença.

— Obrigada — disse Bonnie, tomando o pequeno comprimido com um gole. Não podia ter dor de cabeça agora. Se Damon sequestrou Stefan, então ela devia Invocá-lo, não devia? Só Deus sabia onde ele terminaria desta vez. Por que nenhum deles pensou nesta possibilidade?

Bom, primeiro, porque o novo Stefan devia ser forte demais e, segundo, por causa do bilhete no diário de Elena.

— É isso! — disse ela, assustando até a si mesma. Tudo lhe voltava como num dilúvio, tudo o que ela e Matt partilharam...

— Meredith! — disse ela, sem se importar que a Dra. Alpert estivesse prestando atenção —, enquanto estava inconsciente, eu falei com *Matt*. Ele também estava inconsciente...

— Estava machucado?

— Meu Deus, sim. Damon deve ter feito alguma coisa medonha. Mas ele falou para ignorar isso. Ele disse que alguma coisa no bilhete que Stefan deixou para Elena o incomodava. Algo sobre Stefan falar com a professora de inglês no ano passado sobre como se grafava *contato*. E ele ficava dizendo: *Procure o arquivo de backup. Procure o arquivo de backup... Antes que Damon faça isso.*

Ela olhou o rosto obscuro de Meredith, ciente de que a Dra. Alpert e Jim a olhavam ao diminuírem a velocidade e pararem num cruzamento. A educação tinha seus limites.

A voz de Meredith interrompeu o silêncio.

— Doutora — disse ela —, tenho que lhe pedir uma coisa. Se entrar à esquerda aqui, depois na Laurel Street e depois a seguir por apenas cinco minutos até o antigo bosque, não vai sair muito do seu caminho. Você pode me deixar no pensionato onde está o computador de que Bonnie está falando? A senhora pode achar que sou louca, mas eu *preciso* pegar aquele computador.

— Sei que você não é louca; já deu para perceber. — A médica riu sem humor nenhum. — E ouvi algumas coisas sobre a jovem Bonnie aqui... Nada de ruim, garanto, só meio difícil de acreditar. Mas depois de ver o que vi hoje, acho que estou começando a mudar de opinião sobre tudo. — A médica de repente entrou à esquerda, murmurando: — Alguém também tirou a placa de "pare" desta rua. — Depois ela continuou, para Meredith: — Posso fazer o que me pede. Vou levá-la até o antigo pensionato...

— Não! Isso seria perigoso demais!

— ... mas tenho de levar Isobel para o hospital o mais rápido possível. Sem falar de Jim. Acho que ele realmente teve uma concussão. E Bonnie...

— Bonnie — disse a própria, anunciando distintamente — também vai para o pensionato.

— Não, Bonnie! Eu vou *correr*, entende isso? Vou *correr* o mais rápido que puder... E não posso deixar que você me atrase. — A voz de Meredith era amarga.

— Não vou te atrasar, eu juro. Você vai na frente e corre. Vou correr também. Agora a minha cabeça está boa. Se tiver que me deixar para trás, *continue correndo*. Estarei logo atrás de você.

Meredith abriu a boca e voltou a fechá-la. Havia algo na expressão de Bonnie que lhe dizia que qualquer discussão seria inútil. Porque era a pura verdade.

— Chegamos — disse a Dra. Alpert alguns minutos depois. — Esquina da Laurel com o antigo bosque. — Ela pegou uma pequena lanterna na maleta e a acendeu nos olhos de Bonnie, um depois do outro. — Bom, não parece que teve uma concussão. Mas entenda minha opinião médica, Bonnie; você não deve correr de jeito nenhum. Não posso obrigá-la a fazer um tratamento, se você não quiser. Mas posso obrigá-la a pegar isso. — Ela entregou a lanterninha a Bonnie. — Boa sorte.

— Obrigada por tudo — disse Bonnie e por um instante colocou a mão pálida sobre a mão morena de dedos longos da Dra. Alpert. — Tenha cuidado também... Com arvores caídas, Isobel, e com qualquer coisa vermelha na estrada.

— Bonnie, estou indo. — Meredith já estava do lado de fora do carro.

— E tranquem as portas! E só saiam quando estiverem longe do bosque! — disse Bonnie, enquanto tropeçava para fora do carro atrás de Meredith.

E elas correram. É claro que tudo o que Bonnie havia dito sobre Meredith correr na frente, deixando-a para trás, era absurdo, e as duas sabiam disso. Meredith pegou a mão de Bonnie assim que os pés da amiga tocaram o chão e começou a correr como um sabujo, arrastando Bonnie, às vezes parecendo girá-la por cima dos buracos da rua.

Bonnie não precisava ouvir que a velocidade era importante. Queria desesperadamente que tivessem um carro. Queria muitas coisas, principalmente que a Sra. Flowers morasse no centro da cidade e não ali, num lugar tão ermo.

Por fim, como Meredith previra, ela estava sem fôlego e sua mão escorregava com o suor, soltando a mão de Meredith. Ela se curvou, com as mãos nos joelhos, tentando recuperar o fôlego.

— Bonnie! Enxugue sua mão! Temos que correr!

— Eu só... preciso... de um minuto...

— Não temos um minuto! Não *entendeu*? *Vamos!*

— Eu só *preciso*... recuperar... o fôlego.

— Bonnie, olhe atrás de você. E não grite!

Bonnie olhou para trás, gritou e descobriu afinal que não estava sem fôlego. Ela disparou, pegando a mão de Meredith.

Agora podia ouvir, mesmo com a própria respiração assoviada e o latejar nos ouvidos. Era o som de um inseto, não um zumbido, mas um som que seu cérebro identificava como o de um *inseto*. Parecia o *uip-uip-uip* de um helicóptero, só que muito mais agudo, como se um helicóptero pudesse ter tentáculos em vez de hélice. Com um só olhar, ela distinguiu toda uma massa cinza daqueles tentáculos, com cabeças na frente — e todas as cabeças estavam abertas, mostrando bocas cheias de dentes afiados e brancos.

Ela lutou para acender a lanterna. A noite caía e ela não fazia ideia de quanto tempo levaria para a lua nascer. Só o que sabia era que as árvores pareciam deixar tudo mais escuro e que *as mesmas árvores* estavam atrás dela e de Meredith.

O malach.

Agora o som dos tentáculos cortando o ar era muito mais altas. Muito mais próximo. Bonnie não queria se virar e ver de onde vinha o ruído. O som empurrava seu corpo para além dos limites da sanidade. Ela não conseguia deixar de ouvir incessantemente as palavras de Matt: *Era como colocar minha mão num triturador de lixo e ligar. Era como colocar minha mão num triturador de lixo...*

De novo sua mão e a de Meredith estavam cobertas de suor. E a massa cinzenta definitivamente as ultrapassava. Elas estavam a uma pequena distância do pensionato e o ruído ficava mais agudo.

Ao mesmo tempo suas pernas pareciam de borracha. Ela não conseguia sentir os joelhos. E agora pareciam de borracha, se dissolvendo em gelatina.

Uip-uip-uip-uip-uiiiii...

Era o som de um deles, mais perto do que o resto. Mais perto, mais perto, até que estava diante delas, a boca aberta numa forma oval com dentes para todos os lados.

Como Matt havia dito.

Bonnie não tinha fôlego para gritar. Mas precisava gritar. A coisa sem cabeça, sem olhos nem feições — só aquela boca horrenda — virou-se na frente das duas e vinha direto para ela. E sua reação automática — bater nela com as mãos — podia custar seu braço. Ah, meu Deus, estava vindo em direção ao *rosto* dela...

— Lá está o pensionato — disse Meredith, ofegante, dando um solavanco que a colocou de pé. — *Corre!*

Bonnie se abaixou assim que o malach tentou se chocar com ela. De imediato, ela sentiu os tentáculos tocando seu cabelo cacheado — *uip-uip-uip*. De repente ela foi jogada para trás por um esbarrão doloroso e a mão de Meredith se soltara da dela. Suas pernas queriam ceder. Suas entranhas pediam que ela gritasse.

— Ah, meu Deus, Meredith, ele me pegou! Corre! *Não deixe que peguem você*!

Diante dela, o pensionato estava iluminado como um hotel. Em geral ficava às escuras, exceto talvez pela janela de Stefan e uma outra. Mas agora brilhava como uma joia, pouco além de seu alcance.

— Bonnie, feche os olhos!

Meredith não a abandonara. Ainda estava ali. Bonnie podia sentir os tentáculos roçando gentilmente sua orelha feito trepadeiras, provando de leve sua testa suada, procurando o rosto, o pescoço... Ela gemeu.

E houve um estalo alto e agudo, misturado com o que parecia a explosão de melão maduro, então algo molhado se espalhou por suas costas. Ela abriu os olhos. Meredith baixava um galho grosso que tinha erguido como um bastão de beisebol. Os tentáculos já estavam deslizando para fora do cabelo de Bonnie.

Bonnie não queria olhar a sujeira que ficou para trás.

— Meredith, você...

— *Anda... Corre!*

E Bonnie corria de novo. Subindo o caminho de cascalho da entrada do pensionato, até a porta. E ali, na soleira, a Sra. Flowers estava parada com um velho lampião a querosene.

— Entrem, entrem — disse ela, e, enquanto Meredith e Bonnie paravam depois da disparada, gemendo ao tentar respirar, a Sra. Flowers bateu a porta a suas costas. Todas ouviram o som que veio em seguida. Era como o barulho anterior — um estalo agudo e uma explosão, só que mais alta, e repetida muitas vezes, como pipoca estourando.

Bonnie tremia ao colocar as mãos nos ouvidos e deslizar para se sentar no tapete do hall de entrada.

— O que, em nome de Deus, vocês duas andaram fazendo? — perguntou a Sra. Flowers, olhando a testa de Bonnie, o nariz inchado de Meredith e o estado geral de exaustão e suor das duas.

— É uma história... muito longa — disse Meredith. — Bonnie! Você pode se sentar... lá em cima!

De alguma maneira Bonnie conseguiu chegar ao último andar. Meredith foi de pronto ao computador e o ligou, desabando na cadeira da escrivaninha. Bonnie usou o que lhe restava de energia para tirar a camiseta. As costas estavam sujas dos fluidos do inseto desconhecido. Ela a amassou e a atirou num canto.

Depois caiu na cama de Stefan.

— O que exatamente Matt disse? — Meredith agora recuperava o fôlego.

— Ele disse *Procure o backup...* Ou Procure o arquivo de backup, ou alguma coisa assim. Meredith, minha cabeça... não está nada bem.

— Tudo bem. Relaxe. Você foi ótima e conseguiu chegar aqui.

— Consegui porque você me salvou. Obrigada... De novo...

— Não se preocupe com isso. Mas eu não entendo — acrescentou Meredith em seu murmúrio de quem fala consigo mesma. — Tem um arquivo de backup desse bilhete no mesmo diretório, mas não é diferente. Não entendo o que o Matt quis dizer.

— Talvez ele estivesse confuso — disse Bonnie com relutância. — Talvez só estivesse com muita dor e perdeu um pouco o juízo.

— Arquivo de backup, arquivo de backup... Peraí! O Word não salva automaticamente um backup em algum lugar estranho, como no diretório do usuário ou coisa assim? — Meredith clicava rapidamente pelos diretórios. Depois disse, num tom decepcionado: — Não, não tem nada lá.

Ela se recostou, soltando intensamente a respiração. Bonnie sabia o que Meredith devia estar pensando. Sua correria longa e desesperada pelo perigo não pode ter sido em vão. *Não pode.*

Então, lentamente, Meredith disse:

— Tem um monte de arquivos temporários aqui para um bilhetinho só.

— O que é um arquivo temporário?

— Só um armazenamento temporário de um arquivo, enquanto você está trabalhando nele. Mas em geral só parece lixo. — Os cliques recomeçaram. — Mas eu posso ter passado por... *Oh!* — Ela se interrompeu. Os cliques pararam.

E houve um silêncio mortal.

— O que é? — disse Bonnie, ansiosa.

Mais silêncio.

— Meredith! Fale comigo! *Achou um arquivo de backup?*

Meredith não disse nada. Nem parecia ter ouvido. Estava lendo com uma expressão que parecia um fascínio horrorizado no rosto.

23

Um frisson gelado desceu pela espinha de Elena, o mais delicado dos tremores. Damon não lhe pedia beijos. Isto não estava certo.

— Não — sussurrou ela.

— Só um.

— Não vou te beijar, Damon.

— Eu não. Ele. — Damon denotou "ele" inclinando a cabeça para Matt. — Um beijo entre você e seu ex-cavaleiro.

— Você quer *o quê*? — Os olhos de Matt se abriram de súbito e ele soltou as palavras explosivamente, antes que Elena conseguisse abrir a boca.

— Você gostaria — a voz de Damon caíra aos tons mais insinuantes e suaves. — Gostaria de beijá-la. E não há ninguém aqui para impedi-lo.

— Damon. — Matt lutou para se livrar dos braços de Elena. Ele parecia, se não inteiramente recuperado, talvez oitenta por cento a caminho da recuperação, mas Elena podia ouvir seu coração batendo forte. Elena se perguntou quanto tempo ele ficou deitado, fingindo estar inconsciente, para recuperar as forças. — A última coisa que eu soube é que você estava tentando me matar. Isso não o coloca exatamente do meu lado. Segundo, as pessoas não beijam as meninas só porque elas são bonitas ou o namorado tirou o dia de folga.

— Não beijam, é? — Damon ergueu uma sobrancelha, surpreso. — Eu beijo.

Matt se limitou a balançar a cabeça, aturdido. Parecia tentar manter uma ideia fixa em sua mente.

— Vai tirar o carro dali para a gente poder sair? — disse ele.

Elena teve a impressão de que olhava Matt de muito longe; como se ele fosse um tigre enjaulado e não soubesse disso. A clareira se transformara num lugar muito bonito, feroz e perigoso, e Matt também não sabia disso. Além de tudo, ela pensou preocupada, ele está *tentando* resistir. Nós *precisamos* ir embora — e rápido, antes que Damon faça mais alguma coisa com ele.

Mas qual era a verdadeira saída?

Qual era a verdadeira intenção de Damon?

— Podem ir — disse Damon. — Assim que Elena beijar você. Ou você beijar Elena — acrescentou ele, como se fizesse uma grande concessão.

Lentamente, como se percebesse o que isso poderia significar, Matt olhou para Elena, depois para Damon. Elena tentou se comunicar em silêncio, mas Matt não estava nesse estado de espírito. Ele olhou Damon nos olhos e disse:

— De jeito nenhum.

Dando de ombros, como quem diz *Eu fiz tudo o que podia,* Damon levantou o bastão felpudo de pinheiro...

— Não — gritou Elena. — Damon, eu faço.

Damon abriu *aquele* sorriso e o manteve por um momento, até que Elena virou o rosto e se aproximou de Matt. Ele ainda estava pálido e frio. Elena encostou seu rosto no dele e disse quase inaudivelmente no ouvido de Matt:

— Matt, eu já lidei com ele antes. Você não pode contestá-lo. Vamos fazer esse jogo... por enquanto. Talvez depois a gente possa ir embora. — E ela se obrigou a dizer: — Por mim? Por favor?

A verdade era que ela sabia demais sobre homens teimosos. Sabia como manipulá-los. Era uma característica que ela passou a odiar, mas naquele momento estava ocupada demais pensando em como salvar a vida de Matt para debater a ética de pressioná-lo.

Ela queria que fosse Meredith ou Bonnie em vez de Matt. Não que ela desejasse essa dor a mais alguém, mas Meredith apareceria com Planos C e D enquanto Elena pensava nos planos A e B. E Bonnie já teria erguido para Damon seus olhos castanhos, lacrimosos, de derreter o coração...

De repente Elena pensou no clarão vermelho que vira por trás dos Ray-Bans e mudou de ideia. Não tinha certeza se queria Bonnie perto de Damon agora.

De todos os caras que ela conhecia, Damon foi o único que Elena não conseguiu persuadir.

Ah, Matt era teimoso, e Stefan às vezes podia ser impossível. Mas os dois tinham botões em cores vivas em algum lugar por dentro, com o rótulo APERTE, e só era preciso mexer um pouco no mecanismo — tudo bem, às vezes mais do que um pouco — e por fim até o homem mais teimoso podia ser dominado.

Menos um...

— Muito bem, crianças, o tempo acabou.

Elena sentiu Matt sair de seus braços e se erguer — ela não sabia pelo que, mas ele estava ficando de pé. Algo o mantinha no lugar, ereto, e ela sabia que não eram seus músculos.

— Onde estávamos mesmo? — Damon andava de um lado para outro, com o galho de pinheiro da Virgínia na mão direita, batendo-o na palma da mão esquerda. — Ah, é *verdade* — como se fizesse uma grande descoberta —, a mocinha e o cavaleiro fortão vão se beijar.

— Pela última vez, Meredith, achou um arquivo de backup do bilhete de Stefan ou não? — disse Bonnie no quarto de Stefan.

— Não — respondeu Meredith numa voz inexpressiva. Mas assim que Bonnie estava prestes a desabar na cama novamente, Meredith falou: — Achei um bilhete totalmente diferente. Na verdade uma carta.

— Um bilhete *diferente*? E o que diz?

— Você consegue se levantar? Porque acho que é melhor dar uma olhada nisso.

Bonnie, que tinha acabado de recuperar o fôlego, conseguiu andar, trôpega, até o computador.

Ela leu o documento na tela — todo, a não ser pelo que pareciam ser as últimas palavras, e ofegou.

— Damon fez alguma coisa com Stefan! — disse ela, sentindo o coração e todos os órgãos internos apertarem. Então Elena estava enganada. Damon *era mesmo* completamente cruel. A essa altura, Stefan podia até estar...

— Morto — disse Meredith, a mente obviamente seguindo a mesma trilha que Bonnie tomara. Ela ergueu os olhos escuros para a amiga. Bonnie sabia que os próprios olhos estavam marejados. — Há quanto tempo — perguntou Meredith — você ligou para Elena ou Matt?

— Não sei; não sei que horas são. Mas liguei duas vezes desde que saímos da casa de Caroline e uma vez da casa de Isobel; e depois disso, ou recebia uma mensagem dizendo que a caixa postal estava cheia, ou não completava a ligação.

— Foi exatamente isso o que eu consegui. Se eles foram para perto do antigo bosque... Bom, você sabe como é o sinal de celular por lá.

— E agora, mesmo que eles tenham saído do bosque, não podemos deixar um recado porque enchemos a caixa postal deles...

— E-mail — disse Meredith. — O bom e velho e-mail; podemos mandar um recado para Elena por ele.

— Isso! — Bonnie deu um soco no ar. Depois murchou. Ela hesitou por um instante e quase sussurrou: — Não. — As palavras do verdadeiro bilhete de Stefan ficaram ecoando em sua mente; *confio no instinto de proteção de Matt, na capacidade de julgamento de Meredith e na intuição de Bonnie. Diga a eles para se lembrarem disso.*

— Não pode contar a Elena o que Damon fez — disse ela, enquanto Meredith digitava. — Ela já deve saber... E se não souber, vai criar mais problemas ainda. Ela está com Damon.

— Matt te disse isso?

— Não. Mas Matt estava enlouquecido de dor.

— Não pode ter sido um daqueles... insetos? — Meredith baixou os olhos para o tornozelo, onde várias marcas vermelhas ainda apareciam na pele macia e morena.

— Pode ser, mas não foram. Também não pareciam as árvores. Era só... a pura dor. Eu não sei, não tenho certeza de como sei que é coisa de Damon. Eu simplesmente sei.

Ela viu os olhos de Meredith sem foco e entendeu que ela também pensava nas palavras de Stefan.

— Bom, minha capacidade de julgamento me diz para confiar em você — disse ela. — Aliás, Stefan grafa "contato" do jeito atual — acrescentou ela. — Damon escreve com "c", "contacto". Pode ter sido isso que incomodou Matt.

— Como se Stefan realmente fosse deixar Elena sozinha com tudo o que está acontecendo — disse Bonnie, indignada.

— Bom, Damon enganou a todos nós e nos fez pensar assim — observou Meredith. Ela tendia a fazer observações desse gênero.

Bonnie teve um sobressalto.

— Será que ele roubou o dinheiro?

— Duvido, mas vamos ver. — Meredith empurrou a cadeira de balanço, dizendo: — Pegue um cabide para mim.

Bonnie pegou um cabide no armário e ao mesmo tempo escolheu uma camiseta de Elena para vestir. Era grande demais, uma vez que era a camiseta que Meredith havia dado a Elena; mas pelo menos a aquecia.

Meredith usava a ponta de arame do cabide em todos os lados da tábua que pareciam mais promissores. Assim que conseguiu erguer um lado, houve uma batida na porta aberta. As duas deram um salto.

— Sou eu — disse a voz da Sra. Flowers de trás de uma grande bolsa de viagem e uma bandeja com ataduras, canecas, sanduíches e sacos de gaze com cheiro forte, parecidos com os que usou no braço de Matt.

Bonnie e Meredith trocaram um olhar e Meredith falou.

— Entre e vamos ajudá-la. — Bonnie já estava pegando a bandeja e a Sra. Flowers baixava a bolsa de viagem no chão. Meredith continuou mexendo na tábua.

— Comida! — disse Bonnie, agradecida.

— Sim, sanduíches de peru e tomate. Sirvam-se. Desculpe por me ausentar por tanto tempo, mas não se pode apressar os cataplasmas para inchaços — disse a Sra. Flowers. — Eu me lembro, há muito tempo, do que meu irmão mais novo sempre dizia... Ah, meu Deus do céu! — Ela olhava o lugar onde a tábua estivera. Um grande buraco de bom tamanho, cheio de notas de 100 dólares, arrumadas em pacotes com elásticos.

— Caramba — disse Bonnie. — Nunca vi tanto dinheiro!

— Sim. — A Sra. Flowers se virou e começou a distribuir xícaras de chocolate e sanduíches. Bonnie deu uma dentada faminta num deles. — As pessoas antigamente colocavam coisas atrás de tijolos soltos da lareira. Mas vejo que o jovem precisava de mais espaço.

— Obrigada pelo chocolate e pelos sanduíches — disse Meredith depois de alguns minutos engolindo-os enquanto trabalhava no computador. — Mas se realmente quiser tratar nossos hematomas e essas coisas... Bom, acho que não podemos esperar.

— Ah, sim. — A Sra. Flowers pegou uma pequena compressa que para Bonnie tinha cheiro de chá e a colocou no nariz de Meredith. — Isso vai baixar o inchaço em alguns minutos. E você, Bonnie... coloque um desses no galo da testa.

Mais uma vez Meredith e Bonnie se olharam.

— Bom, se é só por alguns minutos... — disse Bonnie. — Não sei o que vamos fazer agora mesmo. — Ela olhou as cataplasmas e pegou uma redonda que tinha cheiro de flores e almíscar para colocar na testa.

— É essa mesma — disse a Sra. Flowers sem se virar para olhar. — E é claro que a fina e comprida é para o tornozelo de Meredith.

Meredith tomou o que restava do chocolate e se abaixou para tocar cuidadosamente uma das marcas vermelhas.

— Está tudo bem... — começou ela, quando a Sra. Flowers a interrompeu.

— Vai precisar deste tornozelo em plena forma quando formos.

— Quando formos? — Meredith a olhava.

— Ao antigo bosque — esclareceu a Sra. Flowers. — Para encontrar seus amigos.

Meredith ficou apavorada.

— Se Elena e Matt estão no antigo bosque, concordo que *nós* temos de procurar por eles. Mas *a senhora* não pode ir, Sra. Flowers! E nem sabemos onde eles estão.

A Sra. Flowers bebeu o chocolate quente que tinha na mão, olhando pensativamente uma janela que não estava acortinada. Por um momento Meredith pensou que ela não ouvira ou não queria responder, depois ela disse, lentamente:

— Eu diria que vocês acham que sou só uma velha maluca que nunca está por perto quando aparecem problemas.

— Nunca pensamos assim — disse Bonnie com firmeza, mas percebendo que elas descobriram mais da Sra. Flowers nos últimos dias do que nos nove meses inteiros desde que Stefan se mudou para cá. Antes disso, ela só ouvira falar de histórias de fantasmas ou boatos sobre a velha maluca do pensionato. Ela as ouvia desde que se entendia por gente.

A Sra. Flowers sorriu.

— Não é fácil ter Poder e ninguém acreditar nele. E depois, eu já vivi demais... E as pessoas não gostam disso. Isso as preocupa. Elas começam a inventar histórias de fantasmas e boatos...

Bonnie sentiu os olhos irem ao chão. A Sra. Flowers se limitou a sorrir novamente e assentiu com gentileza.

— É um verdadeiro prazer ter um jovem educado em casa — disse ela, tirando a cataplasma comprida da bandeja e enrolando-a no tornozelo de Meredith. — É claro que tive de vencer meus preconceitos. A querida ma*ma* sempre dizia que se eu ficasse com a casa, podia ter pensionistas e que não aceitasse estrangeiros. E é claro que o jovem também é um vampiro...

Bonnie quase cuspiu o chocolate no chão. Ela engasgou e depois teve uma crise de tosse. Meredith tinha uma expressão que não dizia nada.

— ... mas depois de um tempo passei a conhecê-lo melhor e a me solidarizar com seus problemas — continuava a Sra. Flowers, ignorando o ataque de tosse de Bonnie. — E agora, a loura também está envolvida... Pobrezinha. Eu sempre falo com a ma*ma*... — ainda com ênfase na segunda sílaba — sobre isso.

— Que idade tem a sua mãe? — perguntou Meredith. O tom de sua voz era investigativo, mas educado. Só que aos olhos experientes de Bonnie sua expressão era de um fascínio um tanto mórbido.

— Ah, ela morreu na virada do século.

Houve uma pausa, depois Meredith se refez.

— Sinto muito — disse ela. — Ela deve ter vivido...

— Eu devia ter dito a virada do século *passado*. Em 1901, foi isso.

Desta vez foi Meredith que engasgou. Mas era mais silenciosa.

O olhar gentil da Sra. Flowers vagou para elas.

— No meu tempo, eu era médium. De teatro de *vaudeville*. Era tão difícil entrar em transe na frente de uma plateia. Mas sim, eu realmente sou uma Bruxa Branca. Tenho o Poder. E agora, se terminaram o chocolate, acho que está na hora de irmos encontrar seus amigos. Embora seja verão, minhas queridas, vocês duas devem vestir roupas mais quentes — acrescentou ela. — Eu tenho algumas aqui.

24

Um selinho não ia satisfazer Damon, pensou Elena. Por outro lado, Matt ia precisar de sedução direta antes de ceder. Felizmente, havia muito tempo Elena tinha decifrado o código de Matt Honeycutt. E ela pretendia não ter remorso nenhum em usar tudo o que aprendera sobre seu corpo enfraquecido e suscetível.

Mas, para se proteger, Matt podia ser teimoso demais. Ele permitiu que Elena colocasse os lábios macios nos dele, permitiu que ela o abraçasse. Mas quando Elena tentou fazer umas das coisas de que ele mais gostava — como passar as unhas por sua coluna, ou tocar seus lábios fechados de leve com a ponta da língua — ele trincou os dentes. E não a abraçou.

Elena o soltou e suspirou. Depois teve uma sensação furtiva entre as omoplatas, como se estivesse sendo observada, só que era cem vezes mais forte. Ela olhou para trás e a certa distância viu Damon com o bastão de pinheiro da Virgínia, mas não achou nada de incomum. Ela pulou mais uma vez para trás — e teve de cobrir a boca com o punho.

Damon estava *ali*, bem atrás dela; tão perto que não se podia colocar dois dedos entre o corpo dela e dele. Ela não entendia como não bateu o braço nele. Seu giro de corpo na verdade a prendeu entre os dois homens.

Mas como ele fez isso? Não houve tempo para ele percorrer a distância até onde ela estava na clareira até, dois centímetros atrás de Elena no segundo que ela levou desviando os olhos. Nem houve nenhum ruído de Damon roçando as agulhas de pinheiro na direção deles. Como a Ferrari, ele simplesmente... apareceu.

Elena engoliu o grito que tentava desesperadamente sair de seus pulmões e tentou respirar. Seu corpo estava rígido de medo. Matt tremia um pouco atrás dela. Damon se inclinava, e o único cheiro que ela conseguia sentir era a doçura da resina de pinheiro.

Tem alguma coisa errada com ele. Tem alguma coisa errada.

— Sabe de uma coisa — disse Damon, inclinando-se ainda mais para que ela tivesse de se curvar para Matt, e assim, mesmo encostada no corpo trêmulo de Matt, ela olhava diretamente nos Ray-Ban de Damon a uma distância de uns 10 centímetros. — Isso lhe garante uma nota D menos.

Agora Elena tremia tanto quanto Matt. Mas precisava se controlar, tinha de enfrentar essa agressão de frente. Quanto mais passivos ela e Matt ficassem, mais tempo Damon tinha para pensar.

A mente de Elena estava em modo de planejamento febril. Damon não podia ler nossas mentes, pensou ela, mas certamente sabe se estamos dizendo a verdade ou mentindo. Isso é normal para um vampiro que bebe sangue humano. O que podemos fazer? O que podemos fazer?

— Esse foi um beijo de saudação — disse ela com ousadia. — Para identificar a pessoa que você encontrou, assim sempre a reconhecerá depois. Até... Até os cães de pradarias fazem isso. Agora... Por favor... Podemos nos mexer só um pouco, Damon? Estou sendo esmagada.

E esta era uma posição provocativa demais, pensou ela. Para todos os envolvidos.

— Mais uma chance — disse Damon e desta vez não sorriu. — Quero ver um beijo... um beijo de verdade... entre vocês. Se não...

Elena girou o corpo no espaço estreito. Seus olhos investigaram os de Matt. Afinal, eles foram namorados por um ano inteiro. Elena viu a expressão nos olhos azuis de Matt; ele *queria* beijá-la, tanto quanto podia querer qualquer coisa depois daquela dor. E ele percebia que ela precisava passar por todo aquele jogo para salvá-lo de Damon.

De algum modo vamos sair dessa, pensou Elena para ele. Agora, você vai cooperar? Alguns meninos não têm botões na área das sensações egoístas do cérebro. Alguns, como Matt, tinham botões rotulados de HONRA ou CULPA.

Agora Matt ficou imóvel e ela segurava seu rosto entre as mãos, deslocando-o e ficando na ponta dos pés para beijá-lo, porque ele crescera muito. Ela pensou em seu primeiro beijo de verdade, no carro dele, indo para casa depois de um baile da escola. Ele ficou apavorado, as mãos molhadas, totalmente abalado. Ela foi fria, experiente e gentil.

E assim Elena foi agora, passando a ponta da língua quente para separar os lábios paralisados de Matt. E só para o caso de Damon entreouvir seus pensamentos, ela os fixou estritamente em Matt — em seu olhar caloroso, sua amizade entusiasmada, no cavalheirismo e na cortesia que ele sempre demonstrou, mesmo quando ela terminou com ele. Elena não percebeu quando os braços de Matt envolveram seus ombros ou quando ele assumiu o controle do beijo, como uma pessoa morrendo de sede que finalmente encontra água. Ela podia ver isso com clareza na mente de Matt: ele nunca pensou que voltaria a beijar Elena Gilbert daquele jeito.

Elena não sabia dizer quanto tempo durou. Por fim tirou os braços do pescoço de Matt e recuou.

E percebeu uma coisa. Não era por acaso que Damon parecia um diretor de cinema. Ele segurava uma pequena câmera de vídeo, olhando pelo visor. Ele filmou tudo.

E Elena estava em foco, e totalmente visível. Ela não fazia ideia do que tinha acontecido com o boné e os óculos escuros do disfarce. Seu cabelo estava despenteado e a respiração involuntariamente acelerada. O sangue tinha subido à superfície de sua pele. Matt não parecia muito mais composto do que ela.

Damon olhava pelo visor.

— Para que você quer isso? — Matt rosnou em um tom completamente diferente de sua voz normal. O beijo também o afetou, pensou Elena. Mais do que a ela.

Damon pegou o galho novamente e mais uma vez agitou uma ponta como um leque japonês. O aroma de pinho vagou até Elena. Ele parecia pensar, como se quisesse pedir outra tomada, depois mudou de ideia, sorriu luminosamente para os dois e enfiou a câmera de vídeo no bolso.

— Vocês só precisam saber que foi uma tomada perfeita.

— Então vamos embora. — O beijo pareceu ter dado novas forças a Matt, mesmo que fosse para falar o que não devia. — Agora.

— Ah, não. Mas continue com essa atitude dominante e agressiva. Enquanto isso, tire a blusa dela.

— *Como é?*

Damon repetiu as palavras no tom de um diretor dando instruções complicadas a um ator.

— Desabotoe a blusa dela, por favor, e a tire.

— Você é *louco*. — Matt se virou e olhou para Elena, parando perplexo ao ver a expressão dela, uma lágrima solitária escorrendo.

— Elena...

Ele a contornou, mas ela fez o mesmo movimento. Ele não conseguia fazer com que ela o olhasse nos olhos. Por fim ela parou, postada de olhos baixos, com as lágrimas escorrendo. Ele podia *sentir* o calor que irradiava de seu rosto.

— Elena, vamos lutar com ele. Não lembra como você lutou com as coisas ruins no quarto de Stefan?

— Mas isto é pior, Matt. Nunca senti nada tão ruim na vida. Esta força. Está... me pressionando.

— *Quer dizer que a gente deve ceder a ele...?* — Isso foi o que Matt *falou* e deu a impressão de que ele estava prestes a vomitar.

Por meio daqueles olhos azul-claros que ela conhecia tão bem ele dizia algo muito simples. *Não. Não, nem se ele me matar por eu me recusar.*

— Eu quis dizer... — Elena se virou de repente para Damon. — Deixe que ele vá — disse ela. — Isso é entre mim e você. Vamos resolver só nós dois. — Ela podia muito bem tentar salvar Matt, mesmo que ele não quisesse ser salvo.

Vou fazer o que você quiser, pensou ela com a maior força que pôde para Damon, na esperança de que ele pegasse pelo menos uma parte. Afinal, ele a sangrou contra sua vontade — pelo menos inicialmente — um dia. Ela podia sobreviver a isso mais uma vez.

— Sim, você fará *tudo* o que eu quiser — disse Damon, provando que podia ler seus pensamentos com uma clareza ainda maior do que ela imaginara. — Mas a questão é, depois de quanto? — Ele não disse quanto o quê. Não precisava. — Agora, sei que lhe dei uma ordem — acrescentou ele, virando-se um pouco para Matt, mas com os olhos fixos em Elena —, porque ainda posso ver você imaginando isso. Mas...

Elena viu a expressão de Matt, as chamas em seu rosto, e ela sabia — de imediato tentou esconder isso de Damon — o que ele ia fazer.

Ele ia cometer suicídio.

— Se não conseguimos convencê-la a não ir, não conseguimos convencê-la a não ir — disse Meredith à Sra. Flowers. — Mas... Tem umas coisas lá fora...

— Sim, meu bem, eu sei. E o sol está baixando. É uma péssima hora para sair. Mas como sempre dizia a minha mãe, é melhor ter duas bruxas do que uma. — Ela sorriu distraidamente para Bonnie. — E como você teve a gentileza de não dizer antes, eu sou muito velha. Ora, eu me lembro dos tempos antes dos automóveis e aeroplanos. Posso ter um conhecimento que ajudaria vocês a procurar por seus amigos... E, por outro lado, sou dispensável.

— É claro que não — disse Bonnie com fervor. Agora elas estavam escolhendo roupas do armário de Elena. Meredith pegou a bolsa de viagem com as roupas de Stefan e as despejou na cama, mas a primeira camisa que pegou, ela a largou.

— Bonnie, você pode levar alguma coisa de Stefan enquanto saímos — disse ela. — Veja se consegue ter alguma impressão a partir delas. Hummm, quem sabe a senhora também, Sra. Flowers? — acrescentou ela. Bonnie entendeu. Uma coisa era deixar que alguém chamasse a si mesma de bruxa; outra era chamar de bruxa uma pessoa muito mais velha.

A última camada de roupa de Bonnie foi uma camisa de Stefan e a Sra. Flowers enfiou uma das meias dele no bolso.

— Mas não vou sair pela porta da frente — disse Bonnie com determinação. Ela nem suportava imaginar aquela sujeira.

— Tudo bem, vamos pelos fundos — disse Meredith, apagando o abajur de Stefan. — Vamos.

Elas estavam saindo pela porta dos fundos quando a campainha da frente tocou.

As três trocaram olhares. Depois Meredith se virou.

— Podem ser eles! — E voltou apressada para a frente escura da casa. Bonnie e a Sra. Flowers a seguiram mais devagar.

Bonnie fechou os olhos ao ouvir a porta se abrir. Como não houve exclamações imediatas sobre a sujeira, ela os abriu numa fenda.

Não havia sinal que tivesse acontecido algo incomum do lado de fora. Nenhum corpo de inseto esmagado — nem insetos mortos ou moribundos na varanda da frente.

Os pelos da nuca de Bonnie se eriçaram. Não que ela quisesse ver os malach. Mas ela queria saber o que tinha acontecido com eles. Automaticamente, uma das mãos foi para o cabelo, para verificar se ficou algum pedaço por ali. Nada.

— Estou procurando Matthew Honeycutt. — A voz interrompeu os devaneios de Bonnie como uma faca quente cortando manteiga, e os olhos dela se arregalaram imediatamente.

Sim, era o xerife Rich Mooseburger, e ele estava todo ali, das botas reluzentes ao colarinho imaculado. Bonnie abriu a boca, mas Meredith falou primeiro.

— Esta não é a casa de Matt — disse ela em sua voz tranquila e baixa.

— Na realidade eu já estive na casa dos Honeycutt. E na casa dos Sulez, e na dos McCullough. Cada um deles, na verdade, sugeriu que, se Matt não estava em um desses lugares, podia estar aqui com vocês.

Bonnie queria lhe dar um chute nas canelas.

— Matt não roubou placa de rua nenhuma! Ele nunca, jamais, *nunquinha* faria uma coisa dessas. E eu gostaria muito de saber onde ele está, mas não sei. Ninguém aqui sabe! — Ela parou com a sensação de que podia ter falado demais.

— E seus nomes são?

A Sra. Flowers assumiu.

— Estas são Bonnie McCullough e Meredith Sulez. Eu sou a Sra. Flowers, proprietária deste pensionato, e creio que posso ratificar as observações de Bonnie sobre as placas de rua...

— De fato é mais sério do que o desaparecimento das placas, senhora. Matthew Honeycutt é suspeito de atacar uma jovem. Há evidências físicas consideráveis em apoio à história dela. E ela alega que eles se conheciam desde criança, então não pode ter confundido sua identidade.

Houve um instante de silêncio, depois Bonnie quase gritou:

— Ela? Ela *quem*?

— A Srta. Caroline Forbes é a queixosa. E eu na realidade sugiro que, se uma das três *por acaso* vir o Sr. Honeycutt, que o aconselhem a se entregar. Antes que ele seja levado à força para a prisão. — Ele deu um passo na direção delas como se ameaçasse passar pela porta, mas a Sra. Flowers barrou seu caminho em silêncio.

— *Na realidade* — disse Meredith, recuperando a compostura — sei que o senhor entende que precisa de um mandado para entrar nesta propriedade. Tem um?

O xerife Mossberg não respondeu. Deu meia-volta rapidamente, andou pelo passadiço até a viatura e desapareceu.

25

Matt arremeteu para Damon numa velocidade que claramente demonstrava as habilidades que lhe garantiram uma bolsa na universidade pelo time de futebol. Ele acelerou da completa imobilidade a um borrão de movimento, tentando atacar Damon, querendo derrubá-lo.

— Corre — gritou ele, no mesmo instante. — *Corre!*

Elena continuou parada, tentando pensar num Plano A depois desse desastre. Tinha sido forçada a ver a humilhação de Stefan nas mãos de Damon no pensionato, mas não achou que suportaria ver aquilo.

Mas, quando olhou novamente, Matt estava parado a uns 10 metros de Damon, lívido e severo, mas vivo e de pé. Preparava-se para avançar em Damon novamente.

E Elena... Não conseguiu correr. Ela sabia que devia ser o melhor a fazer — Damon podia castigar Matt brevemente, mas a maior parte de sua atenção se voltaria para ela.

Mas não tinha certeza. E não tinha certeza de que o castigo não mataria Matt, ou se ele seria capaz de se safar antes que Damon a achasse e tivesse tempo para pensar nele de novo.

Não, não *este* Damon, impiedoso e sem remorsos.

Deve haver uma maneira — ela quase podia sentir o cérebro trabalhando.

E então ela viu.

Não, isso não...

Mas o que mais se poderia fazer?

Matt estava correndo na direção de Damon novamente e desta vez, enquanto disparava, leve, irreprimível e rápido como uma serpente dando o bote, ela viu o que Damon fez. Ele apenas deu um passo para o lado no último momento, justo quando Matt estava prestes a esbarrar o ombro nele. O ímpeto de Matt o obrigou a continuar, mas Damon simplesmente girou no mesmo lugar e de novo ficou de frente para ele. Depois pegou o maldito galho de pinheiro. Estava quebrado na ponta, onde Matt tinha pisado.

Damon franziu o cenho para o bastão, depois deu de ombros, erguendo-o — e ele e Matt ficaram estáticos. Algo veio voando da lateral e caiu no chão entre os dois. Ficou ali, agitando-se na brisa.

Era uma camisa marrom e azul-marinho Pendleton.

Os dois se viraram devagar para Elena, que estava com uma combinação de renda branca. Ela tremia um pouco e envolveu o próprio corpo nos braços. Fazia um frio incomum para aquela hora da tarde.

Muito devagar, Damon baixou o galho de pinheiro.

— Salvo por sua *inamorata* — disse ele a Matt.

— Sei o que isso quer dizer e não é verdade — disse Matt. — Ela é minha amiga, e não minha namorada.

Damon se limitou a sorrir de um jeito distante. Elena podia sentir os olhos dele em seus braços nus.

— Então... Ao passo seguinte — disse ele.

Elena não ficou surpresa. Deprimida, mas não surpresa. Nem se surpreendeu ao ver um lampejo vermelho quando Damon se virou para olhar dela para Matt e de novo para ela. Parecia estar refletido por dentro dos óculos de sol.

— Agora — disse ele a Elena. — Acho que vamos colocar você ali naquela pedra, meio reclinada. Mas primeiro... Mais um beijo. — Ele voltou a olhar para Matt. — Siga a programação, Matt; está perdendo tempo. Primeiro, talvez você beije os cabelos de Elena, depois ela atira a cabeça para trás e você beija o pescoço dela, enquanto ela o abraça pelos ombros...

Matt, pensou Elena. Damon tinha dito *Matt*. Escapuliu com facilidade, de forma tão inocente. De repente todo seu cérebro, e seu corpo, pareceram vibrar a uma única nota musical. Parecia um banho gelado. E o que a nota dizia não era chocante, porque era alguma coisa de que algum modo, num nível subliminar, ela já sabia...

Este não é Damon.

Não era a pessoa que ela conhecia — havia o que, nove ou dez meses? Ela o vira quando era humana, ela o desafiara e o desejara em igual medida — e ele parecia amá-la mais quando ela o desafiava.

Ela o vira quando era vampira e fora atraída a ele com todo seu ser, e ele cuidou dela como se fosse uma criança.

Ela o vira quando era espírito e aprendera muito no além.

Ele era mulherengo, podia ser insensível, vagava pela vida de suas vítimas como uma quimera, como um catalisador, transformando os outros enquanto ele mesmo continuava inalterável e inalterado. Ele hipnotizava os humanos, os confundia, os usava — deixando-os aturdidos, porque ele tinha o encanto do demônio.

E ela jamais o vira faltar com sua palavra. No fundo Elena tinha a sensação de que aquilo não era uma decisão dele, era uma parte de Damon, alojada tão fundo em seu subconsciente que nem ele podia alterá-la. Ele não faltava com sua palavra. Primeiro morreria de fome.

Damon ainda falava com Matt, dando-lhe ordens.

— ... e depois tire dela...

E quanto à palavra que ele dera de ser o guarda-costas de Elena, de protegê-la do mal? Ele falava com ela de novo.

— Sabe quando atirar a cabeça para trás? Depois que ele...

— *Quem é você?*

— O quê?

— Você me ouviu bem. *Quem é você?* Se realmente viu Stefan indo embora e prometeu que cuidaria de mim não era para nada disso estar acontecendo. Ah, você podia mexer com Matt, mas não na minha frente. Você não é... O Damon não é idiota. Ele sabe o que é um guarda-costas. Sabe que também dói em mim ver Matt sofrendo. Você não é Damon. Quem... é... você?

A força e a velocidade de Matt não adiantaram de nada. Talvez uma abordagem diferente desse certo. Enquanto falava, Elena foi lentamente estendendo a mão para o rosto de Damon e, com um único movimento, ela tirou seus óculos de sol.

Olhos vermelhos como sangue fresco brilharam para ela.

— *O que você fez?* — sussurrou ela. — O que fez com Damon?

Matt estava fora do alcance de sua voz, mas tinha se aproximado, tentando atrair a atenção de Elena. Ela desejou fervorosamente que Matt fugisse sozinho. Aqui, ele era apenas outro meio para esta criatura chantageá-la.

Sem parecer se mover rapidamente, a coisa-Damon estendeu a mão e pegou os óculos de sol. Foi rápido demais para Elena resistir.

Depois ele apertou o pulso de Elena com muita força.

— Seria muito mais fácil se os dois cooperassem — disse ele despreocupadamente. — Parece que vocês não entendem o que pode acontecer se me deixarem irritado.

O puxão a forçava para baixo, obrigando-a a se ajoelhar. Elena resolveu não ceder. Mas infelizmente seu corpo não queria colaborar; enviava mensagens urgentes de dor a sua mente, mensagens de uma agonia ardente, abrasadora. Ela pensou que podia ignorá-la, que conseguiria suportar que ele quebrasse seu pulso, mas estava enganada. A certa altura algo em seu cérebro escureceu completamente e, em seguida, só o que ela soube era que estava de joelhos com um pulso que parecia três vezes maior e ardia intensamente.

— A fraqueza humana — disse Damon num tom de zombaria. — Ela sempre a dominará... Você devia saber muito bem que a essa altura não deve desobedecer a mim.

Não é Damon, pensou Elena, com tanta veemência que ficou surpresa que o impostor não a ouvisse.

— Muito bem — a voz de Damon continuava acima dela com o mesmo ânimo, como se ele simplesmente lhe fizesse uma sugestão. — Você vai ficar sentada na pedra, reclinada para trás, e Matt, venha até aqui e fique de frente para ela. — O tom era de uma ordem educada, mas Matt o ignorou e já estava ao lado de Elena, olhando as marcas dos dedos no pulso da amiga como se não acreditasse no que via.

— Matt de pé, Elena sentada, ou o contrário, mas façam o que deve ser feito. Divirtam-se, crianças. — Damon estava com a câmera de novo.

Matt consultou Elena com os olhos. Ela olhou para o impostor e disse, enunciando com cuidado:

— Vá para ao inferno, quem quer que você seja.

— Mas que grande novidade, pode trazer o enxofre — a criatura não-Damon falou. Ele abriu para Matt um sorriso ao mesmo tempo luminoso e apavorante. Depois agitou o galho de pinheiro.

Matt o ignorou. Esperou, com a expressão estoica, pela dor que o atingiria.

Elena lutou para ficar ao lado dele. Lado a lado, eles podiam desafiar Damon.

Que por um momento pareceu estar fora de si.

— Vocês estão fingindo que não têm medo de mim. Mas terão. Se tiverem algum juízo, terão agora.

Beligerante, ele deu um passo na direção de Elena.

— *Por que não tem medo de mim?*

— Quem quer que você seja, não passa de um valentão crescidinho. Você machucou Matt. Me machucou. Sei que pode nos matar. Mas não temos medo de valentões.

— Vocês terão medo. — Agora a voz de Damon caiu a um sussurro ameaçador. — Esperem para ver.

No momento em que alguma coisa dizia a Elena para dar ouvidos àquelas últimas palavras, que havia alguma ligação ali — quem aquilo parecia? — veio a dor.

Seus joelhos foram nocauteados. Mas ela não ia se ajoelhar agora. Tentava rolar no chão, tentava se enroscar de agonia. Todo pensamento racional foi varrido de sua mente. Ela sentiu Matt a seu lado, tentando segurá-la, mas Elena não conseguia mais se comunicar com ele, assim como não podia mais voar. Ela estremeceu e caiu de lado, como se tivesse uma convulsão. Todo seu universo era dor e ela só ouvia vozes que pareciam vir de muito longe.

— Pare! — Matt estava furioso. — *Pare! Ficou louco?* Esta é *Elena*, pelo amor de Deus! Quer *matá-la*?

E então a coisa não-Damon o aconselhou brandamente:

— Eu não tentaria isso de novo.

Mas o único som que Matt soltou foi um grito de raiva.

— Caroline! — Bonnie estava furiosa, andando de um lado a outro no quarto de Stefan enquanto Meredith fazia outra coisa no computador. — Que *atrevimento*!

— Ela não se atreveria a atacar Stefan ou Elena lá fora... Tem o juramento — disse Meredith. — Então ela pensou em pegar todos nós.

— Mas o Matt...

— Ah, o Matt veio a calhar — disse Meredith com raiva. — E infelizmente tem a questão da evidência física nos dois.

— Como assim? O Matt não...

— Os arranhões, meu bem — intrometeu-se a Sra. Flowers, com um olhar triste. — Do inseto de dentes de navalha. A cataplasma que pus os terá curado e a essa altura vão parecer arranhões das unhas de uma mulher. E a marca que ficou no pescoço... — A Sra. Flowers tossiu delicadamente. — Parece o que meu pai chamava de "mordida de amor". Talvez um sinal de um encontro que terminou à força. Mas é claro que seu amigo não faria algo assim.

— E lembra como Caroline estava quando a vimos, Bonnie? — disse Meredith secamente. — Não quando engatinhou... Aposto que ela agora anda muito bem. Mas a cara dela. Tinha um olho roxo e o rosto inchado. Perfeito para a hora do crime.

Para Bonnie, parecia que todo mundo estava dois passos à frente dela.

— *Mas que* hora do crime?

— A noite em que o inseto atacou Matt. Na manhã seguinte o xerife ligou e falou com ele. Matt admitiu que a mãe não o vira a noite toda e que o vigilante do bairro o viu chegar em casa de carro e, basicamente, desmaiar.

— Isso foi por causa do veneno do inseto. Ele só lutou com o malach!

— Nós sabemos disso. Mas eles vão dizer que ele tinha acabado de chegar depois de atacar Caroline. A mãe de Caroline dificilmente estará em condições de testemunhar... Você viu como a mulher estava. Então, quem vai dizer que Matt não foi à casa de Caroline? Principalmente se o ataque foi premeditado.

— Nós vamos! Podemos testemunhar a favor dele... — De repente Bonnie parou. — Não, acho que foi depois que ele saiu que a coisa aconteceu. Mas não, está tudo errado! — Ela recomeçou a andar. — Eu vi um daqueles insetos de perto e era exatamente como Matt descreveu...

— E o que resta dele agora? Nada. Além disso, vão dizer que você declararia *qualquer coisa* por Matt.

Bonnie não podia só ficar andando sem rumo pelo quarto. Tinha de falar com Matt, precisava avisar a ele — se conseguissem encontrar Matt ou Elena.

— E eu achei que era *você* que estava louca para encontrar os dois — disse ela, acusando Meredith.

— Eu sei; e estava mesmo. Mas tive que ver uma coisa... E além disso eu queria dar mais uma olhada naquele site que só os vampiros conseguem ler. Aquele do *Shi no Shi*. Mas mexi na tela de todo jeito que conheço e, se há alguma coisa escrita ali, não consigo achar.

— Então é melhor não perder mais tempo com isso — disse a Sra. Flowers. — Vista seu casaco, meu bem. Vamos na Diligência Amarela ou não?

Por um momento Bonnie teve a visão louca de um veículo puxado a cavalos, uma espécie de carruagem da Cinderela, mas não no formato de uma abóbora. Depois se lembrou de ver o antigo Modelo T da Sra. Flowers — pintado de amarelo — estacionado dentro do que devia ser o antigo estábulo que pertencia ao pensionato.

— A gente se saiu melhor quando estava a pé do que Matt de carro — disse Meredith, dando um último clique vigoroso nos controles do monitor. — Temos mais mobilidade do que... Ai, meu Deus! *Consegui!*

— Conseguiu o quê?

— O site. Venham dar uma olhada.

Bonnie e a Sra. Flowers se aproximaram do computador. A tela era de um verde vivo com letras finas e fracas em verde-escuro.

— *Como* fez isso? — perguntou Bonnie enquanto Meredith se curvava para pegar um bloco e uma caneta a fim de copiar o que viam.

— Sei lá. Eu só mexi no ajuste de cor pela última vez... Já tentei com Economia de Energia, Bateria Baixa, Alta Resolução, Alto Contraste e cada combinação em que consegui pensar.

Elas olharam as palavras.

Cansado daquele lápis-lazúli?
Quer tirar férias no Havaí?
Enjoado da velha culinária líquida?
Venha visitar o Shi no Shi.

Depois vinha um anúncio da "Morte da Morte", um lugar onde os vampiros podiam ser curados de seu estado amaldiçoado e voltar a ser humanos. Em seguida havia um endereço. Só uma rua urbana, sem dizer o estado, ou mesmo a cidade. Mas era uma pista.

— Stefan não falou de nenhuma rua — disse Bonnie.

— Talvez ele não quisesse assustar Elena — disse Meredith. — Ou talvez o endereço não estivesse lá quando ele entrou no site.

Bonnie tremeu.

— *Shi no Shi*... Não gosto desse som. E não ria de mim — acrescentou ela a Meredith, na defensiva. — Lembra do que Stefan disse sobre confiar na minha intuição?

— Ninguém está rindo, Bonnie. Precisamos falar com Elena e Matt. O que sua intuição lhe diz sobre isso?

— Diz que vamos ter problemas, e que Matt e Elena já estão encrencados.

— Estranho, porque é exatamente o que diz minha capacidade de julgamento.

— Estamos prontas agora? — A Sra. Flowers distribuía as lanternas.

Meredith experimentou a dela e achou que tinha um facho forte e firme.

— Vamos nessa — disse ela, automaticamente apagando o abajur de Stefan de novo.

Bonnie e a Sra. Flowers a seguiram escada abaixo, saindo da casa e entrando na rua por onde tinham corrido há poucos minutos. A pulsação de Bonnie disparava, seus ouvidos atentos ao mais leve *uip-uip-uip*. Mas, a não ser pelos fachos das lanternas, o antigo bosque estava completamente às escuras e num silêncio sinistro. Nem mesmo o canto de um passarinho interrompia a noite sem lua.

Elas entraram e, no minuto seguinte, estavam perdidas.

Matt acordou de lado e, por um instante, não sabia onde estava. Ao ar livre. Terra. Piquenique? Caminhada? Havia dormido?

Então ele tentou se mexer e a agonia ardeu como um gêiser de fogo, e ele se lembrou de tudo. Aquele *cretino*, torturando Elena, pensou ele.

Torturando Elena.

Isso não estava batendo, não combinava com *Damon*. O que Elena disse a ele no fim que o deixou com tanta raiva?

A ideia o importunava, mas era só outra pergunta sem resposta, como o bilhete de Stefan no diário de Elena.

Matt percebeu que conseguia se mexer, embora muito lentamente. Olhou em volta, movendo a cabeça aos poucos, com bastante cuidado, até ver Elena, deitada ao lado dele como uma boneca quebrada. Ele sentia dor e estava com uma sede desesperada. Ela devia estar sentindo o mesmo. A primeira coisa a fazer era levá-la a um hospital; as contrações musculares provocadas por aquele grau de dor podiam quebrar um braço ou até uma perna. Certamente eram fortes o bastante para provocar uma distensão ou um deslocamento. Para não falar da torção em seu pulso.

Esta era a parte prática e sensata dele pensando. Mas a questão que continuava girando em sua mente ainda o fazia vacilar completo assombro.

Ele *machucou* Elena? Como me machucou? Não acredito. Eu sabia que ele era doente, um pervertido, mas nunca imaginei que machucava mulheres. E nunca, jamais Elena. *Nunca*. Mas eu — se ele me tratar como trata Stefan, vai me matar. Não tenho a resistência de um vampiro.

Tenho que tirar Elena disso antes que ele me mate. Não posso deixá-la sozinha com ele.

De algum modo, por instinto ele sabia que Damon ainda estava por ali. Isto foi confirmado quando ele ouviu um pequeno ruído, virou a cabeça rápido demais e se viu olhando para uma bota preta balançando num borrão. O borrão e o balançar eram efeito da virada rápida, mas com a mesma velocidade com que ele se virou, de repente sentiu o rosto sendo espremido na terra e nas agulhas de pinheiro do chão da clareira.

Pela Bota. Estava em seu pescoço, moendo seu rosto na terra. Matt soltou um grunhido mudo de pura fúria e pegou a perna acima da bota com as duas mãos, tentando ganhar algum espaço e tirar Damon dali. Mas, embora pudesse segurar o couro macio da bota, era impossível movê-la em qualquer direção. Era como se o vampiro pudesse transformar carne em ferro. Matt sentia os tendões de seu pescoço se projetando, o rosto ficando vermelho e os músculos sob a camisa incharem enquanto ele fazia um esforço violento para levantar Damon. Por fim, exausto, com o peito se erguendo, Matt ficou imóvel.

Nesse mesmo instante, A Bota se levantou. Exatamente, percebeu Matt, no momento em que ele estava cansado demais para erguer a cabeça sozinho. Ele fez um esforço supremo e a levantou alguns centímetros.

E A Bota o pegou abaixo do queixo, levantando seu rosto um pouco mais.

— Que pena — disse Damon com um desdém de enfurecer. — Vocês, humanos, são tão fracos. Não é nada divertido brincar com vocês.

— Stefan... vai voltar — falou Matt, olhando para Damon do chão, de onde ele sem querer era humilhado. — Stefan vai te matar.

— Adivinha só? — disse Damon com informalidade. — Um lado da sua cara está péssimo... Cheio de arranhões, sabia? Você parece o Fantasma da Ópera.

— Se ele não o matar, eu matarei. Não sei como, mas vou matá-lo. Eu juro.

— Cuidado com o que promete.

Assim que o braço de Matt estava bem o suficiente para escorá-lo para cima — exatamente nesse milissegundo — Damon estendeu a mão e o pegou por uma mecha de cabelo, puxando sua cabeça para cima.

— Stefan — disse Damon, encarando Matt e o obrigando a olhar para ele, por mais que o garoto tentasse virar o rosto — só foi poderoso por alguns dias porque estava bebendo o sangue de um espírito muito poderoso que ainda não tinha se adaptado à terra. Mas olhe para ela agora. — Ele apertou o cabelo de Matt de novo, com mais força agora. — Um espírito. Prostrada ali na terra. O Poder voltou a seu lugar de direito. Entendeu? *Entendeu...* garoto?

Matt se limitou a olhar para Elena.

— Como pôde fazer isso? — sussurrou ele por fim.

— Uma aula prática sobre o que significa me desafiar. E certamente você não ia querer que eu fosse sexista e a deixasse ir embora, não é? — Damon deu um suspiro. — É preciso estar em dia com os tempos.

Matt não disse nada. Precisava tirar Elena dali.

— Preocupado com a menina? Ela só está fingindo que dorme, na esperança de que eu a ignore e me concentre em você.

— Você é um mentiroso.

— Então vou me concentrar em você. Por falar em estar em dia com os tempos... A não ser pelos arranhões e essas coisas, você é um sujeito bonito.

No início as palavras nada significaram para Matt. Quando as entendeu, sentiu o sangue paralisar no corpo.

— Como vampiro, posso lhe dar uma opinião fundamentada e sincera. E, como vampiro, estou com muita sede. E você está aqui. E temos também a menina que ainda finge dormir. Sei que pode entender aonde quero chegar.

Acredito em você, Elena, pensou Matt. Ele é e sempre será um mentiroso.

— Beba meu sangue — disse ele com a voz fraca.

— Tem certeza? — Agora Damon parecia solícito. — Se você resistir, a dor será horrível.

— Acabe logo com isso.

— Como quiser. — Damon se postou tranquilamente sobre um dos joelhos, ao mesmo tempo torcendo o aperto com força no cabelo de Matt, fazendo-o estremecer. O novo puxão arrastou a parte superior do corpo de Matt por cima do joelho de Damon, para que sua cabeça ficasse atirada para trás e seu pescoço, arqueado e exposto. Na realidade Matt nunca se sentiu tão exposto, tão indefeso e tão vulnerável na vida.

— Ainda pode mudar de ideia — provocou Damon.

Matt fechou os olhos, obstinadamente mudo.

No último momento, porém, enquanto Damon se curvava com as presas à mostra, os dedos de Matt, quase involuntariamente, quase como se fosse algo que seu corpo estivesse fazendo *sem* a participação de sua mente, imprevisivelmente, levaram o punho para o alto a fim de dar um golpe violento na têmpora de Damon, mas — rápido como uma serpente — Damon levantou o braço e aparou o golpe com a mão aberta, quase indiferente, segurando os dedos de Matt num aperto esmagador — enquanto as presas afiadas como navalha abriam uma veia no pescoço de Matt e uma boca aberta colava em seu pescoço exposto, chupando e bebendo o sangue que jorrava.

Elena — consciente, mas incapaz de se mexer onde estava caída, incapaz de produzir um som ou virar a cabeça — foi forçada a ouvir todo o diálogo, obrigada a ouvir os gemidos de Matt enquanto seu sangue era tirado contra sua vontade, enquanto ele resistia até o fim.

E ela, embora estivesse tonta e assustada, pensou em uma coisa que quase a fez desmaiar de medo.

26

As linhas de força. Stefan falara delas e Elena as vira espontaneamente, ainda sob a influência do mundo espiritual. Agora, deitada de lado, canalizando o que restava daquele Poder em seus olhos, ela fitou a terra.

E foi o que fez sua mente escurecer de pavor.

Pelo que ela podia ver, havia linhas convergindo para aquele ponto de todos os lados. Linhas grossas que brilhavam com uma fosforescência fria, linhas medianas que tinham brilho opaco de fungos num porão e linhas finas que pareciam rachaduras perfeitamente retas na superfície do mundo. Eram como veias, artérias e nervos sob a pele da clareira-besta.

Não admirava que parecessem vivas. Ela estava deitada numa imensa convergência de linhas de força. E se o cemitério era pior do que isso — ela nem imaginava como seria.

Se Damon de algum modo encontrou um jeito de se aproveitar desse poder... Não era de surpreender que ele estivesse diferente, arrogante, invencível. Desde que ele a soltou para beber o sangue de Matt, Elena ficou balançando a cabeça em negação, tentando assim se livrar da humilhação. Mas agora finalmente parou para pensar em uma maneira de fazer uso deste Poder. Tinha de haver uma maneira de fazer isso.

Um tom de cinza não dominava sua visão. Por fim Elena percebeu que não era por estar fraca, mas porque estava anoitecendo — o crepúsculo em volta da clareira, a verdadeira escuridão entrando nela.

Elena tentou novamente se erguer e desta vez conseguiu. Quase de imediato alguém esticou a mão para ela e, automaticamente, ela a pegou, deixando que a ajudasse a se levantar.

Ela olhou — quem quer que fosse, Damon ou o que estivesse usando suas feições ou seu corpo. Apesar da quase escuridão, ele ainda estava com os óculos envolventes. Ela não conseguia distinguir nada do restante de seu rosto.

— Agora — disse a coisa de óculos escuros. — Você virá comigo.

Estava quase inteiramente escuro e eles estavam na clareira que era um animal.

Aquele lugar — era doentio. Elena tinha medo da clareira como nunca teve medo de uma pessoa ou criatura. Ressoava malignidade e ela não conseguia bloquear os ouvidos contra aquilo.

Ela precisava pensar, e direito, refletiu.

Elena tinha um medo terrível por Matt; medo de que Damon tivesse tirado sangue demais dele ou tenha exagerado ao se divertir com seu brinquedo, quebrando-o.

E Elena tinha medo da coisa-Damon. Também se preocupava com a influência que aquele lugar tinha sobre o verdadeiro Damon. O bosque em volta deles não devia ter nenhum efeito sobre vampiros, a não ser para lhes provocar dor. Será que o verdadeiro Damon por trás da possessão sentia dor? Se ele entendesse alguma coisa do que estava acontecendo, será que distinguiria essa dor de sua raiva por Stefan?

Ela não sabia. Mas sabia da expressão terrível nos olhos de Damon quando Stefan lhe disse para sair do pensionato. E sabia que havia criaturas no bosque, malach, que podiam influenciar a mente de uma pessoa. Elena tinha medo, um medo profundo, de que os malach estivessem usando Damon agora, obscurecendo seus desejos mais sombrios, distorcendo-os, transformando-os em algo horrível, algo que ele nunca teve, nem em seu pior humor.

Mas como podia ter certeza? Como Elena podia saber se havia ou não algo mais por trás dos malach, algo que os *controlava*? A alma de Elena lhe dizia que algo assim poderia estar acontecendo, que Damon podia estar completamente inconsciente do que seu corpo fazia, mas ela podia estar só se enganando.

Certamente só o que ela conseguia sentir no ambiente eram pequenas criaturas do mal. Ela podia senti-las cercando a clareira. Seres estranhos e parecidos com o inseto que atacou Matt. Estavam num furor de empolgação, batendo os tentáculos e fazendo barulho, quase como um zumbido de helicóptero.

Estariam elas influenciando Damon agora? Certamente ele nunca na vida machucou nenhum ser humano como fez hoje, não que ela soubesse. Elena precisava tirar os três daquele lugar. Era doentio, estava contaminado. Mais uma vez sentiu saudades de Stefan, que provavelmente saberia o que fazer nesta situação.

Ela se virou, devagar, para olhar Damon.

— Posso ligar para alguém vir ajudar Matt? Tenho medo de deixá-lo sozinho aqui. Tenho medo de que *eles o peguem.* — Elena falou o suficiente para que Damon entendesse que ela sabia que *eles* estavam escondidos na vegetação, nas azaleias e nos ílex em volta.

Damon hesitou; parecia pensar no assunto. Depois balançou a cabeça.

— Não vamos dar a eles muitas dicas de onde você está — disse ele com ânimo. — Será um experimento interessante ver se os malach o pegam... E como vão fazer isso.

— Não seria um experimento interessante para *mim* — a voz de Elena era categórica. — Matt é meu amigo.

— Entretanto, por ora vamos deixá-lo aqui. Não confio em você... Nem para *me* dar um recado de Meredith ou Bonnie... Nem pelo meu próprio telefone.

Elena não disse nada. Na realidade, ele estava certo em não confiar nela, uma vez que ela, Meredith e Bonnie bolaram um código complicado de expressões aparentemente inofensivas assim que souberam que Damon estava atrás de Elena. Há uma vida inteira para ela — literalmente —, mas ela ainda se lembrava do código.

Em silêncio, ela simplesmente seguiu Damon até a Ferrari.

Ela foi responsável por Matt.

— Você não está discutindo muito desta vez e me pergunto o que estaria tramando.

— Estou pensando que podemos muito bem continuar com isso. Se você me disser o que é "isso" — disse ela, com mais coragem do que realmente sentia.

— Bom, agora "isso" depende de você. — Damon chutou as costelas de Matt ao passar por ele. Agora ele andava em círculo pela clareira, que parecia menor do que nunca, um círculo que não a incluía. Ela deu alguns passos na direção de Damon — e escorregou. Não sabia como isso aconteceu. Talvez fosse o animal gigante respirando. Talvez fossem só as agulhas de pinheiro escorregadias sob seus pés.

Mas num momento ela estava indo para Matt e no instante seguinte seus pés sumiram e ela caía no chão sem ter onde se agarrar.

Depois, suavemente e sem pressa, ela estava nos braços de Damon; séculos de etiqueta da Virgínia segurando costas:

— Obrigada — disse ela automaticamente.

— O prazer é meu.

Sim, pensou ela. É o que tudo significa. É o prazer *dele*, e era só o que importava.

Foi quando Elena percebeu que os dois iam para o Jaguar.

— *Ah,* não, não vamos — disse ela.

— Ah, sim, vamos... Se eu quiser — disse ele. — A não ser que você queira ver seu amigo Matt sofrer daquele jeito de novo. A certa altura o coração dele *vai* desistir.

— Damon. — Ela se desvencilhou de seus braços, colocando-se de pé sozinha. — Eu não entendo. Isso não é típico de você. Pegar o que quer e ir embora.

Ele continuava olhando para ela.

— Acabei de fazer isso.

— Você não precisa... — Nem pela própria vida ela conseguia evitar o tremor na voz. — Me levar a um lugar especial para tirar meu sangue. E Matt não ia saber. Está desmaiado.

Por um bom tempo, houve silêncio na clareira. Um silêncio absoluto. As aves noturnas e os grilos pararam de fazer sua música. De repente, parecia a Elena que descia numa espécie de montanha-russa, deixando o estômago e os órgãos ainda no alto. Depois Damon colocou isso em palavras.

— Eu quero *você*. Exclusivamente.

Elena ficou firme, tentando manter a mente clara, apesar da névoa que parecia invadi-la.

— Sabe que isso não é possível.

— Sei que era possível para Stefan. Quando você estava com ele, não pensava em mais nada, só nele. Você não conseguia ver, nem ouvir, nem sentir nada, só pensava ele.

Os arrepios agora cobriam todo o corpo de Elena. Falando com cuidado, tentando vencer o incômodo que sentia garganta, ela disse:

— Damon, você fez alguma coisa com Stefan?

— Ora, por que eu faria algo assim?

Muito baixo, Elena disse:

— Você e eu sabemos por quê.

— Quer dizer — Damon começou a falar despreocupadamente, mas sua voz ficava cada vez mais intensa à medida que ele segurava Elena pelos ombros —, que você não veria nada a não ser *eu*, não ouviria nada a não ser *eu*, não pensaria em nada a não ser em *mim*?

Ainda em voz baixa, controlando todo o seu pavor, Elena disse:

— Tire os óculos, Damon.

Ele olhou para cima e para os lados como se quisesse se tranquilizar de que nenhum raio de sol pudesse penetrar o mundo cinza-esverdeado que o cercava. Em seguida, com uma das mãos, tirou os óculos.

Elena se viu fitando olhos tão negros que não parecia haver diferença entre a íris e a pupila. Ela ligou uma chave em seu cérebro, focando todos os seus sentidos no rosto de Damon, em sua expressão, no Poder que circulava através dele.

Os olhos de Damon ainda eram tão pretos como as profundezas de uma caverna inexplorada. Sem vermelho algum. Mas desta vez ele teve tempo para se preparar para ela.

Acredito no que vi antes, pensou Elena. Com meus *próprios* olhos.

— Damon, eu farei qualquer coisa, o que você quiser. Mas você tem que me dizer. *O que você fez com Stefan?*

— Stefan ainda estava inebriado pelo *seu* sangue quando a deixou — lembrou-lhe Damon e, antes que ela pudesse negar essa informação, continuou: — E, para responder à sua pergunta com exatidão, eu não sei onde ele está. Nisso você tem a minha palavra. Mas, de qualquer forma, é verdade o que você estava pensando antes — acrescentou ele, enquanto Elena tentava se afastar, lutando para tirar as mãos de Damon de seus braços. — *Eu* sou o único, Elena. O único que você não conquistou. O único que não pode manipular. Não é intrigante?

De repente, apesar do medo, ela ficou furiosa.

— Então por que machucar o Matt? Ele é só um amigo. O que ele tem a ver com isso?

— Só um amigo. — E Damon começou a rir como fizera antes, de um jeito sinistro.

— Bom, eu sei que *ele* não teve nada a ver com a partida de Stefan — rebateu Elena.

Damon se virou para ela, mas nesse momento a clareira estava ainda mais escura e ela não conseguia interpretar nada em sua expressão.

— E quem disse que *eu* tive? Mas isso não quer dizer que eu não vou aproveitar a oportunidade. — Ele levantou Matt com facilidade e ergueu na outra mão algo que tinha um brilho prateado.

A chave dela. Estava no bolso do jeans. Foi tirada, sem dúvida, quando Elena estava inconsciente no chão.

A voz de Damon não lhe dizia nada, só que era amargurada e severa — tudo muito comum, se ele estivesse falando de Stefan.

— Com o seu sangue nele, eu não podia ter matado meu irmão mesmo se tivesse tentado da última vez em que o vi — acrescentou ele.

— E você *tentou*?

— Na realidade, não. Tem a minha palavra nisso também.

— E você não sabe onde ele está?

— Não. — Ele levantou Matt.

— O que está fazendo?

— Levando-o conosco. Ele é minha garantia para seu bom comportamento.

— *Ah*, não — disse Elena decisivamente. — Isto é entre mim e você. Você já machucou Matt o bastante. — Ela piscou e mais uma vez quase gritou ao ver Damon perto demais, rápido demais. — Farei o que você quiser. *O que você quiser*. Mas não aqui, ao ar livre, nem com Matt por perto.

Vamos, Elena, ela pensava. Cadê aquele comportamento ousado quando precisa dele? Antigamente você era capaz de seduzir qualquer homem; agora, só porque ele é um vampiro, não consegue fazer isso?

— Me leve a algum lugar — disse ela com brandura, passando seu braço pelo braço livre de Damon —, mas na Ferrari. Não quero entrar no meu carro. Me leve na Ferrari.

Damon andou até a mala da Ferrari, abriu-a e examinou seu interior. Depois olhou para Matt. Estava claro que o rapaz alto e forte não caberia na mala... Pelo menos, não com todos os membros no corpo.

— Nem *pense* nisso — disse Elena. — Coloque-o no Jaguar com a chave e ele ficará em segurança... Tranque-o lá. — Elena rezou fervorosamente para estar dizendo a verdade.

Por um momento Damon não disse nada, depois olhou para cima com um sorriso tão luminoso que ela pôde ver no escuro.

— Tudo bem — disse ele, largando Matt no chão. — Mas se tentar fugir enquanto desloco os carros, eu acabo com *ele*.

Damon, Damon, você não vai entender nunca? Os humanos *não fazem* isso com os amigos, pensou Elena enquanto ele manobrava a Ferrari para poder entrar com o Jaguar e colocar Matt nele.

— Muito bem — disse ela em voz baixa. Elena tinha medo de olhar para Damon. — Agora... O que você quer?

Damon inclinou-se numa reverência muito elegante, indicando a Ferrari. Ela se perguntou o que aconteceria depois que entrasse no carro. Se ele fosse um agressor comum... Se não tivesse de pensar em Matt... Se ela não tivesse medo do bosque ainda mais do que de Damon...

Ela hesitou e entrou no carro dele.

Dentro do carro, ela colocou a combinação para fora dos jeans para esconder o fato de que não tinha colocado o cinto de segurança. Ela duvidou de que Damon usasse cinto, trancasse a porta ou coisa assim. As precauções não eram o forte dele. E agora ela rezou para que ele tivesse outras questões em mente.

— Fala sério, Damon, aonde vamos? — disse ela assim que ele entrou na Ferrari.

— Primeiro, que tal uma para a viagem? — sugeriu Damon, a voz falsamente brincalhona.

Elena esperava algo semelhante. Ela ficou passivamente sentada enquanto Damon pegava seu queixo nos dedos, que tremiam de leve, e o inclinava para cima. Elena fechou os olhos ao sentir as duas picadas de cobra, as presas de navalha penetrando em sua pele. Manteve os olhos fechados enquanto seu agressor grudava a boca na carne ensanguentada e começava a beber profundamente. A ideia de Damon de "uma para a viagem" era exatamente o que ela esperava: o suficiente para colocar os dois em perigo. Mas Elena só empurrou o ombro dele quando realmente começou a sentir que ia desmaiar a qualquer minuto.

Ele se demorou mais alguns dolorosos segundos só para mostrar quem realmente mandava. Depois a soltou, lambendo os lábios avidamente, os olhos cintilando para ela *através* dos Ray-Ban.

— Excelente — disse ele. — Inacreditável. Por que você é...

Isso, me diga que sou uma garrafa de puro malte, pensou ela. É assim que vai me conquistar.

— Agora podemos ir? — perguntou ela enfaticamente. E, ao se lembrar dos hábitos de direção de Damon, acrescentou: — Com cuidado; essa estrada tem muitas curvas fechadas.

Teve o efeito que ela esperava. Damon pisou no acelerador e eles arrancaram da clareira em alta velocidade. Depois eles estavam pegando as curvas fechadas do antigo bosque numa velocidade maior do que Elena já dirigira por ali; mais rápido do que qualquer um já se atrevera a ir com ela no banco do carona.

Mas ainda assim eram as ruas *dela*, onde ela brincava desde a infância. Só havia uma família que morava bem no perímetro do antigo bosque, mas a entrada da casa ficava à direita da estrada — do lado dela — e Elena já se preparava para isso. Ele faria uma curva repentina para a esquerda pouco antes da segunda curva que dava na entrada dos Dunstan — e na segunda curva ela pularia.

É claro que não havia calçada margeando aquela estrada, mas por ali havia uma moita densa de azaleias e outros arbustos. Só o que Elena podia fazer era rezar. Rezar para não quebrar o pescoço no impacto. Rezar para que não quebrasse um braço ou perna antes de mancar por alguns metros do bosque até a entrada da casa. Rezar para que os Dunstan estivessem em casa quando ela batesse em sua porta e rezar para que eles dessem ouvidos a ela quando lhes pedisse para não deixar o vampiro que a perseguia entrar na casa.

Ela viu a curva. Não sabia por que a coisa-Damon não lia sua mente, mas aparentemente ele não conseguia. Ele não falava, e sua única precaução contra uma tentativa de fuga de Elena parecia ser a velocidade.

Ela ia se machucar, sabia disso. Mas pior do que qualquer ferimento era o medo, e isso ela não sentia.

Enquanto Damon fazia a curva, ela puxou a maçaneta, empurrou a porta e a chutou com a maior força que pôde. A porta se abriu e rapidamente foi apanhada pela força centrífuga, assim como as pernas de Elena. Assim como Elena.

Só o chute colocou metade de seu corpo para fora do carro. Damon tentou pegá-la e só conseguiu apanhar um punhado de cabelo. Por um momento ela pensou que ele ia segurá-la ali, mesmo sem conseguir agarrá-la. Ela rolou repetidas vezes no ar, flutuando a meio metro do chão, de braços estendidos para agarrar folhagens, galhos de arbustos ou qualquer coisa que pudesse usar para reduzir a velocidade. E neste lugar onde a magia e a física se encontravam, ela conseguiu desacelerar enquanto ainda flutuava sob o poder de Damon, embora se distanciasse muito mais da casa dos Dunstan do que pretendia.

Depois Elena bateu no chão, quicou e fez o que pôde para girar no ar, para levar o impacto da queda para o traseiro ou para atrás de um ombro, mas algo deu errado e seu calcanhar esquerdo bateu primeiro — *meu Deus!* — e se torceu, virando seu corpo de roldão, batendo o joelho no concreto — *meu Deus, meu Deus!* — girando-a no ar e fazendo-a cair em cima do braço direito com tanta força que parecia estar tentando enfiá-lo pelo ombro.

O ar foi arrancado de seu corpo pelo primeiro golpe e ela foi obrigada a soltar a respiração num silvo no segundo e no terceiro impacto.

Apesar do universo girando e voando, havia um sinal que ela não tinha como perder — um abeto incomum na estrada que ela havia percebido 3 metros antes, quando explodiu para fora do carro. Lágrimas caíam incontrolavelmente por seu rosto enquanto ela puxava os brotos de arbusto que se prenderam no tornozelo — o que também foi bom. Algumas lágrimas podiam ter toldado sua visão, deixando-a com medo — como aconteceu nas últimas duas explosões de dor — de desmaiar. Mas Elena estava na estrada, seus olhos estavam limpos, ela podia ver o abeto e o pôr do sol à frente, e estava inteiramente consciente. E isso significava que se ela fosse para o sol poente, mas a um ângulo de 45 graus à direita, não ia errar a casa dos Dunstan; a entrada de carro, a casa, o celeiro, o milharal estavam todos ali para guiá-la depois de talvez 25 passos para dentro do bosque.

Ela mal parou de rolar quando puxava o arbusto que a prendera e se colocou de pé assim que tirou os últimos brotos emaranhados no cabelo. O cálculo sobre a casa dos Dunstan apareceu de imediato em sua mente, mesmo enquanto ela se virava e via as marcas que deixou na vegetação esmagada e o sangue na estrada.

De início ela olhou para as mãos arranhadas, aturdida; não podiam ter deixado uma trilha de sangue. E não deixaram. Um joelho ficou arranhado — na realidade, esfolado — através dos jeans — e uma perna estava seriamente ferida, menos sangrenta, mas lhe provocava pontadas de dor enquanto ela tentava mantê-la parada. Os braços perderam muita pele.

Não havia tempo para descobrir o quanto ou deduzir o que ela fez com o ombro. Um guincho de freio à frente. Meu Deus, ele é lento. Não, eu estou rápida, animada pela dor e o terror. Use isto!

Ela ordenou às pernas que disparassem para o bosque. A direita obedeceu, mas quando Elena girou a perna esquerda e ela bateu no chão, fogos de artifício explodiram por trás de seus olhos. Ela se encontrava num estado hiperalerta; viu o bastão enquanto caía. Ela rolou uma ou duas vezes, o que provocou clarões vermelhos e opacos de dor em sua cabeça, depois conseguiu pegá-lo. Podia ter sido especialmente desenhado para servir de muleta, mais ou menos na altura da axila, com uma ponta rombuda e outra afiada. Ela o meteu sob o braço esquerdo e de algum modo se içou da lama: empurrando com a perna direita e se apoiando na muleta para que mal tivesse de tocar o pé esquerdo no chão.

Elena havia se virado na queda e teve de girar para a direita — mas ali ela viu o que restava do poente, e a estrada atrás dela. Quarenta e cinco graus à direita daquele brilho, pensou ela. Felizmente era o braço direito que estava ferido; assim ela podia apoiar o ombro esquerdo na muleta. Ainda sem hesitar nem por um instante, sem dar a Damon um milissegundo a mais que fosse para segui-la, ela partiu para a direção escolhida, metendo-se no bosque.

No antigo bosque.

27

Quando acordou, Damon lutava com o volante da Ferrari. Estava numa estrada estreita, indo quase diretamente em direção a um glorioso sol poente — e a porta do carona balançava, aberta.

Mais uma vez, só a combinação de reflexos quase instantâneos e um automóvel de design perfeito permitiram que ele escapasse das valas largas e lamacentas dos dois lados da estrada de mão única. Mas ele conseguiu e terminou com o sol às costas, olhando as sombras compridas na estrada e se perguntando que diabos tinha acabado de acontecer com ele.

Agora ele dormia ao volante? Por que a porta do carona estava aberta?

E então algo aconteceu. Um fio longo e fino, meio ondulado, quase como um único fio de teia, iluminou-se ao receber a luz avermelhada do sol. Pendia do alto da janela do carona, que estava fechada.

Ele não se preocupou em parar o carro no acostamento, parou no meio da estrada e deu a volta para examinar aquele fio de cabelo.

Em seus dedos, segurando-o contra a luz, parecia branco. Mas contra a escuridão do bosque, mostrava sua verdadeira cor: dourado.

Um fio longo e levemente ondulado de cabelo dourado.

Elena.

Assim que Damon o identificou, voltou ao carro e começou a dar marcha a ré. Algo tinha arrancado Elena de seu carro sem provocar um arranhão que fosse na pintura. O que teria feito isso?

E como ele conseguiu levar Elena para dar uma volta? E por que ele não se lembrava disso? Será que os dois foram atacados...?

Quando deu a ré, porém, as marcas na estrada, do lado do carona, contaram toda a história horrenda. Por algum motivo Elena ficou com medo a ponto de saltar do carro — ou algum poder a puxou. E Damon, que agora tinha a sensação de que o vapor subia de sua pele, sabia que em todo o bosque só havia duas criaturas que podiam ser as responsáveis.

Ele enviou uma onda de Poder para explorar, um círculo simples que pretendia ser indetectável, e quase perdeu o controle do carro novamente.

Cazzo! Esta explosão saiu como uma bomba letal na forma de uma esfera — as aves despencaram do céu. Rasgou o antigo bosque, passou por Fell's Church, que o cercava, e nas áreas além, antes de finalmente morrer a centenas de quilômetros.

Poder? Ele não era um vampiro, era a Morte Encarnada. Damon teve a vaga ideia de estacionar e esperar que o turbilhão dentro de si passasse. De onde vinha aquele Poder?

Stefan teria parado, teria hesitado, refletido. Damon só abriu um sorriso selvagem, acelerou o motor e procurou centenas de vezes como uma chuva vinda do céu, todas sintonizadas para pegar uma criatura em forma de raposa que estivesse correndo ou se escondendo no antigo bosque.

Ele captou um golpe em um décimo de segundo.

Ali. Debaixo de uma moita de erva-de-são-cristóvão, se ele não estava enganado — debaixo de um arbusto qualquer. E Shinichi sabia que ele estava se aproximando.

Que bom. Damon enviou uma onda de Poder diretamente para a raposa, pegando-a num *kekkai*, uma espécie de barreira invisível que ele apertou deliberadamente, aos poucos, em volta do animal que lutava. Shinichi revidou, com uma força mortal. Damon usou o kekkai para pegá-lo fisicamente e bater o corpo da pequena raposa no chão. Depois de alguns golpes, Shinichi decidiu parar de lutar e se fingir de morto. Por Damon, estava tudo bem. Era assim que ele achava que Shinichi ficava melhor, exceto pela parte do fingimento.

Por fim ele teve de esconder a Ferrari entre duas árvores e correr rapidamente até o arbusto onde Shinichi lutava com a barreira, tentando assumir a forma humana.

Recuado, de olhos semicerrados e os braços cruzados, Damon olhou a luta por algum tempo. Depois liberou o suficiente do campo de kekkai para permitir uma conversa.

E no instante em que Shinichi tornou-se humano, as mãos de Damon estavam em seu pescoço.

— Onde está Elena, *kono bakayarou*? — Em uma vida inteira como vampiro é possível aprender um monte de palavrões. Damon preferia usar aqueles da língua nativa da vítima. Ele chamou Shinichi de tudo o que pôde se lembrar, porque Shinichi lutava e invocava telepaticamente a irmã. Damon tinha umas coisinhas a dizer sobre *isso* em italiano, que se esconder atrás da gêmea mais nova era... Ora, era bom para *um monte* de palavrões criativos.

Ele sentiu outra forma de raposa correndo para ele — e percebeu que Misao pretendia matar. Ela estava em sua verdadeira forma de kitsune: exatamente a coisa vermelha que ele tentou atropelar enquanto andava de carro com Damaris. Uma raposa, sim, mas uma raposa com dois, três... seis rabos. Os rabos a mais em geral ficavam invisíveis, raciocinou ele, enquanto habilidosamente também a pegava em um kekkai. Mas ela estava pronta para mostrá-los, pronta para usar todos os seus poderes para resgatar o irmão.

Damon se contentou em segurá-la enquanto ela lutava em vão dentro da barreira, dizendo a Shinichi:

— Sua irmãzinha luta melhor do que você, *bakayarou*. Agora, *me entregue Elena.*

Shinichi mudou de forma abruptamente e saltou para o pescoço de Damon, com os dentes afiados e brancos à mostra. Ambos estavam excitados demais, tinham testosterona demais — e Damon, com seu novo Poder — para desistir da luta.

Damon sentiu os dentes arranharem sua garganta antes de colocar as mãos novamente no pescoço da raposa. Mas desta vez Shinichi mostrava os rabos, um leque que Damon não se deu ao trabalho de contar.

Em vez disso ele pisou com uma bota elegante no leque e o *puxou* com as mãos. Misao, olhando, guinchou de raiva e angústia. Shinichi se debatia e se arqueava, os olhos dourados fixos nos de Damon. Mais um minuto e sua coluna estalaria.

— Vou gostar disso — disse Damon com suavidade. — Porque posso apostar que Misao sabe tudo o que você sabe. Que pena que você não estaria aqui para ver a morte *dela*.

Shinichi, violento de fúria, parecia disposto a morrer e condenar Misao à clemência de Damon só para não perder a luta. Mas seus olhos escureceram abruptamente, o corpo ficou flácido e apareceram palavras fracas na mente de Damon.

... dói... não consigo... pensar...

Damon o olhou com severidade. Ora, Stefan, a essa altura, soltaria boa parte da pressão no kitsune para que a coitada da raposinha pudesse pensar. Damon, por outro lado, aumentou levemente a pressão, depois voltou ao nível anterior.

— Assim está melhor? — perguntou ele, solícito. — Será que agora a linda raposinha consegue pensar?

Seu... cretino...

Embora estivesse com raiva, Damon de repente se lembrou do sentido de tudo aquilo.

— *O que aconteceu com Elena?* O rastro dela dá numa árvore. Ela está *dentro* da árvore? Você agora só tem alguns segundos de vida. Fale.

— Fale — repetiu outra voz e Damon mal olhou para Misao. Deixou-a relativamente sem vigilância e ela encontrou poder e espaço para assumir sua forma humana. Ele a considerou instantaneamente sem paixão alguma.

Ela era mignon e de estrutura óssea pequena e parecia uma estudante japonesa comum, seu cabelo era igual ao do irmão — preto com pontas vermelhas. A única diferença era que o vermelho do cabelo de Misao era mais claro e brilhava mais — um escarlate vivo. As mechas que caíam nos olhos tinham pontas em brasa, assim como os fios que caíam nos ombros. Era impressionante, mas os únicos neurônios que reagiram na mente de Damon estavam conectados com o fogo, o perigo e a trapaça.

Ela pode ter caído numa armadilha, Shinichi conseguiu pensar.

Uma armadilha? Damon franziu o cenho. *Que tipo de armadilha?*

Vou levá-lo até lá, para que veja você mesmo, disse Shinichi, evasivo.

— E a raposa de repente consegue pensar de novo. Mas sabe de uma coisa? Não acho você nada bonito — sussurrou Damon, depois largou o kitsune no chão. Shinichi, na forma humana, ergueu-se e Damon afrouxou a barreira por tempo suficiente para deixar que a raposa humana tentasse preparar um murro. Ele se esquivou com facilidade e retribuiu com um golpe que jogou Shinichi em uma árvore fazendo-o quicar. Depois, enquanto o kitsune ainda estava tonto e de olhos vidrados, ele o pegou, jogou-o sobre o ombro e partiu de volta ao carro.

E eu?, Misao tentava reprimir a fúria e parecia digna de pena, mas não era muito boa nisso.

— Você também não é bonita — disse Damon, impiedosamente. Ele podia mesmo gostar dessa história de super-Poder. — Mas se for má, só vai sair quando Elena voltar. Segura e saudável, com cada parte do corpo no lugar.

Ele a deixou xingando. Queria levar Shinichi aonde quer que tivessem de ir enquanto a raposa ainda estava tonta e sentia dor.

Elena contava. Passo à frente um, passo à frente dois — solte a muleta da trepadeira, três, quatro, passo à frente cinco — sem dúvida agora estava ficando mais escuro, passo à frente seis, alguma coisa se prendeu em seu cabelo, *puxe*, sete, oito, passo à frente — droga! Uma árvore caída. Alta demais para passar por cima. Ela teria de contornar. Tudo bem, para a direita, um, dois, três — uma árvore comprida — sete passos. Sete passos de volta — agora, vire rapidamente à direita e continue andando. Embora prefira assim, não pode contar aqueles passos. Você está no nove. Endireite-se porque a árvore estava num ângulo perpendicular — Deus do céu, agora está escuro como breu. Passo onze e...

... ela estava voando. Elena não sabia o que fez a muleta escorregar, não tinha como dizer. Estava escuro demais para enxergar o local, talvez tivesse sumagre venenoso. O que ela precisava fazer era pensar nas coisas, pensar para que toda essa dor terrível em sua perna esquerda se aquietasse. Seu braço direito não ajudava também — aquele espadanar instintivo, tentando pegar alguma coisa e se salvar. Meu Deus, a queda foi feia. Todo o lado do corpo doía tanto...

Mas ela precisava chegar à civilização porque acreditava que só a civilização podia ajudar Matt.

Você precisa se levantar de novo, Elena.

É o que *estou fazendo*!

Agora — ela não conseguia enxergar nada. Mas tinha uma boa ideia do caminho para onde apontava quando caiu. E se estivesse enganada, daria na estrada e teria que voltar.

Doze, treze — ela continuava contando, continuava falando consigo mesma. Quando chegou a vinte, sentiu alívio e alegria. A qualquer minuto, ela chegaria à entrada da casa.

A qualquer minuto, ela chegaria lá.

O escuro era como breu, mas ela teve cuidado de arrastar os pés pelo chão para saber no minuto em que chegasse lá.

A... qualquer... minuto...

Quando chegou a quarenta, Elena entendeu que tinha problemas.

Mas onde pode ter errado tanto? A cada vez que um pequeno obstáculo a obrigava a virar à direita, ela se virava com cuidado para a esquerda em seguida. E havia toda uma linha de marcos em seu caminho: a casa, o celeiro, o pequeno milharal. Como pode ter se perdido? *Como?* Só passou meio minuto no bosque... Só alguns passos no antigo bosque.

Até as árvores mudavam. Onde ela estivera, perto da estrada, a maioria das árvores eram castanheiras ou tulipeiros. Agora ela estava num bosquete de carvalhos brancos e vermelhos... E coníferas.

Carvalhos antigos... E no chão, agulhas e folhas abafavam seus passos, eliminando todo som.

Sem fazer ruído... Mas ela precisava de ajuda!

— Sra. Dunstan! Sr. Dunstan! Kristin! Jake! — Ela lançou os nomes a um mundo que fazia o máximo para abafar sua voz. Na realidade, na escuridão, Elena podia discernir certo cinza em espiral que parecia ser... sim... era neblina.

— Sra. Dunstaa-a-aan! Sr. Dunstaa-aa-an! Kriiiissstiiiinnn! Jaaaa-aaake!

Ela precisava de abrigo; precisava de ajuda. Tudo doía, principalmente a perna esquerda e o ombro direito. Ela só podia imaginar como era sua figura naquele momento: coberta de lama e folhas, o cabelo desgrenhado de ficar preso nas árvores, sangue por todo lado...

Só havia uma coisa positiva: ela certamente não parecia Elena Gilbert. Elena Gilbert tinha cabelos sedosos e compridos, que estavam sempre perfeitamente penteados ou encantadoramente *desarrumados*. Elena Gilbert lançava moda em Fell's Church e jamais seria vista com uma combinação rasgada e jeans cobertos de lama. Ninguém confundiria a estranha perdida com Elena Gilbert.

Mas a estranha perdida sentia uma fraqueza súbita. Atravessou bosques a vida toda e nunca prendeu o cabelo. Ah, é claro que na época ela conseguia enxergar, mas não se lembrava de ter de sair de seu caminho com frequência para evitar isso.

Agora era como se as árvores estivessem deliberadamente se estendendo para pegar seu cabelo. Ela precisou manter o corpo imóvel, mesmo desajeitada, e tentar afastar a cabeça nos piores casos — nem conseguia ficar reta e ao mesmo tempo arrancar o galho.

Embora o puxão no cabelo doesse, nada a assustou mais do que sentir as pernas sendo agarradas.

Elena foi criada brincando no bosque e sempre teve muito espaço para andar sem se machucar. Mas agora... As coisas se estendiam, brotos fibrosos agarravam seu tornozelo justo onde mais doía. E era uma agonia tentar arrancar com os dedos essas raízes grossas, urticantes e cheias de seiva.

Estou com medo, pensou ela, enfim colocando em palavras o que eram seus sentimentos desde que ela entrou na escuridão do antigo bosque. Ela estava molhada de orvalho e suor, o cabelo tão encharcado que era como se tivesse ficado na chuva. Estava tão escuro! E agora sua imaginação começou a funcionar e, ao contrário da imaginação da maioria das pessoas, a dela tinha informações sólidas e genuínas *com que* trabalhar. A mão de um vampiro parecia emaranhar em seu cabelo. Depois de uma agonia interminável no tornozelo e no ombro, ela tirou a "mão" do cabelo — e encontrou outro caule enroscado.

Tudo bem. Ela ignoraria a dor e recuperaria seu senso de orientação aqui, onde havia uma árvore fora do comum, um imenso pinheiro branco com um buraco enorme no meio, grande o bastante para Bonnie entrar. Ela colocaria as costas retas e andaria para o oeste — não conseguia ver as estrelas porque estava nublado, mas *sentia* que o oeste ficava a sua esquerda. Se estivesse certa, isso a levaria à estrada. Se estivesse errada e fosse o norte, ela seria levada à casa dos Dunstan. Se fosse o sul, uma hora chegaria a outra curva da estrada. Se fosse o leste... Bom, seria uma longa caminhada, mas ela acabaria chegando ao riacho.

Mas primeiro precisava invocar todo seu Poder, todo o Poder que inconscientemente estivera usando para amortecer a dor e lhe dar forças — ela o invocaria e iluminaria aquele lugar para ver se a estrada era visível — melhor ainda, uma casa — de onde ela estava. Era só o poder dos humanos, mas saber usá-lo fazia toda a diferença, pensou Elena. Ela invocaria o Poder em uma bola branca e firme e a soltaria, girando para olhar em volta antes que a bola se dissipasse.

Árvores. Árvores. Árvores.

Carvalhos e castanheiras, pinheiros brancos e faias. Nenhum terreno elevado para alcançar. Para todo lado não havia nada a não ser árvores. Era como se ela estivesse perdida em alguma floresta encantada apavorante e nunca mais pudesse sair.

Mas *ia* sair. Qualquer um dos lados acabaria levando Elena a alguém — até o leste. Até pelo leste, ela podia simplesmente seguir o curso d'água até que a levasse a alguém.

Ela queria ter uma bússola.

Queria poder ver as estrelas.

Elena tremia toda, e não era só do frio. Estava ferida; estava apavorada. Mas precisava esquecer aquilo. Meredith não choraria. Meredith não ficaria apavorada. Meredith encontraria uma saída lógica.

Ela precisava conseguir ajuda para Matt.

Trincando os dentes para ignorar a dor, Elena recomeçou a andar. Se qualquer uma de suas feridas lhe acontecesse isoladamente, ela teria feito um estardalhaço, teria chorando e se contorcido por causa do ferimento. Mas com tantas dores diferentes, tudo se transformava em uma agonia terrível.

Agora, cuidado. Veja se está andando em linha reta e não fazendo curvas. Escolha o próximo alvo em sua linha de visão.

O problema era que a essa altura estava escuro demais para ver muita coisa. Elena só conseguia distinguir uma casca de árvore muito sulcada à frente. Provavelmente um carvalho vermelho. Muito bem, vamos a ele. Pula — *ai, isso dói* — pula — *lágrimas desciam pelo rosto* — pula — *só mais um pouquinho* — pula — *você consegue*. Ela pôs a mão na casca áspera.

Muito bem. Agora, olhe bem à sua frente. Ah. Algo cinza, áspero e imenso — talvez um carvalho branco. Pule até lá — *agonia* — pule — *alguém me ajude* — pule — *quanto tempo vai levar?* — pule — *agora não está longe* — pule. Ela pôs a mão na casca larga e áspera.

E repetiu tudo. E novamente.

Mais uma vez. E outra. E de novo.

— O que é isso? — perguntou Damon. Ele foi obrigado a deixar Shinichi guiar depois que saíram do carro, mas mantinha o kekkai frouxo em volta dele e ainda observava cada movimento da raposa. Ainda não confiava nele — bom, a verdade era que não confiava nele nem um pouco. — O que tem atrás da barreira? — disse de novo, com mais aspereza, apertando o nó no pescoço do kitsune.

— Nossa pequena cabana... Minha e de Misao.

— E não pode ser uma armadilha, não é?

— Se é assim que pensa, que seja! Vou entrar sozinho... — Shinichi finalmente passara a uma forma meio-humana, meio-raposa: cabelo preto até a cintura, com chamas tão vermelhas quanto rubi lambendo as pontas, uma cauda sedosa abanando com a mesma coloração e duas orelhas sedosas com pontas vermelhas no alto da cabeça.

Damon aprovou esteticamente; mais importante, porém, agora ele tinha uma trela à sua disposição. Ele pegou Shinichi pelo rabo e o girou.

— *Pare com isso!*

— Vou parar quando Elena estiver comigo... A não ser que você a tenha atacado deliberadamente. Se ela estiver machucada, vou cuidar de quem a feriu e cortá-lo em pedaços. Sua vida não vale nada.

— Não importa quem seja?

— Não importa.

Shinichi tremia um pouco.

— Está com frio?

— ... só... admirando sua determinação. — Mais tremores involuntários. Quase tremendo todo o corpo. *Risos?*

— A critério de Elena, eu os manteria vivos. Mas agonizantes. — Damon girou o rabo com mais força. — Ande!

Shinichi deu outro passo e uma cabana rural encantadora entrou no campo de visão deles, com um caminho de cascalho passando entre trepadeiras silvestres que tomavam a varanda e caíam como pingentes.

Era extraordinária.

Mesmo com o aumento da dor, Elena começou a ter esperanças. Não importava para onde se virasse, a certa altura *tinha* de sair do bosque. Tinha de conseguir. O chão era firme — nenhum sinal de musgos ou de um declive. Ela não estava indo para o riacho. Ia para a estrada. Sabia disso.

Ela fixou a visão numa árvore distante, de tronco liso. Depois pulou até lá, a dor quase esquecida com a nova certeza que sentia.

Ela caiu contra a árvore imensa e cinza, que descascava. Estava descansando encostada ali quando algo a incomodou. A perna manca. Por que não batia dolorosamente no tronco? Tinha batido continuamente em todas as outras árvores quando ela se virou para descansar. Ela se afastou da árvore e, como se soubesse que era importante, invocou todo seu Poder e o soltou numa explosão de luz branca.

A árvore com o buraco imenso, a árvore de onde ela partiu, estava diante dela.

Por um momento Elena ficou completamente imóvel, desperdiçando Poder, retendo a luz. Talvez fosse uma árvore diferente...

Não. Ela estava do outro lado da árvore, mas era a mesma. Era o cabelo *dela* preso na casca cinza que se soltava. O sangue seco era a marca de *sua* mão. Abaixo disso, a marca onde a perna ensanguentada tinha batido — uma marca fresca.

Ela andou em linha reta e voltou em linha reta para esta árvore.

— *Nããããããããoooooooo!*

Foi o primeiro som que ela verbalizou desde que caiu da Ferrari. Ela suportou toda a dor em silêncio, com um ofegar curto ou com a respiração aguda, mas nunca xingou, nem gritou. Agora queria fazer as duas coisas.

Talvez não fosse a mesma árvore...

Nããããoooo, nããããoooo, nããããoooooooo!

Talvez seu Poder voltasse e ela perceberia que era só alucinação...

Não, não, não, não, não, não!

Não era possível...

Nããããooooo!

A muleta escorregou debaixo do braço. Cravara-se tanto na axila que a dor ali já competia com as outras dores. Tudo doía. Mas o pior era sua mente. Elena tinha em mente a imagem de uma daquelas bolinhas de Natal que sacudimos para fazer nevar, glitter flutuando em um fluido. Mas esta esfera tinha árvores por dentro. De cima a baixo, de um lado a outro, só árvores, todas apontando para o meio. E ela mesma, vagando dentro desta esfera solitária... Por mais que andasse, só encontrava mais árvores, porque era só o que havia neste mundo em que ela inadvertidamente entrou.

Era um pesadelo, mas parecido com a realidade.

As árvores também eram inteligentes, percebeu Elena. As pequenas trepadeiras, a vegetação; mesmo agora puxavam sua muleta. A muleta movia-se como se estivesse sendo passada de mão em mão por gente muito miúda. Ela estendeu a mão e mal conseguiu pegar a ponta do cajado.

Elena não se lembrava de ter caído no chão, mas era onde estava. E havia um cheiro, um aroma doce, resinoso, de terra. E aqui estavam as trepadeiras, testando-a, provando-a. Com toques breves e delicados, entraram por seu cabelo para que ela não conseguisse levantar a cabeça. Depois ela pôde senti-las provando seu corpo, seu ombro, o joelho ensanguentado. Nada ali importava.

Ela fechou os olhos com força, o corpo ofegante de soluços. As trepadeiras agora puxavam a perna ferida, e instintivamente ela deu um safanão em si mesma. Por um momento, a dor a despertou e ela pensou: *Eu tenho que ir até o Matt.* Mas no momento seguinte esse pensamento também enfraqueceu. O cheiro doce e resinoso continuava. As trepadeiras tateavam seu peito, passando pelos seios. Cercaram sua barriga.

E começaram a apertá-la.

Quando Elena percebeu o perigo, elas já restringiam sua respiração. Ela não conseguia expandir o peito. Soltava o fôlego e elas apertavam novamente, trabalhando juntas: as pequenas trepadeiras pareciam uma anaconda gigante.

Elena não conseguia arrebentá-las. Eram duras, flexíveis e suas unhas não conseguiam cortá-las. Trabalhando com os dedos sob um punhado delas, Elena puxou com a maior força que pôde, arranhando com as unhas e torcendo. Por fim uma fibra se soltou com o som de uma corda de harpa se arrebentando e uma chibatada no ar.

As demais trepadeiras apertaram mais ainda.

Ela agora se esforçava para tomar ar, esforçava-se para não contrair o peito. As trepadeiras tocavam delicadamente seus lábios, balançavam por seu rosto como muitas cobras minúsculas, e de repente atacaram e se firmaram em volta de sua bochecha e de sua cabeça.

Eu vou morrer.

Ela sentiu um profundo remorso. Recebeu a chance de uma segunda vida — uma terceira, se contasse sua vida de vampira — e não fez nada com ela. Nada além de buscar o próprio prazer. E agora Fell's Church estava em perigo e Matt corria um risco imediato, e não só Elena não ia ajudá-los, como ia desistir e morrer ali mesmo.

Seria a coisa certa a fazer? A coisa espiritual? Cooperar com o mal agora e ter esperança de poder destruí-lo depois? Talvez. Talvez ela só precisasse pedir ajuda.

A falta de fôlego a deixava tonta. Ela jamais teria pensado que Damon a faria passar por isso, que permitiria que ela fosse morta. Dias antes, ela o defendera de Stefan.

Damon e os malach. Talvez ela fosse sua oferenda a eles. Os malach certamente eram muito exigentes.

Ou talvez ele só quisesse que ela implorasse por ajuda. Ele podia estar esperando no escuro ali perto, a mente centrada na dela, esperando um *por favor* aos sussurros.

Ela tentou ativar o que lhe restava do Poder. Estava quase esgotado, mas como um fósforo, com golpes repetidos, ela conseguiu criar uma chama branca e mínima.

Agora imaginou a chama indo para sua testa. Entrando em sua cabeça. Dentro dela. Pronto.

Agora.

Com a agonia feroz de quem não consegue respirar, ela pensou: *Bonnie. Bonnie. Escute.*

Nenhuma resposta — mas não ouviria nenhuma.

Bonnie, Matt está numa clareira em uma estrada que sai do antigo bosque. Ele pode precisar de sangue ou algum tipo de ajuda. Cuide dele. No meu carro.

Não se preocupe comigo. É tarde demais para mim. Encontre Matt.

E é só isso que eu posso dizer, pensou Elena, cansada. Tinha uma vaga e triste intuição de que não conseguira que Bonnie a ouvisse. Seus pulmões explodiam. Era um jeito horrível de morrer. Ela só poderia expirar mais uma vez, depois não haveria mais ar...

Mas que droga, Damon, pensou ela, e concentrou todo seu pensamento, toda sua mente nas lembranças de Stefan. Na sensação de ser abraçada por ele, no sorriso repentino e fugaz de Stefan, no toque dele.

Olhos verdes, folhas verdes, uma cor de folha erguida ao sol...

A decência que ele conseguia manter, imaculada...

Stefan... Eu amo você...

Sempre amarei...

Eu o amei...

Eu o amo...

28

Matt não sabia que horas eram, mas a penumbra era intensa sob as árvores. Estava deitado de lado no carro novo de Elena, como se tivesse sido jogado e esquecido ali. Todo seu corpo doía.

Desta vez ele despertou e imediatamente pensou em Elena. Mas não conseguia ver a combinação branca em lugar nenhum e, saindo, chamou, primeiro em voz baixa, depois aos gritos, não obteve resposta.

Então agora ele tateava de quatro pela clareira. Damon parecia ter ido embora e isso lhe deu uma centelha de esperança e coragem que iluminou sua mente como um farol. Ele achou a camisa Pendleton descartada — consideravelmente pisoteada. Mas quando não conseguiu encontrar outro corpo macio e quente na clareira, sentiu um aperto no coração.

Então ele se lembrou do Jaguar. Vasculhou freneticamente um dos bolsos, à procura da chave, saindo com a mão vazia e por fim descobriu, inexplicavelmente, que a chave estava na ignição.

Ele passou por um momento agonizante quando o carro não queria pegar, depois ficou chocado ao ver o brilho dos faróis. Ficou um tanto confuso sobre como manobrar o carro enquanto se certificava de que não atropelaria uma Elena desmaiada, depois vasculhou o porta-luvas, encontrando manuais e óculos de sol. Ah, e um anel de lápis-lazúli. Alguém guardava um sobressalente ali, por precaução. Ele o colocou; coube bem em seu dedo.

Por fim seus dedos se fecharam numa lanterna e ele estava livre para dar a busca completa que queria na clareira.

Nada de Elena.

Nem da Ferrari.

Damon a levara a algum lugar.

Muito bem, então, ele rastrearia os dois. Para fazer isso ele precisava deixar o carro de Elena para trás, mas ele já vira o que aqueles monstros podiam fazer com carros, então não era grande coisa para ele.

Matt também precisaria ter cuidado com a lanterna, pois não sabia por quanto tempo as pilhas iriam durar?

Ele tentou de todo jeito ligar para o celular de Bonnie, depois para a casa dela, em seguida para o pensionato. Nenhum sinal, embora segundo o próprio aparelho, devia haver algum. Também não precisava perguntar por que — este era o antigo bosque, mexendo com as coisas, como sempre. Ele nem se perguntou por que ligou primeiro para o número de Bonnie, quando Meredith provavelmente seria mais sensata.

Matt achou o rastro da Ferrari com facilidade. Damon acelerara ali como um morcego... Matt quase abriu um sorriso ao terminar mentalmente a frase.

E depois ele dirigiu para tentar sair do antigo bosque. Isso era fácil, estava claro que ou Damon tinha acelerado demais para ter um bom controle do carro, ou Elena lutara, porque em vários lugares, principalmente nas curvas, os pneus apareciam claramente contra a terra macia na lateral da estrada.

Matt teve o cuidado de não pisar em nada que pudesse ser uma pista. Ele podia ter de voltar em algum momento. Também procurou ignorar os ruídos baixos da noite. Ele sabia que os malach estavam por ali, mas se recusava a pensar neles.

E nunca perguntou a si mesmo por que estava fazendo aquilo, indo deliberadamente para o perigo em vez de se afastar dele, em vez de tentar sair do antigo bosque com o Jaguar. Afinal, Stefan não *o* nomeou guarda-costas.

Mas não se podia confiar em nada do que Damon dizia, pensou Matt.

E além de tudo — bom, ele sempre ficou de olho em Elena, mesmo antes daquele primeiro encontro. Ele podia ser mais desajeitado, lento e fraco do que os seus atuais inimigos, mas sempre tentaria.

Agora estava escuro como breu. O que restava do crepúsculo deixara o céu, e Matt, se olhasse para cima, veria nuvens e estrelas — com árvores se inclinando agourentamente dos dois lados.

Ele estava indo para o final da estrada. A casa dos Dunstan devia aparecer à direita muito em breve. Ele ia perguntar a eles se viram...

Sangue.

No início sua mente voou a alternativas ridículas, como tinta vermelha escura. Mas a lanterna pegara manchas marrom-avermelhadas na lateral da estrada assim que entrava em uma curva fechada. Era *sangue* na estrada. E não era pouco sangue.

Com o cuidado de não pisar nas marcas avermelhadas e iluminando com a lanterna o lado mais distante da estrada, Matt começou a entender o que tinha acontecido.

Elena saltou do carro.

Ou foi isso, ou Damon a empurrara para fora de um carro em alta velocidade — e depois de todo o esforço para pegá-la, isso não fazia muito sentido. É claro que era possível que ele já a tivesse sangrado até se satisfazer — por instinto, os dedos de Matt foram até o pescoço ferido —, mas por que levá-la para o carro?

Para matá-la, empurrando-a para fora?

Um jeito idiota de fazer isso, mas talvez Damon estivesse contando que seus bichinhos de estimação cuidariam do corpo.

É possível, mas não é muito provável.

O que era provável?

Bom, a casa dos Dunstan aparecia deste lado da estrada, mas não dava para ver dali. E seria como se Elena tivesse saltado de um carro em alta velocidade enquanto ele fazia uma curva fechada. Era preciso ter cérebro, coragem e uma confiança inabalável na sorte para que isso não a matasse.

A lanterna de Matt acompanhou lentamente a devastação de uma cerca viva de azaleias na lateral da estrada.

Meu Deus, foi exatamente o que ela fez. É isso mesmo. Ela saltou e tentou rolar. Jesus Cristo, ela teve sorte de não quebrar o pescoço. Mas continuou rolando, agarrando-se em raízes e trepadeiras para conseguir parar. Por isso estava tudo destruído.

Uma bolha de exaltação crescia em Matt. Ele estava conseguindo. Rastreava Elena. Ele podia ver sua queda com a clareza de quem estivera ali.

Mas depois ela tropeçou naquela raiz de árvore, pensou ele ao seguir seu rastro. Isso deve ter doído. E ela bateu no chão e rolou um pouco para o concreto — deve ter sido uma agonia; ela deixou muito sangue aqui, e depois voltou aos arbustos.

E depois? As azaleias não mostravam mais sinais de sua queda. O que aconteceu aqui? Será que Damon voltou com a Ferrari com rapidez suficiente e conseguiu pegá-la?

Não, concluiu Matt, examinando a terra com cuidado. Só havia um par de pegadas ali, e eram de Elena. Elena se levantou ali — e caiu de novo, provavelmente por causa dos ferimentos. E conseguiu se levantar novamente, mas as marcas eram estranhas, uma pegada normal de um lado e uma marca funda mas pequena do outro.

Uma muleta. Ela achou uma muleta. Isso, e aquela marca estranha era do pé machucado que ela arrastava. Elena andou até esta árvore, depois a contornou — ou pulou por ali, pelo que parecia. E foi para a casa dos Dunstan.

Garota esperta, agora devia estar irreconhecível e, de qualquer modo, quem ligava se percebessem a semelhança entre ela e a falecida Elena Gilbert? Ela podia ser uma prima da Filadélfia.

Ela andou um, dois, três... oito passos — e ali estava a casa dos Dunstan. Matt podia ver luzes. Ele sentia o cheiro dos cavalos. Animado, correu o resto do caminho — caindo algumas vezes, o que não ajudava em nada seu corpo dolorido, mas ainda seguia diretamente para a luz da varanda dos fundos. Os Dunstan não eram de ter varanda na frente.

Quando chegou à porta, bateu freneticamente. Ele a achou. Ele encontrou Elena!

Pareceu passar um longo tempo até que a porta se abriu numa fenda. Automaticamente, Matt enfiou um pé na fresta enquanto pensava: Sim, que ótimo, vocês são pessoas cautelosas. Não são do tipo que deixam um vampiro entrar depois de ver uma garota coberta de sangue.

— Sim? O que você quer?

— Sou eu, Matt Honeycutt — disse ele ao olho que podia ver espiando pela pequena abertura da porta. — Vim procurar El... a menina.

— De que menina está falando? — disse a voz num rosnado.

— Olha, não precisa se preocupar. Sou eu... O Jake me conhece da escola. E Kristin também me conhece. Eu vim para ajudar.

Algo na sinceridade de sua voz pareceu tocar um acorde na pessoa atrás da porta. Ela se abriu e revelou um homem grandalhão de cabelos escuros, que usava camiseta e precisava se barbear. Atrás dele, na sala, estava uma mulher alta e magra, quase esquelética. Dava a impressão de ter estado chorando. Atrás deles estava Jake, que era de uma série abaixo da de Matt na Robert E. Lee.

— Jake — disse Matt. Mas não obteve resposta, a não ser um olhar apagado de aflição.

— *Qual é o problema?* — perguntou Matt, apavorado. — Uma menina passou por aqui há algum tempo... Ela estava ferida... mas... mas... Vocês a deixaram entrar, não foi?

— Não veio nenhuma menina aqui — disse o Sr. Dunstan categoricamente.

— Deve ter vindo. Eu segui o rastro... Ela deixou uma trilha de *sangue*, estão entendendo, quase até a sua *porta*. — Matt não se permitia raciocinar. De algum modo, pensava que se continuasse falando sobre os fatos em voz alta, Elena se materializaria.

— Mais problemas — disse Jake, mas numa voz desanimada que combinava com sua expressão.

A Sra. Dunstan foi mais simpática.

— Esta noite, ouvimos uma voz lá fora, mas não havia ninguém quando olhamos. E já temos nossos próprios problemas.

Foi então, bem em sua deixa, que Kristin entrou de rompante na sala. Matt a olhou com uma sensação de *déjà-vu*. Ela se vestia como Tami Bryce. Tinha cortado os fundilhos dos jeans até que pareciam praticamente não existir. Na parte de cima estava com um sutiã de biquíni, mas — Matt apressadamente desviou os olhos — com dois buracos redondos e grandes, exatamente onde Tami colara pedaços redondos de cartolina, mas Kristin se enfeitou com cola glitter.

Meu Deus! Kristin só tinha o que, 12 anos? Treze? Como pode estar agindo daquele jeito?

Mas no momento seguinte, todo o corpo de Matt vibrava de choque. Kristin se grudou nele e arrulhou:

— Matt Honeylícia! Você veio me ver!

Matt respirou com cuidado para superar o choque. *Matt Honeylícia*. Ela não podia saber disso. Nem era da mesma escola de Tami. Por que Tami ligaria para ela e... contaria uma coisa dessas?

Ele balançou a cabeça, querendo clareá-la; depois olhou para a Sra. Dunstan, que parecia a mais gentil.

— Posso usar seu telefone? — perguntou ele. — Eu preciso... Eu *realmente preciso* dar uns telefonemas.

— O telefone está mudo desde ontem — disse o Sr. Dunstan severamente. Ele não tentou afastar Kristin de Matt, o que era estranho, porque ele claramente estava com raiva. — Deve ter sido uma árvore caída. E você sabe que aqui o celular não pega.

— Mas... — A mente de Matt girava intensamente. — Quer dizer que nenhuma adolescente veio à sua casa pedindo ajuda?

Uma menina loura de olhos azuis? Juro que não fui eu que a machuquei. Juro que quero ajudá-la.

— Matt Honeylícia? Estou fazendo uma tatuagem só para você. — Ainda apertada nele, Kristin estendeu o braço esquerdo. Matt o olhou, horrorizado. Ela obviamente usou agulhas ou um alfinete para perfurar o antebraço esquerdo, depois abriu um cartucho de caneta-tinteiro para conseguir a cor azul-escura. Parecia uma tatuagem básica de prisão, feita por uma criança. As letras irregulares M A T já eram visíveis, junto com uma mancha de tinta que devia ser o outro T.

Não admira que não fiquem emocionados em me deixar entrar, pensou Matt, assombrado. Agora Kristin estava com os dois braços na cintura de Matt, dificultando sua respiração. Estava na ponta dos pés, falando com ele, sussurrando rapidamente umas coisas obscenas que Tami tinha falado antes.

Ele olhou a Sra. Dunstan.

— Sinceramente, eu nem vejo a Kristin há... acho que quase um ano. Fizemos uma feira de fim de ano e Kristin ajudou com os passeios de pônei, mas...

A Sra. Dunstan assentia lentamente.

— Não é culpa sua. Ela anda agindo assim com o Jake também. Com o próprio irmão. E com... com o pai. Mas estou lhe contando a verdade; não vimos nenhuma outra menina. Ninguém bateu em nossa porta hoje, só você.

— Tudo bem. — Os olhos de Matt lacrimejavam. Seu cérebro, sintonizado antes de tudo na própria sobrevivência, dizia-lhe para poupar fôlego e não discutir. Obrigou-o a dizer: — Kristin... Não consigo respirar...

— Mas eu te *amo*, Matt Honeylícia. Não quero que *jamais* me deixe. Principalmente por aquela puta velha. Aquela puta velha com vermes nos buracos dos olhos...

De novo Matt teve a sensação de que o mundo girava. Mas não conseguia ofegar. Nem tinha ar para isso. Com os olhos esbugalhados, ele se virou desesperançado para o Sr. Dunstan, que estava mais perto.

— Não consigo... respirar...

Como uma menina de 13 anos pode ser tão forte? Foi preciso que viessem o Sr. Dunstan e Jake para arrancá-la de Matt. Não, mesmo assim não estava funcionando. Ele começava a ver uma rede cinza pulsando atrás dos olhos. Precisava de ar.

Houve um estalo agudo que terminou com um ruído. Depois outro. De repente, ele conseguiu respirar novamente.

— Não, Jacob! Chega! — gritou a Sra. Dunstan. — Ela o soltou... Não bata mais nela!

Quando a visão de Matt clareou, o Sr. Dunstan estava afivelando o cinto. Kristin gemia.

— *Espeee*rem só! *Espeee*rem só! Vão se *arreee-pender*! — Depois correu da sala.

— Não sei se isso ajuda ou piora tudo — disse Matt quando recuperou o fôlego —, mas Kristin não é a única menina a agir desse jeito. Há pelo menos mais uma na cidade...

— Só o que me importa é a Kristin — disse a Sra. Dunstan. — E essa... *coisa* não é ela.

Matt assentiu. Mas agora havia algo que precisava fazer. Tinha de encontrar Elena.

— Se uma moça loura bater na porta e pedir ajuda, podem deixar que ela entre, por favor? — pediu ele à Sra. Dunstan. — Por favor? Mas não deixe nenhum homem entrar... Nem mesmo eu, se não quiser — disse ele.

Por um instante seus olhos e os da Sra. Dunstan se encontraram e ele sentiu que ela compreendia. Depois ela assentiu e o acompanhou até a porta.

Muito bem, pensou Matt. Elena vinha para cá, mas não conseguiu chegar. Então procure pelos sinais.

Ele procurou. E o que os sinais lhe mostravam era que, a alguns passos da propriedade dos Dunstan, ela inexplicavelmente deu uma guinada para a direita, entrando no bosque.

Mas por quê? Será que alguma coisa a assustou? Ou será que ela... Matt sentiu náuseas — de algum modo foi ludibriada a continuar mancando, até que por fim deixasse toda ajuda humana para trás?

Só o que ele podia fazer era segui-la bosque adentro.

29

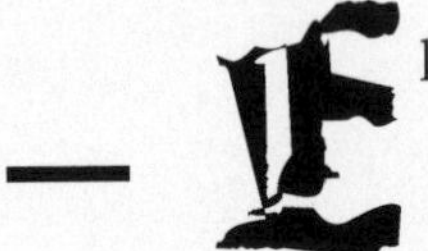lena!

Algo a incomodava.

— Elena!

Por favor, chega de dor. Ela não a sentia agora, mas se lembrava... Ah, chega de lutar para respirar...

— *Elena!*

Não... Deixe como está. Mentalmente, Elena afastou a coisa que incomodava seus ouvidos e sua cabeça.

— *Elena, por favor...*

Só o que ela queria era dormir. Para sempre.

— *Mas que droga,* Shinichi!

Damon pegou o globo de neve com o bosque em miniatura quando Shinichi encontrou a mancha de Elena irradiando dele. Em seu interior, cresciam dezenas de abetos, castanheiras, pinheiros e outras árvores — todas de uma membrana interna inteiramente transparente. Uma pessoinha — se alguém fosse miniaturizado e colocado em um globo semelhante — veria árvores à frente, atrás, por todos os lados; e podia andar em linha reta e voltar ao ponto de partida independente do caminho que escolhesse.

— É divertido — disse Shinichi com tristeza, olhando-o atentamente de sob os cílios. — Um brinquedo, em geral para crianças. Uma armadilha de brinquedo.

— E você acha *isso* divertido? — Damon bateu o globo na mesa de centro feita de madeira reciclada na refinada cabana que era o esconderijo secreto de Shinichi. Foi quando descobriu por que eram brinquedos de criança — o globo era inquebrável.

Depois disso Damon precisou de um instante — só um instante — para se controlar. Elena talvez tivesse segundos de vida. Ele precisava usar as palavras certas.

Depois daquele único instante, uma extensa série de palavras se derramou de seus lábios, a maioria em inglês, e cuidadosamente escolhidas para não haver palavrões e insultos desnecessários. Ele não se importava de insultar Shinichi. Simplesmente ameaçou — não, ele *jurou* — lançar sobre Shinichi o tipo de violência que estava acostumado a ver em uma longa vida cheia de humanos e vampiros com imaginação distorcida. Por fim, ficou claro para Shinichi que Damon falava a sério e Damon se viu dentro do globo com uma Elena ensopada diante de si. Estava deitada aos pés dele, e seu estado era pior do que seus piores temores permitiam que imaginasse. Tinha o braço direito deslocado, fraturas múltiplas e a tíbia esquerda estava completamente estilhaçada.

Embora fosse apavorante imaginá-la cambaleando pelo bosque do globo, com o sangue escorrendo pelo braço direito, do ombro ao cotovelo, a perna esquerda se arrastando como a de um animal ferido, isto era pior. O cabelo de Elena estava ensopado de suor e lama, e caía desordenado em seu rosto. E ela estava fora de si, literalmente, delirava, falando com gente que nem estava ali.

E ela estava azulada.

Elena conseguiu arrebentar uma trepadeira com todo seu esforço. Damon pegou braçadas imensas delas, arrancando-as furiosamente da terra como se elas tentassem lutar ou se enrolar em seus pulsos. Elena ofegou e inspirou profundamente no instante em que a asfixia a teria matado, mas não recuperou a consciência.

E ela não era a Elena de que ele se lembrava. Quando a pegou, Damon não sentiu resistência, nem aceitação, não sentiu nada. Ela não o conhecia. Estava delirante de febre, exaustão e dor, mas em um momento de semiconsciência, ela beijou a mão dele através do cabelo desgrenhado e molhado, sussurrando: "Matt... Encontre... Matt". Ela não sabia quem ele era — mal sabia quem era *ela mesma*, mas sua preocupação era com o amigo. O beijo atravessara a mão de Damon e subira por seu braço como o toque de um ferro em brasa, e desde então ele ficou monitorando a mente de Elena, tentando desviar a agonia que ela sentia — desviar para qualquer lugar, para a noite... para ele mesmo.

Ele se virou para Shinichi e falou, numa voz tão fria quanto o vento glacial.

— É melhor ter uma cura para todas as feridas dela... Agora.

A cabana encantadora era cercada das mesmas coníferas, castanheiras e pinheiros que cresciam no globo de neve. O fogo ardeu violeta e verde quando Shinichi o atiçou.

— Esta água está quase fervendo. Faça com que ela beba o chá com isto aqui. — Ele entregou a Damon uma jarra escurecida; antigamente, um lindo jarro de prata; agora era uma lembrança do que foi — e um bule com umas folhas partidas e outras coisas de aparência desagradável no fundo. — Cuide para que ela beba uns três quartos da xícara; ela vai dormir e acordar quase nova em folha.

Ele deu uma cotovelada nas costelas de Damon.

— Ou pode simplesmente deixá-la tomar alguns goles... Curá-la parcialmente, depois fazer com que ela saiba que será decisão sua lhe dar mais... Ou não. Sabe como é... Se ela cooperar...

Damon continuou em silêncio e se virou. Se eu tiver de olhar para ele, pensou, vou matá-lo. E posso precisar dele novamente.

— E se quiser realmente acelerar o processo de cura, coloque um pouco do seu sangue. Algumas pessoas gostam de fazer assim — acrescentou Shinichi, a voz voltando a adquirir velocidade e excitação. — Ver quanta dor um humano pode suportar, sabe como é, e depois, quando estão quase morrendo, você pode alimentá-los com chá e sangue e recomeçar... Se eles se lembrarem de você da última vez, o que quase nunca acontece, eles em geral vão suportar mais dor só para ter uma chance de lutar com você... — Shinichi riu e Damon achou que ele não parecia muito são.

Mas quando de repente ele se virou para Shinichi, teve de se controlar. Shinichi tinha se transformado num contorno fulgurante e brilhante de si mesmo, com línguas de luz agitando-se de sua projeção, como chamas solares vistas de perto. Damon ficou quase cego e sabia que era essa a intenção de seu adversário. Ele segurou a jarra de prata como se estivesse segurando sua própria sanidade.

Talvez estivesse. Ele tinha um espaço em branco na mente — e de repente se lembrou de tentar encontrar Elena... Ou Shinichi. Porque Elena de repente sumiu de perto dele e só podia ser culpa desse kitsune.

— Tem algum banheiro moderno aqui? — perguntou Damon a Shinichi.

— Tem o que você quiser; basta decidir antes de destrancar uma porta com esta chave. E agora... — Shinichi se espreguiçou com os olhos dourados meio fechados. Passou a mão lânguida pelo cabelo preto e brilhante com as pontas em chama. — Agora, acho que vou dormir debaixo de um arbusto.

— É só isso que você faz? — Damon não tentou esconder o sarcasmo amargurado da voz.

— E me divertir com Misao. E lutar. E ir aos torneios. Eles... Bom, você terá que ver por si mesmo.

— Não quero ir a lugar nenhum. — Damon não queria saber o que aquela raposa e a irmã achavam divertido.

Shinichi estendeu a mão e tirou do fogo o pequeno caldeirão cheio de água fervente. Despejou a água sobre uma mistura de três cascas, folhas e outros detritos no bule de metal amassado.

— Por que não vai procurar um arbusto *agora*? — disse Damon, e não foi uma sugestão. Já estava farto da raposa, que de qualquer forma agora já servira a seu propósito, e Damon não dava a mínima para que maldade Shinichi podia fazer com os outros. Só o que queria era ficar a sós... Com Elena.

— Lembre-se: faça com que ela beba tudo, se quiser ficar com ela por um tempo. Ela não teria salvação sem isso. — Shinichi passou a infusão de chá verde escuro por um coador fino. — É melhor tentar antes que ela acorde.

— Você pode *dar o fora daqui*?

Quando Shinichi passou pela fenda dimensional, com o cuidado de se virar do jeito certo para chegar ao mundo real, e não em outro globo, ele estava fumegando. Queria voltar e espancar Damon, sem deixar um sopro que fosse de vida nele. Queria ativar o malach dentro de Damon e fazer com que ele... Bom, é claro, não *exatamente* matar a doce Elena. Ela era um botão com néctar intocado, e Shinichi não tinha pressa para vê-la enterrada.

Mas quanto ao restante da ideia... Sim, ele decidiu. Agora ele sabia o que ia fazer. Seria simplesmente uma delícia ver Damon e Elena se entenderem e depois, durante o Festival do Plenilúnio esta noite, trazer o monstro de volta. Ele podia deixar que Damon continuasse acreditando que eles eram "aliados", depois, no meio da pequena farra dos dois — libertar o Damon possuído. Mostrar que ele, Shinichi, esteve no controle o tempo todo.

Ele castigaria Elena de maneiras que ela jamais sonhou e ela morreria numa agonia deliciosa... Nas mãos de Damon. A cauda de Shinichi tremeu um pouco de êxtase ao pensar nisso. Mas por ora, que eles se divirtam juntos. A vingança só amadurece com o tempo e era bem difícil controlar Damon quando estava furioso.

Doía admitir isso, assim como sua cauda — a física, no meio — doeu da crueldade abominável de Damon com os animais. Quando Damon estava furioso era preciso que Shinichi concentrasse totalmente para controlá-lo.

Mas no Plenilúnio Damon ficaria calmo, seria plácido. Ficaria satisfeito consigo mesmo, e ele e Elena sem dúvida pensariam em algum plano absurdo para tentar deter Shinichi.

Seria *aí* que a diversão começaria.

Elena daria uma linda escrava enquanto ela durasse.

Na ausência do kitsune, Damon achou que podia se comportar com mais naturalidade. Controlando firmemente a mente de Elena, ele pegou a xícara. Experimentou ele mesmo um gole do preparado antes de dar a Elena e descobriu que tinha um gosto um pouco menos nauseante do que o cheiro. Mas Elena na verdade não tinha alternativa, não podia fazer nada por vontade própria e pouco a pouco a mistura foi engolida.

Depois uma dose de seu sangue também. De novo, Elena estava inconsciente e não tinha alternativas.

E então ela dormiu.

Damon andou de um lado para o outro, inquieto. Tinha uma lembrança que mais parecia um sonho flutuando em sua mente. Era de Elena tentando se lançar para fora da Ferrari que ia a 100 quilômetros por hora, para escapar... Do quê?

Dele?

Por quê?

De qualquer modo, não foi o melhor dos começos.

Mas ele só conseguia se lembrar disso! Que droga! O que aconteceu antes era um branco total. Será que ele machucou Stefan? Não, Stefan foi embora. Tinha o outro cara com ele, o Mutt. *O que houve?*

Mas que *inferno!* Ele precisava entender o que tinha acontecido para explicar tudo a Elena quando ela despertasse. Damon queria que ela acreditasse, que confiasse nele. Não queria Elena como uma sangria de uma noite. Queria que ela o *escolhesse.* Queria que ela visse como combinava melhor com ele do que com o irmão covarde e efeminado.

Sua princesa das trevas. Ela *nasceu* para ser assim. Com ele como rei, consorte, o que ela quisesse. Quando Elena enxergasse as coisas com mais clareza, entenderia que isso não importava. Que nada importava, a não ser os dois juntos.

Ele olhou o corpo dela, velado sob o lençol, sem envolvimento emocional — não, com uma *culpa* clara. *Dio mio* — e se eu não a tivesse encontrado? Ele não conseguia tirar de sua mente a imagem de Elena, cambaleando para frente daquele jeito... Prostrada, sem fôlego... Beijando sua mão...

Damon se sentou e beliscou a ponta do nariz. Por que ela estava na Ferrari com ele? Ela estava com raiva — não, não era raiva. Furiosa era mais correto, mas também com medo... *Dele*. Damon agora podia ver com clareza, o momento em que ela se atirou do carro em alta velocidade, mas não conseguia se lembrar de nada antes disso.

Será que ele tinha enlouquecido?

O que fizeram com ela? Não... Damon obrigou seus pensamentos a se afastarem da pergunta fácil para fazer a *verdadeira* pergunta. O que *ele* fez com ela? Mesmo sem telepatia, era fácil interpretar os olhos de Elena, azuis com manchinhas douradas, como lápis-lazúli. O que... *ele*... fez de tão apavorante para ela saltar de um carro em alta velocidade a fim de se livrar dele?

Ele andou zombando do rapaz de cabelo claro. Mutt... Gnat... Sei lá. Os três estiveram juntos, e ele e Elena... Droga! A partir daí, até sua consciência ao volante da Ferrari, só havia um branco total. Ele se lembrava de salvar Bonnie na casa de Caroline; lembrava-se de chegar atrasado ao encontro com Stefan às 4h44; mas depois disso as coisas começam a se fragmentar. *Shinichi, maledicalo!* Aquela raposa! Ele sabia mais do que contava a Damon.

Eu sempre... fui mais forte... do que meus inimigos, pensou ele. Sempre... mantive... o... controle.

Ele ouviu um leve som e estava ao lado de Elena num instante. Seus olhos azuis estavam fechados, mas os cílios tremiam. Estaria ela acordando?

Ele se obrigou a virar o lençol no ombro de Elena. Shinichi tinha razão. Havia muito sangue seco, mas ele podia sentir que o sangue que fluía era normal. Mas havia algo muito ruim... Não, ele não acreditava nisso.

Damon mal conseguiu reprimir o grito de frustração. A porcaria da raposa a deixou com um ombro deslocado.

As coisas sem dúvida não iam bem para ele hoje.

E agora, chamaria Shinichi?

Nunca. Ele sentia que esta noite não podia olhar a raposa novamente sem quer assassiná-la.

Damon ia ter de colocar sozinho o ombro de Elena de volta no lugar. Era um procedimento que normalmente só era realizado por duas pessoas, mas o que ele podia fazer?

Ainda controlando a mente de Elena com garras de ferro, certificando-se de que ela *não pudesse* acordar, ele a pegou pelo braço e começou o trabalho doloroso de deslocar ainda mais o úmero, puxando o osso para fora para que finalmente liberasse a pressão e ele ouvisse o suave *estalo* indicando que o longo osso do braço tinha voltado a seu lugar. Depois ele a soltou. A cabeça de Elena se debatia, os lábios estavam ressecados. Ele serviu mais um pouco do chá mágico e nauseante de Shinichi na xícara amassada, depois ergueu a cabeça dela gentilmente do lado esquerdo para colocar a xícara em seus lábios. Deixou que a mente de Elena tivesse alguma liberdade e ela começou a levantar e abaixar a mão direita.

Damon suspirou e tombou sua cabeça de lado, virando a jarra de prata para que o chá escorregasse por sua boca. Ela engoliu, obediente. Tudo isso fez Damon se lembrar de Bonnie... Mas Bonnie não ficou tão gravemente ferida. Damon sabia que não podia devolver Elena aos amigos nestas condições; não com a roupa rasgada, e sangue seco por todo lado.

Talvez ele pudesse fazer alguma coisa a respeito disso. Ele foi à segunda porta do quarto e pensou: *banheiro — banheiro moderno*, destrancou e a abriu. Era exatamente o que ele imaginara: um sanitário branco e imaculado com uma pilha imensa de toalhas, prontas para os hóspedes, junto à banheira.

Damon molhou uma das toalhas com água quente. Agora sabia muito bem que devia despir Elena e mergulhá-la na água quente. Era o que Elena precisava, mas se os amigos dela descobrissem, arrancariam seu coração vivo do peito e cravariam uma estaca nele. Damon nem precisou pensar nisso — simplesmente sabia.

Ele voltou a Elena e começou a esfregar delicadamente o sangue seco em seu ombro. Ela murmurou, balançado a cabeça, mas ele continuou até que o ombro pelo menos parecesse normal, embora estivesse exposto pela roupa rasgada.

Depois ele pegou outra toalha e trabalhou no tornozelo. Ainda estava inchado — ela não ia poder correr tão cedo. A tíbia, o primeiro dos dois ossos da perna, tinha se unido corretamente. Era mais uma prova de que Shinichi e o *Shi no Shi* não precisavam de dinheiro, ou simplesmente colocariam este chá no mercado e ganhariam uma fortuna.

"Nós vemos as coisas... de um jeito diferente", tinha dito Shinichi, fixando aqueles olhos dourados e estranhos em Damon. "O dinheiro não significa muito para nós. O que ele compra? As agonias no leito de morte de um vagabundo idoso que teme ir para o inferno. Vê-lo transpirar, tentando se lembrar de encontros que esqueceu há muito. A primeira lágrima de solidão consciente de um bebê. As emoções de uma esposa infiel quando o marido a flagra com o amante. Uma donzela... Bom, seu primeiro beijo e a primeira noite de descoberta. Um irmão disposto a morrer pelo outro. Coisas assim."

E muitas outras coisas que não podiam ser mencionadas em companhia educada, pensou Damon. Muito sobre a dor. Eles eram sanguessugas emocionais, e sugavam os sentimentos dos mortais para compensar o vazio de suas almas.

Ele podia sentir a náusea dentro dele de novo ao tentar imaginar — ao tentar calcular — a dor que Elena deve ter sentido, saltando de seu carro. Ela deve ter esperado uma morte agonizante — mas ainda era melhor do que ficar com ele.

Desta vez, antes de entrar pela porta que tinha sido um banheiro ladrilhado de branco, ele pensou: *cozinha moderna, com muitos sacos de gelo no freezer.*

Também não ficou decepcionado. Ele se viu em uma cozinha fortemente masculina, com eletrodomésticos cromados e ladrilhos pretos e brancos. No freezer: seis sacos de gelo. Ele levou três a Elena e pôs um em seu ombro, outro no cotovelo, o terceiro no tornozelo. Depois voltou à imaculada da cozinha para pegar um copo de água gelada.

Cansada. Tão cansada.

Para Elena, seu corpo pesava como chumbo.

Cada membro... Cada pensamento... preso em chumbo.

Por exemplo, havia algo que ela devia estar fazendo — ou não — neste exato momento. Mas ela não conseguia fazer o pensamento chegar à superfície de sua mente. Era pesado demais. Tudo era muito pesado. Ela nem conseguia abrir os olhos.

Um arranhar. Algo estava perto, numa cadeira. Depois houve uma frieza líquida em seus lábios, só algumas gotas, mas a estimulou a tentar segurar ela mesma o copo e beber. Ah, que água deliciosa. Tinha um sabor melhor do que tudo o que ela já bebera na vida. Seu ombro doía terrivelmente, mas valia a dor para beber e beber — não! O copo foi puxado dela. Ela tentou segurá-lo, mas estava fraca, e o corpo foi puxado de suas mãos.

Depois Elena tentou tocar o ombro, mas aquelas mãos gentis e invisíveis não deixaram, não antes que suas mãos fossem lavadas em água quente. Depois disso as mãos gentis colocaram os sacos de gelo nela e a embrulharam como uma múmia num lençol. O frio entorpeceu suas sensações imediatas de dor, embora houvesse outras dores, bem no fundo...

Era difícil demais pensar nisso. Enquanto as mãos retiravam de novo os sacos de gelo — ela agora tremia de frio —, Elena se deixou resvalar no sono.

Damon cuidava de Elena e cochilava. No banheiro perfeitamente equipado, ele encontrou uma escova de cabelo e um pente de casco de tartaruga. Pareciam úteis. E de uma coisa ele tinha certeza: o cabelo de Elena nunca ficou assim em sua vida — ou em sua morte. Ele tentou passar a escova delicadamente no cabelo dela e descobriu que era muito mais difícil desfazer os nós do que imaginara. Quando passou a escova com mais força, ela se mexeu e gemeu na estranha linguagem do sono que tinha.

E por fim foi o escovar de cabelos que conseguiu a proeza. Elena, sem abrir os olhos, estendeu a mão e pegou a escova de Damon e depois, quando atingiu um nó grande, franziu o cenho, estendeu a mão para pegar um punhado e tentou passar a escova. Damon se sentiu solidário. Ocasionalmente, em seus séculos de existência, ele teve cabelos compridos — quando não podia ser evitado, e embora seu cabelo fosse naturalmente fino como o de Elena, ele conhecia a frustração de arrancar os cabelos pelas raízes. Damon estava prestes a pegar a escova dela de novo, quando Elena abriu os olhos.

— O quê...? — disse ela, depois piscou.

Damon se retesou, pronto para empurrá-la a um apagão mental, se fosse necessário. Mas ela nem tentou bater nele com a escova.

— O que... houve? — O sentimento de Elena era claro: ela não gostava disso. Estava infeliz por despertar novamente com apenas uma vaga ideia do que aconteceu enquanto dormia.

Enquanto Damon, postado para lutar ou fugir, olhava seu rosto, ela lentamente começou a juntar o que lhe havia acontecido.

— Damon? — Os olhos tinham uma expressão franca de lápis-lazúli.

Dizia: *Estou sendo torturada, ou tratada, ou você só é um espectador interessado, desfrutando da dor de alguém enquanto bebe uma taça de conhaque?*

— Eles *cozinham* com conhaque, princesa. O que *bebem* é Armagnac. E eu não bebo... nenhum dos dois — disse Damon. Ele estragou todo o efeito acrescentando rapidamente: — Não há perigo algum agora. Eu te juro, Stefan me deixou como seu guarda-costas.

Isto era tecnicamente verdade, se considerarmos o fato de que Stefan gritou: "É melhor cuidar para que nada aconteça a Elena, seu cretino de duas caras, ou vou achar um jeito de voltar e despedaçar você..." O resto ficou abafado na luta, mas Damon entendeu o principal. E agora levava a atribuição muito a sério.

— Nada mais vai lhe machucar, se você me deixar cuidar de você — acrescentou ele, agora entrando na área da ficção, uma vez que quem quer que tenha apavorado ou empurrado Elena do carro obviamente estava perto quando ele também esteve. Mas nada a atingiria no futuro, ele jurou a si mesmo. Embora ele tivesse cometido um erro idiota nesta última vez, de agora em diante não haveria mais ataques a Elena Gilbert — ou alguém morreria.

Ele não tentou espionar seus pensamentos, mas enquanto ela o fitava nos olhos por um bom tempo, eles projetavam com total clareza — e completo mistério — as palavras: Eu sabia que tinha razão. Era outra pessoa o tempo todo. E ele sabia que, por baixo da dor, Elena sentia uma satisfação imensa.

— Eu machuquei o ombro. — Ela estendeu a mão direita para tocá-lo, mas Damon a impediu.

— Você o deslocou — disse Damon. — Vai doer por um tempo.

— E meu tornozelo... Mas alguém... Eu me lembro de estar no bosque e olhei para cima e era *você*. Eu não conseguia respirar, mas você arrancou as trepadeiras de mim e me pegou nos braços... — Ela olhou aturdida para Damon. — *Você* me salvou?

A declaração parecia uma pergunta, mas não era. Ela se perguntava alguma coisa que parecia impossível. Depois começou a chorar.

A primeira lágrima de solidão consciente de um bebê. As emoções de uma esposa infiel quando o marido a flagra com o amante...

E talvez o choro de uma garota quando ela acredita que o inimigo a salvou da morte.

Damon trincou os dentes de frustração. A ideia de que Shinichi podia estar observando isso, sentindo as emoções de Elena, saboreando-as... era insuportável. Shinichi devolveria a memória a Elena, ele tinha certeza disso. Mas na hora e no lugar que mais o divertissem.

— Era minha obrigação — disse ele rigidamente. — Eu jurei fazer isso.

— Obrigada — Elena ofegou entre os soluços. — Não, por favor... não vire o rosto. Eu estou sendo sincera. Oooohhh... Tem uma caixa de lenços... Alguma coisa *seca*? — De novo seu corpo subia e descia com os soluços.

Tinha uma caixa de lenços no banheiro e Damon a levou a Elena.

Ele virou o rosto para não vê-la, assoando o nariz repetidas vezes enquanto chorava. Aqui não havia espírito encantado nem encantador, nenhuma combatente do mal terrível e sofisticada, nem uma sedutora perigosa. Só uma menina arrasada pela dor, ofegando como um animal ferido, chorando como uma criança.

E sem dúvida o irmão de Damon saberia o que dizer a ela. Ele, Damon, não tinha ideia do que fazer — só sabia que ia matar por isso. Shinichi aprenderia o que significava mexer com Damon quando isso envolvia Elena.

— Como se sente? — perguntou ele abruptamente. Ninguém poderia dizer que ele se aproveitou da situação — ninguém poderia dizer que ele a machucou só para... fazer isso com ela.

— Você me deu seu sangue — disse Elena, admirada, e enquanto ele olhava rapidamente para a manga enrolada da camisa, ela acrescentou: — Não... É só uma sensação que eu tenho. Quando eu voltei a terra pela primeira vez, depois da vida espiritual. Stefan me deu seu sangue e acabei por sentir... isso. Muito quente. Meio desconfortável.

Ele girou e olhou para ela.

— Desconfortável?

— Cheio demais... Aqui. — Ela tocou o pescoço. — Achamos que é uma coisa simbólica... Para vampiros e humanos que vivem juntos.

— Para um vampiro que Transforma uma humana em vampira, quer dizer — disse ele incisivamente.

— Só que eu não me Transformei quando ainda era parte espírito. Mas então... Eu voltei a ser humana. — Ela deu um soluço, tentou abrir um sorriso fraco e usou a escova de novo. — Eu ia te pedir para me olhar e ver que não me Transformei, mas... — Ela fez um pequeno gesto de impotência.

Damon se sentou e imaginou como teria sido cuidar da Elena criança-espírito. Era uma ideia torturante.

Ele disse abruptamente:

— Quando você falou que foi um pouco desconfortável, quis dizer que *eu* devia tirar parte de seu sangue?

Ela virou um pouco a cara, depois voltou a olhar para ele.

— Eu lhe disse que estava grata. Eu disse a você que me sentia... Cheia demais. Não sei mais *como* lhe agradecer.

Se Damon não tivesse séculos de treinamento em disciplina, teria atirado alguma coisa pelo quarto. Era uma situação de fazer rir... Ou chorar. Ela estava se oferecendo a ele por gratidão pelo resgate do sofrimento que ele devia ter lhe poupado, mas não conseguira.

Mas ele não era um herói. Não era como São Stefan, para rejeitar esse prêmio definitivo, independente das condições em que ela estivesse.

Ele queria Elena.

30

Matt desistira das pistas. Pelo que pôde perceber algo levou Elena a se desviar completamente da casa e do celeiro dos Dunstan, pulando numa perna só até chegar a um leito esmagado e rasgado de pequenas trepadeiras. Elas pendiam moles dos dedos de Matt, mas faziam-no lembrar, com inquietação, da sensação dos tentáculos do inseto em seu pescoço.

E a partir dali não havia sinal de movimento humano. Era como se Elena tivesse sido abduzida por um ovni.

Agora, depois de fazer excursões para todo lado, ele mesmo estava perdido no fundo do bosque. Se quisesse, podia fantasiar que havia todo tipo de barulho em volta dele. Se quisesse, podia imaginar que a luz da lanterna não brilhava tanto como antes, que tinha um doentio tom amarelado...

Nesse tempo todo, enquanto procurava, ele manteve o maior silêncio possível, tomando o cuidado para não pisar em algo que não queria ser pisado. Mas agora, em algum lugar dentro dele, algo inchava e ele, incapaz de impedir aquilo, enfraquecia a cada segundo.

Quando saiu, sobressaltou Matt tanto quanto podia ter assustado qualquer possível ouvinte.

— *Eleeeeeeeeeenaaaaaaaa!*

Desde quando ele era criança, Matt aprendeu a fazer suas orações noturnas. Não sabia muito de igrejas, mas nutria um sentimento profundo e sincero de que Alguém ou Algo lá fora cuidava das pessoas. Que em algum lugar e de algum modo tudo fazia sentido, e que havia motivo para tudo.

Essa crença foi severamente testada no ano passado.

Mas a volta de Elena dos mortos eliminou todas as suas dúvidas. Parecia provar tudo o que ele sempre quis acreditar.

O Senhor não a devolveria a nós só por alguns dias, depois a tiraria de novo, não é?, perguntou ele, e a pergunta na verdade era uma forma de oração. Não faria isso... Faria?

Porque a ideia de um mundo sem Elena, sem sua *centelha*; sua força de vontade; sua mania de se meter em aventuras malucas — e sair delas, de um jeito ainda mais louco — bom, era perder demais. O mundo voltaria a ser tingido em tons escuros de cinza e marrom sem ela. Não haveria vermelho vivo, nem clarões de verde papagaio, nem cerúleo, nem amarelos-narciso, nem prata mercúrio — e nenhum ouro. Nenhum borrifo de ouro no infinito azul lápis-lazúli de seus olhos.

— Eleeeeenaaaaa! Mas que droga, responda! É Matt, Elena! Eleee...

Ele se interrompeu de repente e escutou. Por um instante seu coração deu um salto e todo o seu corpo se retesou. Mas ele distinguiu as palavras que podia ouvir.

— Eleeeeenaaa! Maaatt! Cadê vocês?

— Bonnie? *Bonnie! Estou aqui!* — Ele virou a lanterna para o alto, girando-a num círculo lento. — Está me vendo?

— Você pode nos ver?

Matt girou o corpo devagar. E — sim — havia um facho de luz, talvez uma lanterna; não, duas, três lanternas!

Seu coração saltou ao ver *três* fachos.

— Estou indo até vocês — gritou ele e agiu, correspondendo ao que disse. A discrição há muito tinha sido deixada de lado. Ele corria por cima das coisas, arrancando gavinhas que tentavam pegar seus tornozelos, mas berrando o tempo todo: — Fiquem onde estão! Estou chegando!

E então as luzes estavam bem diante dele, ofuscando sua visão, e de algum modo ele tinha Bonnie nos braços, e Bonnie chorava. Isso pelo menos conferiu alguma normalidade à situação. Bonnie chorava em seu peito e ele olhava para Meredith, que sorria de ansiedade, e para... a Sra. Flowers? Tinha de ser, ela usava o chapéu de jardinagem com as flores artificiais, bem como o que pareciam ser uns sete ou oito suéteres de lã.

— Sra. Flowers? — disse ele, a boca finalmente acompanhando o cérebro. — Mas... Onde está Elena?

As três que o olhavam arriaram subitamente, como se estivessem na ponta dos pés esperando notícias e agora desabavam de decepção.

— Não a vimos — disse Meredith em voz baixa. — *Você* estava com ela.

— Eu *estava* com ela, é verdade. Mas depois Damon apareceu. *Ele a machucou*, Meredith. — Matt sentiu os braços de Bonnie se fecharem nele. — Ele a fez rolar no chão de agonia. Acho que ele vai matá-la. E... ele me machucou. Acho que eu apaguei. Quando despertei, ela havia sumido.

— Ele a levou? — perguntou Bonnie impetuosamente.

— É, mas... Não sei o que aconteceu depois. — De um jeito aflitivo, ele explicou sobre Elena aparentemente ter saltado do carro e os rastros que não levavam a lugar nenhum.

Bonnie tremeu em seus braços.

— E depois aconteceu outra coisa estranha — disse Matt. Devagar, às vezes gaguejando, ele fez o máximo para explicar sobre Kristin e as semelhanças com Tami.

— Isso é mesmo... muito esquisito — disse Bonnie. — Pensei ter uma reposta, mas se Kristin não teve contato com nenhuma das outras meninas...

— Você provavelmente estava pensando em algo como as bruxas de Salem, meu bem — disse a Sra. Flowers. Matt ainda não se acostumara com a Sra. Flowers *falando* com eles. Ela continuou: — Mas você não sabe realmente com quem Kristin esteve nos últimos dias. Ou com quem Jim esteve, aliás. As crianças têm muita liberdade hoje em dia, e ele pode ser... como se chama mesmo?... um *portador*.

— Além disso, mesmo que isto seja possessão, pode ser uma possessão inteiramente diferente — disse Meredith. — Kristin mora na beira do antigo bosque... que é cheio desses insetos... Desses malach. Quem sabe se isso aconteceu quando ela simplesmente saiu pela porta de casa? Quem sabe o que esperava por ela?

Agora Bonnie se sacudia nos braços de Matt. Eles apagaram todas as lanternas, menos uma, para conservar energia, mas isso deixou o ambiente sinistro.

— Mas e a telepatia? — perguntou Matt à Sra. Flowers. — Quero dizer, não acredito nem por um minuto que bruxas *de verdade* tenham atacado aquelas meninas de Salem. Acho que eram garotas reprimidas que tiveram um surto coletivo de histeria quando ficaram juntas, e de algum modo tudo se descontrolou. Mas como Kristin podia me chamar... me chamar... pelo nome que Tamra usou?

— Talvez a gente tenha entendido tudo errado — disse Bonnie, a voz abafada vindo de algum lugar no plexo solar de Matt. — Talvez não seja como Salem, onde a... a histeria se espalhou horizontalmente, se é que vocês me entendem. Talvez haja alguém por trás de tudo aqui, que está espalhando a coisa para onde bem entender.

Houve um breve silêncio e a Sra. Flowers murmurou:

— "Da boca das crianças sai a verdade..."

— Quer dizer que acha que é isso mesmo? Mas quem está por trás de tudo? Quem está fazendo tudo isso? — perguntou Meredith. — Não pode ser o Damon, porque ele salvou a Bonnie duas vezes... E a mim uma vez. — Antes que alguém pudesse juntar as palavras para perguntar sobre *isso*, ela continuou. — Elena tinha certeza absoluta de que *Damon* estava possuído por alguma coisa. Então, quem será?

— Alguém que ainda não conhecemos — murmurou Bonnie agourentamente. — Alguém que de quem não vamos gostar nem um pouco.

Com um *timing* perfeito, houve o estalo de um galho atrás deles. Como uma só pessoa, um só corpo, eles se viraram para olhar.

— O que eu realmente quero — disse Damon a Elena — é que você se aqueça. E isso ou significa cozinhar alguma coisa quente para você se aquecer de dentro para fora, ou colocá-la em uma banheira de água quente para que se aqueça de fora para dentro. E considerando o que aconteceu da última vez...

— Eu... Não tenho vontade de comer nada...

— Vamos lá, é uma tradição americana. Canja de maçã? Torta de galinha da mamãe?

Ela riu contra a vontade, depois estremeceu.

— É torta de maçã e canja de galinha da mamãe. Mas para um começo, você não se saiu tão mal.

— E então? Prometo não misturar as maçãs com a galinha.

— Posso tentar tomar a canja — disse Elena devagar. — E, ah, Damon, estou com tanta sede, só de água pura. Por favor.

— Eu sei, mas se beber demais vai ficar com dor. Vou fazer a canja.

— Vem numas latinhas com rótulo vermelho. Coloque o tablete por cima para se soltar... — Elena parou enquanto Damon se virava para a porta.

Damon sabia que Elena tinha sérias dúvidas sobre aquele plano, mas também sabia que se trouxesse alguma coisa para ela beber, ela beberia. A sede fazia isso com as pessoas.

Ele era uma prova morta-viva disso.

Enquanto ele passava pela porta, houve um barulho súbito e horrendo, como dois cutelos se chocando. Quase arrancou o... o traseiro de Damon de alto a baixo, a julgar pelo som.

— *Damon!* — Uma voz fraca exclamou pela porta. — Damon, está tudo bem? Damon! Responda!

Em vez de responder, ele se virou, examinou a porta, que parecia perfeitamente normal, e a abriu. Qualquer um que o visse abrir a porta teria se perguntando por que ele pôs uma chave na porta destrancada e disse: "quarto de Elena", depois a destrancou e abriu.

Quando entrou, teve de correr.

Elena estava deitada num emaranhado de lençóis e cobertores no chão. Tentava se levantar, mas o rosto estava pálido de dor.

— Quem a empurrou da cama? — disse ele. Damon ia matar Shinichi *aos pouquinhos.*

— Ninguém. Eu ouvi um barulho horrível assim que a porta se fechou. Tentei ir até você, mas...

Damon a fitou.

— *Tentei ir até você, mas...* — Esta criatura alquebrada, ferida e exausta tentou resgatar *a ele*? Tentou tanto que caiu da cama?

— Desculpe — disse ela com lágrimas nos olhos. — Não me acostumei com a gravidade. Você se machucou?

— Não tanto quanto você — disse ele, mantendo a voz severa de propósito, evitando olhar nos olhos dela. — Fiz uma idiotice saindo do quarto, e a casa... me lembrou disso.

— Do que está falando? — disse uma Elena deprimida, vestida só com os lençóis.

— Esta chave — Damon a ergueu para que ela visse. Era dourada e podia ser usada como anel, mas duas asas se desdobravam e formavam uma bela chave.

— O que tem ela?

— Foi como eu a usei. Esta chave tem o poder do kitsune e pode destrancar qualquer coisa, levando-a a qualquer lugar, mas funciona quando você a coloca na fechadura. Você diz aonde quer ir e gira a chave. Eu me esqueci de fazer isso ao sair de seu quarto.

Elena ficou confusa.

— Mas e se uma porta não tiver fechadura? Muitas portas de quarto não têm.

— Esta chave entra em qualquer porta. Pode-se dizer que faz sua própria fechadura. É um tesouro kitsune... que eu arranquei de Shinichi quando fiquei com raiva por você estar ferida. Ele vai querer de volta logo. — Os olhos de Damon se estreitaram e ele abriu um sorriso fraco. — E eu me pergunto quem de nós ficará com ela. Vi outra na cozinha... Uma sobressalente, é claro.

— Damon, toda essa história de chaves mágicas é interessante, mas se puder me tirar do chão...

Ele se arrependeu imediatamente. Depois veio a dúvida se ia colocar Elena na cama ou não.

— Vou tomar um banho — disse Elena numa voz fraquinha. Ela abriu o jeans e tentou se livrar deles.

— Espere um minuto! Você pode desmaiar e cair. Deite-se e eu prometo que ficará limpa, se estiver disposta a tentar comer um pouco. — Ele tinha novas reservas sobre a casa. — Agora, dispa-se na cama e se cubra com o lençol. Eu faço massagens incríveis — acrescentou ele, virando-se.

— Não precisa virar o rosto. É uma coisa que não entendo desde que eu... voltei — disse Elena. — O tabu do recato. Não entendo por que uma pessoa deve se envergonhar de seu corpo. — Isso chegou a ele numa voz muito abafada. — Quer dizer, todo mundo diz que Deus nos fez, que Deus nos fez sem roupas, mesmo depois de Adão e Eva. Se é tão importante, por que ele não nos fez com fraldas?

— Sim, é verdade. O que você fala me lembra do que um dia eu disse à rainha herdeira da França — disse Damon, decidido a fazer com que Elena continuasse a se despir enquanto ele olhava uma rachadura num dos painéis de madeira da parede. — Eu disse que se Deus era onipotente e onisciente, certamente Ele sabia de nossos destinos de antemão, e por que os hipócritas eram condenados a nascer no pecado da nudez como os amaldiçoados?

— E o que ela disse?

— Nada. Mas riu e bateu três vezes nas costas da minha mão com o leque, o que mais tarde soube que era um convite para um "encontro amoroso". Que pena, eu tinha outras obrigações. Ainda está na cama?

— Sim, e embaixo do lençol — disse Elena com a voz cansada. — Se ela era a rainha *herdeira*, imagino que você tenha ficado feliz — acrescentou ela numa voz meio assombrada. — Elas não eram velhas?

— Não, Ana da Áustria, rainha da França, conservou sua beleza extraordinária até o fim. Foi a única ruiva que...

Damon parou, procurando loucamente pelas palavras ao ficar de frente para a cama. Elena fizera o que ele pediu. Ele só não tinha percebido o quanto ela parecia Afrodite surgindo do mar. O branco desordenado do lençol unia-se ao branco leitoso e mais cálido de sua pele. Ela precisava se limpar, era verdade, mas bastava saber que por baixo daquele lençol fino ela estava magnificamente nua para que ele perdesse o fôlego.

Ela enrolou as roupas e as atirou no canto mais distante do quarto. Ele não a culpava.

Ele não refletiu. Não se deu essa oportunidade. Simplesmente estendeu as mãos e disse:

— Consomê de frango com tomilho, quente, numa tigela Mikasa... E óleo de flor de ameixeira, em um frasco.

Depois que o caldo foi devidamente consumido e Elena estava deitada de costas novamente, ele começou a massageá-la delicadamente com o óleo. A flor de ameixeira garantia um bom começo. Entorpecia a pele e a sensação de dor e proporcionava uma base para outros óleos mais exóticos que ele pretendia usar nela.

De certo modo, era muito melhor do que mergulhá-la numa Jacuzzi moderna. Ele sabia onde ficavam as lesões; podia aquecer os óleos à temperatura certa para qualquer um deles. E em vez de uma Jacuzzi imóvel jorrando água em um hematoma, ele podia evitar qualquer coisa sensível demais — no sentido da dor.

Ele começou pelos cabelos de Elena, acrescentando uma camada muito leve de óleo que soltaria os piores nós com a escovação. Depois do óleo, seu cabelo brilhava como ouro contra sua pele — mel em creme. Depois ele começou com os músculos do rosto: carícias mínimas com os polegares na testa para suavizá-la, obrigando-a a relaxar com seus movimentos. Movimentos circulares e lentos nas têmporas, com a mais leve pressão. Ele podia ver as veias azuis e finas ali, e sabia que uma pressão maior podia colocá-la para dormir.

Depois ele passou aos antebraços, aos braços, às mãos, fazendo-a se desmanchar com carícias bem-treinadas e as essências antigas e corretas, até que ela não passava de uma coisa solta e relaxada sob o lençol: luzidia, macia e dócil. Ele abriu seu sorriso incandescente por um momento enquanto puxava um dedo do pé até estalar — depois o sorriso ficou irônico. Agora Damon podia ter o que quisesse de Elena. Sim, ela não estava em condições de recusar nada. Mas ele não contava com o que o maldito lençol faria a *ele*. Todo mundo sabia que uma coberta, por mais simples que fosse, sempre chamava atenção para as áreas proibidas como a pura nudez não fazia. E massagear Elena centímetro por centímetro desse jeito fazia com que ele se concentrasse no que estava por baixo o tecido branco.

Depois de um tempo, Elena disse, sonolenta:

— Não vai me contar o final da história? Sobre Ana da Áustria, que foi a única ruiva que...

— ... que, ah, continuou ruiva natural até o fim da vida — murmurou Damon. — Sim. Diziam que o cardeal Richelieu era amante dela.

— Não era o cardeal mau dos *Três mosqueteiros*?

— Era, mas talvez não tão mau quanto foi retratado ali, e certamente era um político hábil. E dizem alguns que o verdadeiro pai de Luís... Agora vire-se.

— Nome estranho para um rei.

— Hein?

— Luís Agora Vire-se — disse Elena, virando-se e exibindo um clarão de coxa leitosa enquanto Damon tentava olhar várias outras partes do quarto.

— Depende das tradições de batismo do país natal da pessoa — disse Damon desvairadamente. Só o que ele podia ver eram reprises daquele vislumbre de coxa.

— O quê?

— O quê?

— Eu estava perguntando a você...

— Está aquecida agora? Acabou — disse Damon e, insensatamente, deu um tapinha na curva mais alta do corpo dele sob a toalha.

— Ei! — Elena se ergueu e Damon, de frente para todo um corpo de rosa e dourado claro, perfumado e reluzente e com músculos como aço sob a pele sedosa, fugiu precipitadamente.

Ele voltou depois de um tempo adequado com uma oferta relaxante de mais sopa. Elena, digna sob o lençol que usava como uma toga, aceitou. Nem tentou lhe dar um tapa no traseiro quando ele deu as costas.

— O que *é* este lugar? — perguntou ela. — Não pode ser a casa dos Dunstan... Eles são uma família antiga, com uma casa antiga. Eles eram fazendeiros.

— Ah, digamos que é um pequeno *pied-à-terre* meu no bosque.

— Rá — disse Elena. — Eu sabia que você não dormia em árvores.

Damon se viu reprimindo um sorriso. Ele nunca esteve com Elena quando a situação não era de vida ou morte. Agora, se dissesse que achava que amava sua mente depois de tê-la massageado nua sob um lençol... Não... Ninguém jamais acreditaria nele.

— Sente-se melhor? — perguntou ele.

— Quente como uma canja de galinha com maçã.

— Não vou me livrar disso nunca, não é?

Ele a fez ficar na cama enquanto pensava em camisolas, de todos os tamanhos e estilos, e também em robes — e chinelos, tudo durante o tempo em que andou até o que tinha sido um banheiro, e ficou satisfeito ao descobrir que agora era um closet com tudo o que alguém podia querer em termos de vestimenta noturna. De lingerie de seda às boas e antiquadas camisolas e toucas, o guarda-roupas tinha de tudo. Damon saiu com duas braçadas e deixou que Elena escolhesse.

Ela pegou uma camisola branca de gola alta de um tecido modesto. Damon se viu afagando uma majestosa camisola azul-celeste debruada com o que parecia a genuína renda Valenciennes.

— Não é meu estilo — disse Elena, rapidamente enfiando-a por baixo de outros robes.

Não é seu estilo perto de *mim*, pensou Damon, divertindo-se. E você também é uma mocinha sensata. Não quer me tentar fazendo algo de que pode se arrepender amanhã.

— Muito bem... Depois pode ter uma boa noite de sono... — Ele se interrompeu, porque ela de repente o olhava com espanto e inquietação.

— Matt! Damon, estávamos procurando por *Matt*! Eu acabo de me lembrar. Estávamos procurando por ele e eu... Não sei. Eu me machuquei. Eu me lembro de cair e depois estava aqui.

Porque eu a trouxe para cá, pensou Damon. Porque esta casa é só um pensamento na mente de Shinichi. Porque as únicas coisas permanentes aqui dentro somos nós dois.

Damon tomou uma bela golfada de ar.

31

Deixe que pelo menos tenhamos a dignidade de sair de sua armadilha por nossos próprios pés — ou devo dizer, usando sua própria chave, pensou Damon a Shinichi. Para Elena, ele disse:

— Sim, estávamos procurando por esse-sujeito-aí. Mas você teve uma queda feia. Eu queria... Gostaria de te pedir... que você fique aqui e se recupere enquanto *eu* procuro por ele.

— Acha que sabe onde Matt está? — Isto foi tudo o que ela aprendeu de tudo que ele havia dito. Foi só isso que ela ouviu.

— Sim.

— Podemos ir *agora*?

— Não vai me deixar ir sozinho?

— Não — disse Elena simplesmente. — Preciso encontrá-lo. Eu não ia conseguir dormir se você saísse sozinho. Por favor, podemos ir agora?

Damon suspirou.

— Tudo bem. Tinha umas... — (agora terá) — roupas que cabem em você no closet. Jeans e essas coisas. Vou pegar — disse ele. — Pelo visto não vou conseguir convencer você a ficar deitada e descansar enquanto eu procuro por ele.

— Eu consigo — prometeu Elena. — E se você for sem mim, vou pular pela janela e te seguir.

Ela falava a sério. Ele foi pegar a pilha de roupas prometidas e deu as costas enquanto Elena vestia uma versão idêntica de jeans e camisa Pendleton que estava usando antes, inteira e sem manchas de sangue. Depois eles saíram da casa, Elena escovando o cabelo vigorosamente, mas olhando para trás a cada poucos passos.

— O que está fazendo? — perguntou Damon, justo quando ele decidiu carregá-la.

— Esperando que a casa desapareça. — E quando ele a olhou de seu melhor jeito *do que esta falando?*, ela disse: — Jeans Armani, do meu tamanho? Calcinhas La Perla? Camisas Pendleton, dois números maior, mas igual à que vesti antes? Este lugar ou é um depósito, ou é mágico. Aposto que é mágico.

Damon a pegou no colo como uma forma de fazê-la se calar e andou até a porta do carona da Ferrari. Ele se perguntou se agora eles estavam no mundo real ou em outro globo de Shinichi.

— Ela desapareceu? — perguntou ele.

— Sim.

Que pena, pensou ele. Ele teria gostado de ficar com a casa.

Ele podia tentar renegociar o acordo com Shinichi, mas havia outras coisas mais importantes em que pensar. Ele apertou Elena de leve, pensando, coisas *muito, mas muito* mais importantes.

No carro, Damon averiguou três dados. Primeiro, que o estalo que seu cérebro registrou automaticamente enquanto o cinto de segurança do carona era afivelado realmente significava que Elena tinha fechado direito o cinto. Segundo, que as portas estivessem trancadas — a partir de *seu* controle máster. E terceiro, que ele dirigisse bem devagar. Ele não achava que alguém como Elena se atiraria de carros novamente em um futuro próximo, mas não queria correr nenhum risco.

Ele não fazia ideia de quanto tempo este feitiço ia durar. Elena por fim devia sair de sua amnésia. Era a lógica, uma vez que ele parecia ter saído, e ele esteve consciente por muito mais tempo do que ela. Muito em breve ela se lembraria... Do quê? De que ele a levara na Ferrari contra sua vontade (ruim, mas perdoável — ele não podia saber que ela ia se atirar do carro)? Que ele implicou com Mike ou Mitch ou se lá quem e com ela na clareira? Ele mesmo tinha uma vaga imagem disto — ou era outro sonho.

Damon queria saber qual era a verdade. Quando *ele* se lembraria de tudo? Estaria em melhores condições de negociar depois que se lembrasse.

E não era possível que Mac tenha ficado com hipotermia numa tempestade de neve no meio do verão mesmo que ainda estivesse na clareira. A noite estava fria, mas o pior que o rapaz podia viver era uma crise de reumatismo quando tivesse uns 80 anos.

O essencial era que eles *não iam* encontrá-lo. O rapaz podia ter algumas verdades desagradáveis para contar.

Damon percebeu que Elena fazia o mesmo gesto de novo. Um toque no pescoço, uma careta, respirava fundo.

— Está com enjoo?

— Não, estou... — Ao luar, ele podia ver o rubor aparecer e sumir em Elena; podia sentir o calor dela com detectores em seu rosto. Ela ficou muito ruborizada. — Eu já expliquei — disse ela. — Sobre a sensação... de estar cheia demais. É o que sinto agora.

O que um vampiro ia fazer?

Dizer: *Desculpe... Eu abri mão disso para o Plenilúnio?*

Dizer: *Desculpe... você vai me odiar pela manhã?*

Dizer: *Ao inferno com a manhã; este banco reclina 5 centímetros?*

Mas e se eles chegassem à clareira e achassem que alguma coisa realmente aconteceu com Mutt — Gnat — o cara? Damon se arrependeria pelo resto de seus vinte segundos de vida. Elena invocaria batalhões de espíritos do céu para cima da cabeça dele. Mesmo que ninguém mais acreditasse nela, Damon acreditava.

Ele se viu dizendo, com a suavidade de sempre quando falava com uma Page ou Damaris:

— Você vai confiar em mim?

— O quê?

— Vai confiar em mim por mais 15 ou vinte minutos, para ir a certo lugar onde acho que pode estar o sei lá o nome dele? — *Se ele estiver — aposto que você se lembrará de tudo e não vai querer me ver de novo na vida — depois será poupada de uma longa busca. Se não estiver — e o carro também não estiver; é meu dia de sorte e Mutt ganhou o grande prêmio — depois vamos continuar procurando.*

Elena o olhava com atenção.

— Damon, você *sabe* onde Matt está?

— Não. — Bom, não deixava de ser verdade. Mas ela era uma joiazinha luminosa, uma linda e delicada rosa e, sobretudo, era inteligente... Damon interrompeu suas contemplações polirrítmicas sobre a inteligência de Elena. Por que ele estava pensando em poesia? Será que enlouqueceu de verdade? Ele se perguntou isso antes — não foi? Isso não provava que você não era louco, se fazia perguntas desse tipo? O verdadeiro louco nunca duvida de sua sanidade, não é? É. Ou duvida? E certamente essa história de falar consigo mesmo não pode ser boa para *ninguém*.

Fottuto.

— Então, tudo bem. Vou confiar em você.

Damon soltou o ar que não precisava e levou o carro para a clareira.

Era uma das apostas mais empolgantes de sua vida. Por um lado, havia a *vida* dele — Elena acharia um jeito ou outro de matá-lo, se ele tivesse matado Mark, Damon tinha certeza. E por outro lado... Uma prova do paraíso. Com uma Elena de boa vontade, uma Elena ávida, uma Elena receptiva... Ele engoliu em seco. Damon se viu fazendo a coisa mais próxima de rezar que fez em meio milênio.

Enquanto eles faziam uma curva na estrada para a estradinha, Damon se manteve em estado hiperalerta, o motor mal passava de um zumbido, o ar noturno trazendo todo tipo de informação aos sentidos de um vampiro. Damon estava inteiramente consciente de que podia haver uma emboscada montada para ele. Mas a estradinha estava deserta. E enquanto ele de repente pisou no acelerador, revelando a pequena clareira, encontrou-a abençoada, desolada e decididamente vazia, sem carros nem jovens de idade universitária cujos nomes começavam com "M".

Ele relaxou no encosto do banco.

Elena o estivera olhando.

— Você achou que ele podia estar aqui.

— Sim. — E agora era hora da verdadeira pergunta. Sem fazer essa pergunta a Elena, toda a coisa era uma trapaça, uma fraude. — E *você* se lembra desse lugar?

Ela olhou em volta.

— Não. Deveria?

Damon sorriu.

Mas ele tomou a precaução de dirigir por mais 300 metros, para uma clareira diferente, só para o caso de ela recuperar subitamente a memória.

— Havia malach na outra clareira — explicou ele com tranquilidade. — Esta aqui, comprovadamente, não tem monstros. — Ah, mas que mentiroso eu sou, sou mesmo, ele exultou. Será que ainda mereço?

Ele ficou... perturbado desde que Elena voltou do Outro Lado. Mas se naquela primeira noite isso o aniquilou a ponto de ele lhe dar sua jaqueta — bem, ainda não havia palavras para como ele se sentiu quando ela se postou diante dele, recém-voltando do além, a pele brilhando na clareira escura, nua, sem pudor ou sem o conceito de pudor. E durante a massagem, onde as veias traçavam linhas de um fogo de um cometa azul contra um céu invertido, Damon sentiu algo que não sentia há quinhentos anos.

Ele sentia desejo.

Desejo humano. Os vampiros não sentem isso. Tudo era sublimado na necessidade do sangue, sempre o sangue...

Mas ele o sentia.

Ele também sabia por quê. A aura de Elena. O sangue de Elena. Ela voltou com algo um tanto mais substancial do que as asas.

E embora as asas tenham desaparecido, este novo talento parecia ser permanente.

Ele percebeu que já fazia muito tempo que não se sentia assim e que portanto podia estar enganado. Mas não acreditava nisso. Damon pensou que a aura de Elena faria o mais fossilizado dos vampiros se erguer e voltar a ser um jovem viril.

Ele se afastou ao máximo que permitia os limites estreitos da Ferrari.

— Elena, tem uma coisa que preciso lhe dizer.

— Sobre o Matt? — Seu olhar era franco, mas sagaz.

— Nat? Não, não. É sobre você. Sei que ficou surpresa quando Stefan a deixou aos cuidados de alguém como *eu*.

Não havia espaço para privacidade na Ferrari e ele já estava partilhando do calor corporal de Elena.

— Sim, fiquei — disse ela simplesmente.

— Bom, pode ter alguma coisa a ver com...

— Pode ter alguma coisa a ver com a conclusão a que chegamos sobre a minha aura dar tremeliques até em vampiros antigos. De agora em diante, vou precisar de muita proteção por causa disso, segundo Stefan.

Damon não sabia o que eram os tremeliques, mas estava pronto a dar graças a eles por facilitarem uma conversa delicada com uma dama.

— Eu creio — disse ele com cautela — que Stefan ia querer, de todas as coisas, que você tivesse proteção contra o mal que foi atraído para cá de todo o planeta, e sobretudo contra outras coisas para que você não seja obrigada a... a, er, dar tremeliques... se não for de seu desejo.

— E agora ele me *abandonou*... Como um idiota egoísta, estúpido e idealista, considerando todas as pessoas no mundo que podiam querer ter tremeliques comigo.

— Concordo — disse Damon, com o cuidado de manter intacta a mentira da partida voluntária de Stefan. — E já garanti que proteção posso oferecer. Eu realmente farei o melhor que puder, Elena, para cuidar para que ninguém chegue perto de você.

— Sim — disse Elena —, mas então uma coisa assim — ela fez um pequeno gesto provavelmente para indicar Shinichi e todos os problemas trazidos por sua chegada — aparece e ninguém sabe como lidar com isso.

— É verdade — disse Damon. Ele precisava reprimir o tremor e lembrar a si mesmo de seu verdadeiro propósito. Ele estava aqui para... Bem, não estava do lado de São Stefan. E o caso era que era tão fácil...

Ali estava ela, escovando o cabelo... Uma linda donzela sentada, escovando o cabelo... O sol no céu nunca foi tão dourado... Damon se sacudiu *com força*. Desde quando ele gostava canções populares inglesas antigas? Qual era o *problema* dele?

— Como se sente? — perguntou ele, por acaso, para ter o que dizer, justamente quando ela levou a mão ao pescoço.

Ela fez uma careta.

— Não muito mal.

E isso fez com que os dois se olhassem. Depois Elena sorriu e ele teve de retribuir o sorriso, no início só um esgar do lábio, depois um sorriso inteiro.

Ela era... Mas que droga, ela era *tudo*. Espirituosa, encantadora, corajosa, inteligente... E linda. E ele sabia que seus olhos estavam dizendo tudo isso e que ela não iria virar o rosto.

— A gente podia... dar uma caminhada — disse ele, e sinos soaram e trombetas tocaram fanfarras, e caiu uma chuva de confete e soltaram pombas...

Em outras palavras, ela disse:

— Tudo bem.

Eles pegaram uma pequena trilha que saía da clareira e parecia fácil aos olhos vampiros de Damon acostumados com a noite. Ele não queria que ela ficasse muito tempo em pé. Sabia que Elena ainda sentia dor e não queria que ele soubesse disso nem que a mimasse. Algo dentro dele lhe dizia: "Bem, então, espere até ela dizer que está cansada e ajude-a a se sentar."

E algo além de seu controle brotou na primeira pequena hesitação dos pés de Elena; ele a pegou, desculpando-se em uma dezena de línguas diferentes, agindo como um bobo até colocá-la sentada num confortável banco de madeira entalhada, com encosto e um cobertor leve de viagem nos joelhos. Ele acrescentou:

— Vai me dizer se houver alguma coisa... qualquer coisa... que você queira? — Sem querer, ele mandou a ela uma amostra do que pensava ser os possíveis concorrentes, isto é, um copo de água, ele sentado ao lado dela e um bebê elefante, que Damon vira na mente de Elena que ela admirava muito.

— Sinto muito, mas acho que não faço elefantes — disse ele, de joelhos, tornando o apoio para os pés mais confortável para ela, quando pegou um pensamento dela ao acaso: que ele não era tão diferente de Stefan tanto quanto parecia.

Nenhum outro nome teria levado Damon a fazer o que fez então. Nenhuma outra palavra, ou conceito, podia ter esse efeito sobre ele. Num instante o cobertor estava longe dali, o apoio dos pés tinha desaparecido e ele segurava Elena curvada para trás, seu pescoço exposto a ele.

A diferença, disse-lhe ele, *entre mim e meu irmão é que ele ainda tem esperanças de entrar no paraíso por uma porta dos fundos. Eu não sou tão tolo e tão resmungão com meu destino. Sei para onde vou. E eu* — ele abriu para ela um sorriso com todos os caninos totalmente estendidos — *não dou a mínima para isso.*

Os olhos de Elena estavam arregalados — ele a assustara. E a assustara levando-a a uma reação involuntária, e sincera. Os pensamentos dela eram projetados para ele, fáceis de ler. *Eu sei... Eu também sou assim. Quero o que quero. Não sou tão boa quanto Stefan. E eu não sei...*

Ele ficou fascinado. *O que você não sabe, meu amor?*

Ela balançou a cabeça, de olhos fechados.

Para romper o impasse, ele sussurrou em seu ouvido:

— Então, que tal isso?

Diga que sou atrevido
E que sou mau
Conte suas futilidades
— mais fútil sou eu.
Mas vós, Erínias, só complementam
Eu Beijei Elena.

Ela abriu os olhos.

— Ah, não! Por favor, Damon. — Ela sussurrava. — Por favor! Por favor, agora não! — E ela engoliu em seco, infeliz. — Além disso, você me perguntou se eu gostaria de beber alguma coisa e de repente não tem bebida nenhuma. Eu não me importaria de *ser* a bebida, se você quiser, mas primeiro estou com *tanta* sede... Tanto quanto você, sabia?

Ela fez o tap-tap-tap sob o queixo de novo.

Damon se derreteu por dentro.

Ele estendeu a mão e a fechou em uma delicada taça de cristal. Girou o líquido nela como um perito, sentiu o aroma — ah, extraordinário — depois gentilmente o rolou na língua. Era genuíno. Vinho *Black Magic*, de uvas Clarion Loess Black Magic. Era o único vinho que a maioria dos vampiros bebia — e havia histórias apócrifas de como os mantinha de pé quando a outra sede não podia ser saciada.

Elena bebia o dela, os olhos azuis arregalados acima do violeta escuro do vinho enquanto ele lhe contava parte de sua história. Ele adorava olhá-la quando ela estava assim — investigando com todos os sentidos plenamente despertos. Ele fechou os olhos e se lembrou de alguns momentos preferidos do passado. Depois os abriu e encontrou Elena, parecendo muito a criança sedenta, tomando a bebida ansiosamente...

— Sua *segunda* taça...? — Ele encontrou a primeira aos pés dela. — Elena, onde conseguiu a outra?

— Eu só fiz o que você fez. Estendi a mão. Não é nenhuma bebida pesada, é? Tem gosto de suco de uva e eu estava morrendo de vontade de beber algo.

Poderia Elena ser tão ingênua? É verdade que o vinho Black Magic não tinha o odor forte ou o gosto da maioria das bebidas alcoólicas. Era sutil, criado para o paladar melindroso dos vampiros. Damon sabia que as uvas cresciam num solo, o loess, deixado por uma geleira. É claro que esse processo só servia para os vampiros de vida longa, já que levava séculos para formar loess suficiente. E quando o solo estava pronto, as uvas eram cultivadas e processadas, de enxerto à polpa pisoteada em tonéis de madeira de lei, sem exposição o sol. Era o que lhe conferia o sabor aveludado, escuro e delicado. E agora...

Elena tinha um bigode de "suco de uva". Damon queria muito limpá-lo com um beijo.

— Bom, um dia vai poder contar às pessoas que bebeu duas taças de Black Magic em menos de um minuto e impressioná-las — disse ele.

Mas ela estava batendo no queixo de novo.

— Elena, quer que lhe tire um pouco de seu sangue?

— Sim! — Ela disse isso em tons de sino, de alguém que finalmente obteve a resposta certa.

Ela estava bêbada.

Ela jogou os braços para trás, deixando-os cair no banco, que estava conformado em receber cada novo movimento de seu corpo. Transformou-se em um sofá de camurça preto com encosto alto: um divã, e naquele momento o pescoço magro de Elena estava pousado no ponto mais alto do encosto, exposto ao ar. Damon se virou com um gemido. Queria levar Elena à civilização. Estava preocupado com sua saúde, um tanto preocupado com... a de Mutt; e agora... Ele não podia ter *nada* que quisesse. Não podia sangrá-la quando ela estava bêbada.

Elena soltou um som estranho que pode ter sido o nome dele.

— D'm'n? — murmurou ela. Seus olhos se enchiam de lágrimas.

Quase tudo o que uma enfermeira podia fazer por uma paciente, Damon fez por Elena. Mas parecia que ela não queria regurgitar duas taças de Black Magic na frente dele.

— Tô enjoada — soltou Elena, com um soluço perigoso no final. Ela segurou o pulso de Damon.

— Sim, este não é um vinho para os excessos. Espere, sente-se reta e deixe-me tentar... — E talvez porque ele disse as palavras sem pensar, sem pensar em ser rude, sem pensar em manipulá-la de alguma maneira, estava tudo bem. Elena obedeceu e ele pôs dois dedos de cada lado das têmporas, apertando de leve. Por uma fração de segundo quase houve um desastre, depois Elena estava respirando devagar e calmamente. Ela ainda estava afetada pelo vinho, mas não estava mais bêbada.

E a hora era agora. Ele precisava enfim contar a verdade.

Mas primeiro, precisava acordar.

— Um espresso triplo, por favor — disse ele, estendendo a mão. Apareceu de imediato, aromático e negro como sua alma. — Shinichi diz que o espresso é desculpa suficiente para a raça humana.

— Quem quer que seja Shinichi, eu concordo com ele ou ela. Um espresso triplo, por favor — disse Elena à magia que era este bosque, este globo de flocos de neve, este universo. Nada aconteceu.

— Talvez só esteja sintonizado na minha voz — disse Damon, abrindo-lhe um sorriso tranquilizador, depois ele produziu o expresso de Elena com um aceno.

Para surpresa dele, Elena fechava a carranca.

— Você disse Shinichi. Quem é?

O que Damon menos queria era que Elena se envolvesse com o kitsune, mas se realmente ia contar tudo, ela precisava ser envolvida.

— É um *kitsune*, um espírito raposa — disse ele. — A pessoa que me deu aquele endereço na internet que provocou a fuga de Stefan.

A expressão de Elena era inalterável.

— Na verdade — disse Damon —, acho que seria melhor levar você para casa antes de dar o passo seguinte.

Elena ergueu os olhos exasperados para o céu, mas deixou que ele a pegasse e levasse de volta ao carro.

Ele tinha acabado de perceber qual era o melhor lugar para contar a ela.

Foi igualmente bom que eles não precisassem urgentemente chegar a um lugar que ficasse longe do antigo bosque. Eles não acharam nenhuma estrada que não levasse a becos sem saída, pequenas clareiras, ou árvores. Elena pareceu tão pouco surpresa ao encontrar a estradinha que levava à casa pequena mas perfeitamente equipada que Damon não disse nada enquanto os dois entravam e ele avaliava novamente o que tinham.

Havia um quarto com uma cama grande e luxuosa. Tinham uma cozinha. Uma área de estar. Mas qualquer um desses cômodos se transformava em qualquer cômodo que se escolhesse, simplesmente pensando nele antes de abrir a porta. Além de tudo, havia as chaves — deixadas pelo que Damon percebia que era um Shinichi seriamente abalado — que permitiam que as portas fizessem mais. Insira uma chave numa porta e anuncie o que quer e lá estava — ao que parecia, mesmo que ficasse fora do território do espaço-tempo de Shinichi. Em outras palavras, eles *pareciam* se ligar ao mundo real lá fora, mas Damon não tinha certeza absoluta disso. *Seria* o mundo real ou só outra armadilha de brinquedo de Shinichi?

O que eles tinham agora era uma longa escada em espiral a um observatório ao ar livre com uma sacada, como o telhado do pensionato. Havia até um quarto como o de Stefan, observou Damon ao carregar Elena escada acima.

— Vamos até lá em cima? — Elena parecia aturdida.

— Até lá.

— E o que vamos *fazer* ali? — perguntou Elena, quando ele a acomodou numa cadeira com um apoio para os pés e uma manta leve.

Damon se sentou em uma cadeira de balanço, mexendo-a um pouco, os braços envolvendo um dos joelhos, o rosto inclinado para o céu nublado.

Ele balançou mais uma vez, parou e se virou para Elena.

— Creio que estamos aqui — disse ele, no tom leve de autozombaria que indicava que falava muito a sério — para que eu possa lhe contar a verdade, toda a verdade, nada mais do que a verdade.

32

— Quem é? — Uma voz vinha da escuridão do bosque. — Quem está aí?

Bonnie nunca ficou tão grata a ninguém em toda a sua vida como ficou a Matt por abraçar-se a ela naquele momento. Precisava de contato pessoal. Se apenas pudesse se enterrar fundo nos outros, de algum modo ficaria segura. Ela mal conseguiu reprimir o grito enquanto a lanterna que enfraquecia girava para uma cena surreal.

— *Isobel!*

Sim, era mesmo Isobel, e ela não estava no hospital em Ridgemont, mas ali, no bosque. Estava parada ao largo, nua, a não ser pelo sangue e pela lama em seu corpo. Bem ali, contra aquele fundo, ela parecia ao mesmo tempo uma presa e uma espécie de deusa da floresta, uma deusa da vingança, e das coisas caçadas, e da punição a qualquer ser que atravessasse seu caminho. Ela estava sem fôlego, ofegava, tinha bolhas de saliva saindo pela boca, mas não estava fraca. Só era preciso ver seus olhos, de um vermelho brilhante, para entender isso.

Atrás dela, pisando em galhos e soltando o ocasional gemido ou palavrão, havia mais duas figuras. Uma era alta e magra mas volumosa no alto, e outra mais baixa e atarracada. Pareciam gnomos tentando seguir uma ninfa do bosque.

— *Dra. Alpert!* — Meredith parecia não ser capaz de demonstrar seu autocontrole.

Ao mesmo tempo, Bonnie viu que os piercings de Isobel tinham piorado muito. Ela perdera a maior parte das tachas, argolas e agulhas, mas havia sangue e pus saía dos ferimentos.

— Não a assuste — sussurrou Jim das sombras. — Estamos seguindo Isobel desde que tivemos de parar. — Bonnie podia sentir Matt, que tinha puxado o ar para gritar, de repente sufocar. Ela também podia ver por que Jim parecia ter uma cabeça tão grande. Carregava Obaasan, no estilo japonês, nas costas, com os braços dela em seu pescoço. Como uma mochila, pensou Bonnie.

— *O que aconteceu com vocês?* — sussurrou Meredith. — Achamos que tinham ido para o hospital.

— De algum modo, uma árvore caiu na estrada enquanto deixamos vocês e não conseguimos contorná-la para ir ao hospital, nem a lugar nenhum. Mas não é só isso, era uma árvore com um ninho de vespas dentro. Isobel despertou *assim* — a médica estalou os dedos —, e, quando ouviu as vespas, saiu aos tropeços e correu delas. Nós corremos atrás dela. Posso dizer que eu teria feito o mesmo se estivesse sozinha.

— Alguém viu essas vespas? — perguntou Matt depois de um segundo.

— Não, ficou escuro logo. Mas nós as ouvimos bem. A coisa mais esquisita que já ouvi. Parecia uma vespa de uns 30 centímetros — disse Jim.

Meredith agora apertava o braço de Bonnie do outro lado. Bonnie não sabia se era para mantê-la em silêncio ou estimulá-la a falar. E o que ela poderia dizer? "As árvores caídas aqui só ficam caídas até que a polícia *decida* procurar por elas?" "Ah, e cuidado com os enxames diabólicos de insetos rastejando por seu braço?" "E a propósito, provavelmente há um deles dentro de Isobel agora?" *Isso* sim ia deixar Jim em pânico.

— Se eu soubesse o caminho de volta ao pensionato, deixaria esses três lá — dizia a Sra. Flowers. — Eles não fazem parte disso.

Para surpresa de Bonnie, a Dra. Alpert não se excluiu da declaração de que ela mesma não "fazia parte disso". Nem perguntou à Sra. Flowers o que estava fazendo com duas adolescentes a essa hora no antigo bosque. O que ela disse foi ainda mais assombroso.

— Vimos as luzes quando vocês começaram a gritar. Fica bem aqui atrás.

Bonnie sentiu os músculos de Matt enrijecerem contra ela.

— Graças a Deus — disse ele. Depois, devagar: — Mas isso não é possível. Eu saí da casa dos Dunstan dez minutos antes de nos encontrarmos, e fica na margem do bosque, do outro lado do pensionato. Eu levaria pelo menos 25 minutos para ir a pé até lá.

— Bom, não sei se é possível ou não, mas vimos o pensionato, Theophilia. Todas as luzes estavam acesas, de cima a baixo. Era impossível confundir. Tem certeza de que não está calculando mal o tempo? — acrescentou ela a Matt.

O nome da Sra. Flowers é Theophilia, pensou Bonnie, e teve de reprimir o impulso de rir. A tensão levava a melhor sobre ela.

Mas justo quando estava pensando nisso, Meredith lhe de outro cutucão.

Às vezes, Bonnie achava que ela, Elena e Meredith tinham uma espécie de telepatia. Talvez não fosse telepatia verdadeira, mas às vezes bastava um olhar para dizer mais do que umas discussões sem fim. E às vezes — nem sempre, mas de vez em quando — Matt ou Stefan pareciam fazer parte disso. Não que fosse realmente telepatia, com vozes claras na cabeça como ficariam aos ouvidos, mas às vezes os meninos pareciam estar... em sintonia com as meninas.

Porque Bonnie sabia exatamente o que significava o cutucão. Significava que Meredith tinha apagado a luz do quarto de Stefan no último andar da casa e que a Sra. Flowers apagara as luzes do primeiro andar quando elas saíram. Assim, embora Bonnie tivesse uma imagem muito nítida do pensionato com as luzes acesas, essa imagem não podia corresponder à realidade.

Alguém está tentando nos confundir, era o que significava o cutucão de Meredith. E Matt estava na mesma sintonia delas, ainda que por um motivo diferente. Ele se inclinou um pouco para Meredith, com Bonnie entre os dois.

— Mas talvez a gente deva voltar à casa dos Dunstan — disse Bonnie num tom mais infantil e comovente. — Eles são pessoas normais. Podem nos proteger.

— O pensionato fica logo depois dessa colina — disse com firmeza a Dra. Alpert. — E eu gostaria muito de seus conselhos para cuidar das infecções de Isobel — acrescentou ela à Sra. Flowers.

A sra. Flowers palpitou. Não havia outra palavra para isso.

— Ah, meu Deus, que elogio. A primeira coisa a fazer seria lavar as feridas imediatamente.

Isso era tão óbvio e tão improvável na Sra. Flowers que Matt apertou Bonnie com força enquanto Meredith se inclinava para ela. *Aaiiii!*, pensou Bonnie. Ou temos essa história de telepatia ou não! Então é a Dra. Alpert que é o perigo, a mentirosa.

— Então é isso. Vamos para o pensionato — disse Meredith com calma. — E Bonnie, não se preocupe. Vamos cuidar de você.

— É claro que vamos — disse Matt, dando um último apertão. Significava *Eu entendi. Sei quem não está do nosso lado*. Em voz alta, ele acrescentou, num tom que fingia severidade: — De qualquer modo, não é boa ideia ir à casa dos Dunstan. Já contei à Sra. Flowers e às meninas sobre isso, eles têm uma filha no mesmo estado de Isobel.

— Está se furando? — disse a Dra. Alpert, parecendo sobressaltada e apavorada com a ideia.

— Não. Anda agindo de forma muito estranha. Mas não é um bom lugar. — Apertão.

Já entendi há muito tempo, pensou Bonnie, irritada. Agora tenho de ficar de boca fechada.

— Vá na frente, por favor — murmurou a Sra. Flowers, parecendo mais palpitante do que nunca. — Voltemos ao pensionato.

E eles deixaram que a médica e Jim fossem na frente. Bonnie continuou reclamando baixinho, para o caso de alguém estar ouvindo. E ela, Matt e Meredith ficaram de olho na médica e em Jim.

* * *

— Tudo bem — disse Elena a Damon —, estou enfeitada como alguém no convés de um transatlântico, tensa como uma corda esticada de violão e estou farta de toda essa demora. Entããão... Qual é a verdade, toda a verdade e nada além da verdade? — Ela balançou a cabeça. O tempo tinha saltado e se estendia diante dela.

Damon falou:

— De certo modo, estamos num globo de neve minúsculo que eu fiz para mim. Isso significa apenas que eles não nos verão nem ouvirão por alguns minutos. Agora está na hora de ter a conversa de verdade.

— Então é melhor que seja rápida. — Ela sorriu para ele, estimulando-o.

Ela tentava ajudá-lo. Elena sabia que ele precisava de ajuda. Ele queria contar a verdade, mas fugia tanto de sua natureza que era como pedir a um *maldito* cavalo selvagem para deixar que você o montasse e o domasse.

— Existem mais problemas — disse Damon com a voz rouca, e ela sabia que ele lia seus pensamentos. — Eles... Eles tentaram me impossibilitar de falar com você sobre isso. Fizeram isso no estilo de um grande conto de fadas antigo: estabelecendo muitas condições. Eu não podia contar a você dentro de uma casa, nem do lado de fora dela. Bom, uma sacada não está dentro, mas também não fica do lado de fora. Eu não podia contar a você à luz do sol nem da lua. Bom, o sol já se pôs, e a lua só vai nascer daqui a uns trinta minutos, e eu diria que estou respeitando as condições. E não podia contar enquanto você estivesse nua ou vestida. — Elena automaticamente se olhou alarmada, mas nada tinha mudado, pelo que ela podia dizer.

— E eu imagino que esta condição também tenha sido cumprida, porque embora ele tenha me jurado que ia me deixar sair de um de seus globos de neve, não deixou. Estamos em uma casa que não é uma casa... É a ideia da mente de alguém. Você está com roupas que não são roupas de verdade... São invenções da imaginação.

Elena abriu a boca novamente, mas ele pôs dois dedos nos lábios dela e disse:

— Espere. Deixe continuar enquanto ainda posso. Pensei seriamente que ele jamais pararia de impor as condições, que tirara de algum conto de fadas. Ele é obcecado com isso e com a antiga poesia inglesa. Não sei por quê, pois ele é do outro lado do mundo, do Japão. Este é o Shinichi. E ele tem uma irmã gêmea... Misao.

Damon parou de ofegar depois disso, e Elena deduziu que devia haver outros motivos internos para que ele não contasse nada a ela.

— Parece que o nome dele pode ser traduzido como *morte-primeira*, ou *número um em matéria de morte*. Os dois parecem adolescentes, com seus códigos e joguinhos. No entanto, têm milhares de anos.

— Milhares? — Elena sondou gentilmente enquanto Damon parava, parecendo exausto, mas decidido.

— Odeio pensar em *quantos* milhares de anos os dois andaram fazendo crueldades. É Misao quem está fazendo todas aquelas coisas com as meninas na cidade. Ela as possui com seus malach e faz com que eles as obrigue a fazer coisas. Você se lembra da aula de história americana? Das bruxas de Salem? Esta era Misao, ou alguém parecido com ela. E aconteceu centenas de vezes antes disso. Pode procurar pelas freiras ursulinas. Tinham um convento tranquilo que se tornou exibicionista e pior... Alguém enlouqueceu, e alguém que tentou ajudar ficou possuído.

— Exibicionistas? Como Tamra? Mas ela é só uma criança...

— Misao é só uma criança, em sua mente.

— E onde Caroline entra nisso?

— Em qualquer caso semelhante, deve haver um instigador... Alguém que esteja disposto a fazer um pacto com o diabo... Ou um demônio, na verdade... Para seus próprios fins. É aí que Caroline entra. Mas, por toda uma cidade, eles devem estar dando alguma coisa realmente grande a ela.

— Toda uma cidade? Eles vão tomar toda Fell's Church...?

Damon virou o rosto. A verdade era que eles iam *destruir* Fell's Church, mas não tinha sentido dizer isso. Suas mãos estavam frouxas nos joelhos enquanto ele permanecia sentado na cadeira de madeira antiga e frágil na sacada.

— Antes que possamos fazer alguma coisa para ajudar alguém, temos de sair daqui. Sair do mundo de Shinichi. Isto é importante. Eu posso... bloqueá-lo por curtos períodos de tempo, impedi-lo de nos observar... Mas fico cansado e preciso de sangue. Preciso mais do que você pode regenerar, Elena. — Ele olhou para ela. — Ele pôs aqui a Bela e a Fera e vai nos deixar ver quem triunfará.

— Se quer dizer um matar o outro, no que diz respeito a mim, ele vai ter que esperar muito tempo.

— Isso é o que você pensa agora. Mas isto é uma armadilha. Não há *nada* aqui, só o antigo bosque, como havia quando começamos a rodar de carro por ele. Também não tem nenhuma habitação humana. A *única* casa é esta, as únicas criaturas vivas somos nós dois. Você vai querer minha morte muito em breve.

— Damon, eu não entendo. O que eles *querem* aqui? Mesmo com o que Stefan disse sobre todas as linhas de força cruzando Fell's Church e formando um farol...

— Foi o *seu* brilho que os atraiu, Elena. Eles são curiosos, como crianças, e eu tenho a sensação de que eles já tiveram problemas em outros lugares onde moraram. É possível que eles estivessem aqui vendo o final da batalha, vendo você renascer.

— Então eles querem... nos destruir? Se divertir? Tomar a cidade e nos fazer de marionetes?

— As três coisas, por enquanto. Eles podem se divertir enquanto outra pessoa apela em um tribunal de outra dimensão. E sim, diversão, para eles, significa tomar uma cidade. Embora eu creia que Shinichi pretenda voltar atrás em seu trato comigo por algo que ele quer mais do que a cidade, e assim eles podem acabar lutando um com o outro.

— Que trato com *você*, Damon?

— Por você. Stefan tinha você. Eu queria você. Ele quer você.

Contra a própria vontade, Elena sentiu um embrulho no estômago, sentiu o tremor distante que começava ali e abria caminho para fora.

— E qual era o trato original?

Ele virou o rosto.

— Esta é a parte ruim.

— *Damon, o que você fez?!* — ela exclamou, quase gritando. — *Qual foi o trato?* — Todo seu corpo tremia.

— Fiz um pacto com o demônio e, sim, eu sabia o que ele era quando o fiz. Foi na noite em que seus amigos foram atacados pelas árvores... Depois de Stefan me expulsar de seu quarto. Isso e... Bom, eu estava com raiva, mas ele pegou minha raiva e a aumentou. Ele estava me usando, me controlando; agora entendo isso. Foi quando começou com os acordos e as condições.

— Damon... — Elena começou, trêmula, mas ele continuou, falando rapidamente como se tivesse de passar por isso, para ver sua conclusão, antes de perder a coragem.

— O último pacto foi de que ele me ajudaria a tirar Stefan do caminho para que eu pudesse ter você, enquanto ele ficava com Caroline e o resto da cidade para dividir com a irmã. Assim teria Caroline independentemente do acordo que ela tivesse com Misao.

Elena deu um tapa em Damon. Ela não sabia como conseguiu, enojada como estava, ter a mão livre e fazer o movimento de um raio, mas conseguiu. Depois ela esperou, olhando uma gota de sangue pendendo do lábio de Damon, que ele revidasse, ou que ela tivesse forças para tentar matá-lo.

33

Damon se limitou a ficar sentado. Depois lambeu os lábios e não disse nada, nem fez nada.

— Seu canalha!

— Sim.

— Está me dizendo que na verdade Stefan não me abandonou?

— Sim. Quero dizer... É isso mesmo.

— Então, quem escreveu a carta no meu diário?

Damon não disse nada, mas virou o rosto.

— Ah, Damon! — Ela não sabia se queria beijá-lo ou sacudi-lo. — Como você pôde... Você *sabe* — disse ela numa voz sufocada e ameaçadora — o que eu passei desde que ele desapareceu? Pensando a cada minuto no momento em que ele de repente acordou e decidiu *me deixar*? Mesmo que ele pretendesse voltar...

— Eu...

— Nem tente me *pedir desculpas*! Nem tente me dizer que sabe o que estou sentindo, porque você não sabe. *Como poderia? Você não tem sentimentos assim!*

— Eu acho... que tive uma experiência parecida. Mas não vou tentar me defender. Só digo que temos um tempo limitado enquanto posso impedir que Shinichi nos veja.

O coração de Elena se desfazia em mil pedaços, e ela sentia cada uma das vezes que ele quebrou. Nada mais importava.

— Você mentiu, quebrou sua promessa sobre nunca prejudicarem um ao outro...

— Eu sei... E isso devia ser impossível. Mas começou naquela noite em que as árvores se fecharam em Bonnie e Meredith e... Mark...

— Matt!

— Naquela noite, quando Stefan me derrubou e me mostrou seu verdadeiro Poder... Foi por causa de você. Ele fez isso para que eu ficasse longe de você. Antes disso ele só esperava manter você escondida. E naquela noite, de algum modo, eu me senti... traído. Não me pergunte por que isso faria sentido, mas durante anos eu o derrubava e o humilhava sempre que queria.

Elena, abalada, tentou encontrar sentido no que ele dizia. E não conseguia. Mas também não podia ignorar a sensação que de repente se abatia sobre ela, como um anjo acorrentado agarrado-se a ela.

Procure ver com seus outros olhos. Procure a resposta dentro, e não fora. Você conhece Damon. Já viu o que está em seu interior. Há quanto tempo está ali?

— Ah, Damon, eu sinto muito! Eu sei a resposta. Damon... Damon. Ah, meu Deus! Eu posso *ver* o seu problema. Você está mais possuído do que qualquer uma das meninas.

— *Eu*... tenho uma daquelas coisas dentro de mim?

Elena ficou de olhos fechados enquanto assentia. Lágrimas escorriam por seu rosto e ela sentiu náusea ao se obrigar a invocar poder humano suficiente para ver com outros olhos, ver como tinha aprendido a enxergar *dentro* das pessoas.

Os malach que ela vira antes dentro de Damon, e aquele que Matt descreveu, eram maiores do que insetos — do tamanho de um braço, talvez. Mas agora ela sentiu em Damon algo... gigantesco. Monstruoso. Algo que o habitava completamente. A cabeça transparente por dentro de suas feições bonitas, o corpo quitinoso do tamanho de seu torso; as pernas retorcidas para trás, por dentro das pernas de Damon. Por um momento, ela pensou que ia desmaiar; mas se controlou. Vendo a imagem fantasmagórica, ela tentou imaginar o que Meredith faria.

Meredith ficaria calma. Não mentiria, mas encontraria um jeito de ajudar.

— Damon, é ruim. Mas deve haver uma maneira de tirá-lo de você... E logo. Vou encontrar uma solução. Porque, como está dentro de você, Shinichi pode fazer de você o que quiser.

— Vai ouvir por que eu acho que cresceu tanto? Naquela noite, quando Stefan me expulsou do quarto, todos os outros foram para casa como bons meninos, mas você e Stefan saíram para dar um passeio. Um voo. Planando.

Por um bom tempo isso não teve nenhum significado para ela, embora tenha sido a última vez em que ela viu Stefan. Na realidade, só tinha este significado para Elena: foi a última vez em que ela e Stefan...

Ela se sentiu congelar por dentro.

— Você foi ao antigo bosque. Ainda era o espírito criança que não sabia realmente o que era certo e errado. Mas Stefan devia saber muito bem... Não devia fazer isso em meu território. Os vampiros levam o território muito a sério. E em meu lugar de descanso... Bem diante dos meus olhos.

— Ah, Damon! Não!

— Ah, Damon, sim! Lá estavam os dois, partilhando sangue, absortos demais para dar por minha presença, mesmo que eu saltasse e tentasse separar os dois. Você estava com uma camisola branca de gola alta e parecia um anjo. Eu queria matar Stefan *naquele momento.*

— Damon...

— E foi *bem naquele momento* que Shinichi apareceu. Ele não precisava que lhe dissessem o que eu estava sentindo. E ele tinha um plano, uma oferta... Uma proposta.

Elena fechou os olhos de novo e balançou a cabeça.

— Ele preparou tudo de antemão. Você já estava possuído e pronto para ficar cheio de ódio.

— Não sei por que — continuou Damon como se não a tivesse ouvido —, mas eu mal pensei o que isso significaria para Bonnie, Meredith e para o restante da cidade. Só conseguia pensar em você. Só o que eu queria era você, e me vingar de Stefan.

— Damon, vai me ouvir? Naquele momento, você já estava deliberadamente possuído. Eu podia *ver* o malach dentro de você. Confesse — enquanto ela o sentia se preparar para falar — que alguma coisa o estava influenciando antes disso, obrigando você a olhar Bonnie e os outros quase morrerem a seus pés naquela noite. Damon, acho que é ainda mais difícil se livrar dessas coisas do que a gente imaginou. Primeiro, normalmente você não ficaria vendo as pessoas fazerem... coisas particulares, ficaria? O fato de que você ficou não prova que havia algo errado?

— É uma... teoria — Damon cedeu, sem parecer satisfeito.

— Mas você não entende? Foi isso que fez você dizer que só salvou Bonnie por ter lhe dado na veneta e foi isso que fez você se recusar a contar a todos que o malach o estava *obrigando* a olhar o ataque das árvores, hipnotizando você. Isso e seu orgulho idiota e teimoso.

— Cuidado com os elogios. Eu posso murchar e sumir.

— Não se preocupe — disse Elena categoricamente. O que quer que aconteça com o restante de nós, tenho a sensação de que seu ego vai sobreviver. O que houve depois?

— Eu fiz meu acordo com Shinichi. Ele atrairia Stefan para um lugar distante, onde eu pudesse vê-lo sozinho, depois o retiraria furtivamente deste lugar, mandando-o para onde não pudesse encontrar você...

Mais uma vez algo borbulhou numa explosão dentro de Elena. Era uma bola dura e firme de euforia comprimida.

— Não matá-lo? — ela conseguiu dizer.

— O quê?

— Stefan está vivo? Ele está vivo? Ele... está mesmo vivo?

— Calma — respondeu Damon com frieza. — Fique firme, Elena. Você não pode desmaiar agora. — Ele a segurou pelos ombros. — Achou que eu pretendia matá-lo?

Elena tremia quase demais para responder.

— Por que não me contou isso antes?

— Peço desculpas pela omissão.

— Ele está vivo... mesmo, Damon? Tem certeza absoluta?

— Afirmativo.

Sem pensar em si mesma, sem pensar em nada, Elena fez o que fazia melhor — cedeu a um impulso. Lançou os braços no pescoço de Damon e o beijou.

Por um momento, Damon ficou rígido de choque. Ele fez um acordo com assassinos para sequestrar o amor da vida de Elena e dizimar sua cidade toda. Mas a mente dela jamais veria a questão dessa forma.

— Se ele estivesse morto... — Ele parou e tentou novamente. — Todo o trato com Shinichi depende de mantê-lo vivo... Vivo e longe de você. Eu não podia me arriscar que você me matasse ou *realmente* me odiasse — de novo o tom de frieza distante. — Com Stefan morto, que poder eu teria sobre você, princesa?

Elena ignorou tudo isso.

— Se ele está vivo, posso encontrá-lo.

— Se ele se lembrar de você. Mas e se cada lembrança que ele tiver de você foi eliminada?

— Como é? — Elena quis explodir. — Se cada lembrança de Stefan fosse eliminada de *mim* — disse ela com frieza —, eu ainda me apaixonaria por ele no momento em que o visse. E se cada lembrança minha fosse eliminada de Stefan, ele andaria pelo mundo procurando por algo sem saber o que procurava.

— Muito poético.

— *Mas, ah, Damon, obrigada* por não deixar que Shinichi o matasse!

Ele balançou a cabeça para ela, pasmo consigo mesmo.

— Eu não podia... parece que... não podia fazer isso. Tem algo a ver com o fato de ter dado a minha palavra. Imaginei que se ele estivesse livre e feliz e não se lembrasse, isso seria o bastante para cumprir...

— Sua promessa a mim? Imaginou errado. Mas agora isso não importa.

— Importa sim. Você sofreu por isso.

— Não, Damon. Só o que *realmente* importa é que ele não está morto... E que ele não me abandonou. Ainda há esperança.

— Mas Elena — a voz de Damon agora tinha vida; era ao mesmo tempo animada e inflexível. — Não está entendendo? Deixando a história de lado, você precisa admitir que *nós* é que pertencemos um ao outro. Você e eu simplesmente combinamos melhor por natureza. No fundo você sabe disso, porque nós nos entendemos. Estamos no mesmo nível intelectual...

— Stefan também!

— Bom, só o que posso dizer é que ele fez um trabalho extraordinário escondendo isso. Mas não pode sentir? Não sente? — Seu aperto agora se tornava desagradável. — Você pode ser minha princesa das trevas... Algo bem no fundo de você quer isso. Eu posso ver, se você não pode.

— Não posso ser *tudo* para você, Damon, a não ser uma cunhada legal.

Ele balançou a cabeça, rindo asperamente.

— Não, você só é perfeita para o papel principal. Bom, só o que posso dizer é que se sobrevivermos à primeira luta com os gêmeos, você verá coisas em si que nunca viu antes. E *saberá* que combinamos muito bem.

— E só o que *eu* posso dizer é que se sobrevivermos a essa luta com os gêmeos do Inferno, parece que vamos precisar de todo poder espiritual que conseguirmos depois. E *isso* quer dizer trazer Stefan de volta.

— Talvez não possamos trazê-lo de volta. Ah, eu concordo... Mesmo que expulsemos Shinichi e Misao de Fell's Church, a probabilidade de nos livrarmos completamente deles é quase zero. Você não é uma profissional. Provavelmente nem vamos conseguir machucar muito os dois. E nem eu sei exatamente onde Stefan está.

— Então os gêmeos são os únicos que podem nos ajudar.

— Se eles ainda *puderem* nos ajudar... Ah, sim, vou admitir isso. O *Shi no Shi* deve ser uma completa fraude. Eles devem ter pego algumas lembranças de uns vampiros idiotas... As lembranças são a moeda corrente no reino do Outro Lado... E as enviado enquanto a caixa registradora ainda estava tilintando. Eles são uma fraude. Todo o lugar é um cortiço imenso com suas aberrações... Como uma Las Vegas em ruínas.

— Mas eles não têm medo de que os vampiros que enganaram queiram se vingar?

Damon riu, desta vez musicalmente.

— Um vampiro que não quer ser um vampiro é praticamente o objeto mais baixo no panteão do Outro Lado. Ah, a não ser pelos humanos. Junto com amantes que cumprem pactos suicidas, crianças que pulam do telhado porque acham que sua capa de Super-Homem as fará voar...

Elena tentou se afastar de Damon, para demonstrar sua reprovação, mas ele era surpreendentemente forte.

— Não parece um lugar muito bom.

— E não é.

— E é lá que Stefan está?

— Se tivermos sorte.

— Então basicamente — disse ela, vendo a situação, como sempre via, em termos de Planos A, B e C —, primeiro temos que descobrir por estes gêmeos onde Stefan está. Segundo, temos que fazer com que eles curem as meninas que possuíram. Terceiro, temos que fazer com que eles deixem Fell's Church em paz... para sempre. Mas antes de qualquer coisa, temos que encontrar Stefan. Ele poderá nos ajudar; sei que sim. E depois vamos esperar que tenhamos força suficiente para o resto.

— Podemos usar a ajuda de Stefan, é verdade, mas você se esqueceu do que realmente interessa... Por ora, o que temos que fazer é evitar que os gêmeos ó matem.

— Eles ainda acham que você é amigo deles, não é? — A mente de Elena disparava pelas alternativas. — Faça com que eles tenham *certeza* disso. Espere até aparecer um momento estratégico, depois aproveite a oportunidade. Temos alguma arma contra eles?

— Ferro. Eles não suportam ferro... São demônios. E o caro Shinichi é obcecado por você, embora eu não possa dizer que a irmã dele vá aprovar quando souber disso.

— Obcecado?

— Sim. Por você e por antigas canções populares inglesas, lembra? Mas não imagino por quê. Sobre as canções, quero dizer.

— Bom, não sei o que podemos fazer com isso...

— Mas aposto que a obsessão dele por você deixará Misao com raiva. É só um pressentimento, pois ela tem Shinichi só para ela há milhares de anos.

— Então temos que colocar um contra o outro, fingir que ele vai ter a mim. Damon... Que foi? — acrescentou Elena em tom de alarme enquanto ele estreitava o aperto como se estivesse preocupado.

— Ele não terá você — disse Damon.

— Eu sei disso.

— Não gosto nada da ideia de outra pessoa ter você. Você devia ser minha e sabe disso.

— Damon, não. Eu já lhe disse. Por favor...

— Isso quer dizer "por favor, não me faça machucar você"? A verdade é que você não pode me machucar, a não ser que eu deixe. Só pode machucar a si mesma contrariando a mim.

Elena pelo menos pôde afastar a parte superior do corpo.

— Damon, acabamos de fazer um acordo, de fazer planos. Agora, o que estamos fazendo, jogando tudo fora?

— Não, mas pensei em outra maneira de fazer de você uma super-heroína nota 100 agora mesmo. Há séculos você diz que eu devia tirar mais do seu sangue.

— Ah... Sim. — Era verdade, mesmo que tivesse sido antes de ele admitir a ela as coisas horríveis que fez. E...

— Damon, o que aconteceu com Matt na clareira? Procuramos por ele em toda parte, mas não o achamos. E você ficou *satisfeito*.

Ele não se incomodou em negar isso.

— No mundo real, eu estava com raiva dele, Elena. Ele parecia ser outro rival. Parte do motivo para estarmos aqui é para eu poder me lembrar exatamente o que houve.

— Você machucou Matt, Damon? Porque agora está me machucando.

— Sim. — A voz de Damon de repente ficou leve e indiferente, como se ele achasse isso divertido. — Acho que o machuquei. Usei a dor psíquica nele, e isso já impediu muitos corações de bater. Mas o seu Mutt é durão. Gosto disso. Eu o fiz sofrer cada vez mais e, no entanto, ele ainda continuava vivo porque tinha medo de deixar você sozinha.

— Damon! — Elena tentou se desvencilhar e descobriu que não adiantava nada. Ele era muito, muito mais forte do que ela. — Como pôde fazer isso com ele?

— Eu já lhe disse; ele era um rival. — Damon riu subitamente. — Você não se lembra mesmo, não é? Eu o fiz se humilhar por você. Eu o fiz comer poeira, literalmente, por você.

— Damon... Você está louco?

— Não. Só agora encontro minha sanidade. Não preciso convencê-la de que pertence a mim. Posso tomar você.

— *Não*, Damon. Eu não seria sua princesa das trevas nem... nem nada sua sem ser solicitada. No máximo, você terá de brincar com um cadáver.

— Talvez eu goste disso. Mas você se esqueceu; posso entrar em sua mente. E você ainda tem amigos em casa, preparando-se para o jantar ou para dormir, assim você espera. Não é? Amigos com braços e pernas no lugar; que nunca souberam o que é a dor de verdade.

Elena precisou de algum tempo para falar. Depois disse em voz baixa:

— Retiro cada coisa decente que disse sobre você. Você é um monstro, ouviu? É uma abomin... — Sua voz ficou mais lenta. — Eles estão obrigando você a fazer isso, não estão? — disse ela por fim. — Shinichi e Misao. Um showzinho para eles. Como eles fizeram você machucar Matt e a mim.

— Não, eu só faço o que quero. — Foi um lampejo de vermelho que Elena viu nos olhos dele? O mais breve brilho de uma chama... — Sabe que você fica bonita quando está chorando? Você está mais bonita do que nunca. O ouro em seus olhos parece subir à superfície e se derramar em lágrimas de diamantes. Eu adoraria ver um escultor entalhando um busto seu chorando.

— Damon, sei que não é você dizendo isso. Sei que a coisa que colocaram dentro de você é que fala assim.

— Elena, eu lhe garanto, sou eu. Gostei muito quando eu o fiz magoá-la. Gostei de ouvir você chorar. Eu o fiz rasgar suas roupas... Tive de machucá-lo muito para obrigá-lo a fazer isso. Mas você não percebeu que sua combinação estava rasgada e que você estava descalça? Foi tudo o Mutt.

Elena obrigou sua mente a voltar ao momento em que saltou da Ferrari. Sim, naquele momento, e depois disso, ela esteve descalça e de braços nus, só com uma combinação. Depois disso, boa parte do tecido da calça jeans tinha ficado na estrada e na vegetação local. Mas nunca ocorreu a ela se perguntar o que tinha acontecido com suas botas e meias, ou por que sua combinação estava rasgada em tiras na bainha. Ela simplesmente ficou grata pela ajuda... Àquele que a machucara, antes de mais nada.

Ah, Damon deve ter pensado que era uma ironia. De repente Elena percebeu que ela mesma estava pensando em *Damon* e não no *possessor*. Não em Shinichi ou Misao. Mas eles não eram a mesma pessoa, disse ela a si mesma. Preciso me lembrar disso!

— Sim, eu gostei de obrigá-lo a te machucar, e gostei de machucar você. Eu o fiz me trazer um bastão de salgueiro, da espessura certa, e depois bater em você. Você gostou disso também, posso lhe garantir. Não se incomode em procurar marcas porque todas sumiram, como as outras. Mas nós três gostamos de ouvir você chorar. Você... Eu... e Mutt também. Na verdade, de nós todos, pode ter sido ele quem mais gostou.

— Damon, cale a boca! Não vou ouvir você falar de Matt desse jeito!

— Mas eu não deixaria que ele a visse sem roupas — confidenciou Damon, como se não tivesse ouvido uma só palavra. — Foi quando eu resolvi... dispensá-lo. Colocando-o em outro globo de neve. Eu queria perseguir você enquanto você tentava se afastar de mim, em um globo vazio do qual você jamais poderia sair. Queria ver aquela expressão especial que seus olhos assumem quando você luta com tudo o que tem... E eu queria ver a derrota. Você não é uma guerreira, Elena. — Damon riu repentinamente, um som feio, e, para o choque de Elena, seu braço voou e ele socou a parede da sacada.

— Damon... — Ela agora soluçava.

— E depois eu quis fazer *isto*. — De repente, o punho de Damon forçou o queixo de Elena para cima, empurrando sua cabeça para trás. A outra mão se emaranhou em seu cabelo, colocando o pescoço na exata posição que ele queria que estivesse. E Elena o sentiu atacar, rápido como uma cobra, e sentiu as duas feridas se abrindo na lateral do pescoço, e seu próprio sangue jorrar por elas.

Séculos depois, Elena despertou, letárgica. Damon ainda se divertia, claramente perdido na experiência de ter Elena Gilbert. E não havia tempo para fazer planos diferentes.

Seu corpo simplesmente agiu por conta própria, assustando a si mesma quase tanto quanto assustou Damon. Enquanto ele levantava a cabeça, a mão de Elena puxava a chave da casa mágica do dedo dele. Depois que a pegou, ela girou o corpo, ergueu os joelhos o mais alto que pôde e chutou, fazendo com que Damon batesse na madeira lascada e podre da grade externa da sacada.

34

Um dia Elena caiu da sacada, e Stefan pulou e a pegou antes que ela batesse no chão. Uma queda humana dessa altura teria um impacto fatal. Um vampiro em plena posse de seus reflexos simplesmente giraria no ar como um gato e cairia de leve sobre os pés. Mas um vampiro nas circunstâncias particulares de Damon esta noite...

Pelo som, ele tentou girar, mas acabou caindo de lado e quebrando alguns ossos. Elena deduziu isso pelo palavrão que ele soltou. Ela não esperou para ouvir mais detalhes. Disparou como uma lebre, descendo ao quarto de Stefan — onde de imediato e quase inconscientemente enviou uma súplica muda — e desceu a escada. A cabana se transformara completamente numa duplicata perfeita do pensionato. Elena não sabia por que, mas por instinto correu para o lado da casa que Damon menos conhecia: as antigas dependências de empregados. Chegou até lá antes de se atrever a sussurrar coisas para a casa, pedindo e não exigindo, rezando para que a casa obedecesse como obedecera a Damon.

— Casa da tia Judith — sussurrou ela, enfiando a chave numa porta; entrou como uma faca quente na manteiga e girou quase por vontade própria. Logo depois, de repente, ela se viu de novo no que foi sua casa por 16 anos, até sua primeira morte.

Ela estava no corredor, e a porta do quarto da irmã mais nova, Margaret, estava aberta, mostrando a criança deitada no chão do quarto, vendo de olhos arregalados um livro de colorir.

— Vamos brincar de pega-pega, meu amorzinho! — anunciou Elena como se fantasmas aparecessem todos os dias na casa dos Gilbert, e Margaret soubesse lidar com isso. — Você vai correndo até a casa da sua amiga Barbara, e depois ela vai se esconder. Não pare de correr até chegar lá, depois vá ver a mãe de Barbara. Mas primeiro me dê três beijos. — E ela levantou Margaret e a abraçou com força, quase a atirando porta afora em seguida.

— Mas Elena... Você voltou...

— Eu sei, meu amor, e prometo que vejo você de novo outro dia. Mas agora... *Corre, neném...*

— Eu disse a eles que você ia voltar. Você fez isso antes.

— *Margaret!* Corre!

Sufocando em lágrimas, mas talvez reconhecendo a seriedade da situação com seu jeito de criança, Margaret correu. E Elena a seguiu, mas ziguezagueando por uma escada diferente da que pegou Margaret.

E ela se viu de frente para um Damon com um sorriso malicioso.

— Você demora demais falando com as pessoas — disse ele, enquanto Elena contava freneticamente suas opções. Subir à sacada pela entrada? Não. Os ossos de Damon ainda podiam doer um pouco, mas se Elena pulasse um andar que fosse, provavelmente quebraria o pescoço. O que mais? Pense!

E então ela estava abrindo a porta do armário de porcelanas, ao mesmo tempo gritando, "Casa da tia Tilda", sem saber se a magia ainda funcionaria. E bateu a porta na cara de Damon.

E Elena estava na casa da tia Tilda, mas a casa da tia Tilda do passado. Não admira que acusassem a pobre da tia Tilda de ver coisas estranhas, pensou Elena, enquanto via a mulher empalidecendo, segurando uma grande terrina de vidro, cheia de algo que cheirava a cogumelos, gritando e largando a terrina.

— Elena! — gritou ela. — O que... Não pode ser você... Você está toda crescida!

— Qual é o problema? — perguntou a tia Maggie, que era amiga da tia Tilda, vindo de outro cômodo. Ela era mais alta e mais severa do que a tia Tilda.

— Estão me perseguindo — exclamou Elena. — Preciso achar uma porta, e se virem um rapaz atrás de mim...

Justo nesse momento Damon saiu do armário de casacos. Ao mesmo tempo, tia Maggie o fez tropeçar e disse:

— A porta do banheiro atrás de você — pegando um vaso e atingindo Damon na nuca quando ele se levantava. Bateu com força.

E Elena disparou pela porta do banheiro, gritando: "Robert E. Lee High School no outono passado — na hora em que a sineta tocou!"

E ela estava nadando contra a corrente, com dezenas de alunos tentando chegar a suas aulas a tempo — mas um deles a reconheceu, depois outro, e enquanto aparentemente ela conseguia viajar a uma época em que não estava morta — ninguém gritava "fantasma" — ninguém na Robert E. Lee vira Elena Gilbert usando uma camisa de homem por cima de uma combinação, com o cabelo caindo desajeitado pelos ombros.

— É o figurino de uma peça! — gritou ela, criando uma das lendas imortais sobre si mesma antes até de ter morrido, ao acrescentar: — Casa de Caroline! — E entrou em um armário de vassouras. Um segundo depois, o rapaz mais lindo que qualquer um vira na vida apareceu atrás dela e passou pela mesma porta pronunciando alguma coisa numa língua estrangeira. E quando o armário de vassouras se abriu, não havia rapaz nem menina nenhuma ali.

Elena disparou pelo corredor e quase esbarrou no Sr. Forbes, que cambaleava muito. Bebia o que parecia ser um copo grande de suco de tomate que cheirava a álcool.

— Não sabemos onde ela vai parar, não é? — gritou ele antes que Elena pudesse dizer uma palavra que fosse. — Ela vai perder o juízo, pelo que sei. Ela está falando da cerimônia na sacada... E o jeito como se veste! Os pais não têm mais nenhum controle sobre os filhos! — Ele arriou junto a uma parede.

— Desculpe — murmurou Elena. *A cerimônia.* Bom, as cerimônias de Magia Negra em geral aconteciam ao nascer da lua ou à meia-noite. E faltavam poucos minutos para a meia-noite. Mas naqueles instantes, Elena já havia bolado o Plano B.

— Com licença — disse ela, tirando o drinque da mão do Sr. Forbes e jogando na cara de Damon, que saiu de um armário. Depois ela gritou: — Algum lugar em que a espécie *deles* não possa ver!

E entrou no...

Limbo?

Paraíso?

Algum lugar em que a espécie deles não possa ver. No início Elena se indagou sobre si, porque ela mesma não conseguia ver muita coisa.

Mas depois percebeu onde estava, debaixo da terra, abaixo da tumba vazia de Honoria Fell. Um dia, ela lutou aqui embaixo para salvar a vida de Stefan e Damon.

E agora, onde não devia haver nada a não ser escuridão, ratos e mofo, havia uma luzinha brilhante. Como uma Fada Sininho em miniatura — só uma centelha, pairava no ar, não a chamava, não se comunicava com ela, mas... Protegia, percebeu Elena. Ela pegou a luz, que era intensa e fria em seus dedos, e, girando-a, traçou um círculo grande o bastante para um adulto se deitar em seu interior.

Quando Elena se virou, Damon estava sentado no meio.

Ele parecia estranhamente pálido para alguém que tinha acabado de se alimentar. Mas não disse nada, nem uma palavra, só a encarava. Elena foi até ele e tocou seu pescoço.

Um segundo depois, Damon estava novamente bebendo profundamente do sangue mais extraordinário do mundo.

Em geral, ele seria analisado pelo sabor: gosto de fruta silvestre ou de fruta tropical, suave ou defumado, amadeirado ou cercado de uma nota sedosa... Mas não agora. Não *este* sangue, que ultrapassava em muito qualquer coisa para a qual ele tivesse palavras. Este sangue que o enchia de um poder que ele jamais conheceu...

Damon...

Por que ele não ouvia? Como podia beber este sangue extraordinário que tinha gosto de algo do além, e por que não ouvia a doadora?

Por favor, Damon. Por favor, lute...

Ele devia reconhecer aquela voz. Ele a ouviu muitas vezes.

Sei que estão controlando você. Mas eles não podem controlar você inteiro. *Você é mais forte do que eles. Você é o mais forte...*

Bom, isso certamente era verdade. Mas ele ficava cada vez mais confuso. A doadora parecia estar infeliz e ele era mestre em fazer doadoras felizes. E Damon não se lembrava muito bem... Realmente devia se lembrar de como isso tinha começado.

Damon, sou eu. Elena. E você está me machucando.

Tanta dor e tanto assombro. Desde o início, Elena sabia muito bem que não devia lutar quando bebiam de suas veias. Isso só causaria agonia, e não faria o menor bem a ela só impediria seu cérebro de trabalhar.

Então ela tentava fazê-lo combater a besta terrível dentro dele. Ora, sim, mas a mudança tinha de vir de dentro. Se ela o obrigasse, Shinichi perceberia e o possuiria novamente. Além de tudo, o simples mote, *Damon, seja forte,* não estava dando certo.

Então só o que se podia fazer era morrer? Elena devia pelo menos lutar, embora soubesse que a força de Damon tornaria a luta inútil. A cada gole que tomava de seu novo sangue, Damon ficava mais forte; ele se transformava cada vez mais em...

Em quê? Era o sangue *dela*. Talvez ele respondesse a seu apelo, que também era o apelo dela. Talvez, em algum lugar lá dentro, ele pudesse derrotar o monstro sem que Shinichi percebesse.

Mas ela precisava de um novo poder, algum truque novo...

E ao pensar nisso, Elena *sentiu* o novo Poder se movendo nela, e entendeu que sempre esteve ali, esperando pela ocasião certa para ser usado. Era um poder muito específico, não para ser usado na luta, nem para se salvar. Ainda assim, era dela e podia ser aproveitado. Os vampiros que a predavam só conseguiam alguns bocados, mas Elena tinha todo o suprimento de sangue cheio de seu enorme vigor. E apelar a ele era fácil como tentar alcançá-lo com a mente e as mãos abertas.

Assim que ela o fez, novas palavras vieram a seus lábios e, o mais estranho de tudo, novas asas brotaram de seu corpo, que Damon curvava acentuadamente para trás pelos quadris. Essas asas etéreas não eram para voar, mas para outra coisa, e quando se desenrolaram lentamente formaram um arco imenso da cor do arco-íris cuja ponta se curvava, cercando e envolvendo Damon e Elena.

E ela disse telepaticamente: *Asas da Redenção.*

E por dentro, sem emitir som algum, Damon gritou.

E as asas se abriram um pouco. Só quem aprendeu muito sobre magia teria visto o que acontecia dentro delas. A angústia de Damon tornava-se a angústia de Elena enquanto ela tirava dele cada incidente doloroso, cada tragédia, cada crueldade que incitou a formação de camadas pétreas de indiferença e indelicadeza em torno de seu coração.

Camadas — duras como a pedra no coração de uma pequena estrela negra — se rompiam e dispersavam. Não paravam. Grandes nacos e pedregulhos fraturados, fragmentos espatifados. Alguns se dissolviam em nada mais do que uma nuvem de fumaça acre.

Mas havia algo no centro — um núcleo mais escuro do que o inferno e mais duro do que os chifres do demônio. Ela não conseguia ver bem o que havia ali. Ela pensou — teve esperança — de que no fim até aquilo explodisse.

Agora, e só agora, ela podia invocar o par seguinte de asas. Não sabia se sobreviveria ao primeiro ataque; certamente não achava que poderia sobreviver a este. Mas Damon precisava saber.

Damon estava sobre um joelho no chão, com os braços envolvendo firmemente o próprio corpo. Isso devia ser bom. Ele ainda era Damon e provavelmente estaria muito mais feliz sem o peso de todo aquele ódio, preconceito e crueldade. Ele não continuaria se lembrando de sua juventude e dos outros jovens que zombaram de seu pai por ser um velho tolo, com seus investimentos desastrosos e uma amante mais nova do que os próprios filhos. Nem se prenderia ele interminavelmente a sua infância, quando o pai o espancava em ataques de uma fúria bêbada quando Damon negligenciava os estudos ou andava em companhias questionáveis.

E por fim ele não continuaria a saborear e contemplar as mesmas coisas terríveis que fez a si mesmo. Ele fora redimido, em nome dos céus, pelas palavras colocadas na boca de Elena.

Mas agora... Havia algo de que ele precisa se lembrar. Se Elena tivesse razão.

Se ao menos ela tivesse razão.

— Que lugar é este? Está ferida, menina?

Em sua confusão, ele não a reconhecia. Ele estava de joelhos; agora Elena se ajoelhou ao lado dele.

Ele a olhou com ardor.

— Estamos rezando ou fazendo amor? Estamos de vigília ou na casa dos Gonzalgo?

— Damon — disse ela —, sou eu, Elena. Agora estamos no século XXI, e você é um vampiro. — Depois, abraçando-o com gentileza, com o rosto encostado no dele, ela sussurrou: — *Asas da Lembrança.*

E um par de asas de borboleta transparentes, nas cores violeta, cerúleo e azul meia-noite, brotou de suas costas, pouco acima dos quadris. As asas eram decoradas com safiras e ametistas mínimas e translúcidas, num desenho intrincado. Com músculos que ela jamais usou na vida, ela as levou facilmente para cima e para frente, até que se curvassem de dentro para fora, e Damon foi abrigado dentro delas. Era como ser fechado numa caverna escura cravejada de joias.

Ela podia ver nas feições refinadas de Damon que ele não queria se lembrar de nada mais do que já recordava agora. Mas novas lembranças, memórias ligadas a ela, já se acumulavam dentro dele. Ele olhou o anel de lápis-lazúli que tinha no dedo, e Elena pôde ver lágrimas brotando em seus olhos. Depois, lentamente, o olhar dele se voltou para ela.

— Elena?

— Sim.

— Alguém me possuiu e me tirou as lembranças do tempo que passei possuído — sussurrou ele.

— Sim... Pelo menos, acho que sim.

— E alguém a feriu.

— Sim.

— Eu jurei matá-lo ou fazer dele seu escravo mais de cem vezes. Ele *bateu em você*. Tirou seu sangue à força. Ele inventou histórias ridículas sobre machucar você de outras maneiras.

— Damon. Sim, é verdade. Mas por favor...

— Eu estava atrás dele. Se eu o encontrasse, podia tê-lo atropelado; podia ter arrancado seu coração ainda batendo do peito. Ou podia ter ensinado as lições mais dolorosas que ouvi... E eu ouvi muitas histórias... E no fim, com a boca ensanguentada, ele teria beijado seus pés, seria seu escravo até morrer.

Isso não era bom para ele. Elena podia ver. Os olhos de Damon estavam cercados de branco, como os de um potro apavorado.

— Damon, eu lhe *imploro*...

— E aquele que machucou você... Fui eu.

— Não se culpe. Você mesmo disse. Estava *possuído*.

— Você teve tanto medo de mim que tirou a roupa para mim.

Elena se lembrou da camisa Pendleton original.

— Eu não queria que você e Matt brigassem.

— Você deixou que eu a sangrasse, contrariando sua própria vontade.

Desta vez ela não conseguiu dizer nada a não ser um "Sim".

— Eu... *Meu Deus!*... Usei meus Poderes para lhe provocar uma aflição horrível!

— Se quer dizer um ataque que provoca dor e convulsões horrendas, sim. E você fez pior com Matt.

Matt não estava no radar de Damon.

— E depois eu a raptei.

— Você *tentou.*

— E você pulou de um carro em alta velocidade em vez de se arriscar comigo.

— Você estava jogando pesado, Damon. Eles lhe disseram para pegar pesado, talvez até para quebrar seus brinquedos.

— E eu fiquei procurando por quem fez você pular do carro... Não conseguia me lembrar de nada antes daquilo. E eu jurei que arrancaria os olhos e a língua dele antes que ele morresse em agonia. Você não podia andar. Teve que usar uma muleta para atravessar o bosque e, justo quando a ajuda devia chegar, Shinichi a atraiu para uma armadilha. Ah, sim, eu o conheço. Você ficou vagando dentro do globo de neve dele... E ainda estaria vagando se eu não o tivesse quebrado.

— Não — disse Elena em voz baixa. — Eu teria morrido há muito tempo. Você me encontrou quando eu estava quase asfixiada, lembra?

— Sim. — Um momento de alegria intensa em seu rosto. Mas voltou o olhar vidrado e apavorado. — Eu fui o torturador, o perseguidor, aquele de quem você teve tanto medo. Eu a obriguei a fazer coisas com... com...

— Matt.

— Ah, Deus — disse ele, e era claramente uma invocação à deidade, não apenas uma exclamação, porque ele olhou para cima, erguendo as mãos cerradas para o céu. — Pensei que seria um herói para você. Em vez disso, *eu* sou a abominação. E agora? Por direito, eu já devia estar morto a seus pés. — Ele fitou Elena com os olhos arregalados, animalescos e negros. Não havia humor neles, nenhum sarcasmo, nem hesitação. Ele parecia muito novo e bastante desvairado e desesperado. Se fosse uma pantera negra, teria andado pela jaula freneticamente, mordendo as grades.

Depois ele tombou a cabeça para beijar os pés descalços de Elena.

Elena ficou chocada.

— Sou seu para fazer o que quiser de mim — disse ele na mesma voz atordoada. — Pode ordenar que eu morra agora mesmo. Depois de toda minha conversa sagaz, vejo que o monstro sou eu.

E Damon chorou. Provavelmente nenhuma outra circunstância podia levar lágrimas aos olhos de Damon Salvatore. Mas ele ficou encurralado. Jamais quebrou sua palavra, e prometeu que ia arrebentar o monstro, aquele que fez tudo isso com Elena. O fato de que Damon estava possuído — no início um pouco, depois cada vez mais, até que toda sua mente era simplesmente mais um dos brinquedos de Shinichi, a ser usado e descartado a seu bel-prazer — não compensava seu crimes.

— Você sabe que eu... sou amaldiçoado — disse ele, como se talvez nisso fosse um atalho para a reparação.

— Não, eu *não sei* — disse Elena. — Porque não acredito isso. E Damon, pense em quantas vezes você os combateu. Sei que eles queriam que você matasse Caroline naquela primeira noite, quando você disse que sentiu algo no espelho dela. Você disse que quase a matou. Sei que eles queriam que você me matasse. Vai fazer isso?

Ele se curvou aos pés de Elena de novo, e ela apressadamente o pegou pelos ombros. Não suportava ver Damon com tanta dor.

Mas agora Damon olhava par cá e para lá, como se tivesse um propósito definido. Ele também girava o anel de lápis-lazúli.

— Damon... No que está pensando? Me diga no que está pensando!

— Que ele pode me escolher como sua marionete novamente... E desta vez pode haver uma estaca de madeira *de verdade*. Shinichi... Ele é o monstro por trás de sua crença inocente. E ele pode me dominar num átimo. Nós vimos isso.

— Ele não poderá, se você me deixar lhe dar um beijo.

— O quê? — Damon a olhou como se ela não tivesse acompanhado a conversa corretamente.

— Deixe-me lhe dar um beijo... E tirar esse malach moribundo de dentro de você.

— Moribundo?

— Ele morre um pouco mais a cada vez que você recupera forças suficientes para dar as costas a ele.

— É... muito grande?

— A essa altura, do seu tamanho.

— Que bom — sussurrou ele. — Eu só queria poder lutar com ele eu mesmo.

— *Pour le sport*? — respondeu Elena, mostrando que seu verão na França no ano anterior não foi um completo desperdício.

— Não. Porque eu o odeio mortalmente e preferia sofrer mil vezes sua dor, desde que eu soubesse que estava ferindo a *coisa*.

Elena concluiu que não era hora de se demorar. Ele estava pronto.

— Vai me deixar fazer essa última coisa?

— Eu já lhe disse... O monstro que machucou você é agora seu escravo.

Muito bem. Eles podiam discutir essa questão mais tarde. Elena se inclinou para a frente e ergueu a cabeça com os lábios franzidos de leve.

Depois de alguns segundos, Damon, o Don Juan das trevas, entendeu o que ela queria.

Ele a beijou com muita gentileza, como se temesse fazer contato demais.

— Asas da Purificação — sussurrou Elena contra os lábios dele. As asas eram brancas como neve e pareciam renda, mal visíveis em alguns lugares. Arquearam-se acima de Elena, no alto, cintilando com uma iridescência que a lembrava do luar em teias de aranha congeladas. Envolveram mortal e vampiro numa teia feita de diamantes e pérolas.

— Isto vai doer em você — disse Elena, sem entender como sabia. O conhecimento parecia vir no momento em que ela precisava dele. Era quase como estar num sonho em que grandes verdades são compreendidas sem a necessidade de aprendê-las, e são aceitas sem assombro.

E era assim que ela sabia que as *Asas da Purificação* procurariam e destruiriam qualquer coisa estranha dentro de Damon e que a sensação podia ser muito desagradável para ele. Quando o malach não pareceu sair por vontade própria, ela disse, incitada por sua voz interior:

— Tire a camisa. O malach está preso a sua coluna e está mais perto da pele de sua nuca, por onde entrou. Vou ter que arrancá-lo pela mão.

— Preso a minha coluna?

— Sim. Já sentiu? Acho que no início deve ter parecido uma picada de abelha, enquanto entrava em você, só um furo afiado e uma bolha de gelatina que grudou na sua coluna.

— Ah. A picada de mosquito. Sim, eu senti. E mais tarde meu pescoço começou a doer, e por fim todo o meu corpo. A coisa estava... crescendo dentro de mim?

— Sim, e controlando cada vez mais seu sistema nervoso. Shinichi controlava você como uma marionete.

— Meu bom Deus, eu lamento *tanto*.

— Vamos fazer com que ele se lamente, e não você. Vai tirar a camisa?

Em silêncio, como uma criança confiante, Damon tirou a jaqueta preta e a camisa. Depois, enquanto Elena o colocava na posição correta, ele se deitou atravessado em seu colo, as costas pálidas e com os músculos firmes contra o chão escuro.

— Desculpe — disse ela. — Livrar-se dele desse jeito... Puxando pelo buraco por onde entrou... Vai doer *de verdade*.

— Que bom — grunhiu Damon. E ele enterrou o rosto em seus braços macios e musculosos.

Elena usou as almofadas dos dedos, tateando o alto da coluna de Damon, procurando o que queria. Um ponto mole. Uma bolha. Quando a encontrou, Elena a perfurou com as unhas até que o sangue de repente brotou.

Ela quase o perdeu ao tentar achatar, mas o estava perseguindo com as unhas afiadas — e demorava demais. Por fim ela teve de segura-lo com firmeza entre as unhas do polegar e de outros dois dedos.

O malach ainda estava vivo e consciente o bastante para resistir um pouco a Elena. Mas era como uma água-viva tentando resistir — só que a água-viva se parte quando a puxamos. Esta coisa escorregadia e pegajosa em forma de homem conservou sua forma à medida que ela o puxava lentamente pela brecha na pele de Damon.

E isso provocava dor em Damon. Elena sabia. Ela começou a tomar parte de sua dor para si, mas ele arfou, "*Não!*", com tal veemência que ela decidiu deixar que ele suportasse sozinho.

O malach era muito maior e muito mais substancial do que ela havia imaginado. Deve ter crescido ali por um bom tempo, pensou ela — uma bolinha de gelatina que se expandiu até controlar Damon até a ponta dos dedos. Ela precisou se sentar, depois se afastar de Damon e depois voltar para que o malach estivesse no chão, uma caricatura branca, viscosa e filamentosa de corpo humano.

— Acabou? — Damon estava sem fôlego; e realmente doeu.

— Sim.

Damon se levantou e olhou a coisa branca e flácida — que se retorcia um pouco — que o obrigara a perseguir a pessoa de quem ele mais gostava no mundo. Depois, deliberadamente, pisou nela, esmagando-a sob os calcanhares de suas botas até que ela se desfez em pedaços, em seguida pisoteou os fragmentos. Elena deduziu que ele não se atrevia a explodi-la com seu Poder por medo de alertar Shinichi.

Por fim, só o que restou foi uma mancha e um cheiro.

Elena não sabia por que se sentiu tonta naquele momento, mas estendeu a mão para Damon e ele a pegou, e os dois ficaram de joelhos, abraçados.

— Eu o libero de qualquer promessa que tenha feito... Enquanto estava na posse deste malach — disse Elena. Isto era estratégico. Ela não queria liberá-lo da promessa de cuidar do irmão.

— Obrigado — sussurrou Damon, o peso de sua cabeça no ombro de Elena.

— E agora — disse Elena, como uma professora de jardim de infância que quer passar rapidamente a outra atividade. — Precisamos fazer planos. Mas planos ultrassecretos...

— Temos que partilhar sangue. Mas Elena, quanto você doou hoje? Você está pálida.

— Você disse que seria meu escravo... Agora não quer tirar um pouco do meu sangue.

— Você disse que me liberou... Em vez disso vai me prender para sempre, não é? Mas há uma solução mais simples. Você toma um pouco do *meu* sangue.

E no fim foi o que eles fizeram, embora Elena se sentisse um tanto culpada por isso, como se estivesse traindo Stefan. Damon se cortou com o mínimo de estardalhaço, depois começou a acontecer — eles estavam *partilhando* mentes, fundindo-se. Em um período de tempo muito mais curto do que levaria para pronunciar as frases em voz alta, acabou-se: Elena contou a Damon o que os amigos descobriram sobre a epidemia entre as meninas de Fell's Church, e Damon contou a Elena tudo o que sabia sobre Shinichi e Misao. Elena elaborou um plano para lidar com qualquer outra jovem possuída como

Tami, e Damon prometeu tentar descobrir dos gêmeos kitsune onde Stefan estava.

E por fim, quando não havia mais nada a dizer e o sangue de Damon restaurava a cor fraca do rosto de Elena, eles combinaram quando se encontrariam novamente.

Na cerimônia.

Depois só havia Elena naquele ambiente, e um grande corvo batia suas asas na direção do antigo bosque.

Sentada no chão de pedra fria, Elena precisou de um momento para reunir tudo o que sabia. Não admirava que Damon parecesse tão esquizofrênico. Não admirava que ele tenha se lembrado, e depois esquecido, em seguida se lembrado de novo de que era dele que ela fugia.

Ele se lembrou, raciocinou Elena, quando Shinichi não o estava controlando, ou pelo menos o mantinha com rédeas soltas. Mas sua memória era irregular porque várias coisas que ele fez foram tão terríveis que sua própria mente as rejeitara. Elas se tornaram parte da memória possuída de Damon, porque, quando possuído, Shinichi controlava cada palavra, cada ato. E entre os episódios, Shinichi lhe dizia que ele precisava encontrar o torturador de Elena e matá-lo.

Tudo muito divertido, supôs ela, para este kitsune, esse Shinichi. Mas para ela e Damon foi o inferno.

Sua mente se recusava a admitir que houve momentos maravilhosos misturados aos ruins. Ela era de Stefan e só dele. Isso jamais mudaria.

Agora Elena precisava de mais uma porta mágica e não sabia como encontrar. Mas havia a luz da Fada Sininho de novo. Ela imaginou ser o que restava da magia que Honoria Fell deixara para proteger a cidade que fundou. Elena se sentiu um pouco culpada, usando-a — mas se isso não era para ela, por que a trouxe aqui?

Para se submeter ao destino mais importante que ela podia imaginar.

Estendendo a mão para a centelha e segurando a chave na outra, ela sussurrou com toda intensidade:

— *Um lugar onde eu possa ver, ouvir e tocar Stefan.*

35

Uma prisão, com montes de sujeira no chão e grades entre Elena e um Stefan adormecido.

Entre ela e *Stefan!*

Era realmente ele. Elena não sabia como podia saber. Sem dúvida eles podiam distorcer e mudar suas percepções neste lugar. Mas agora, talvez porque ninguém esperasse que ela desse num calabouço, ninguém estava preparado para fazer com que ela duvidasse de seus sentidos.

Era Stefan. Estava mais magro e as maçãs do rosto se pronunciavam. Ele estava lindo. E sua mente *parecia* certa, a mistura exata de honra e amor, escuridão e luz, esperança e compreensão melancólica do mundo em que ele vivia.

— Stefan! Ah, *me abrace*!

Ele acordou e quase se sentou.

— Pelo menos me deixe dormir. E enquanto eu durmo vá embora e coloque outra cara, sua vaca!

— Stefan! Cuidado com a língua!

Ela viu os músculos dos ombros de Stefan paralisarem.

— O que... você... disse?

— Stefan... *Sou eu mesma*. Não o culpo por xingar. Eu amaldiçoo este lugar todo e os dois que o colocaram aqui...

— Três — disse ele cansado, e tombou a cabeça. — Se fosse real, você saberia disso. Vá pedir a eles que lhe digam que meu irmão traidor e os amigos dele é que se aproximam sorrateiros das pessoas com redes kekkai...

Agora Elena não podia esperar para discutir sobre Damon.

— Não pode pelo menos *olhar* para mim?

Ela o viu se virar devagar, olhar lentamente, depois o viu saltar de um estrado feito de um feno de aparência nauseante, e o viu olhar para ela como se ela fosse um anjo caído do céu.

Depois ele deu as costas e pôs as mãos nas orelhas.

— Nada de pactos — disse ele categoricamente. — Nem fale neles comigo. Vá embora. Você está se saindo melhor, mas ainda é um sonho.

— Stefan!

— Eu disse vá embora!

Estavam perdendo tempo. E isso era tão cruel, depois do que ela passou só para falar com ele.

— Você me viu pela primeira vez na frente da secretaria da escola no dia em que levou seus documentos e persuadiu a secretária. Não precisou olhar para mim para saber como eu era. Uma vez eu te disse que me sentia uma assassina porque eu falei: "Papai, olha" e apontei algo do lado de fora, pouco antes do acidente de carro que matou meus pais. Eu nunca consegui lembrar o que era a coisa. A primeira palavra que aprendi quando voltei do além foi *Stefan*. Um dia, você olhou para mim pelo retrovisor do carro e disse que eu era sua alma...

— Não pode parar de me torturar por uma hora? Elena... A verdadeira Elena... Seria inteligente demais para arriscar a própria vida vindo aqui.

— E onde é "aqui"? — disse Elena incisivamente, assustada. — Preciso saber se devo tirar você daí.

Lentamente, Stefan destampou as orelhas. Ainda mais lentamente, ele se virou para ela.

— Elena? — disse ele, como um menino moribundo que viu um fantasma gentil em seu leito. — Você não é real. Não pode estar aqui.

— Não acho que esteja. Shinichi fez uma casa mágica e ela leva você onde quiser, se você disser para onde quer ir e abrir a porta com esta chave. Eu disse: "Um lugar onde possa ouvir, ver e tocar

Stefan." Mas — ela baixou a cabeça — você disse que eu *não posso* estar aqui. Talvez tudo não passe mesmo de uma ilusão.

— Silêncio. — Agora Stefan agarrava as grades laterais de sua cela.

— Era aqui que queria ter vindo? Este é o *Shi no Shi*?

Ele deu uma risadinha — não era um riso verdadeiro.

— Não é exatamente o que qualquer um de nós esperava, não acha? E no entanto eles não mentiram em nada do que disseram. Elena, Elena! Eu disse "Elena". Elena, você está mesmo aqui!

Elena não podia mais perder tempo. Deu os poucos passos estalando a palha úmida, espantando as criaturas dali, até as grades que a separavam de Stefan.

Depois voltou a cabeça para cima, segurando as grades nas duas mãos, e fechou os olhos.

Eu vou tocar em você. Eu o tocarei, vou tocar. Eu sou real, ele é real — eu vou tocá-lo!

Stefan se inclinou — para fazer a vontade dela, pensou Elena — e seus lábios quentes tocaram os dela.

Ela passou os braços pelas grades porque os dois estavam ajoelhados de fraqueza: Stefan ficou pasmo por ela tocá-lo, e Elena ficou aliviada e soluçava de alegria.

Mas... Não havia tempo.

Stefan, tire meu sangue *agora*... Tire!

Ela procurou desesperadamente alguma coisa para se cortar. Stefan podia precisar de suas forças e não importava o quanto Damon tenha retirado, Elena sempre teria o suficiente para Stefan. Se isso a matasse, ela teria o bastante. Ela agora estava feliz nesta catacumba porque Damon a convencera a tomar o sangue dele.

— Calma. Calma, meu amor. Se você fala a sério, posso morder seu pulso, mas...

— Faça isso *agora*! — Elena Gilbert, a princesa de Fell's Church, ordenou. Ela até conseguiu reunir forças para se levantar. Stefan a olhou com certa culpa.

— *AGORA!* — insistiu Elena.

Stefan mordeu seu pulso.

Era uma sensação estranha. Doeu um pouco mais do que quando ele perfurava a lateral de seu pescoço, como sempre fazia. Mas havia boas veias ali, ela sabia; Elena confiava que Stefan encontraria a maior, para que isso levasse o menor tempo possível. A urgência de Elena tornara-se a dele.

Mas quando ele tentou recuar, ela o segurou por uma mecha de cabelo ondulado e preto e disse:

— Mais, Stefan. Você precisa dele... Ah, eu sei disso, *e não temos tempo para discutir.*

A voz de comando. Meredith uma vez disse que quando ela falava desse jeito, podia liderar exércitos. Bom, ela podia precisar liderar exércitos para entrar neste lugar e salvá-lo.

Vou conseguir um exército em algum lugar, pensou ela meio tonta.

A febre de sangue faminta que Stefan tivera — eles obviamente não o alimentavam desde que ela o vira pela última vez — esmorecia numa ingestão de sangue mais normal que ela conhecia. A mente de Stefan se fundia na dela. *Quando você diz que vai conseguir um exército, eu acredito em você. Mas é impossível. Ninguém jamais volta.*

Bom, você vai voltar. Eu vou levar você de volta.

Elena, Elena...

Beba, disse ela, sentindo-se uma mãe italiana. *O máximo que puder sem ficar nauseado.*

Mas como... Não, você me disse como chegou aqui. Era a verdade?

A verdade. Eu sempre lhe digo a verdade. Mas Stefan, como vou tirar você *daqui?*

Shinichi e Misao — você os conhece?

O bastante.

Cada um deles tem metade de um anel. Juntos, eles formam uma chave. Cada metade tem a forma de uma raposa correndo.

Mas quem sabe onde eles podem ter escondido as metades? E como eu disse, só para entrar neste lugar, será preciso um exército...

Vou achar as metades do anel de raposa. Vou uni-las. Vou conseguir um exército. Vou tirar você daí.

Elena, não posso continuar bebendo. Você vai desmaiar.

Eu não desmaio com facilidade. Continue, por favor.

Mal acredito que é você...

— Nada de beijar! Tome meu sangue!

Sim, senhora! Mas Elena, é verdade, agora estou satisfeito. Mais do que satisfeito.

E amanhã?

— Ainda estarei satisfeito. — Stefan se afastou, um polegar nos pontos onde havia veias perfuradas. — É verdade, eu *não posso*, meu amor.

— E no dia seguinte?

— Vou conseguir.

— Você vai... Porque eu trouxe *isto*. Abrace-me, Stefan — disse ela, a voz mais branda. — Abrace-me pelas grades.

Ele obedeceu, parecendo assombrado, e ela sibilou em seu ouvido.

— Aja como se me amasse. Afague meu cabelo. Diga coisas gentis.

— Elena, meu grande amor... — Ele ainda estava perto o bastante mentalmente para dizer por telepatia, Agir *como se eu a amasse*? Mas enquanto as mãos de Stefan afagavam Elena, apertavam-na e se emaranhavam em seu cabelo, as dela estavam ocupadas. Ela transferia para Stefan, por baixo das suas roupas, um frasco cheio de vinho Black Magic.

— Mas onde conseguiu isso? — sussurrou Stefan, assombrado.

— A casa mágica tem tudo. Estive esperando por minha chance de dar a você, se você precisasse.

— Elena...

— Que foi?

Stefan parecia lutar com alguma coisa. Por fim, com os olhos baixos, ele sussurrou:

— Isso não é bom. Não posso me arriscar que você seja morta por uma impossibilidade. Me esqueça.

— Coloque o rosto nas grades.

Ele olhou para ela, mas não fez mais perguntas, e obedeceu.

Ela lhe deu um tapa na cara.

Não foi um tapa muito forte... Embora a mão de Elena doesse ao se chocar com o ferro do outro lado.

— Ora essa, *que vergonha!* — disse ela. E antes que ele pudesse dizer alguma coisa: — *Escute!*

Era o latido de sabujos — longe, mas estavam se aproximando.

— Estão atrás de *você* — disse Stefan, de repente frenético. — Você precisa ir!

Ela se limitou a olhá-lo com segurança.

— Eu te amo, Stefan.

— Eu te amo, Elena. Para sempre.

— Eu... Ah, eu *sinto muito.* — Ela não conseguia ir; o problema era este. Como Caroline falando sem parar, mas sem sair do quarto de Stefan, ela podia ficar ali e conversar sobre aquilo, mas não conseguia fazer nada.

— Elena! Você *precisa* ir. Não quero ver o que eles vão...

— Eu vou matá-los!

— Você não é assassina. Não sabe lutar, Elena... E você não devia ver isso. Por favor? Lembra que uma vez você me perguntou se eu gostaria de ver quantas vezes você me obrigaria a dizer "por favor"? Bom, agora cada uma conta por mil. Por favor? Por mim? Você vai embora?

— Mas um beijo... — O coração de Elena batia como um passarinho frenético.

— *Por favor!*

Cega pelas lágrimas, Elena se virou e segurou a porta da cela.

— Qualquer lugar fora da cerimônia, onde ninguém me verá! — ela arfou e puxou a porta para o corredor, passando por ela.

Pelo menos vira Stefan, mas por quanto tempo isso evitaria que seu coração despedaçasse novamente...

... Ah, meu Deus, estou *caindo*...
... Ela não sabia.

Elena percebeu que *estava mesmo* em algum lugar do lado de fora do pensionato — pelo menos a 25 metros de altura — e despencava rapidamente. Em pânico seu primeiro pensamento foi de que ia morrer, depois o instinto a dominou e ela estendeu os braços, chutando com pernas e pés, conseguindo deter a queda depois de 6 metros de agonia.

Perdi minhas asas para sempre, não foi?, pensou ela, concentrando-se em um único ponto entre as omoplatas. Ela sabia onde deviam estar — e nada aconteceu.

Depois, com cuidado, ela se aproximou aos poucos do tronco, parando só para mover para um ponto mais alto uma lagarta que dividia o galho com ela. E conseguiu encontrar um lugar onde podia se sentar de lado e chegar para trás. Era um galho alto demais para seu gosto.

Ela descobriu que podia olhar para baixo e ver a sacada com muita clareza, e que quanto mais olhava para qualquer coisa, mais clara era sua visão. A visão aguçada de vampiro, pensou Elena. Mostrava que ela estava se Transformando. Ou — sim, o céu aqui de algum modo ficava mais claro.

O que se revelava a ela era um pensionato escuro e vazio, o que era perturbador, por causa do que o pai de Caroline havia dito sobre a "reunião" e o que ela descobriu telepaticamente por Damon sobre os planos de Shinichi para a noite de Plenilúnio. Será possível que este não fosse o verdadeiro pensionato, mas outra armadilha?

— Conseguimos! — Bonnie exclamou ao se aproximarem da casa. Ela sabia que sua voz estava estridente, mais do que estridente, mas de algum modo a visão do pensionato iluminado, como uma árvore de Natal com uma estrela no alto, a reconfortava, mesmo que ela soubesse que estava tudo errado. Bonnie tinha vontade de chorar de alívio.

— Sim, conseguimos — disse a voz grave da Dra. Alpert. — Todos nós. É Isobel quem precisa de mais tratamento, e o mais rápido possível. Theophilia, prepare suas panaceias; e alguém leve Isobel e lhe dê um banho.

— Eu farei isso — Bonnie disse numa voz trêmula, depois de uma breve hesitação. — Ela vai ficar tranquila como está agora, não é? Não é?

— *Eu vou* com Isobel — disse Matt. — Bonnie, você vai ajudar a Sra. Flowers. E antes de a gente entrar, quero deixar uma coisa bem clara: ninguém vai a lugar nenhum sozinho. Vamos todos andar em grupos de dois ou três. — Havia um tom de autoridade na voz dele.

— Faz sentido — disse Meredith rispidamente, tomando lugar ao lado da médica. — É melhor ter cuidado, Matt; Isobel é a mais perigosa.

Foi quando vozes altas e agudas foram ouvidas do lado de fora da casa. Pareciam duas ou três menininhas cantando.

> *"Isa-chan, Isa-chan,*
> *Beba seu chá e coma seu flã."*

— Tami? Tami Bryce? — perguntou Meredith, abrindo a porta enquanto a música recomeçava. Ela disparou para a frente, depois pegou a médica pela mão e a arrastou para o lado ao avançar de novo.

E sim, Bonnie viu, havia três figuras pequenas, uma de pijama e duas de camisola, e elas eram Tami Bryce, Kristin Dunstan e Ava Zarinski. Ava só tinha uns 11 anos, pensou Bonnie, e não morava perto nem de Tami, nem de Kristin. As três soltavam risos estridentes. Depois recomeçaram a cantar, e Matt foi atrás de Kristin.

— Socorro! — gritou Bonnie. De repente ela estava pendurada em um potro chucro que esperneava e escoiceava para todo lado. Isobel parecia ter enlouquecido e ficava mais louca a cada repetição da música.

— Eu a peguei — disse Matt, fechando-se nela com um abraço de urso, mas nem os dois conseguiam manter Isobel parada.

— Vou dar outro sedativo a ela — disse a Dra. Alpert, e Bonnie viu os olhares entre Matt e Meredith, olhares de desconfiança.

— Não... Não, deixe que a Sra. Flowers faça alguma coisa — disse Bonnie desesperadamente, mas a agulha hipodérmica já estava quase no braço de Isobel.

— Não vai dar nada a ela — disse Meredith categoricamente, deixando o disfarce de lado e, com um chute de bailarina, mandou a seringa pelos ares.

— Meredith! Qual é o seu problema? — exclamou a médica, segurando seu pulso.

— A questão é qual é o *seu* problema, doutora. Quem é você? Onde estamos? Este não pode ser o verdadeiro pensionato.

— Obaasan! Sra. Flowers! Podem nos ajudar? — Bonnie ofegava, ainda tentando segurar Isobel.

— Vou tentar — disse a Sra. Flowers, decidida, indo na direção de Bonnie.

— Não, eu quis dizer com a Dra. Alpert... E talvez Jim. A senhora sabe... conhece algum feitiço... para fazer com que as pessoas assumam sua verdadeira forma?

— Oh! — disse Obaasan. — Nisso eu posso ajudar. Deixe-me descer, Jim, meu querido. Logo todos estaremos em nossas verdadeiras formas.

Jayneela era uma segundanista de olhos grandes, sonhadores e escuros que em geral se perdiam num livro. Mas agora, enquanto a meia-noite se aproximava e a avó ainda não tinha ligado, ela fechou o livro e olhou para Ty. Tyrone parecia grande, feroz e mau durante o jogo, mas fora dele era o irmão mais velho mais gentil, mais legal e mais delicado que uma menina podia querer.

— Acha que a vovó está bem?

— Hein? — Tyrone também estava com o nariz metido num livro, mas era um daqueles livros de entre-para-a-universidade-dos-seus-sonhos. Como estava indo para o último ano, ele precisava tomar algumas decisões sérias. — Claro que está.

— Bom, vou dar uma olhada na garotinha, pelo menos.

— Sabe de uma coisa, Jay? — Ele a futucou de brincadeira com o dedo do pé. — Você se preocupa demais.

Logo ele estava perdido de novo no Capítulo Seis, "Como Aproveitar ao Máximo Seu Serviço Comunitário". Mas vieram gritos de cima. Gritos longos, altos e agudos — a voz da irmã. Ele largou o livro e correu.

— Obaasan? — disse Bonnie.

— Só um minuto, meu bem — disse a vovó Saitou. Jim a baixara e agora ela o olhava bem de frente: olhava para cima, e ele para baixo. E havia algo muito estranho nisso.

Bonnie sentiu uma onda de puro terror. Será que Jim pode ter feito alguma maldade com Obaasan enquanto a carregava? É claro que podia. Por que ela não pensou nisso? E havia a médica com sua seringa, pronta para sedar qualquer um que ficasse "histérico" demais. Bonnie olhou para Meredith, mas a amiga tentava lidar com duas menininhas que se retorciam e só conseguiu olhar de lado, desesperançada.

Muito bem, então, pensou Bonnie. Vou dar um chute onde mais vai doer nele e afastar a velha. Ela se virou para Obaasan e se sentiu paralisar.

— Só tenho que fazer uma coisinha... — disse Obaasan. E ela fez. Jim se curvava na altura da cintura, dobrado em dois para Obaasan, que estava na ponta dos pés. Eles se grudaram num beijo íntimo e profundo.

Ah, meu Deus!

Eles encontraram quatro pessoas no bosque — e supuseram que duas eram sãs e duas insanas. Como podiam saber quais eram insanas? Bom, se duas delas viram coisas que não existiam...

Mas a casa *estava* ali; Bonnie também podia ver. Estaria *ela* insana?

— Meredith, venha! — ela gritou. Perdendo inteiramente a coragem, ela começou a correr da casa, fugindo para o bosque.

Algo vindo do céu pegou Bonnie com a mesma facilidade que uma coruja pega um camundongo e a manteve em um aperto implacável.

— Vai a algum lugar? — A voz de Damon perguntou de cima dela enquanto ele planou por alguns metros até parar, com Bonnie metida sob um braço de aço.

— Damon!

Os olhos de Damon estavam um tanto cerrados, como que para uma piada que só ele podia ver.

— Sim, o mal em pessoa. Diga alguma coisa, minha pequena fúria.

Bonnie já se exaurira tentando fazer com que ele a soltasse, que nem conseguira rasgar as roupas dele.

— O quê? — rebateu ela. Possuído ou não, Damon a vira quando ela o invocou para salvá-la da insanidade de Caroline. Mas segundo o que Matt contou, ele tinha feito alguma coisa medonha com Elena.

— Por que as meninas adoram converter um pecador? Por que incitam neles qualquer atitude se eles sentem que reformaram vocês?

Bonnie não sabia do que ele falava, mas podia imaginar.

— O que você fez com Elena? — perguntou ela com ferocidade.

— Dei o que ela queria, só isso — disse Damon, os olhos escuros cintilando. — Há alguma coisa tão horrorosa nisso?

Bonnie, assustada com aquele brilho nos olhos dele, nem tentou correr de novo. Sabia que era inútil. Ele era mais rápido e mais forte, e podia voar. De qualquer modo, ela vira no rosto dele uma espécie de falta de remorso distante. Não eram só Damon e Bonnie juntos ali. Eram o predador e a presa naturais.

E agora aqui estava ela, de volta a Jim e Obaasan — não, com um rapaz e uma menina que nunca vira antes. Bonnie chegou a tempo de ver a transformação. Ela viu o corpo de Jim se encolher e seu cabelo ficar preto, mas não foi isso que a impressionou. O impressionante foi que em todas as pontas, o cabelo não era preto, mas carmim. Era como se chamas lambessem das pontas para a escuridão. Os olhos eram dourados e sorridentes.

Ela viu o corpo velho de boneca de Obaasan tornar-se mais jovem, mais forte e mais alto. Aquela menina era linda; Bonnie teve de admitir. Tinha belos olhos oblíquos e um cabelo sedoso que ia quase até a cintura. Seu cabelo era como o do irmão — só que o vermelho era mais vivo, escarlate e não carmim. Usava um top de renda preto, transparente, que mostrava como seu corpo era delicado na parte superior. E, é claro, calças pretas de cós baixo para mostrar o mesmo embaixo. Calçava sandálias de salto alto pretas que pareciam caras, e as unhas dos pés estavam pintadas com um esmalte do mesmo vermelho vivo da ponta de seus cabelos. No cinto, em um círculo sinuoso, havia um chicote enroscado com um punho preto e escamoso.

A Dra. Alpert disse lentamente:

— Minha neta...?

— Eles não têm nada a ver com isso — disse o rapaz de cabelo estranho de um jeito encantador e sorridente. — Se cuidarem da própria vida, não terá de se preocupar com eles nem um pouco.

— Foi suicídio ou tentativa de suicídio... Ou coisa assim — disse Tyrone ao policial, quase chorando. — Acho que era um cara chamado Jim. Ele era da minha escola no ano passado. Não, isso não tem nada a ver com drogas... Eu vim para cá para cuidar de minha irmã mais nova, Jayneela. Ela estava de babá... Olha, basta subir, está bem? Aquele cara mastigou a maioria dos dedos e quando eu entrei, ele disse: "eu sempre te amei, Elena", pegou um lápis e.... Não, não sei se ele está vivo ou morto. Mas tem uma senhora idosa lá em cima e eu sei que *ela* está morta, porque não está respirando.

— Mas quem diabos é você? — dizia Matt, olhando o menino estranho com beligerância.

— Eu sou o...

— ... e que diabos está fazendo aqui?

— Eu sou o diabo Shinichi — disse o rapaz num tom mais alto, parecendo irritado por ser interrompido. Quando Matt se limitou a encará-lo, ele acrescentou num tom irritado: — Sou o kitsune... A raposa-homem, você diria... Que andou mexendo com sua cidade, idiota. Andei meio mundo para fazer isso e acho que você deve pelo menos me ouvir. E esta é minha linda irmã, Misao. Somos gêmeos.

— Não ligo que sejam trigêmeos. Elena disse que alguém além de Damon estava por trás disso. E Stefan disse o mesmo antes de... O que você fez com Stefan? *O que você fez com Elena?*

Enquanto os dois estranhos se eriçavam — quase literalmente no caso de Shinichi, uma vez que seu cabelo estava quase ereto nas pontas — Meredith trocou olhares com Bonnie, a Dra. Alpert e a Sra. Flowers. Depois olhou para Matt e se tocou de leve no peito. Era a única com força suficiente para lidar com ele, embora a Dra. Alpert assentisse rapidamente indicando que ajudaria.

E depois, enquanto os meninos gritavam cada vez mais alto, Misao ria no chão e Damon se encostava numa porta de olhos fechados, elas agiram. Sem sinal nenhum que as unisse, por instinto elas correram, em grupo, Meredith e a Dra. Alpert pegaram Matt, uma de cada lado e simplesmente o ergueram do chão, justo quando Isobel inesperadamente pulou em Shinichi dando um grito gutural. Elas não esperavam nada de Isobel, mas foi muito conveniente, pensou Bonnie ao saltar sobre obstáculos sem vê-los. Matt ainda gritava e tentava correr para o outro lado e descontar alguma frustração primitiva em Shinichi, mas não conseguiu se libertar para fazer isso.

Bonnie mal acreditou quando elas deram no bosque de novo. Até a Sra. Flowers conseguiu acompanhar, e a maioria ainda tinha as lanternas.

Era um milagre. Eles escaparam de Damon. A questão agora era ficar em silêncio e tentar atravessar o antigo bosque sem perturbar nada. Talvez eles encontrassem o caminho de volta ao verdadeiro pensionato, concluíram. Depois podiam pensar em como salvar Elena de Damon e os dois amigos. Até Matt enfim teve de admitir que era improvável que conseguissem vencer pela força as três criaturas sobrenaturais.

Bonnie só queria que conseguissem ter trazido Isobel.

— Bom, temos de ir para o verdadeiro pensionato, de qualquer forma — disse Damon, enquanto Misao finalmente dominava Isobel, deixando-a semiconsciente. — É lá que Caroline estará.

Misao parou de fuzilar Isobel com os olhos e pareceu meio sobressaltada.

— Caroline? Por que queremos Caroline?

— Faz parte da diversão, não é? — disse Damon em seu tom de voz mais encantador e sedutor. Shinichi de imediato abandonou o ar de martirizado e sorriu.

— Essa menina... Não era ela que você estava usando como portadora? — Ele olhou maliciosamente para a irmã, cujo sorriso parecia meio tenso.

— Sim, mas...

— Quanto mais, melhor — disse Damon, mais encantador a cada minuto. Ele não pareceu perceber Shinichi sorrindo com malícia para Misao às costas dele.

— Não se aborreça, querida — disse ele à irmã, beliscando seu queixo enquanto os olhos dourados faiscavam. — Nunca pus os olhos naquela garota. Mas é claro que se Damon diz que será divertido, é porque *será mesmo*. — O sorrisinho de malícia se transformou em um sorriso de triunfo.

— E há chance de alguma de elas realmente escaparem? — disse Damon, quase distraído, olhando a escuridão do antigo bosque.

— Me dê algum crédito, por favor — rebateu o kitsune. — Você é um amaldiçoado... Um vampiro, não é? *Você não* devia andar em bosques.

— É meu território, junto com o cemitério... — Damon começava brandamente, mas desta vez Shinichi estava decidido a terminar primeiro.

— Eu *moro* no bosque — disse ele. — Controlo os arbustos, as árvores... Trouxe uns experimentos meus. Vocês todos os verão muito em breve. E respondendo a sua pergunta, não, nenhum deles vai escapar.

— Foi o que eu perguntei — disse Damon, ainda com brandura, mas olhando fixamente os olhos dourados por mais um longo momento. Depois deu de ombros e se virou, olhando a lua que podia ser vista entre nuvens que rolavam no horizonte.

— Ainda temos muito tempo antes da cerimônia — disse Shinichi, atrás dele. — Não há como nos atrasarmos.

— É melhor que não — murmurou Damon. — Caroline pode ser incrivelmente estridente e histérica quando as pessoas se atrasam.

Na realidade, a lua subia alta no céu enquanto Caroline chegava no carro da mãe à varanda do pensionato. Ela usava um vestido de noite que parecia ter sido pintado em seu corpo com suas cores preferidas, bronze e verde. Shinichi olhou para Misao, que riu cobrindo a boca das mãos e baixou a cabeça.

Damon acompanhou Caroline na escada da varanda até a porta da frente e disse:

— Os melhores lugares estão por aqui.

Houve algum espanto enquanto as pessoas eram selecionadas. Damon falou animadamente com Kristin, Tami e Ava:

— Vocês três ficam na fila do amendoim. Isso quer dizer que vocês se sentam no chão. Mas, se forem boazinhas, da próxima vez vou deixar que se sentem conosco lá em cima.

Os outros o seguiram reclamando um pouco, mas foi Caroline que ficou irritada, dizendo:

— Por que temos que *entrar*? Pensei que seria *lá fora.*

— Os lugares mais próximos são mais arriscados — disse Damon rispidamente. — Podemos ter uma melhor visão lá de cima. Camarotes reais, vamos, agora.

As raposas gêmeas e a menina humana o seguiram, acendendo as luzes na casa escura ao subir até a sacada que dava no telhado.

— E agora, onde eles estão? — perguntou Caroline, olhando para baixo.

— Chegarão a qualquer minuto — disse Shinichi, com um olhar que era ao mesmo tempo confuso e reprovador, que significava: Quem essa garota pensa que é? Ele não declamou nenhuma poesia.

— E Elena? Ela também vai chegar?

Shinichi não respondeu e Misao se limitou a rir. Mas Damon pôs os lábios perto da orelha de Caroline e sussurrou.

Depois disso, os olhos de Caroline brilharam, verdes como os de um gato. E o sorriso em seus lábios era o de um gato que tinha acabado de colocar a pata num canário.

36

Elena ficou esperando na árvore.

Na verdade aquilo não era tão diferente de seus seis meses no mundo espiritual, onde passava a maior parte do tempo observando os outros e esperando, e observando-os mais um pouco. Esses meses a fizeram desenvolver uma atenção paciente que teria assombrado qualquer um que conhecesse a velha e rebelde Elena.

É claro que a velha e rebelde Elena ainda estava dentro dela e, de vez em quando, se rebelava. Pelo que ela podia ver, nada acontecia no pensionato escuro. Só a lua parecia se mexer, esgueirando-se cada vez mais alto no céu.

Damon disse que aquele Shinichi tinha uma cisma de 4h44 da manhã ou da tarde, pensou ela. Talvez aquela Magia Nega funcionasse num horário diferente do que ela ouvira falar.

De qualquer modo, isso era por Stefan. E assim que ela pensou nisso, entendeu que esperaria ali por dias, se fosse necessário. Ela certamente podia esperar até o raiar do dia, quando nenhum Mago Negro que se desse ao respeito começaria uma cerimônia.

E, no final, o que ela esperava pousou bem abaixo de seus pés.

Primeiro vieram as figuras, que pareciam sedadas, andando do antigo bosque para os caminhos de cascalho do pensionato. Não era difícil identificá-las, mesmo de longe. Uma era Damon, que tinha um *je ne sais quoi* que Elena não confundiria de maneira nenhuma — e havia sua aura, que era uma imitação muito boa de sua antiga aura: aquela massa ilegível e impenetrável de pedra preta. Uma imitação *muito* boa, na realidade. Era quase idêntica à outra...

Foi quando, percebeu Elena mais tarde, ela sentiu seu primeiro mal-estar.

Mas naquele momento ela estava tão absorta no que acontecia que afastou o pensamento desagradável. Aquele com a aura cinza escura com clarões carmim devia ser Shinichi, deduziu ela. E a outra figura com a mesma aura das meninas, uma cor de lama raiada de laranja, devia ser sua irmã gêmea, Misao.

Só esses dois, Shinichi e Misao, estavam de mãos dadas, e de vez em quando se afagavam — como Elena podia ver enquanto eles se aproximavam do pensionato. Eles certamente não agiam como irmãos, no entender de Elena.

Além disso, Damon trazia uma menina praticamente nua pendurava em seu ombro, e Elena não imaginava quem poderia ser.

Paciência, pensou ela consigo mesma. *Paciência*. Os protagonistas enfim estavam ali, como Damon prometera. E os coadjuvantes...

Bom, primeiro, seguindo Damon e seu grupo havia três meninas pequenas. Ela reconheceu Tami Bryce de imediato, pela aura, mas as outras duas lhe eram estranhas. Elas saltitavam, pulavam, e *deram cambalhotas* do bosque para o pensionato, onde Damon lhes disse algo e todas foram se sentar na horta da Sra. Flowers, quase diretamente abaixo de Elena. Um olhar nas auras das meninas estranhas foi o bastante para identificá-las como outros bichinhos de estimação de Misao.

Depois, apareceu na rua um carro muito conhecido — pertencia à mãe de Caroline. A menina saiu dele e foi acompanhada ao pensionato por Damon, que fez alguma coisa com seu fardo. Mas Elena não conseguiu ver o que era.

Elena se alegrou ao ver luzes se acendendo à medida que Damon e os três convidados percorriam o pensionato, iluminando o caminho. Apareceram no último andar, parados em fila na sacada do telhado, olhando para baixo.

Damon estalou os dedos e as luzes do quintal se acenderam como se respondessem a uma deixa de um show.

Mas Elena só agora via os atores — as vítimas da cerimônia que estava prestes a começar. Eram conduzidos pelo canto extremo do pensionato. Podia ver todos eles: Matt, Meredith, Bonnie, e a Sra. Flowers e, estranhamente, a velha Dra. Alpert. O que Elena não entendia era por que eles não lutavam mais — Bonnie certamente fazia barulho suficiente por todos, mas eles agiam como se estivessem sendo empurrados contra a própria vontade.

Foi quando ela viu a escuridão assomando atrás deles. Sombras escuras e imensas, sem feições que ela pudesse identificar.

Foi nesse momento que Elena percebeu, mesmo com a gritaria de Bonnie, que se ficasse imóvel por dentro e se concentrasse muito, podia ouvir o que todos diziam na sacada. E a voz estridente de Misao superava as demais.

— Ah, que sorte! Pegamos todos de volta — guinchou ela, e beijou o rosto do irmão, apesar do breve olhar de irritação dele.

— É claro que sim. Eu te disse — ele começava, quando Misao gritou mais uma vez.

— Mas por qual deles vamos começar? — Ela deu um beijo no irmão e ele afagou seu cabelo, amolecendo.

— Você escolhe o primeiro — disse ele.

— Você, meu amor — arrulhou Misao sem o menor pudor.

Esses dois, pensou Elena, são mesmo sedutores. Gêmeos, é?

— A baixinha barulhenta — disse Shinichi com firmeza, apontando para Bonnie. — *Urusei*, pirralha! Cale-se! — ele acrescentou enquanto Bonnie era empurrada ou carregada pelas sombras. Agora Elena podia vê-la com mais clareza.

E ela pôde ouvir as súplicas de partir o coração que Bonnie enviava para Damon não fazer aquilo... *com os outros.*

— Não estou pedindo por mim — gritava ela, enquanto era arrastada para a luz. — Mas a Dra. Alpert é uma boa mulher; ela não tem nada a ver com isso. Nem a Sra. Flowers. E Meredith e Matt já sofreram o bastante. *Por favor!*

Houve um coro furioso dos outros, que aparentemente tentavam lutar e eram dominados. Mas a voz de Matt se elevou acima das outras.

— Toque um dedo nela, Salvatore, e é melhor tratar de me matar também!

O coração de Elena saltou ao ouvir a voz de Matt, tão forte e bem. Ela enfim o viu, mas não conseguia pensar numa maneira de salvá-lo.

— E temos que decidir primeiro o que vamos fazer com eles — disse Misao, batendo palmas como uma criança feliz na festa de aniversário.

— Você escolhe. — Shinichi acariciou o cabelo da irmã e cochichou no ouvido dela. Ela se virou e lhe deu um beijo na boca. E não teve pressa nenhuma.

— O que... O que está havendo? — disse Caroline. Ela nunca foi tímida, aquela ali, pensou Elena. Agora avançava para se grudar na mão livre de Shinichi.

Por um instante, Elena pensou que ele a atiraria da sacada e a veria mergulhar no chão. Depois Shinichi se virou, e ele e Misao se olharam.

E então ele riu.

— Desculpe, desculpe, é tão difícil quando você é a vida da festa — disse ele. — Bem, o que acha, Carolyn... Caroline?

Caroline o encarava.

— Por que ela está agarrada desse jeito com você?

— No *Shi no Shi*, as irmãs são preciosas — disse Shinichi. — E... Bom, eu não a vejo há algum tempo. Estamos nos reencontrando. — Mas o beijo que ele plantou na mão de Misao não era nada fraterno. — Vamos — acrescentou ele rapidamente a Caroline. — Escolha o primeiro ato do Festival do Plenilúnio! O que vamos fazer com ela?

Caroline começou a imitar Misao, beijando o rosto e a orelha de Shinichi.

— Sou nova aqui — disse ela num tom sedutor. — Não sei realmente o que quer que eu escolha.

— A tola Caroline, naturalmente, como di... — de repente Shinichi foi sufocado por um grande abraço e um beijo da irmã.

Caroline, que obviamente queria a atenção preferencial, mesmo que não entendesse do assunto, disse, melindrada:

— Bom, se não vai me contar, não posso escolher. E aliás, cadê a Elena? Não a vejo em lugar nenhum! — Ela perecia prestes a dizer mais alguma coisa quando Damon deslizou e cochichou em seu ouvido. Depois ela sorriu novamente, e os dois olharam os pinheiros que cercavam o pensionato.

Foi quando Elena teve seu segundo mal-estar. Mas Misao estava falando e isso exigia toda a sua atenção.

— Que sorte! Então eu vou escolher. — Misao inclinou-se para a frente, espiando pela beira do telhado para os humanos embaixo, os olhos escuros arregalados, pensando nas possibilidades, no que parecia ser uma clareira árida. Ela era tão delicada, tão graciosa ao se levantar para andar e pensar; sua pele era tão clara e o cabelo muito sedoso e escuro que nem Elena conseguia tirar os olhos dela.

Então o rosto de Misao se iluminou e ela falou:

— Deite-a no altar. Trouxe algum de seus híbridos?

Isso não foi bem uma pergunta, mas uma exclamação animada.

— Meus experimentos? Mas é claro, querida. Eu te disse isso também — respondeu Shinichi e acrescentou, olhando o bosque. — Dois de vocês... Er, homens... E os antigos fiéis! — E ele estalou os dedos. Houve vários minutos de confusão durante os quais os humanos em volta de Bonnie eram golpeados, chutados, atirados no chão, pisoteados e esmagados enquanto lutavam com as sombras. E depois as coisas que antes se arrastaram para a frente, agora se arrastaram mais com Bonnie presa entre eles, pendendo flácida pelos braços magros.

Os híbridos eram meio homens e meio árvores, com todas as folhas arrancadas. Se foram *criados*, pareciam ter sido feitos especificamente para serem grotescos e assimétricos. Um deles tinha o braço esquerdo torto e nodoso que chegava quase aos pés, e o braço direito era grosso, com mais volume na altura da cintura.

Eles eram horrendos. A pele parecia a superfície quitinosa dos insetos, porém com mais calombos, com nós, cavidades e todos os aspectos exteriores da casca dos galhos. Eles tinham uma aparência áspera e inacabada em certos lugares.

Eram apavorantes. O jeito como os membros se torciam; como andavam, arrastando-se como macacos, como os corpos terminavam no alto com caricaturas de rostos humanos como árvores, encimados por um emaranhado de galhos mais finos que se projetavam em ângulos díspares — pareciam criaturas de um pesadelo.

E estavam despidos. Não tinham nada parecido com uma roupa para disfarçar as deformidades medonhas dos corpos.

Então Elena percebeu que sabia o que significava o terror, enquanto os dois malach carregavam uma Bonnie flácida para uma espécie de toco áspero de árvore que servia de altar, deitando-a e arrancando as muitas camadas de suas roupas, desajeitados, puxando-as com dedos de varetas que se quebravam com estalos enquanto os tecidos se rasgavam. Eles não pareciam se importar com os dedos quebrados — desde que realizassem a tarefa.

Eles usaram pedaços de tecido rasgado, de forma ainda mais canhestra, para amarrar Bonnie, com as pernas e os braços, a quatro postes nodosos arrancados de seus próprios corpos e martelados no chão em volta do tronco com quatro golpes poderosos da criatura de braço grosso.

Enquanto isso, de algum lugar ainda mais distante nas sombras, um terceiro homem-árvore avançou. E Elena viu que este, inegável e inconfundivelmente, era do sexo masculino.

Por um momento Elena se preocupou que Damon pudesse perder o controle, enlouquecer, virar-se e atacar as raposas, revelando agora sua verdadeira aliança. Mas os sentimentos de Damon por Bonnie obviamente mudaram desde que ele a salvara de Caroline. Ele parecia inteiramente relaxado ao lado de Shinichi e Misao, sentado e sorridente, e até disse alguma coisa que os fez rir.

De repente algo dentro de Elena pareceu afundar. Isto não era um mal-estar. Era um completo terror. Damon nunca parecera tão natural, tão sintonizado, tão *feliz* com alguém como ficava com Shinichi e Misao. Eles não podiam tê-lo mudado, ela tentou se convencer. Eles *não podem* ter possuído Damon de novo com tanta rapidez, não sem que ela, Elena, soubesse disso...

Mas quando você lhe mostrou a verdade, ele ficou angustiado, sussurrou o coração de Elena. Desesperadamente angustiado — angustiadamente desesperado. Ele podia procurar a possessão como um alcoólatra procura uma garrafa, querendo apenas o esquecimento. Se ela conhecia Damon, ele convidou as trevas de volta.

Ele não conseguiu suportar a luz, pensou Elena. E agora ele conseguia rir até do sofrimento de Bonnie.

E como ficava Elena? Com Damon passando para o outro lado, não era mais um aliado, mas um inimigo? Elena começou a tremer de raiva e ódio — sim, e de medo também, enquanto refletia sobre sua situação.

Totalmente só para lutar contra três dos inimigos mais fortes que podia imaginar, e seu exército de assassinos deformados e sem consciência? Para não falar de Caroline, a líder da torcida por maldade?

Como que para corroborar seus temores, como que para mostrar como suas chances eram pequenas, a árvore em que ela estava de repente pareceu soltá-la e, por um momento, Elena achou que ia cair, girando e gritando, até o chão. Os apoios de suas mãos e pés pareceram desaparecer a um só tempo e ela só se salvou por ter escalado frenética e dolorosamente pelas agulhas de pinheiro serrilhadas que subiam pela casaca sulcada e escura.

Agora você é minha garota humana, minha querida, o cheiro resinoso e forte parecia dizer a ela. *E você está até o pescoço dos Poderes dos mortos-vivos e da feitiçaria. Por que lutar? Você perdeu antes mesmo de começar. Desista agora e não vai doer tanto.*

Se uma *pessoa* estivesse dizendo isso a ela, tentando convencê-la, as palavras podiam ter incitado alguma faísca de desafio no cerne do caráter de Elena. Mas em vez disso, só houve uma sensação que a dominou, uma aura de condenação, uma consciência da inutilidade de sua causa e da inadequação de suas armas, que pareciam cair sobre ela com a suavidade e a irrevogabilidade de uma névoa.

Ela encostou a cabeça que latejava no tronco da árvore. Nunca se sentiu tão fraca, tão impotente — nem tão só, não desde que foi uma vampira recém-criada. Ela queria Stefan. Mas Stefan não conseguiu derrotar aqueles três e por isso ela não o vira de novo.

Alguma novidade acontecia no telhado, percebeu ela, fraca. Damon olhava para Bonnie no altar e sua expressão era petulante. O rosto branco de Bonnie fitava o céu noturno com determinação, como se ela se recusasse a chorar ou implorar mais do que já fizera.

— Mas... Todos os *hors d'oeuvres* são tão previsíveis? — perguntou Damon, parecendo genuinamente entediado.

Seu cretino, você entregou sua melhor amiga por diversão, pensou Elena. Bom, espere só. Mas ela sabia que a verdade era que, sem ele, ela não poderia colocar em prática o Plano A, muito menos lutar contra esses kitsunes, essas raposas.

— Você me disse que no *Shi no Shi* eu veria atos de originalidade autêntica — continuava Damon. — Donzelas hipnotizadas se cortando...

Elena ignorou as palavras dele. Concentrou toda sua energia na dor que pulsava no meio do peito. Parecia que estava retirando sangue de seus menores capilares, dos recantos mais distantes do corpo, e reunindo-os ali, no meio.

A mente humana é infinita, pensou ela. É tão estranha e infinita quanto o universo. E a alma humana...

As três possuídas mais novas começaram a dançar em volta de Bonnie, esta amarrada, e cantavam numa voz falsamente doce de menininha:

"Você vai *morrer* aqui,
Quando você morrer *aqui*, lá *fora*
Vão atirar *terra* na sua cara!"

Que encantador, pensou Elena. Depois elas se viraram para o drama que se desenrolava no telhado. O que ela viu a sobressaltou. Meredith agora estava na sacada, movendo-se como se estivesse embaixo d'água — em transe. Elena não vira como a amiga chegou lá — foi por alguma magia? Misao estava de frente para Meredith, rindo. Damon também ria, mas de incredulidade e zombaria.

— E espera que eu acredite que se eu desse uma tesoura a *esta* menina... — disse ele — ela realmente se cortaria...

— Experimente e veja por si mesmo — interrompeu Shinichi, com um de seus gestos lânguidos. Ele estava encostado na cúpula no meio da sacada, ainda tentando parecer mais relaxado que Damon. — Não vê nossa premiada, Isobel? *Você* a trouxe aqui... Ela nem tentou falar?

Damon estendeu a mão.

— Tesoura — disse ele, e uma tesoura de unha pousou na palma da sua mão. Parecia que, desde que Damon tinha a chave mágica de Shinichi, o campo de magia em volta deles continuaria obedecendo a ele mesmo no mundo real. Ele riu. — Não, tesoura de gente grande, para jardinagem. A língua é feita de músculos fortes, e não de papel.

O que ele tinha na mão agora era uma podadeira grande — sem dúvida não era brinquedo de criança. Ele a levantou, sentindo o peso. E depois, para completo choque de Elena, olhou diretamente para ela em seu refúgio na copa da árvore, sem precisar procurar — e piscou.

Elena só conseguiu olhar, apavorada.

Ele sabia, pensou ela. Ele sabia onde eu estava o tempo todo. *Foi sobre isso que ele cochichou a Caroline.*

Não deu certo — as *Asas da Redenção* não deram certo, pensou Elena, e parecia que ela ia cair para sempre. Eu devia ter percebido que não adiantaria nada. Não importa o que fizeram com ele, Damon sempre será Damon, e agora está me propondo uma decisão: ver minhas duas melhores amigas torturadas e mortas, ou avançar um passo e parar aquele horror, concordando com os termos dele.

O que ela podia fazer?

Ele tinha arrumado as peças de xadrez com inteligência, pensou Elena. Os peões em dois níveis diferentes, para que mesmo que Elena de algum modo descesse para tentar salvar Bonnie, Meredith estaria perdida. Bonnie estava amarrada a quatro postes fortes e era protegida pelos homens-árvore. Meredith estava mais perto, no telhado, mas para tirá-la de lá Elena teria de *chegar* a ela e passar por Misao, Shinichi, Caroline e o próprio Damon.

E Elena precisava tomar uma decisão. Ou avançava agora, ou seria empurrada pela angústia de uma das duas pessoas que quase faziam parte dela.

Elena pareceu pegar um fio tênue de telepatia de Damon, ali, que dizia: *Esta é a melhor noite da minha vida.*

Você pode simplesmente pular, veio mais uma vez o sussurro de aniquilação hipnótico como se fosse neblina. *Acabe com este beco sem saída. Acabe com seu sofrimento. Acabe com toda dor... Basta fazer isso.*

— Agora é a minha vez — dizia Caroline, roçando nos gêmeos ao passar por eles para ficar de frente para Meredith. — Eu é que devia escolher primeiro mesmo. Então agora é a minha vez.

Misao ria histericamente, mas Meredith já avançava um passo, ainda em transe.

— Ah, faça como quiser — disse Damon. Mas ele não se mexeu, ainda olhando com curiosidade, enquanto Caroline dizia a Meredith:

— Você sempre teve a língua de uma víbora. Por que não a retalha para a gente... Aqui e agora? Antes que eu a corte em pedaços.

Meredith estendeu a mão sem dizer nada, como um autômato.

Ainda de olho em Damon, Elena respirou lentamente. Seu peito parecia entrar em espasmos como aconteceu quando as plantas sanguessugas se enrolaram nela e lhe tiraram a respiração. Mas nem as sensações de seu corpo poderiam impedi-la.

Como vou decidir?, pensou ela. Bonnie e Meredith — eu amo as duas.

E não havia mais nada a fazer, percebeu ela entorpecida, a sensibilidade escapando de suas mãos e dos lábios. Nem sei se Damon pode salvá-las, mesmo que eu concorde em... me submeter a ele. Aqueles outros — Shinichi, Misao, até Caroline — eles querem ver sangue. E Shinichi não só controla as árvores, como quase tudo no antigo bosque, inclusive aqueles Homens-árvore monstruosos. Talvez desta vez Damon tenha se superado, dando um passo maior do que as pernas. Ele queria a mim — mas foi longe demais para conseguir. Não vejo uma saída para isso.

E então ela viu. De repente tudo se encaixou e ficou brilhantemente claro.

Ela *entendeu.*

Elena olhou para Bonnie, quase em estado de choque. Bonnie a olhava também. Mas não havia expectativa de resgate no pequeno rosto triangular. Bonnie já aceitara seu destino: a agonia e a morte.

Não, pensou Elena, sem saber se Bonnie podia ouvi-la.

Acredite, pensou ela para Bonnie.

Não cegamente, nunca. Mas acredite no que lhe diz sua mente; é a verdade, e o que seu coração lhe diz é o caminho certo. Eu nunca abandonaria você — nem Meredith.

Eu acredito, pensou Elena, e sua alma foi tocada pela força desse pensamento. Ela sentiu um impulso súbito dentro de si e sabia que era hora de soltar. Uma palavra soava em sua mente enquanto ela se levantava e tirava as mãos da árvore. E essa única palavra ecoou em sua mente enquanto ela mergulhava de cabeça de seu poleiro na árvore, a 20 metros do chão.

Acredite.

37

Na queda, tudo disparava pela mente de Elena.

A primeira vez em que vira Stefan... Ela era uma pessoa diferente na época. Fria por fora, louca por dentro — ou seria o contrário? Ainda triste com a morte dos pais há tantos anos. Cansada do mundo e de tudo que tivesse ligação com meninos... Uma princesa numa torre de gelo... Com o desejo exclusivo de conquistar, de ter poder... Até que ela o viu.

Acredite.

Depois o mundo dos vampiros... E Damon. E toda a loucura malvada que descobriu dentro de si, toda a paixão. Stefan era seu esteio, mas Damon era ferocidade pura por trás de suas asas. Por mais longe que ela fosse, Damon parecia seduzi-la a ir um pouco além. E ela sabia que um dia ficaria longe demais... Para os dois. Mas por ora, o que Elena precisava fazer era simples.

Acredite.

E Meredith, Bonnie e Matt. Ela mudou a relação com eles, ah, mais definitivamente. No início, sem saber o que tinha feito para merecer amigos como aqueles três, ela nem se incomodou em tratá-los como mereciam. E no entanto todos ficaram a seu lado. E agora ela *sabia* valorizar os amigos — sabia que, se fosse necessário, morreria por eles.

Embaixo, os olhos de Bonnie seguiam seu mergulho. A plateia na sacada olhou também, mas era o rosto de Bonnie que Elena via: Bonnie assustada, apavorada e sem esperanças, prestes a gritar e perceber ao mesmo tempo que gritar não salvaria Elena de um mergulho de cabeça para a morte.

Bonnie, acredite em mim. Eu vou salvar você.

Eu lembro como voar.

38

Bonnie sabia que ia morrer.

Teve uma premonição clara pouco minutos antes de que essas *coisas* — as árvores que se moviam como humanos, com seus rostos horrendos e os braços grossos e nodosos — cercaram o pequeno grupo de humanos no antigo bosque. Ela ouviu o uivo de um cão selvagem, virou-se e teve o vislumbre de um deles desaparecendo no brilho de sua lanterna. Os cães tinham uma longa história na família de Bonnie: quando um deles uivava, a morte viria em breve para alguém.

Ela deduziu então que seria a dela.

Mas não disse nada, nem quando a Dra. Alpert falou: "O que em nome *de Deus* foi *isso*?" Bonnie tentava juntar coragem. Meredith e Matt eram corajosos. Era algo intrínseco a eles, uma capacidade de continuar lutando quando qualquer pessoa sã fugiria e se esconderia. Os dois colocavam o *bem do grupo* acima do deles. E é claro que a Dra. Alpert era corajosa, para não falar que era forte, e a Sra. Flowers parecia ter decidido que era sua tarefa especial cuidar dos adolescentes.

Bonnie queria mostrar que podia ser corajosa também. Estava tentando manter a cabeça erguida e escutar coisas nos arbustos, enquanto, ao mesmo tempo, escutava com os sentidos paranormais, procurando por algum sinal de Elena. Era difícil distinguir os dois tipos de audição. Havia muito a ouvir com os ouvidos reais; todo tipo de risadinhas baixas e cochichos dos arbustos que não deviam estar ali. Mas de Elena não havia um som, nem mesmo quando Bonnie chamou seu nome sem parar: *Elena, Elena, Elena!*

Ela é humana de novo, Bonnie percebeu, por fim, com tristeza. Não pode me ouvir, nem fazer contato. De todas nós, ela foi a única que não escapou por milagre.

E foi quando o primeiro dos homens-árvore assomou na frente do grupo que os procuravam. Como algo saído de um pesadelo de histórias infantis, era uma árvore e depois — de repente — era uma *coisa*, os galhos superiores unindo-se e formando braços compridos, e todos gritavam e tentavam se afastar.

Bonnie jamais se esqueceria de como Matt e Meredith tentaram ajudá-la a fugir.

O homem-árvore não era rápido, mas quando eles se viraram e correram, descobriram que havia outro atrás deles. E mais à direita e à esquerda. Eles estavam cercados.

Depois, como gado, como escravos, eles foram conduzidos. Qualquer um que tentasse resistir às árvores apanhava e era algemado por galhos duros de espinhos afiados e em seguida, com um galho fino em volta do pescoço, era *arrastado*.

Eles foram apanhados — mas não foram mortos. Estavam sendo levados a algum lugar. Não era difícil entender o porquê: na realidade Bonnie podia imaginar todo um monte de razões diferentes. Era só uma questão de escolher o mais assustador.

No fim, depois do que pareceram horas de caminhada forçada, Bonnie começou a reconhecer coisas. Estavam voltando ao pensionato. Ou melhor, estavam indo ao *verdadeiro* pensionato pela primeira vez. O carro de Caroline estava ali na frente. A casa estava novamente toda iluminada, com exceção de algumas janelas escuras aqui e ali.

E quem os capturara esperava por eles.

E agora, depois de sua crise de choro e súplicas, Bonnie tentava ser corajosa mais uma vez.

Quando aquele rapaz de cabelo estranho disse que seria a primeira, ela entendeu exatamente o que ele quis dizer, e como ia morrer — e de repente perdeu toda a coragem. Mas não ia gritar de novo.

Bonnie podia ver a sacada e as figuras sinistras, mas Damon *riu* quando os homens-árvore começaram a tirar suas roupas. Agora ele *ria*, enquanto Meredith segurava a tesoura de jardinagem. Ela não ia implorar a ele mais uma vez, não quando não faria diferença nenhuma.

E agora ela estava de costas, com os braços e as pernas amarrados e, portanto, indefesa, com as roupas em farrapos. Queria que a matassem primeiro, assim não teria de ver Meredith cortar a própria língua em pedaços.

Assim que sentiu o último grito de fúria subir por dentro como uma cobra escalando um tronco, ela viu Elena no alto, em um pinheiro branco.

* * *

— *Asas do Vento* — sussurrou Elena, enquanto o chão chegava rapidamente a ela. Muito rapidamente.

As asas se desenrolaram de imediato, de algum lugar por dentro do corpo de Elena. Não eram reais, tinham cerca de dez metros de envergadura e eram feitas de uma teia dourada, de uma cor que ia do âmbar mais escuro nas costas ao citrino claro e etéreo nas pontas. Eram quase imóveis, mal se levantavam e caíam, mas a ergueram, com o vento fustigando por baixo, e a levaram exatamente para onde ela precisava ir.

Não para Bonnie. Era o que todos esperariam. De sua altura em que estava, ela só podia agarrar Bonnie, mas não tinha ideia de como cortar as amarras que a prendiam ou se poderia subir novamente.

Elena se desviou então para a sacada no último minuto, arrebatou a podadeira da mão erguida de Meredith, depois pegou um punhado do cabelo longo, sedoso, preto e escarlate. Misao gritou. *E depois...*

Foi *então* que Elena realmente precisou acreditar. Até aquele momento ela só havia planado, não voado. Mas agora precisava subir; precisava que as asas *trabalhassem*... E mais uma vez, embora não houvesse tempo, ela estava com Stefan, sentindo...

... a primeira vez em que o beijou. Outras meninas podiam ter esperado o contrário, que o rapaz tomasse a incitativa, mas Elena não. Além disso, no começo Stefan achava que todo beijo servia para seduzir a presa...

... a primeira vez em que *ele* a beijou, entendendo que não era uma relação predatória...

E agora ela precisava *realmente voar*...

Eu sei que posso...

Mas Misao era tão pesada — e a memória de Elena lhe faltava. As grandes asas douradas tremeram e ficaram imóveis. Shinichi tentava subir numa trepadeira para alcançá-la e Damon mantinha Meredith imóvel.

E, tarde demais, Elena percebeu que não ia dar certo.

Estava sozinha e não conseguia voar como pretendia. Não contra tantos assim.

Ela estava só, e a dor que a fez querer gritar era lancinante em suas costas. Misao de algum modo ficava mais pesada, e logo ela seria pesada demais para as asas trêmulas de Elena.

Ela estava só e, como os outros humanos, ia morrer...

E então, e meio à agonia que provocava um leve suor por seu corpo, ela ouviu a voz de Stefan.

— Elena! Solte! Caia que eu pego você!

Que estranho, pensou Elena, como se estivesse num sonho. O amor e o pânico de Stefan tinham distorcido sua voz de algum modo — tornando-a um tanto diferente. Deixando-a quase como a de...

— Elena! Estou *com* você!

... a de Damon.

Arrancada de seu sonho, Elena olhou embaixo. E lá estava Damon, passando protetoramente diante de Meredith, olhando para ela, de braços estendidos.

Ele estava com ela.

— Meredith — continuou ele —, menina, não é hora de sonambulismo! Sua amiga precisa de você! *Elena* precisa de você!

Lentamente, desnorteada, Meredith olhou para cima. E Elena viu a vida e o ânimo voltando a seus olhos concentrados no tremor das grandes asas douradas.

— Elena! — gritou ela. — Eu estou com você! Elena!

Como Meredith sabia que era para dizer isso? A resposta era que Meredith sempre sabia o que dizer.

E agora era outra voz que gritava: a de Matt.

— Elena! — gritou ele, como uma aclamação. — Estou com você, Elena!

E a voz grave da Dra. Alpert:

— Elena! Eu estou com você, Elena!

E a Sra. Flowers, surpreendentemente forte:

— Elena! Eu estou com você, Elena!

E até a pobre Bonnie:

— Elena! *Estamos com você, Elena!*

E no fundo do coração de Elena, o verdadeiro Stefan sussurrava: "Eu estou com você, meu anjo."

— *Estamos todos com você, Elena!*

Ela não largou Misao. Era como se as grandes asas douradas tivessem apanhado uma corrente ascendente; na realidade, quase a levaram direto para cima, descontroladas — mas de algum modo Elena conseguiu se manter estável. Ela olhou para baixo e viu as lágrimas que escorriam de seus olhos caírem nos braços estendidos de Damon. Elena não sabia por que chorava, mas em parte era tristeza por ter duvidado dele.

Porque Damon não estava só ao lado dela. A não ser que ela estivesse enganada, ele estava disposto a morrer por ela — cortejava a morte por ela. Ele se atirou nas trepadeiras emaranhadas, estendendo a mão para Meredith e Elena.

Foi preciso um segundo para segurar Misao, mas Shinichi já estava pulando para Elena, na forma de raposa, os lábios repuxados, pretendendo rasgar seu pescoço. Não era uma raposa comum. Shinichi era quase do tamanho de um lobo — certamente do porte de um cachorro grande — e tão cruel quanto um wolverine.

Enquanto isso toda a sacada explodiu num tumulto de trepadeiras e gavinhas fibrosas, e Shinichi estava sendo *erguido* por elas. Elena não sabia para onde se esquivar. Precisava de tempo e de uma saída desimpedida.

Só o que Caroline fazia era gritar.

E então Elena viu sua abertura. Uma brecha nas trepadeiras em que ela se atirou, sabendo que ia se lançar também por cima da grade, e de algum modo ainda segurando Misao pelos cabelos. Na verdade, deve ter sido uma experiência extremamente dolorosa para a kitsune fêmea, que balançava de um lado para outro como um pêndulo abaixo de Elena.

A única coisa que Elena conseguiu enxergar por sobre o ombro foi Damon, ainda mais rápido do que qualquer coisa que Elena já vira. Ele tinha Meredith nos braços e a passava por uma brecha que levava à porta da cúpula. Assim que ela entrou, pareceu descer ao chão e correu para o altar onde Bonnie esta deitada, só para bater em um dos homens-árvore. Por um momento, enquanto Damon olhava para Elena, seus olhares se encontraram e uma faísca foi produzida. Aquele olhar fez Elena formigar.

Depois ela voltou a se concentrar: Caroline gritava de novo; Misao usava seu chicote para tentar pegar a perna de Elena e apelava aos homens-árvore para levantá-la. Elena precisava voar mais alto. Ela não fazia ideia de como controlava suas asas de teia dourada, mas nada parecia se enredar nelas; e obedeciam ao mais leve capricho, como se Elena tivesse nascido com elas. O grande truque era não pensar em *como* chegar a um lugar, simplesmente imaginar estar lá.

Por outro lado, os homens-árvore cresciam. Era como um pesadelo infantil com gigantes, e no início fez Elena sentir que era ela quem encolhia. Mas a altura das criaturas horrendas agora passava da casa, e seus galhos superiores, como serpentes, batiam em suas pernas enquanto Misao tentava golpeá-la com seu chicote. Os jeans de Elena estavam em farrapos. Ela reprimiu um grito de dor.

Tenho de voar mais alto.

Eu consigo.

Vou salvar vocês todos.

Eu acredito.

Mais rápido do que o mergulho de um colibri, ela disparou para o ar de novo, ainda segurando Misao pelos cabelos pretos e vermelhos. E a kitsune gritava, e seus gritos ecoavam na luta de Damon e Shinichi.

E então, como Elena e Damon planejaram, exatamente como Elena e Damon *esperavam*, Misao assumiu sua verdadeira forma enquanto Elena segurava pela pelagem da nuca uma raposa grande e pesada, que se retorcia.

Houve um momento de dificuldade enquanto Elena tentava recuperar o equilíbrio. Ela precisou se lembrar de que havia mais peso nas costas, porque Misao tinha seis caudas e era mais pesada do que uma raposa.

Mas Elena voltou a seu poleiro na árvore e ficou ali, capaz de ver a cena abaixo, os homens-árvore lentos demais para acompanhá-la. O plano deu certo, a não ser por Damon, justo ele, que tinha se esquecido do que devia estar fazendo. Longe de voltar a ficar possuído, ele enganara completamente Shinichi e Misao — e ludibriara Elena também. Agora, de acordo com o plano dos dois, ele deveria estar cuidando de todos os espectadores inocentes, deixando Elena seduzir Shinichi.

Em vez disso, algo dentro dele pareceu ter estalado; e ele estava batendo metodicamente a cabeça de Shinichi, na forma humana e gritando:

— Maldito... seja! Onde... está... meu... *irmão*?

— Eu... podia te matar... agora... — gritou Shinichi, mas estava sem fôlego. Ele não achava Damon um adversário fácil.

— Pois mate! — retorquiu Damon de pronto. — E ela... — apontando para Elena empoleirada — cortará a garganta de sua irmã!

O desdém de Shinichi era mordaz.

— Espera que eu acredite que uma menina com uma aura *dessas* seja capaz de matar...

Chega uma hora em que é preciso resistir. E para Elena, ardendo de provocação e glória, esta era a hora. Ela respirou fundo, pediu perdão ao universo e se curvou, posicionando a podadeira. Depois a fechou com a maior força que pôde.

E uma cauda de raposa preta com ponta vermelha caiu se retorcendo no chão, enquanto Misao gritava de dor e raiva. A cauda caiu se contorcendo e ficou no meio da clareira, contraindo-se como uma cobra que ainda não estava derrotada. Depois ficou transparente e desapareceu.

Foi quando Shinichi gritou de verdade.

— Sabe o que você fez, sua vaca ignorante? Vou fazer esse lugar desabar em cima de você! Vou deixá-la em pedaços!

— Ah, sim, é claro que vai. Mas primeiro — Damon pronunciava cada palavra deliberadamente — precisa passar por mim.

Elena mal registrou as palavras dos dois. Não foi fácil para ela fechar aquela tesoura de poda. Significou pensar em Meredith com a podadeira nas próprias mãos, em Bonnie deitada no altar e em Matt, antes, se contorcendo no chão. E na Sra. Flowers, e nas três meninas transviadas, e em Isobel e — principalmente — em Stefan.

Mas como na primeira vez na vida em que tirava o sangue de outra pessoa com as próprias mãos, ela teve um senso de responsabilidade súbito e estranho — de um novo *dever.* Como se um vento gelado tivesse soprado seu cabelo para trás e lhe dissesse no rosto ofegante e congelado: *Jamais sem um motivo. Jamais sem necessidade. Jamais, a não ser que não haja outra solução.*

Elena de repente sentiu algo crescer por dentro. Rápido demais para dizer adeus à infância, ela se tornou uma guerreira.

— Todos vocês pensavam que eu não podia lutar — disse ela ao grupo reunido. — Estavam errados. Pensavam que eu não tinha Poder. Também estavam errados. E vou usar a última gota do meu Poder nesta luta, porque vocês, gêmeos, são verdadeiros monstros. Não, são... abominações. E se eu morrer, vou descansar com Honoria Fell e vou cuidar de Fell's Church.

Fell's Church vai apodrecer e morrer se contorcendo com seus vermes, disse uma voz perto de sua orelha, e era uma voz grave, nada parecida com o grito estridente de Misao. Ao se virar, Elena sabia que era o pinheiro branco. Um ramo duro e escamoso, cheio de agulhas serreadas e pegajosas de resina, bateu em seu diafragma, tirando seu equilíbrio — e fazendo com que involuntariamente abrisse as mãos. Misao prontamente escapou e se escondeu nos galhos da árvore de Natal.

— Árvores... más... vão... para o... *Inferno* — gritou Elena, atirando todo o peso do corpo na podadeira que segurava na base do galho que tentara esmagá-la. O galho tentou se afastar e ela torceu a tesoura na casca escura e ferida, soltando a pressão quando caiu um pedaço grande, restando apenas um único filete de resina para mostrar onde estivera.

Depois ela procurou por Misao. A raposa via que não era tão fácil se deslocar por uma árvore. Elena olhou o grupo de caudas. Estranhamente, não havia coto, nem sangue, nenhum sinal de que a raposa fora ferida.

Era por isso que ela não se tornava humana? A perda de uma cauda? Mesmo que ela estivesse nua quando voltasse à forma humana — como contavam algumas histórias de lobisomens —, ela estaria em melhores condições de descer.

Misao parecia finalmente ter preferido o método lento mas seguro de descida — galho após galho segurando seu corpo de raposa, descendo ao galho seguinte. O que significava que ela só estava a 3 metros de Elena.

E só o que Elena tinha de fazer era deslizar pelas agulhas abaixo e depois — com as asas ou por outros meios — parar. Se ela acreditasse em suas asas. Se a árvore não a atirasse para fora.

— Você é lenta demais — gritou Elena. Depois começou a deslizar para vencer a distância... não muito grande, nas dimensões humanas... a seu objetivo.

Até que viu Bonnie.

O corpo leve de Bonnie ainda estava deitado no altar, pálido e parecendo frio. Mas agora *quatro* dos horrendos homens-árvore a seguravam, um em cada mão e em cada pé. Eles já a estavam puxando com tanta força que ela era erguida no ar.

E Bonnie estava consciente. Mas não gritava. Não fazia um ruído para atrair a atenção para si; e com uma onda de amor, pavor e desespero Elena percebeu que foi por *isso* que antes ela não fez nenhum estardalhaço. Ela queria que os protagonistas ali lutassem sem se incomodar em resgatá-la.

Os homens-árvore se inclinaram para trás.

O rosto de Bonnie se contorcia de agonia.

Elena *precisava* alcançar Misao. *Precisava* da chave dupla de raposa para libertar Stefan, e as únicas pessoas que podiam dizer a ela onde a chave estava eram Misao e Shinichi. Ela olhou a escuridão no alto e percebeu que parecia um pouco menos densa do que quando vira pela última vez, o céu parecia cinza-escuro, e não preto — mas não havia ajuda nenhuma ali. Ela olhou para baixo e viu Misao aumentando um pouco a velocidade de sua fuga. Se Elena a deixasse escapar... Stefan era o amor de sua vida. Mas Bonnie — Bonnie era sua amiga — desde a infância...

E ela viu o Plano B.

Damon lutava com Shinichi — ou tentava lutar.

Mas Shinichi estava sempre a um centímetro de distância do punho de Damon. Os punhos de Shinichi, por outro lado, sempre acertavam o alvo, e agora o rosto de Damon era uma máscara de sangue.

— *Use madeira!* — Misao orientava aos gritos, as maneiras de criança de repente desapareceram. — Vocês, homens, seus *idiotas*, acham que tudo se resolve nos *punhos*!

Shinichi quebrou um pilar de suporte da sacada com uma só mão, mostrando sua verdadeira força. Damon sorriu beatificamente. Elena sabia que ele estava gostando daquilo, mesmo levando em consideração as muitas feridas pequenas que aquelas lascas de madeira provocariam.

Foi no meio disso que Elena gritou:

— Damon, olhe para baixo! — Sua voz parecia fraca com a cacofonia de guinchos, choros e gritos de fúria. — Damon! Olhe para baixo... Para *Bonnie*!

Nada tão distante parecia ser capaz de romper a concentração de Damon — ele parecia decidido a descobrir onde estava Stefan, ou matar Shinichi de tanto tentar.

Mas naquele momento, para ligeira surpresa de Elena, a cabeça de Damon se virou de repente e de imediato. Ele olhou para baixo.

— Uma jaula — gritou Shinichi. — Construam uma jaula.

E três galhos se inclinaram de todos os lados para prender Damon e Shinichi em seu pequeno mundo, formando um engradado que os contivesse.

Os homens-árvore se inclinavam ainda mais para trás. E, contra sua vontade, Bonnie gritou.

— Está vendo? — Shinichi riu. — Cada um de seus amigos morrerá nessa agonia, ou pior. Um por um, vamos chegar a você!

Foi quando Damon realmente pareceu enlouquecer. Ele começou a se mover como mercúrio, como uma chama, aos saltos, como um animal de reflexos muito mais velozes do que os de Shinichi. Agora havia uma espada em sua mão, sem dúvida conjurada pela chave mágica, e a espada retalhava os galhos que se estendiam para prendê-lo. Depois ele estava no ar, saltando sobre a grade pela segunda vez naquela noite.

Desta vez o equilíbrio de Damon foi perfeito e, em vez de ter ossos quebrados, ele conseguiu um pouso gracioso e felino bem ao lado de Bonnie. E sua espada faiscava em um arco, varrendo tudo em volta da menina, cortando as pontas duras como dedos dos galhos que a mantinham presa.

Um segundo depois, Bonnie estava sendo erguida, segurada por Damon que saltava com facilidade do altar improvisado e se perdia nas sombras perto da casa.

Elena soltou a respiração e voltou a cuidar de seus problemas. Mas seu coração bateu mais forte e mais rápido, de alegria, orgulho e gratidão, enquanto ela descia deslizando pelas agulhas afiadas e dolorosas e quase passou em disparada por Misao, que tentava escapar.

Ela conseguiu segurar firme a raposa pela nuca. Misao soltou um estranho lamento animal e cravou os dentes na mão de Elena com tanta força que parecia que iam se encontrar. Elena mordeu o lábio até sentir o sangue vir, tentando não gritar.

Que seja esmagada, e morra, e vire pó, disse a árvore no ouvido de Elena. *Sua espécie pode alimentar a minha dessa vez.* A voz era antiga, malévola e muito, muito assustadora.

As pernas de Elena reagiram sem parar para consultar sua mente. Fizeram força para cima e as asas douradas de borboleta se abriram de novo, sem bater, mas ondulando, mantendo Elena parada acima do altar.

Ela puxou o focinho da raposa que rosnava até o próprio rosto, mas não perto demais.

— Onde estão as duas partes da chave de raposa? — perguntou ela. — Diga ou cortarei outro rabo. Eu *juro* que farei isso. Não se iluda... Não é só seu orgulho que está perdendo, não é? Suas caudas são seu Poder. Como seria não ter nenhuma delas?

— Como ser humana... a não ser por *você*, aberração. — Agora Misao ria de novo como um cão ofegante, as orelhas de raposa achatadas na cabeça.

— Responda à pergunta!

— Até parece que você poderia entender as respostas que eu daria. Se eu lhe contasse que uma metade está dentro do instrumento de prata do rouxinol, isso lhe daria alguma ideia?

— Poderia, se você explicasse melhor!

— Se eu lhe dissesse que uma está enterrada no salão de baile de Blodwedd, você poderia encontrá-la? — De novo o riso ofegante, enquanto a raposa dava pistas que não levavam a lugar nenhum, ou levavam a toda parte.

— São estas as respostas?

— *Não!* — Misao guinchou de repente e chutou com as patas, como se fosse um cachorro cavando a terra. Só que a terra era o diafragma de Elena, e as patas pareciam poder penetrar suas entranhas. Ela sentiu a combinação se rasgar.

— Estou lhe dizendo; não estou de brincadeira! — gritou Elena. Ela ergueu a raposa com o braço esquerdo, embora sentisse dor. Com a mão direita, posicionou a tesoura de poda.

— Onde está a primeira parte da chave?

— Procure sozinha! Você só tem o mundo todo e cada moita para olhar. — A raposa partiu para seu pescoço de novo, os dentes brancos marcando a carne de Elena.

Elena forçou o braço a segurar Misao mais alto.

— Não diga que não avisei ou que tem algum motivo para reclamar!

Ela fechou a podadeira.

Misao soltou um grito que quase se perdeu na comoção geral. Elena, sentindo um cansaço cada vez maior, disse:

— Você é uma completa mentirosa, não é? Olhe para baixo, se quiser. Eu não cortei nada de você. Você só ouviu a tesoura estalar e gritou.

Misao meteu com muita habilidade uma pata no olho de Elena. Ah, bom. Agora, para Elena, não havia mais questões morais ou éticas. Ela não estava provocando a dor, estava simplesmente drenando Poder. A tesoura batia num *snap, snap, snap* e Misao gritava e a xingava, mas abaixo delas os homens-árvore encolhiam.

— *Onde está a primeira parte da chave?*

— Solte-me e eu direi. — A voz de Misao era menos estridente de repente.

— Por sua honra... Se puder dizer isso sem rir?

— Por minha honra e minha palavra de kitsune. Por favor! Não pode deixar uma raposa sem uma cauda de verdade! É por isso que as que você cortou não doeram. Elas são distintivos de honra. Mas minha verdadeira cauda está no meio, tem a ponta branca e, se cortá-la, verá sangue e deixará um coto. — Misao parecia completamente acovardada, pronta para cooperar.

Elena sabia avaliar as pessoas e confiava em sua intuição, e sua mente e seu coração lhe diziam para não confiar nesta criatura. Mas ela queria tanto acreditar, ter esperanças...

Fazendo uma descida curva e lenta para que a raposa ficasse perto do chão — ela não cederia à tentação de largá-la a 20 metros de altura — Elena disse:

— E então? Por sua honra, quais são as respostas?

Seis homens-árvore ganharam vida em volta delas e investiram com dedos de galhos ávidos e gananciosos para Elena.

Mas Elena não estava inteiramente de guarda baixa. Não soltou Misao; só afrouxou um pouco. Então voltou a segurá-la com firmeza mais uma vez.

Uma onda de força a fez subir rapidamente pela sacada, até um furioso Shinichi e uma chorosa Caroline. Depois Elena olhou nos olhos de Damon. Estavam cheios de um orgulho quente e feroz, por ela. Ela estava cheia de uma paixão quente e feroz.

— Não sou um anjo — anunciou ela a qualquer um do grupo que ainda não tivesse entendido isso. — Não sou um anjo e não sou espírito. Sou Elena Gilbert e estive do Outro Lado. E agora estou disposta a fazer o que precisa ser feito, e parece incluir acabar com alguns de vocês!

Houve um clamor abaixo que no início ela não conseguiu identificar. Depois percebeu que eram os outros — seus amigos. A Sra. Flowers e a Dra. Alpert, Matt e até a enlouquecida Isobel. Eles estavam torcendo — e eram visíveis porque de repente o quintal estava à luz do dia.

Estou mesmo fazendo isso?, perguntou-se Elena, e percebeu que de algum modo estava. Ela iluminava a clareira em que ficava a casa da Sra. Flowers, enquanto deixava o bosque no escuro.

Talvez eu possa estender a luz, pensou ela. Tornar o antigo bosque mais novo e menos cruel.

Se ela fosse mais experiente, jamais teria tentado isso. Mas ali, naquele momento, sentia que podia se arriscar a qualquer coisa. Elena olhou rapidamente para os quatro lados do antigo bosque e gritou: "*Asas da Purificação!*", e viu as asas de borboleta imensas, encanecidas e iridescentes se abrirem altas e largas, e ainda mais largas, e depois se espalharem ainda mais.

Ela estava ciente do silêncio, de estar tão arrebatada pelo que fazia que nem a luta de Misao importava. Era um silêncio que a lembrava de uma coisa: de todas as mais belas músicas se reunindo num único acorde poderoso.

E o Poder explodiu dela — não o Poder destrutivo que Damon enviou tantas vezes, mas um Poder de renovação, de primavera, de amor, juventude e purificação. E Elena viu a luz se espalhar cada vez mais, as árvores ficarem menores e mais familiares, com mais clareiras entre as moitas. As trepadeiras rasgadas e pendentes desapareceram. No chão, espalhando-se como um círculo em expansão, brotavam flores de todas as cores, lindas violetas em grumos aqui e moitas de cenouras silvestres ali, e rosas silvestres por todo lado. Era tão lindo que seu peito doeu.

Misao sibilou. O transe de Elena finalmente foi rompido e ela olhou ao redor, vendo que os homens-árvore horrendos tinham desaparecido na luz do sol e em seu lugar havia um trecho largo e marrom-avermelhado, pontilhado de árvores fossilizadas e formas estranhas. Algumas pareciam quase humanas. Por um momento, Elena olhou o cenário, confusa, percebendo o que estava diferente. Todos os humanos de verdade tinham sumido.

— Eu nunca devia ter trazido você aqui! — E esta, para surpresa de Elena, era a voz de Misao. Ela falava com o irmão. — Você estragou tudo por causa dessa garota. *Shinichi no baka!*

— A idiota é você! — gritou Shinichi para Misao. — *Onore!* Está reagindo como eles querem...

— E o que mais posso fazer?

— Ouvi você dar as pistas à garota — rosnou Shinichi. — Você faria qualquer coisa por sua aparência, sua egoísta...

— E é você que me diz isso? Enquanto você não perdeu nem uma cauda?

— Só porque sou mais rápido...

Misao o interrompeu.

— É mentira e você sabe disso! Retire o que disse!

— Você está fraca demais para brigar! Devia ter fugido há muito tempo! Não me venha com lamentações.

— Não se *atreva* a falar comigo desse jeito! — E Misao saltou do aperto de Elena e atacou Shinichi. Ele estava errado. Ela era uma boa lutadora. Em um segundo eles formaram uma zona de destruição, rolando sem parar, brigando, mudando de forma o tempo todo. Voavam pelos preto e escarlate para todos os lados. Da bola de corpos que se reviravam, saíam trechos de diálogo...

— ... ainda não achou as chaves...

— ... nenhum deles, de qualquer forma...

— ... mesmo que achassem...

— ... o que importaria?

— ... ainda precisa encontrar o rapaz...

— ... digo que está só se exibindo, deixando que tentem...

O riso horrível e estridente de Misao.

— E ver o que eles descobrem...

— ... no *Shi no Shi*!

Subitamente, a luta terminou e os dois se tornaram humanos. Eles estavam abatidos, mas Elena sentia que não havia mais nada que pudesse fazer se decidissem lutar novamente.

Em vez disso, Shinichi disse:

— Estou quebrando o globo. *Aqui* — ele se virou para Damon e fechou os olhos — é onde está seu precioso irmão. Estou colocando em sua mente... Se puder decifrar o mapa. E quando chegar lá, você vai morrer. Não diga que não avisei.

Para Elena, ele fez uma mesura e disse:

— Lamento que você também vá morrer. Mas memorizei uma ode para você.

Rosas e lilases silvestres,
Bergamotas e margaridas,
O sorriso de Elena
Afugenta o inverno.

Mirtilo e violeta,
Dedaleiras e íris,
Olham onde ela pisa
E pegam a relva que se inclina.

Onde quer que passem seus pés,
Flores brancas separam a relva...

— Prefiro ouvir uma explicação direta sobre onde estão as chaves — disse Elena a Shinichi, sabendo que depois da canção não obteria mais nada de Misao. — Sinceramente, estou enjoada e cansada de toda essa sua *besteirada*.

Ela percebeu que mais uma vez todos olhavam para ela e ela sabia o porquê. Podia sentir a diferença em sua voz, em uma atitude, em seu padrão de fala. Mas principalmente, *por dentro*, o que ela sentia era liberdade.

— Vamos lhe dar tudo isso — disse Shinichi. — Não as tiramos do lugar. Encontre-as pelas pistas... Ou por outros meios, se puder. — Ele piscou para Elena e se virou, encontrando uma deusa da vingança pálida e trêmula.

Caroline. Independentemente do que estivesse fazendo nos últimos minutos, ela também estivera chorando, esfregando os olhos e torcendo as mãos — ou assim Elena deduziu a partir dos borrões de sua maquiagem.

— Você também? — disse ela a Shinichi. — *Você também?*

Shinichi abriu seu sorriso lânguido.

— E eu também o quê?

— Você também está caído por ela? Compondo poemas... Dando pistas para encontrar Stefan...

— Não são pistas de verdade — disse Shinichi de um jeito reconfortante, sorrindo novamente.

Caroline tentou bater nele, mas ele a pegou pelo pulso.

— E você acha que vai embora agora? — A voz de Caroline se elevava a um grito, não tão agudo como o guincho estridente de Misao, mas com seu próprio *vibrato* espantoso.

— Eu *sei* que vamos embora. — Ele olhou para a rabugenta Misao. — Depois de resolvermos mais um assunto. Mas não com você.

Elena ficou tensa, mas Caroline tentava atacar Shinichi novamente.

— Depois do que você me disse? Depois de tudo o que me *disse*?

Shinichi olhou para ela de cima a baixo, parecendo vê-la pela primeira vez. Ele também pareceu genuinamente pasmo.

— Eu *disse* a você? — perguntou ele. — Já nos falamos esta noite?

Houve uma risada aguda. Todos se viraram. Misao estava de pé, rindo, com as mãos cobrindo a boca.

— Eu usei a sua imagem — disse ela ao irmão, com os olhos baixos, como se confessasse um pecadilho. — E a sua voz. No espelho, quando dei as ordens a ela. Ela estava se recuperando de um relacionamento, de alguém que a abandonou. Eu disse que tinha me apaixonado por ela e que queria me vingar dos inimigos dela... Mas ela teria que fazer umas coisinhas para mim.

— Como espalhar malach por meio de garotinhas — disse Damon com severidade.

Misao riu novamente.

— E em um ou dois meninos. Sei como é ter esses malach dentro de você. Não dói nada. Eles só ficam... aí.

— Alguma vez alguém a obrigou a fazer uma coisa que você não queria? — perguntou Elena. Ela podia sentir os olhos azuis em brasa. — Acha que *isso* ia doer, Misao?

— Não era você? — Caroline ainda olhava para Shinichi; obviamente não conseguiu acompanhar o roteiro. — Não era *você*?

Ele suspirou, sorrindo de leve.

— Não era eu. Acho que meu fraco são cabelos dourados. Dourados... ou vermelhos contra o preto — acrescentou ele apressadamente, olhando a irmã.

— Então era tudo mentira — disse Caroline, e por um momento o desespero estava estampado em seu rosto inchado pela raiva, com a tristeza maior do que esses dois sentimentos. — Você é outro fã de Elena.

— Escute — disse Elena asperamente —, eu não o quero. Eu o odeio. O único homem que me importa é Stefan!

— Ah, ele é o único, é? — perguntou Damon, com um olhar para Matt, que puxara Bonnie para perto deles enquanto se desenrolava a briga das raposas. A Sra. Flowers e a Dra. Alpert os seguiram.

— Você entendeu o que eu quis dizer — disse Elena a Damon.

Damon deu de ombros.

— Muitas jovens de cabelos dourados terminam noivas do serviçal rude. — Depois ele balançou a cabaça. — Por que estou falando essas besteiras? — Seu corpo compacto parecia assomar sobre Shinichi.

— É só um efeito residual... de estar possuído... Sabe como é. — Shinichi agitou as mãos, os olhos ainda em Elena. — Meus padrões de pensamento...

Parecia que ia começar outra briga, mas Damon se limitou a sorrir e disse, de olhos semicerrados:

— Então você deixou Misao fazer o que quisesse com a cidade enquanto vinha atrás de mim e de Elena.

— E de...

— Mutt — disse Damon apressada e automaticamente.

— Eu ia dizer Stefan — disse Elena. — Não, eu acho que Matt foi vítima de um dos esqueminhas de Misao e Caroline antes de eu e ele esbarrarmos em você, quando você está completamente possuído.

— E agora você acha que pode simplesmente ir embora — disse Caroline numa voz tremida e ameaçadora.

— Nós *estamos* indo embora — disse Shinichi rigidamente.

— Caroline, espere — disse Elena. — Eu posso ajudá-la... Com as *Asas da Purificação*. Você está sendo controlada por um malach.

— Não preciso de sua ajuda! Preciso de um *marido*!

O silêncio foi completo no telhado. Nem mesmo Matt interferiu desta vez.

— Ou pelo menos um noivo — murmurou Caroline, com a mão na barriga. — Minha família não aceitaria *isso*.

— Vamos dar um jeito — disse Elena com brandura; depois, com firmeza: — Caroline, acredite.

— Eu não acreditaria em você nem que... — A resposta de Caroline foi obscena. Depois ela cuspiu na direção de Elena e ficou em silêncio, por opção própria ou porque o malach dentro dela queria assim.

— De volta aos negócios — disse Shinichi. — Vejamos, nosso preço pelas pistas da localização de Stefan é um pouco da memória de Damon. Digamos... De quando o encontrei até agora. — Ele sorriu de um jeito desagradável.

— Não pode fazer isso! — Elena sentiu o pânico tomar seu corpo, começando pelo coração e disparando para os cantos mais distantes de cada membro. — Ele agora é diferente; ele se lembra das coisas... Ele mudou. Se tirar a memória dele...

— Todas as doces mudanças desaparecerão — disse Shinichi a ela. — Prefere perder sua própria memória?

— Sim!

— Mas você foi a única que ouviu as pistas sobre a chave. E de qualquer modo não quero ver as coisas através de seus olhos. Quero ver você... pelos olhos *dele*.

Agora Elena estava pronta para começar ela mesma outra briga. Mas Damon disse, já se distanciando:

— Vá em frente e pegue o que quiser, mas se não saírem desta cidade logo depois, vou arrancar sua *cabeça* com essa tesoura.

— Concordo.

— *Não*, Damon.

— Quer Stefan de volta?

— Não a esse preço!

— Que pena — intrometeu-se Shinichi. — Não *existe* outro trato.

— Damon! Por favor... Pense bem!

— Já pensei. É minha culpa que os malach tenham se disseminado tanto, antes de tudo. É minha culpa por não investigar o que estava acontecendo com Caroline. Não liguei para o que acontecia com os humanos, desde que os recém-chegados os mantivessem longe de *mim*. Mas posso consertar umas coisas que fiz a você encontrando Stefan. — Ele se virou um pouco para ela, com o antigo sorriso diabólico nos lábios. — Afinal, cuidar de meu irmão é minha tarefa.

— Damon... *Me escute.*

Mas Damon olhava para Shinichi.

— Concordo — disse ele. — Temos um trato.

39

— Vencemos a batalha, mas não a guerra — disse Elena com tristeza. Ela pensou nisso no dia seguinte à luta com os gêmeos kitsune. Não podia ter certeza de nada, só que estava viva, que Stefan se fora e que Damon voltara a sua antiga identidade.

— Talvez porque não tivemos meu precioso irmão — disse ele, como que para provar o raciocínio de Elena. Eles estavam na Ferrari, tentando encontrar o Jaguar de Elena — no mundo real.

Elena o ignorou. Ela também ignorou o silvo baixo mas vagamente irritante que vinha do dispositivo que ele instalara e que não era um rádio, só parecia reproduzir vozes e estática.

Um novo tipo de tábua Ouija? Áudio em vez daquele soletrar tedioso?

Elena se sentiu tremer por dentro.

— Você me deu a sua palavra de que ia procurá-lo comigo. E juro por... pelo Outro Mundo.

— Você me disse que dei minha palavra, e você não é de mentir... Não para mim. Agora que você é humana, posso ler suas expressões faciais. Se eu dei minha palavra, dei minha palavra.

Humana?, pensou Elena. Sou mesmo? *O que* eu sou? Com o tipo de Poder que tenho? Até Damon podia ver que o antigo bosque mudou no mundo real. Não é mais um bosque velho e meio morto. Há flores de primavera em pleno verão. Há vida em toda parte.

— E de qualquer forma, eu terei muito tempo para ficar sozinho com você, minha princesa das trevas.

E voltamos a isso, pensou Elena, cansada. Mas ele me deixaria perdida aqui se eu sugerisse que nós rimos e andamos em uma clareira juntos — com ele de joelhos para me servir de apoio para os pés. Até eu estou começando a me perguntar se isso foi real.

Houve um ligeiro solavanco — quase como o que se podia dizer do estilo de direção de Damon.

— Peguei! — Damon se animou; depois, quando Elena se virou, pronta para girar o volante e fazê-lo parar, ele acrescentou com frieza: — Era um pedaço de *pneu*, para sua informação. Não existem muitos animais pretos, arqueados e com alguns centímetros de espessura.

Elena não disse nada. O que se podia dizer para o sarcasmo de Damon? Mas no fundo ela estava aliviada por Damon não atropelar bichinhos peludos por diversão.

Vamos ficar a sós por um bom tempo, pensou ela — e percebeu que havia outro motivo para ela não dizer a Damon para ir se danar. Shinichi tinha colocado a localização da cela de Stefan na mente de Damon, não na dela. Ela precisava desesperadamente dele, para levá-la ao local e para lutar com o que quer que mantivesse Stefan cativo.

Mas não havia problema, já que ele se esqueceu de que ela tinha poderes. Algo para explicar em outra ocasião.

E nesse momento, Damon exclamou:

— Mas o que... — e se inclinou para a frente para ajustar os botões do não rádio.

— ... repetindo; todas as unidades a postos em busca de Matthew Honeycutt, homem, caucasiano, 1,80m, louro, olhos azuis...

— *Mas o que é isso?* — perguntou Elena.

— Uma transmissão do rádio da polícia. Se quiser realmente viver nesta grande terra da liberdade, é melhor saber quando fugir...

— Damon, não quero saber de seu estilo de vida. Quis dizer, o que falavam de Matt?

— Parece que eles decidiram prendê-lo, afinal. Caroline não conseguiu a vingança que queria ontem à noite. Acho que ela está tentando se vingar agora.

— Então vamos encontrá-lo primeiro... *Qualquer* coisa pode acontecer se ele ficar em Fell's Church. Mas ele não pode ir no carro dele, e não poderia usar este aqui. O que vamos fazer?

— Deixá-lo com a polícia?

— Não, por favor, temos que... — Elena começava, quando em uma clareira à esquerda, como uma visão enviada para aprovar seu esquema, o Jaguar apareceu.

— É *este* carro que vamos pegar — disse ela a Damon. — Pelo menos é espaçoso. Se quiser continuar ouvindo o rádio da polícia nele, é melhor começar a desinstalar do seu carro.

— Mas...

— Vou pegar Matt. Ele só dará ouvidos a mim. Depois vamos deixar a Ferrari no bosque... Ou largá-la no riacho, se preferir.

— Ah, no riacho, *sem dúvida*.

— Na verdade, talvez a gente não tenha tempo para isso. Vamos deixá-la no bosque mesmo.

Matt encarou Elena.

— Não. Eu não vou fugir.

Elena voltou toda a intensidade de seus olhos azuis para ele.

— Matt, entre no carro. *Agora*. Precisa fazer isso. O pai de Caroline é parente do juiz que assinou seu mandado de prisão. É um linchamento, segundo Meredith. Até ela está dizendo que você deve fugir. Não, você não precisa de roupas; depois a gente consegue.

— Mas... mas... Não é verdade...

— Eles farão com que seja. Caroline vai chorar, vai ficar aos prantos. Nunca pensei que uma garota fosse capaz de uma coisa dessa para se vingar, mas Caroline não é como outras pessoas. Ela ficou maluca.

— Mas...

— *Eu disse entra!* Eles vão chegar a qualquer minuto. Já foram à sua casa e à de Meredith. O que você está fazendo na casa da Bonnie, aliás?

Bonnie e Matt se olharam.

— Humm, só vim dar uma olhada no carro da mãe de Bonnie — disse Matt. — Ele pifou de novo e...

— Deixa pra lá! Venha comigo! Bonnie, o que está fazendo? Ligando para Meredith?

Bonnie saltou de leve.

— Sim.

— Diga adeus a ela, que a amamos e nos despedimos. Cuidem da cidade... Vamos manter contato...

Enquanto o Jaguar vermelho arrancava, Bonnie disse ao telefone:

— Você tinha razão. Ela sacou uma quadra de ases. Não sei se Damon vai... Ele não estava no carro.

Ela ouviu por um momento e disse:

— Tudo bem, eu vou. A gente se vê.

Ela desligou e entrou em ação.

Querido Diário,

Hoje eu fugi de casa.

Acho que o que eu fiz não pode ser chamado de fuga, quando se tem quase 18 anos e leva seu próprio carro — e quando ninguém sabia que você estava em casa, antes de mais nada. Então vou dizer que esta noite peguei a estrada.

A outra coisa um tanto chocante é que eu fugi com dois caras diferentes. E nenhum deles é o meu *cara.*

Eu digo isso, mas... não consigo deixar de me lembrar das coisas. O olhar de Matt na clareira — eu sinceramente acho que ele estava disposto a morrer para me proteger. Não consigo deixar de pensar no que fomos um para o outro. Aqueles olhos azuis... Ah, eu não sei qual é o meu problema!

E Damon. Agora sei que existe um ser humano por baixo das camadas e mais camadas de pedra em que ele envolveu sua alma. Fica bem escondido no fundo, mas está ali. Para ser sincera comigo mesma, tenho que admitir que ele toca algo no fundo de mim que me faz tremer — uma parte de mim que nem eu compreendo.

Ah, Elena! Pare com isso agora! Não pode nem se aproximar dessa parte sombria de si, em especial agora, que você tem Poder. Você não se atreveria a chegar perto dela. Agora tudo é diferente. Você precisa ser mais responsável (algo em que você não é nada boa!).

E Meredith também não estará aqui para me ajudar a ser responsável. Como isso vai se resolver? Damon e Matt no mesmo carro? Em uma viagem juntos? Dá para imaginar? Esta noite, era tão tarde e Matt estava tão confuso com a situação que nem conseguiu apreender nada. E Damon só sorria com malícia. Mas amanhã ele estará em sua forma demoníaca, sei que estará.

Ainda acho que foi uma pena que Shinichi tirasse as Asas da Redenção de Damon junto com suas lembranças. Mas creio firmemente que, no fundo, há uma pequena parte de Damon que se lembra como ficou quando estávamos juntos. E agora ele tem de ser pior do que nunca para provar que tudo de que se recorda é uma mentira.

Então, enquanto estiver lendo isso, Damon — porque eu sei que você vai arrumar um jeito de pegar meu diário e xeretar — deixe-me dizer que você foi gentil por um tempo, na verdade foi BOM, e foi divertido. Nós conversamos. Até rimos juntos — das mesmas piadas. E você... Você foi gentil.

E agora vai dizer: "Não, é só outra tramoia de Elena para me fazer pensar que posso mudar — mas eu sei para onde vou, e não me importo." Isso não o lembra de nada, Damon? Você disse mesmo essas palavras a alguém recentemente? E se não disse, como eu sei delas? Será que pelo menos uma vez estou dizendo a verdade?

Agora vou me esquecer de que você mancha totalmente sua honra ao ler coisas secretas que não pertencem a você.

O que mais?

Primeiro: sinto falta de Stefan.

Segundo: eu não fiz as malas para isso. Matt e eu passamos no pensionato e ele pegou o dinheiro que Stefan deixou para mim enquanto eu pegava algumas roupas do armário — só Deus sabe o que eu peguei: camisetas de Bonnie e calças de Meredith, e nem uma camisola decente que fosse minha.

Mas pelo menos também peguei você, meu precioso amigo, um presente que Stefan guardava para mim. Eu jamais gostei de digitar num arquivo de nome "Diário". Os livros em branco fazem mais o meu gênero.

Terceiro: sinto falta de Stefan. Sinto tanta falta dele que estou chorando enquanto escrevo sobre roupas. Parece que é por isso que estou chorando, o que me faz parecer insanamente superficial. Ah, às vezes eu só queria gritar.

Quarto: eu quero gritar agora. Foi só quando voltamos a Fell's Church que descobrimos que horrores o malach deixou para nós. Tem uma quarta menina que acho que pode estar possuída como Tami, Kristin e Ava — eu não sabia bem, então não podia fazer nada. Tenho a sensação de que ainda não ouvimos a última história de possessão.

Quinto: mas pior é o que acontece na casa dos Saitou. Isobel está no hospital com infecções graves, por causa de todos aqueles piercings. Obaasan, como todos chamam a avó de Isobel, não estava morta, como os paramédicos pensaram. Ela estava em transe profundo — tentando falar conosco. Se parte da coragem que eu tive, parte da crença em mim mesma se devia a ela, é algo que nunca vou saber.

Mas no esconderijo estava Jim Bryce. Ele tinha... Ah, não posso escrever isso. Ele era o capitão do time de basquete! Mas tinha devorado a si mesmo: toda a mão esquerda, a maior parte dos dedos da mão direita, os lábios. E ele meteu um lápis pelo ouvido até o cérebro. Dizem (ouvi isso de Tyrone Alpert, neto da médica) que se chama síndrome de Lesch-Nyhan (é assim mesmo que se escreve? Só ouvi o que disseram) e que é rara, mas que existem outros assim. É o que dizem os médicos. Eu digo que foi um malach que o obrigou a fazer isso. Mas eles não me deixariam tentar tirá-lo dele.

Não posso dizer se ele está vivo. Nem posso dizer se ele está morto. Ele vai para uma instituição onde internam os pacientes com problemas mais graves.

Nós fracassamos ali. Eu fracassei. Não foi culpa de Jim Bryce. Então ele ficou com Caroline apenas uma noite, e a partir dali passou o malach para a namorada Isobel e para a irmã mais nova, Tami. Depois Caroline e a pequena Tami passaram para as outras. Eles tentaram passar para Matt, mas ele não deixou.

Sexto: as três menininhas que definitivamente foram mais afetadas estavam sob as ordens de Misao, pelo que disse Shinichi. Elas disseram que não se lembram de nada sobre se enfeitar ou dar em cima de estranhos. Elas não parecem se lembrar de nada da época de sua possessão, e agora agem como meninas muito diferentes. Gen-

tis. Calmas. Se eu pensasse que Misao desistiria com tanta facilidade, cuidaria para que todas ficassem bem.

Pior é pensar em Caroline. Ela era uma amiga de vez em quando — bom, agora acho que ela precisa de mais ajuda do que nunca. Damon pegou os diários dela — ela mantinha outro diário, gravado em vídeo, e nós a vimos falar com o espelho... E vimos o espelho responder. Era principalmente a imagem dela que aparecia, mas às vezes, no início ou fim de uma sessão, era o rosto de Shinichi. Ele é bonito, embora meio desvairado. Posso entender como Caroline se apaixonou por ele e concordou em ser a portadora do malach para a cidade.

Tudo isso acabou: usei o que restava do Poder que sei que tenho para tirar o malach dessas meninas.

Caroline, é claro, não me deixou chegar perto dela.

E houve aquelas palavras fatais de Caroline: "Eu preciso de um marido!" Qualquer garota sabe o que isso significa. Qualquer garota lamenta por outra que diz isso, mesmo que não sejam amigas.

Caroline e Tyler Smallwood estavam juntos até umas duas semanas atrás. Meredith disse que Caroline o largou e que raptá-la para Klaus foi a vingança de Tyler. Mas se antes disso eles dormiram juntos sem usar nenhuma proteção (e Caroline é burra o bastante para fazer isso), ela certamente podia saber que estava grávida e procurava outro cara quando Shinichi apareceu. (O que foi pouco antes de eu... voltar à vida.) Agora ela está tentando culpar Matt. Foi pura falta de sorte ela ter dito que aconteceu na mesma noite em que o malach atacou Matt e que aquele velho vigilante do bairro viu Matt ir para casa e desmaiar ao volante como se estivesse bêbado ou drogado.

Ou talvez não fosse só falta de sorte. Talvez tudo fizesse parte do jogo de Misao.

Agora vou dormir. Ando pensando demais. Preocupada demais. E, ah, eu sinto falta de Stefan! Ele me ajudaria a lidar com as preocupações de seu jeito gentil mas sagaz.

Vou dormir dentro do carro com as portas trancadas. Os meninos vão dormir lá fora. Pelo menos, é assim que vamos começar — por insistência deles. Pelo menos eles concordaram com isso.

Não acho que Shinichi e Misao ficarão longe de Fell's Church por muito tempo. Não sei se eles vão deixar a cidade em paz por alguns dias, ou semanas, ou alguns meses, mas Misao vai se curar e um dia eles voltarão a nós.

Isso quer dizer que Damon, Matt e eu — somos fugitivos de dois mundos.

E não tenho ideia do que vai acontecer amanhã.

Elena

Este livro foi composto na tipografia Minion-Pro,
em corpo 11/15, e impresso em papel off-white no
Sistema Digital Instant Duplex da Divisão Gráfica
da Distribuidora Record.